无须从头谈起

亦无须质问孰是孰非

唯情易殇

唯爱难忘

子嫣 著

雨
美
人

敦煌文艺出版社

图书在版编目（C I P）数据

雨美人 / 子嫣著. -- 兰州 ：敦煌文艺出版社，
2019.9（2021.8重印）
　ISBN 978-7-5468-1767-5

　Ⅰ．①雨… Ⅱ．①子… Ⅲ．①长篇小说－中国－当代
Ⅳ．①I247.5

中国版本图书馆CIP数据核字（2019）第158129号

雨美人

子　嫣　著

责任编辑：王　倩
装帧设计：金国亮

敦煌文艺出版社出版、发行
地址：（730030）兰州市城关区读者大道 568 号
邮箱：dunhuangwenyi1958@163.com
0931-8773258（编辑部）
0931-8773112　8773235（发行部）

北京一鑫印务有限责任公司印刷
开本 787 毫米×1092 毫米　1/16　印张 20.5　插页 1　字数 350 千
2019 年 10 月第 1 版　2021 年 8 月第 2 次印刷
印数：1 001～2 000 册

ISBN 978-7-5468-1767-5
定价：50.00 元

目　录

一　山庄斗酒场

谁也未曾想到,连牛毛镇这样的小地方,也会发生那样惊天动地的大事。

祁连山下,大通河畔,牛毛镇只是一个普普通通的山乡小镇。一条自西向东坑坑洼洼的古街道纵贯全镇,街两边稀稀落落的古槐和凋敝冷清的门市,与周围低矮破旧的房屋共同构成了牛毛小镇独特的风景。

古街的南边,一条通向镇外的青石路弯弯转转,一直伸向远方。若顺着狭窄而幽长的青石路一直向南走上半小时,一座古老的木楼就会赫然矗立在眼前,这便是牛毛镇有名的鼓楼了。

相传鼓楼始建于明代,距今已有六百多年了。由于年久失修,鼓楼里面显得破败不堪,阴森森的,即使在赶集的时候,也很少有人对这座鼓楼产生兴趣。这就使得鼓楼愈加颓废沉寂。每当夜幕降临的时候,成群结队的蝙蝠在鼓楼四周盘旋,偶尔也会听见猫头鹰发出的凄厉骇人的惨叫,它们为鼓楼平添了许多恐怖而神秘的色彩。

寻常的日子,古街上的行人不多,车辆更是稀少,显得有些冷清。然而,每逢阴历的三、六、九,古街上又会变得热闹起来。因为附近山里的乡民都会拿着自己的农副产品来赶集,在买卖互换中各取所需,传承着古街永恒的使命。

赶集的日子也是乡民们最快乐最富有的时候。这些清晨五六点钟就出门来赶集的人,总是会忙忙碌碌地奔上一上午。因为在这一天,他们要买许多有用的东西,精制盐,洗衣粉,卫生纸,抹脸油,孩子的衣裳,男人的烟,这些都是必须要买的。它们虽然不值多少线,但足以维持乡民简单的生活所需。物美价廉,这是古街买卖必遵的原则。

通常到了正午的时候,男人们都会带着老婆孩子到小饭馆里吃上一顿饭,然后再到卖肉摊上割上一两斤肉,就急匆匆地赶着回家去了。对于赶集的大多数乡民来说,钞票在他们手里周转的时间不会超过一天。

阴历七月十九这一天,天气十分晴好。一大早,古街两边便摆满了小地摊。商户们为了促销,将柜台里面的货物都搬出来摆在人行道上,以方便路过的人选择。一些小贩索性将地摊儿摆在马路中央,扯着嗓子在大街上叫卖。人们这儿一撮,那儿一堆,讨价还价,卖出买进,十分热闹。

晌午的时候,火辣辣的太阳像一盏喷灯炙烤着大地,一波接一波的热浪滚滚而来,仿佛整个大地变成一个巨大的蒸笼,焖着牛毛镇街道上每一个具有气息的生命。拥挤的街道上感觉不到一丝风,每个人都热得不想张口,只有几个小贩的语音小喇叭像乌鸦一样聒噪不停。马路两边的老槐树已然低垂着脑袋,似乎还有几只苍蝇在那些潮湿腐臭的树坑里上飞下落,忙碌着打点它们的脾胃。

忽然,一辆崭新的黑色越野车从牛毛镇西头呼啸而来,叫嚣着冲向街上的人群。那些懒洋洋地围堵在街上的人们,看到这辆车立马警觉起来,就像见了怪物似的,唯恐躲闪不及,纷纷远避而去。

那黑色越野车像个幽灵一样顺利穿过大半个古街,突然减速向南拐进了鼓楼巷,在一撇荫凉处戛然而止。

车门开处,从车内一左一右钻出两个人来。右边钻出的是一个瘦子,脸上无一点血色。他仰起脸眨巴了几下眯成一条缝的小眼睛,顺手把一副太阳镜扣在了颧骨上。从左边钻出的是一个胖子,皮肤黝黑,满脸胡茬,五短身材。他钻出驾驶室便跟在了瘦子身后,像一条肥大的狗尾巴似的在瘦子屁股后边左摇右晃。

在离巷口不远的空地上,几只小麻雀跳上跳下,叽叽喳喳的,正在寻觅着它们喜爱的食物。

俩人一前一后走出了鼓楼巷,向着牛毛镇中心最热闹处走去。当走过一个小吃摊时,刚好一名穿着校服的女学生从板凳上站了起来,挡住了他们的去路。那胖子忽地伸出手,一把扯住了那女生的红领巾,学着鬼子的样子油腔滑调地叫道:"你的小姑娘的干什么的?"

那女学生被胖子突如其来的举动吓了一大跳,尖叫一声,惊慌失措之余,猛地奋力挣脱开来,朝着远处逃去了。

胖子也不追赶,"呵呵"怪笑两声,跟着瘦子走近旁边的一家烤肉店。坐在门边的大胡子店主连忙起身招呼道："朱爷、熊哥，您二位来了，里边请，里边请。"

待俩人坐定之后，大胡子店主马上叫人沏上好茶。那瘦子并不喝茶，点上一根烟，慢悠悠地吸了一口，冷冷地说："刘胡子，最近生意怎么样？"大胡子店主连连点头说："朱爷，托您的福，好着呢，好着呢！"瘦子似乎并不领他这份虚情假意，不屑地说："今儿个有啥好吃的？"那大胡子店主连忙答道："有，有！羊肉、羊蹄、羊脑髓、口条、羊蛋、羊腰子，什么都有！"见店主用惯用的口诀应付他们，胖子怒冲冲地说："梅肉有吗？"大胡子店主立刻小心翼翼地应答道："有，也有，都给大哥您留着呢！"瘦子慢条斯理地说："还是上次那个吗？都变臭了吧？"大胡子店主急忙殷勤地说："朱爷，哪能不操心呢？都放在冰箱里为您好好地存着呢。"胖子不耐烦道："有新到的货吗？"大胡子店主压低声音回答说："熊哥，近来那东西越来越稀罕了，一般人弄不着。再说了，这年头上边查得紧，就是有人弄到了，也不敢卖到我这里来呀！"胖子不再听大胡子店主啰唆，摆摆手说："行了，行了，五十串梅肉，五十串腰子，两副羊蛋儿，上最好的，快点快点！"那大胡子店主不敢怠慢，忙不迭地烤制去了。这边胖子倒不消停，两眼一白，对着边上一个打杂的妇人说道："你还愣站着干什么？再热一壶黄酒来，记得多加枸杞呀！"那妇人应了一声，手忙脚乱地准备去了。

这胖子是本地人，姓熊，人们当面称他熊哥，背地里则叫他"瞎熊"。那瘦子操一口东北腔，人们当面称他朱爷，背后则叫他"狐狸"。这俩人都是凯枫山庄的人，在牛毛镇上是出了名的恶霸，人人见了他们都怕三分。

说话之间，酒已温好，肉也陆续烤制好了。那妇人小心地端上酒肉来，在边上殷勤地伺候着两位。狐狸和瞎熊一边嚼着油嫩的烤肉，一边呷着热热的黄酒，吃得很是惬意。等吃得差不多了，狐狸又叼上一根烟，冲着店主高声叫道："大胡子，给我再装上二十斤生梅肉。"大胡子店主面露难色，走上前来支吾着说："这，这个没有……"狐狸立刻厉声说道："怎么，你不乐意？"大胡子店主连忙点头哈腰地说："朱爷，我哪敢不愿意呀？实在是没那么多了呀！"狐狸见他一脸无奈，就说："去吧，去吧，有多少拿多少。"那大胡子店主不敢多言，只得照做去了。

酒足肉饱之后，大胡子店主将两位送到了鼓楼巷。瞎熊打开了汽车后仓，大胡子店主将一个沉甸甸的黑塑料袋放了进去，然后关上了后仓门。临行前，那狐狸随手摘下了墨镜,摁开了车窗,很认真地说:"胡子,今天这账还记在我头上,等哪天我有空了给你一块儿结。"

大胡子店主像自己欠了别人钱似的,毕恭毕敬地说:"朱爷,这点小事,还记什么账呢!"狐狸故作谦虚地说:"账是一定要记的,亲兄弟明算账嘛!噢,对了,这个月有什么人来找我麻烦吗?"大胡子店主赶忙说:"没有没有,有朱爷您罩着,谁还敢欺负咱呢!"狐狸黠尔一笑说:"没有就好!那你就好好地做生意,日后自有你的好处。"大胡子店主客客气气地点头应声道:"是的,是的。"车窗玻璃缓缓升起,尾灯亮处,车子已准确地倒出鼓楼巷。大胡子店主双手高举过头,含笑致意说:"朱爷您慢走,慢走。"

但见黑色越野车一声长啸,窜上古街道,向着凯枫山庄疾驰而去。

大胡子店主目送越野消失后,无可奈何地走进了店里。一阵清风袭来,从树上飘下的残叶,连同卷起的塑料袋和废纸片,在天空中上下翻飞,翩翩起舞。

凯枫山庄占地数顷,坐落在牛毛镇东南隅。这里依山傍水,风景优美。透过挺立树木的间隙,远远可以望见山庄高阔霸气的大门上赫然悬挂着一款巨匾。在太阳的余晖里,那匾显得古朴典雅,气势恢宏。待到近处细看,那匾古铜色外边,褐玄底色,正中"凯枫山庄"四个金色大字十分遒劲。那"凯"和"山"笔意凝重,"枫"和"庄"则飘逸洒脱,四字皆用繁体字写就,一张一弛,显得古朴雅致。两边的门柱上也有一副行草体楹联,辨认之下却是"一水护园迎嘉宾,两山排闼送豪礼",看得出是书法名家手笔,内里透着一股毓秀之气。

走进大门,里面收拾得很是气派。整个山庄从前庭到后园,青砖红瓦,飞檐翘角,榆柳翁郁,松柏苍翠,一派叠翠流金的壮观景象。

向右绕过中央大厅,走过一段石砌小径,就到了后园。那后园极为宽阔,钓岛、花苑、凉亭、泳池,布置得十分雅致。再往后就是多功能厅了,这里餐饮、休闲、娱乐、住宿一应俱全,真是个难得的避暑度假之所。

多功能厅里共设十二个雅座,雅座有大中小之分,以十二个月花的格调装饰其间,美其名曰:迎春厅、水仙厅、桃花厅、杏花厅、石榴厅、荷花厅、海棠厅、桂花厅、菊花厅、牡丹厅、蔷薇厅、梅花厅。

中央宽敞明亮的荷花厅门敞开着,门口站立着一位亭亭玉立的迎宾小姐,浓妆艳抹,面带微笑。雅座中间,一张硕大的红漆圆桌正缓缓转动,桌面上已摆好了精美的餐具,陶碗玉杯,清新高雅。桌子正中还摆着几簇塑料做的鲜花,在轻柔的音乐声中,那花像真的一样放射着艳丽的光彩。

当牛镇长的车子潇洒地驶到凯枫山庄门口时,这里早已等候着一群人。这些人把牛镇长从车子里迎下来,又簇拥着他一步步绕过中央大厅,踏上石砌小径向后园走去。牛镇长边走边欣赏着周围的景色,偶尔还亲切地询问上两句,完全沉浸在一种英雄凯旋般的喜悦之中。他很熟悉这个地方,也非常喜欢这种被拥戴的美妙感觉。只是这感觉太短暂了,因为转眼就到了多功能厅。

庄主老强很殷勤地在前面引着路,到了多功能厅时,他躬身小声说:"荷花,荷花。"

牛镇长会意,从容地走进了荷花厅,其余人都默默跟在镇长身后,鱼贯而入。迎宾小姐远远见贵宾到来,大方而礼貌地向前迎上一步,嫣然一笑,毕恭毕敬地说道:"欢迎光临凯枫荷花厅!"

众人走进雅座之后,各找位置分主宾坐定。

牛镇长笑吟吟地环顾了一圈,端起酒杯,很斯文地说:"各位,今天我要先敬你们一杯!"在座的人都举起酒杯,笑脸相迎。接着牛镇长很兴奋地说:"小女牛碧芸,承蒙各位叔叔的关爱,也没有辜负我这个当爸爸的希望,终于考上了大学,虽然不是清华北大,但我以为咱们平民老百姓的子女,能考上这么个艺术学校,也是很了不起的!所以,我想借凯枫山庄这个福地,好好庆祝一下,也借此机会感谢各位多年来对小女的关照,希望各位以后能更好地关心和帮助她,更好地培育我们的下一代!"

众人纷纷说:"当然,当然!""这确实是一件大好事呀!""这是大喜事呀,可喜可贺呀!"说话之间,大家都站了起来,互相碰杯,一饮而尽,尔后再干一杯,又客套了一番,便开始大吃大喝了起来。

这是凯枫山庄董事长老强精心为牛镇长安排的一个饭局。宴上先上了十二道考究的凉菜,后又上了十二道精美的热菜。两个穿着绯红色工作服的服务员彬彬有礼,频频穿梭于雅座之间,服务热情周到且一丝不苟。席间,只见那御贡名酒在杯中流金溢香,香烟在指间曼云妙雾,真正是"夜光杯中斟葡萄,碧玉盘中酌琥珀",霸气十足,好不气派。

待大家杯停箸留之际，老强首先起身说："各位领导，各位同仁，各位兄弟，牛镇长的千金碧芸，今年金榜题名，这本是大喜事，可镇长大人为人谦虚，不想声张。我知道了这件事后，觉得我们应该好好为镇长大人庆贺一番。在我的极力劝说下，镇长才同意这么做的。碧芸考上了向往的大学，全家人肯定很高兴。镇长爱女的光荣，也是我们全镇的光荣嘛！在座的各位，都是咱牛毛镇说话响当当的人物！今天各位能光临我凯枫山庄，也是敝庄的荣幸啊！我提议，在座的各位每人给镇长敬一杯！"

牛镇长笑哈哈地指着老强对众人说道："老强，你真是个坏家伙呀，平时就老将我的军！我是真不能喝了呀，如今我这身体呀，三高五怕，样样都占全了。这不，你们看，这东西随身带着呢！"说着，他从怀里摸出一个精致的小针管，在肚皮部位做了个注射的示范动作。接着他又打趣地说："现在开车的司机都禁止喝酒，要我说，这各级领导干部作为决策者，比司机的责任大吧，也应该禁止喝酒啊。呵呵，要是你们不想让我死得早，就别劝我喝了！"

座上众人多是镇政府机关干部，还有几个镇属单位的领导，其余请的都是当地有钱有势的大老板。好多人本来都想借此机会给镇长敬一杯以表示亲近，见镇长如此谦逊，也就打消了向他继续敬酒的念头。

这其中有个叫杜大山的老板，是当地有名的包工头，性格甚是耿直豪爽，也是一个实干家，前些年靠包工挣了些钱，人称"杜百万"。

就见杜大山站起身来，高举酒杯，用洪亮的声音说道："镇长大人，我是一个大老粗，也看不懂你那个东西是干啥用的，但我觉得，既然今天是您闺女考上了大学，这可是天大的喜事呀！这么好的日子，你要不喝，叫我们怎么放开吃放开喝嘛！"

此言一出，场上立刻鸦雀无声，全座的眼光都齐刷刷投向了牛镇长。大家都感到这话说得有些冒失，冷不丁让镇长陷入了尴尬境地，似乎场上气氛有些不妙。派出所李所长反应比较敏锐，赶忙起身解围道："杜老板真是个实在人呀，说话从不会拐弯抹角。但他话粗理不粗，领导，你就再喝两杯意思意思，给我们大家开个好头，这样我们也就不拘束了。"

本来牛镇长今天的心情非常好，刚才杜大山说话的时候，他脸上的笑容明显收敛了一下，见派出所李所长这么一打圆场，马上笑道："本来啊，大夫嘱咐我滴酒不能沾的。今天既然大家这么高兴，我就舍命陪君子一回，我只能再喝这一杯，但你们可要尽兴，吃好喝好，不醉不归！"

于是众人又端起酒杯，共敬了牛镇长一杯。牛镇长一饮而尽，将酒杯倒扣起来，示意大家开始随意吃喝，开怀畅饮，不必再客套。于是座上众人觥筹交错，杯盘传动，拉开阵势海吃海喝了起来。

酒过三巡，菜过五味，老强忽然叫人换盏清盘。就在众人惊诧之际，服务生抬了一只金灿灿的烤全羊上来，那羊头端端地朝牛镇长方向摆放停当。

但见那烤羊酥脆欲滴，令人食欲大增。众人赞不绝口，却不知从何下手。老强说："这烤全羊在吃之前，是有讲究的。须在它头上系上红绳，献上红包，以求事主吉祥如意，鸿运当头。"说完，老强请牛镇长为烤羊系上红绳，自己先掏出一个红包献上，众人会意，纷纷掏出早已准备好的红包献上。服务生代镇长收好红包之后，解羊厨师早已做好了准备。但见他十分麻利地把整个全羊分成了八大盘，由服务员呈于各位面前。众人啧啧称赞，饥涎欲流，一个个狼吞虎咽地吃了起来。

只一会儿工夫，那烤全羊便被众人消灭得差不多了。牛镇长说自己还有点事，先走一步，让大家继续玩。众人送领导上了车，进入雅座又继续吃喝了起来。待酒足饭饱之后，众人各就自身所好，开始玩乐起来。那嗜酒的就聚在一起摆开阵势划拳喝酒，好赌的凑在一起打麻将赌钱，好吼的在隔壁卡拉 OK 厅唱歌跳舞，剩下的则围在一起斗起地主来。

欢乐的时光总是很短暂，不知不觉天色已晚。庄主老强和杜大山陪着派出所所长等几位领导猜拳喝酒。那杜大山是个极为实诚豪爽之人，几个回合之后，便已喝得酩酊大醉了，趴在地上不能动弹。老强见状就说："各位领导可不要喝醉了，我还准备了一道特殊的夜宵呢！"税务所长说："强哥，今天招待得已十分好了，就不需要什么夜宵了吧！"老强说："那可不行，这道夜宵如果不吃，您可是要后悔的！"工商所长说："强兄弟，什么好吃的？这么神秘！"老强说："这道夜宵啊，是我这里独有的，您吃了准保想第二次来！"中学校长王震华说："强总，那我们恭敬不如从命，倒要见识一下你这道特别的夜宵了！"老强慷慨地说："呵呵，那就请各位领导到梅花厅一坐。"

众人听说有好吃的夜宵，虽然早已吃得差不多了，但谁也不肯错过这个机会,随老强一起到了梅花厅。但见梅花厅里有两张桌子,却是西餐厅的摆设。众人坐定之后,老强招呼服务员上菜。两个穿着讲究的服务生先上了两份西点,紧跟着又上了一份烤牛排。老强兴致勃勃地介绍道:"各位领导先尝尝我们大厨的手艺,这烤牛排,平时有牛镇长的时候我们不敢做,怕领导忌讳。今天领导先走一步,所以我们就有口福了。"在座的人有不会使用刀叉的,老强又吩咐取来筷子,土洋结合地吃了起来。片刻之后,又上来两份烤肉,气味却很独特。老强骄傲地介绍道:"各位,这道菜就是我凯枫山庄独有的'柏香梅肉',在别处可吃不到。"众人一听是"梅肉",都知道是不可多得的珍品,加之这种西式烤制法,当真是绝无仅有的美味佳肴了。大家都忙不迭地吃了起来。

二　莫把少年愁

　　古人读书,皆云十年寒窗,孤灯剪影,头悬梁,锥刺股,百般煎熬。而今,这些典故仿佛都已是陈年旧事,奇谈怪论。对于这些新时代的"天之骄子",大学四年的真实光景可大不一样,所谓"爱恨就在一瞬间,抽刀对月情似天",也许就是他们爱情生活的真实写照吧!

　　这里是 H 大学西 8 栋 520 学生寝室。四张清纯靓丽的脸庞,四个活泼矫健的身躯,四位来自天南地北的青春美男,在这里朝夕共处,同尝苦乐,共同演绎了一段精美绝伦的青春故事。

　　与许许多多的大学生寝室一样,520 寝室曾经发生过许多喜剧,也经历过许多痛楚。这里曾经是一个和美温馨的集体,也是一片激情四射的圣地。四年里,520 寝室既洋溢着青春浪漫,也充满了欢乐忧伤。

　　对于莘莘学子来说,四年的大学生活如同一部热烈而短促的电影,感觉正在高潮,还没过足瘾,便到该结束的时候了。

　　每一个毕业在即的大学生都精心设计好了自己的求职简历书,寻找一切机会把它投递出去,如同推销一种新型产品,质量固然好,保质期却很短。

　　每当毕业季到来时,毕业班的同学们都不得不面临一系列艰难的抉择。有人说,毕业季的大学生,就像情人节晚上游荡在街头的玫瑰花,虽然很艳丽,但必须得赶紧卖出去,到了次日就没人要了,或者就得降价大甩卖了。

　　每一次的招聘会,人才中心的大厅里人山人海,前来应聘的俊男靓女摩肩接踵,把长长的招聘席围得水泄不通。

　　也不知哪来那么多的求职者,俯瞰整个大厅,人头攒动,密密麻麻。

　　为期一天的招聘会说短不短。然而,时间却不等待那些庸碌或者犹豫不决的人，一些拿不定主意的同学甚至还没把求职书投递出去，招聘会就已经宣告结束了。

520寝室里的帅哥们也不例外。在参加过N场人才招聘会后，一个个垂头丧气，静静地仰卧在床上，都不想把自己的失望说出来。

浓眉大眼的维吾尔小伙哈里克手里玩着精致的小手机，翻阅着刚刚收到的短信，"扑哧"一声笑出声来，这笑声终于打破了寝室里沉闷已久的宁静。

哈里克操着新疆维吾尔族特有的语调高声说："喂，兄弟，有几条短信特好玩，想不想听？"

东北大个子小伙牛爱说："这年头什么不好玩？有钱有势，啥都好玩，没钱没权，啥他妈的都是扯淡。你有话就说，有屁快放！"

于是哈里克高声说道："听着啊，现在的房价呀是直线上涨，都快飙到天上了，有诗为证：日照高楼生紫烟，遥看大厦千万幢，房价飙到几百万，疑似超过金銮殿！"

寝室中有人戏谑道："这有什么呀，这也叫好玩？真是孤陋寡闻！"

哈里克又说："兄弟，再听着啊，还有一条：说了个玄，不算玄，男人个个前列腺，争着抢着补神鞭；说了个玄，不算玄，找个工作可真难，博士抢考小教员。"

牛爱立刻抓住了他话中的亮点，调侃道："呵呵，哈里克，你也是前列腺炎呀！你这货啥时候整的？"

没等哈里克回答，只听安徽小伙康东方说："同志们，我这里也有两条有趣的，听着啊，说：人生四大悲，久旱逢甘露，一滴；他乡遇故知，债主；洞房花烛夜，隔壁；金榜题名时，梦里。"

牛爱不屑地说："这些都是啥年月的东西了，还有没有新鲜的？"

康东方也来了兴趣，说："有呀！说男人的四大理想是：天上纷纷下钞票，世上男人都阉掉，美女脑子都坏掉，哭着喊着让我泡……"

众人一听，都哈哈大笑了起来。

美男子徐公平饶有兴趣地说："我也收集到两条，给大家念念：A，洪水洪水哗啦啦，长江两岸无人家，洪水无情人有情，回个电话行不行？B，严打严打人人怕，监狱里面关不下，法律无情人有情，少抓几个行不行？"

众人听了都未有反应，康东方却嗤之以鼻，用怀疑的口吻说："什么狗屁逻辑!难道说我们国家的法律平时是不严厉的,需要严打的时候就变得严厉了吗?"

牛爱谨慎地说:"哥们,小声点,反正洪水也淹不到咱,严打也打不到咱头上,谁还有心思关注这些事?这年头,人人都自顾不暇,哪还有心情管这些水深火热的事?"说完,他摸出小手机,一脸神秘地说,"小伙子们,我这儿也有几条精华,内容可是有关美女的,要不要听?"

哈里克对这些有关美女的话题十分感兴趣,于是催促道:"哎,大个子弟兄,我说你就别吊大家的胃口了,快念吧!"

于是牛爱便装腔作势、摇头晃脑地读道:"丑女一回头,吓倒当街三层楼;丑女二回头,长江黄河水倒流;丑女三回头,人造卫星撞地球;丑女四回头,阿弥陀佛鬼也愁!呜哇,吓死我了……"

康东方不屑地冷笑道:"真倒胃口,大个子,你概念不清吗?这是有关美女的吗?"

牛爱笑嘻嘻地说:"我说亲爱的,别着急嘛!有关美女的还在后头呢。"

徐公平见牛爱神秘兮兮的,对他微笑着说:"大个子,你就不能正经点,像个巫婆似的!"

于是牛爱又阴阳怪气地念道:"美女一回头,眼直心跳腿发抖!哎哟,hold 不住了!美女二回头,灵魂出窍上月球!哎哟,喝了迷魂汤了!美女三回头,太阳照到南极洲!哎哟,吃了摇头丸了!美女四回头,猪哥亲了嫦娥口!呶呃,好姐姐,骨头都酥了!"

他边说边做出猪拱嘴的动作,惹得大家都哄笑了起来。顿时,沉寂了多日的寝室里终于掠过一阵欢快的笑声。

徐公平边笑边说:"老牛,你真是天生的骚情种呀!本来不怎么样的一个东西,叫你这么一胡骚,顿时觉得肉麻兮兮的。"

康东方说:"兄弟,你根本不用装作猪八戒,你就是牛魔王在世,那牛鼻子一触,会迷倒一大片狐狸精的!"于是众人又笑了起来。

徐公平收敛起笑容,郑重地说:"诸位,我们都说些正事吧。弟兄们这些日子东奔西跑地去应聘,挤会场,找单位,自卖自夸,车费花了不少,汗水也流了不少吧?本打算以身相许,效果如何呢?说来听听。"

康东方说:"去人才市场嘛,总的说来,感觉就像是进了骡马市场,候在那里，眼巴巴地让人家来挑。说是双向选择，其实根本就没有咱选择的余地。那些用人单位吧，大多是跟咱专业不对口的。好不容易有个专业对口的，还嫌咱形象气质不佳又不行，形象气质佳的，没工作经验也不行，有工作经验的，没本市户口又不行，有本市户口的，在性别上又有这样那样的限制，反正就一个字——丧！"

牛爱说："我嘛，还算可以，有个旅游公司给我来信儿了，要我去当导游。"

哈里克说："我也是没人要。要是真没中意的，我就回老家新疆去，我姑父在民政厅，他说已经为我联系好工作单位了。"

牛爱一听，立马挖苦道："祝贺你呀！过去是'学好数理化，不如有个好爸爸'，如今的我们是'学好农林牧，不如有个好姑父'呀！"

康东方说："大个子，人家对你说实话，你就想欺负人家。当今社会，有几个人是真正靠自己本事打拼出来的？哈里克这几年废寝忘食苦心修炼，自然是吉人天相，福星高照嘛！"

徐公平轻叹道："是呀！现在干啥事都得托关系。如今这年代，像我们这样的毕业生又是这么多，每年增加几百万，哪有那么多交椅等我们坐呀？哎，康东方，你的情况如何？"

康东方苦笑说："说来惭愧，本人还没得到任何一个单位的垂怜。"

徐公平说："我的境况和你差不多，试了几个，不是人家看不上我，就是我觉得没戏。"

康东方调侃说："徐公平，记得你曾经说过，此生要以水稻之父隆爷为楷模。你总不会像他老人家那样，回湖南老家去研究下一个水稻新品种吧？"

徐公平说："我倒是有过这样的想法，可我们这一代哪有隆爷那样的气概呀！再说了，人家隆爷是啥境界呀！比之他老人家，我们可是差远了！当今社会，一个人的成功不是光有奉献精神或者有一股子激情就可以的，还是要讲天时地利和运气的。就我现在这模样，回去只能啃老，更何况家里人坚决反对我毕业后再回到农村。"

牛爱插话说："哟嘿！什么家里人，老爹老娘会反对你那样做？可怜的男人，是你那个夏妹妹吧？看起来是个环保淑女呀，在这个时候就蛮不讲理了。呵呵，肯定是她给你施加压力了吧，是不是说了'找不上好工作咱俩就吹''你要敢回你们老家那个穷地方去，咱俩就吹'？哼哼，对象还没搞成就开始河东狮吼了啊。"

康东方为徐公平打抱不平，说："大个子，你好像亲身经历过似的，说的是你自己的遭遇吧？再说了，这年头，哪个女孩不现实？人家是宁可坐在大叔的宝马车里哭泣，也不会跟着我们受穷受气！"

徐公平做出无奈的表情说："牛爱，你也别开涮我了。看你整天装作满不在乎的样子，其实你也挺着急的，对不对？我们都是一样的人，家里没有多少钱，父母都是平平常常的工人或农民，靠爹靠娘都靠不上，我们靠谁去？难道你不知道这个时候做出的选择有多重要？四年了，我们的爱情、学业、前途、命运，似乎该有个结论了，可那些美好的理想似乎离我们越来越远了。现在，所有问题在毕业前夕交织在一起，千头万绪，错综复杂，整天搞得我寝食难安。面对这些云里雾里的事情，我真的感到好困惑好困惑呀！"

这些话似乎也触及了牛爱内心的痛处，他不再作声，却想着怎样才能立刻逃避这个问题。于是，他不再和徐公平争辩，装着若无其事的样子，声音提高八度，用女生腔调唱道："爱恨就在一瞬间，抽刀对月情似天，爱恨两茫茫……"然后，边唱边走了出去。

徐公平看着牛爱的背影叹道："这年头，在大城市里想找个工作都这么难，更别说你心仪的什么好单位了。哎，康东方，学校不是有个'大学生志愿服务西部计划'活动号召咱们去西部地区从事教育工作吗，不如咱俩也报个名，先到那里去锻炼锻炼？如果在支教的同时我们再好好复习复习，考个研什么的，到那个时候，或许更有一番美好的事业在等我们去开拓呢！"

康东方说："我也有这个想法，只是有些犹豫。听说西部很闭塞，那里的条件非常艰苦，不知现在开发得怎么样了。其实我早就想去那里体验体验生活，或许会有意想不到的收获呢！"

徐公平立刻来了兴趣，满怀信心地说："对啊！与其在这人才如云的大城市找份自己不喜欢的工作，咱们倒不如效法美国西部牛仔，去做一个中国大西部的开拓者！嗨，想想都激动！面对着一片广袤的大地，闭上眼睛，高举着双手，敞开胸怀，自由自在地呼吸着新鲜的空气，大喊大叫，那该有多美啊！康东方，你说咱们到祖国大西部广阔的高原上去，零距离接触一下那金色的黄土地，再把知识和梦想传播给那些可爱的孩子们，同时还能领略一番大自然的美景，岂不是更有情趣？哈哈，或许在那里我们还能掘到人生的第一桶金呢！"

三　符陌自青春

一列自东而西的火车上，载着一群特殊的旅客，他们是 H 大学首批参加"大学生志愿服务西部计划"活动的大学生。

像要到一个地方去旅游一样，这些风华正茂的大学生，在一节长长的布置着空调的新硬座车厢里，被动地享受着漂泊游离的空气。他们有的在吃东西，有的在翻看手机短信，有的耳朵里塞着耳机，有的手里捧着书，有的隔窗瞻望看风景，还有一些人围坐在一起打扑克牌。他们的脸上洋溢着兴奋、自信、无畏和对未来生活的憧憬，也透露出惆怅、无奈和对前途命运的迷惘。

车厢里播放着那首流行歌曲《2002 年的第一场雪》，歌手刀郎沙哑有韵味的歌声，一遍一遍在车厢里飘荡。

"你像一只飞来飞去的蝴蝶……在白雪飘零的季节里摇曳……忘不了把你搂在怀里的感觉……"

离乱的歌点像架子鼓一样沉重地敲打在这些刚刚离开母校、离开同学、离开自己心上人的学生的心坎上，让他们心中生出一股隐秘而悠长的伤悲。

徐公平微闭着眼睛，这几句歌词也深深地震撼着他的心。他不禁沉浸在与夏雯那场缠绵悱恻的别离当中。

那是一个残阳如血的傍晚，在丽娃河畔，徐公平把他要去西部支教的想法告诉了女友夏雯。夏雯默默地听着男友对美好未来的描绘，心中生出一股莫名的惆怅。作为女大学生，她们在毕业前面临的压力比男学生更大。幸运的是，夏雯的英语口语非常好，有几家企业都有聘用她的意向。在这个时候，她希望得到男友的支持和关心，而不希望男友到别处去。此时的徐公平其实也需要女友的理解和帮助。一方面历经十年寒窗的苦苦求索，期望有个好的前程；一方面饱读书本却没有用武之地,对自己和社会忽然产生了失落感。这种严重的失落多半和家庭附带的社会关系有关,这对于一个男生来说是羞于启齿的。

那个傍晚,夏雯紧紧地拉着徐公平的手,一句话也不说,心情沉重极了。他们漫步到了一棵杏树下,树上结满了青涩的杏子。夏雯清楚地记得,就是在这棵杏树下,他们开始了美好的初恋。徐公平也记得,当时正是杏花盛开的季节,花香四溢,落英缤纷,他和她坐在杏树下,憧憬着未来美好生活的温馨与甜蜜。他们被杏花诱人的馨香所迷醉,在树下紧紧相拥相吻……

只听康东方忽然抬高嗓门吼了一声:"喂,徐公平,你在发什么呆呢?"在喊话的同时,康东方在徐公平的手臂上捅了一下。

徐公平回过神来,看到康东方正盯着他,脸上略有嗔怪的表情。徐公平便快快地说:"你不是在看书吗,怎么又对我感起兴趣来了?"

康东方说:"看你失魂落魄的样子,准是在想心事。老实交代,是想那位小甜妹呢,还是想家了?"

徐公平故作镇静地说:"什么甜妹不甜妹的,我是看你专心致志地看书,就没去打扰你,只好看沿路的风景,谁知你倒先来打搅我。"

康东方把头往前伸过来,满怀憧憬地问:"徐公平,你说我们会在一个什么样的地方工作呢?"

徐公平冷冷地说:"这用得着你瞎操心吗?安排到哪里还不是一样,不是中学便是小学呗。"

康东方说:"但愿条件不是太差,有吃有喝,还要有个娱乐的地方才对。"

徐公平笑说:"娱什么乐呀?想得倒美!还没做一丝一毫的工作,就想享受了。青春痘同志,别太乐观了,恐怕连个马桶也没有呢!"

康东方高声叫道:"喂,多情公子,别把这个世界想得太糟糕好不好!我坚信本大侠所到之处,定然精彩非常,欢乐非常!"

徐公平强笑道:"但愿老天能遂你小子的心愿。"说罢,徐公平又不想理他了。康东方也不想再挑话题,只好用书本遮了脸佯睡。徐公平这下真的留意起车窗外的景色来。

火车在高原上疾驰,车窗外稀稀拉拉的白杨树和歪歪斜斜的老柳树,不时从视野中一闪而过。近处是油绿和金黄相间的田野,远处是翠绿和深褐共染的山峦。偶尔有村落嵌卧在绿树掩映的山洼或大路两边,令人遐想。

天色渐暗了下来,这些自由奔放的大学生活跃了一天后,有些疲倦。车厢内有人在喝闷酒,有人在打呵欠。随着窗外的能见度越来越低,人们的走动越来越少,车厢内也逐渐安静了下来。昏黄幽暗的灯光洒在每个人的身上,整个车厢弥散出一种疲惫不堪的气息……

清晨时分,火车缓缓驰进了金城站。这里正下着淅淅沥沥的秋雨,天气已变得很凉了。

列车员揉着惺忪的眼睛,高声提醒到站的旅客做好下车准备,然后熟练地锁好厕所门。随着一声刹车声响,列车稳稳地停在了车站。列车员打开车门,放下车门口的踏板,指挥乘客先下后上,注意安全。

这群支教的大学生,拉着各自的行李箱,走出车厢,走向了出站口,也踏上了这块陌生的土地。大家换乘长途汽车,去各自的支教单位报到。

徐公平和康东方有幸被分到牛毛县牛毛镇中学一起工作。

这一天,学校组织了非常热烈的欢迎仪式,迎接支教大学生老师的到来,牛镇长也应邀参加了这个仪式。会上,牛镇长代表牛毛镇政府语重心长地做了一番讲话:

各位领导、各位老师、亲爱的同学们:

大家好!金秋八月,桂花飘香。度过了骄阳似火、激情四射的夏天,我们带着新的希望、新的梦想,又迎来了新的一学年。刚刚过去的一年是不平凡的一年,在广大师生的共同努力下,我镇的办学条件得到极大的改善,老师队伍又扩大了,镇党委重视教育的力度也加大了,我们的教学成绩却是不尽人意呀!昨天我翻了一下牛毛镇中学的历史,感到很震惊!牛毛中学从建校至今,几十年来竟没有考出过一个大学生。在已经考出的十几名中专生中,先后有十一名又回到母校教书,这是值得欣慰的事。现在国家大力提倡教育改革已有好些年了,我们也推行素质教育,可我们学校的教学质量不但没有提升,反而出现了大幅度滑坡的现象。这是什么原因呢?我想,还是我们没有重视人才,没有挖掘出学校教师潜力的原因。一句话,是我们没有用好人才。在此,我要郑重宣布:从今天起,和以往不同了,我们一定会重视人才,给你们创造最好的工作环境,让你们充分发挥自己的聪明才智,施展出你们的本领,把教学质量大幅度提高,为我镇的教育事业做出应有的贡献!

镇长念完讲稿后,台下立刻响起一片掌声。

接下来牛毛中学校长王震华,把新来的大学生老师给大家一一做了介绍,又开始了一段与镇长所讲内容大致相同的讲话。

在校长介绍新人之时,徐公平和康东方注意到,除他们俩外,还有一个名叫何碧的女大学生,也是新分配来这里工作的。

康东方抻了徐公平一下,低声说:"哥们,没想到还有一个美女呢!"

徐公平也压低声音说:"我说你严肃点好吗,领导还在讲话呢!"

康东方说:"这种老生常谈的长篇大论,我一听就过敏。我说哥们儿,那妞儿还挺靓的,咱们可别放过她!"

徐公平也低声说:"你可真是厚颜无耻呀,会场上都不能安分一点!"

康东方说:"你有你的夏雯妹妹,当然没兴趣了。我可对她很感兴趣。"

徐公平说:"真是个多情公子。现在你给我放规矩点,待会儿你就赶快行动,我会力挺你的!"

只听王震华校长清亮嗓门,抑扬顿挫地念道:

尊敬的领导、各位同事、亲爱的同学们:

大家好!

金秋送爽,硕果飘香。刚刚度过一个愉快的暑假,我们满怀丰收的喜悦,步入了新的一学年,即将开始新的工作、学习。首先我谨代表学校向新老师、新同学表示热烈的欢迎!向孜孜不倦、辛勤工作,为我校教育教学做出无私奉献的全体教师致以崇高的敬意!向勤奋学习、积极向上,为我校的发展努力奋斗的全体同学表示衷心的感谢!

过去的一学年,在全校师生的顽强拼搏和共同努力下,我校在各方面都取得了优异的成绩。这些成绩的取得,赢得了社会各界的广泛好评和广大家长的高度赞誉。

同学们,优良作风代代传,辉煌业绩年年创。过去的成绩是鞭策我们进步的阶梯,更是追求明天卓越的起点。今天,我们全体师生站在这里,抬头仰望着五星红旗冉冉升起,你们一定会感到无比自豪和骄傲,心中也一定会对新学年美好的生活充满无限憧憬吧？

同学们，新的学期，新的开始，孕育着新的希望，也带给我们新的挑战。我想借此机会，向同学们提出以下三点要求：

一是必须刻苦地学习。宝剑锋从磨砺出，梅花香自苦寒来。同学们，搞好学习是你们现在的首要任务，你们正处于人生的黄金阶段，希望你们能够把握学习机会，在课堂上能认真聆听老师的教诲，勤于思考，认真完成作业。也希望你们在课外重视知识的积累，勤学苦练，提升各方面的能力。更希望你们能扩大自己的视野，多读各种课外书籍，使自己的知识结构更加完善。

二是要养成良好的作息习惯。同学们，每个班级都是学校的缩影，每个校园都代表着学校形象。你们在校园里、教室里，都要认真遵守学校的规定，养成良好的学习习惯和卫生习惯。你们要自觉做到语言文明、行为文明，这是学校对你们的最低要求。只有养成了刻苦学习的习惯，你们才能更好地完成学习任务，实现自己美好的理想。

三是要严格遵守《中学生守则》。优美整洁的学习环境是每一位同学都渴望和喜欢的，但它也需要每一位同学用实际行动去创造她，去守护她。因此，我要求大家严格按照《中学生守则》的规定去做，在公共场合不大声喧哗，不随手乱扔垃圾，不破坏公共设施设备，要尊敬老师，团结同学，互帮互学，共同建设和爱护我们美好的校园。

同学们，中学阶段是人生历程中非常关键的一个阶段。初一同学你们一旦步入中学，就是迈向了人生的一个新起点。今天你们选择了我们学校，同时也将意味着学校选择了你，我们学校将为你们的学习生活成材提供理想的平台。可以说，在这样的校园里学习和生活，在这样的环境里健康成长，你们一定会感到很快乐很幸运。你们要加倍珍惜这难得的机遇，勤学苦练，学会做事，学好做人，把你们的学长学姐们留下的好作风、好思想、好品质继续发扬光大，并付诸实践，为你今后的人生道路奠定良好的基础！

在这里，我还要告诉初三和高三毕业班的同学们，这一学期的你们，必将承受很大的学习压力，同时也汇聚着学校老师和多少家长期待的目光。因此我希望你们坚定学习信心,科学安排时间,调整健康心态,奋力超越自我。你们要刻苦锻炼,学会坚强,用坚强成就梦想,用梦想铸造辉煌,最终实现你们的美好愿望!

　　同学们,新的挑战在等待着你们,未来的美好蓝图等待我们用勤劳和智慧去描绘。我衷心希望每一位老师、每一个同学都能以饱满的热情、昂扬的斗志和最佳的精神状态投入新学年的工作、学习中去,共同创造你们美好的未来和我校辉煌的明天!

当校长把讲话稿念完的时候,台下立刻响起一片热烈的掌声。牛毛镇中学像春天的花园,又开始沉浸在一片欢腾的海洋里了。接下来,新学年隆重的升旗仪式开始了,抬头望着鲜艳的五星红旗缓缓升起,每个老师和同学心中都激起对伟大祖国无比的敬仰和热爱之情。

随着升旗仪式的结束,老师们都明白,为了不在一次次的统考评比中一败涂地,新一轮没有硝烟的战争又悄然开始了。而无数学生的脸上则洋溢着兴奋与渴望,毕竟他们才是这个校园永恒的主题。

徐公平和康东方被安排同住在一间破旧的宿舍。当学校库管员打开屋门的时候,一股陈旧腐臭的气味扑面而来。房间里阴暗潮湿,墙壁上到处糊着报纸,黑魆魆的。在几个教师的帮助下,忙乎了一个下午,徐公平和康东方俩人才勉强搭好了床铺,算是安居了下来。

何碧的情况和他们差不多。她被安排在女副校长窦瑜玮的隔壁,单独住一间宿舍,这已经算是最优厚的待遇了。

第二天早晨,一阵急促的集合钟声吵醒了康东方的酣梦。不知啥时候,徐公平已穿戴整齐在外面溜了一圈。见康东方还睡着,他气冲冲地喊:"喂,哥们儿,快起床!新学期第一次晨会,操场集合,全校师生都要参加。"

康东方有气无力、懒洋洋地说:"事先也不通知我们一声,我还以为在家里呢!徐公平,我病了,你替我请个假。"说完,他把头一蒙,昏睡过去,再叫没反应。徐公平只得独自参加晨会去了。

操场上,全校师生隆重举行了新学期的第一次晨会。校长王震华部署了全校新学期的教育教学工作总体计划,要求全校教师集中精力、一心一意把教学质量搞上去。接着他又把三位新来的大学生老师向全校学生做了介绍,还把他们大加夸赞了一番。最后,他鼓励同学们要德智体美全面发展,勤奋刻苦,学好本事,努力做社会主义事业的接班人。

晨会后,教务主任张继业手里拿着新排的课程表,递给徐公平说:"小徐老师,学校安排你上高三年级两个班的语文课,并担任高三(一)班的班主任。给你排的是语文课和美术课。"

徐公平惶然说:"张主任,我是学哲学的,上语文课,我怕拿不下来,美术课我也没有基础呀。"

张继业半命令式地说:"这是教务处决定的。你是正牌大学生,上什么课应该都不成问题。新时期的大学生,这点工作还能难倒你们?"

徐公平还想辩解,张主任不耐烦地边走边说:"好好准备一下,你能行的!我也是这样过来的。"

徐公平走到宿舍的时候,发现康东方还没有起床,就把心中的不快全甩向他:"嗨,青春痘同志,你别对床板多情了!快起来看看给我安排了什么课程,这与我所学专业可是风马牛不相及。唉,这下我可是遭大殃了!"

康东方脑袋动了动,很想起来说话,可他觉得头昏脑涨,一种想呕吐的感觉突然从心中翻腾而上。他刚把身子挺起来,又疲软地瘫倒在床上了。

徐公平以为他在耍懒,就进一步挑逗说:"不会是死了吧?嗨,这里的早晨可真凉!你要再不起来,我可要到你被窝里掏小鸟了!"见康东方还是没动静,徐公平把冰冷的双手一下子揣进康东方的怀里乱摸。

康东方微微动了动,虚弱得像产后的母羊,说:"徐公平,你别闹了。我真的病了,头痛得厉害,一动就想吐。"

徐公平见他面色苍白,再一摸,他的身上滚烫,赶紧把他背到镇医院看病。医生诊断说康东方得了感冒,加上水土不服,所以病得格外严重,必须得打针和输液。

两天后,康东方果然好些了,但他刚从病床上爬起来,徐公平又趴下了。徐公平先是感觉胃肠不舒服,接着和康东方是一个症状,他体质弱些,看起来要比康东方重得多。

康东方陪着徐公平去镇医院的时候,在路上见到了何碧。何碧也病了,由窦瑜玮副校长亲自带她来镇医院。

窦瑜玮是个不一般的女人,她那白皙丰满的身体很容易使人想起一只巨大的藕,还有她那两只美丽的大眼睛,透着难以言说的娇媚。不用说,她在少女的时候,肯定是个大美人。

与窦瑜玮相比,何碧长着一双美丽的小眼睛,显得睿智而明亮。还有何碧的身段亦是窦瑜玮的三分之二那么苗条,她的脸上显露出清纯少女的那种羞涩和纯洁。但从她的表情,立刻就能判断出她不是那种善于交际的女孩。

如果把四人相比,何碧是一条油炸过的虾,窦瑜玮像一条白白净净的大鱼,而徐公平就像只有气无力的病猫,站在他身边的康东方则像是一头打着"咴儿"的健壮骡子。

徐公平确实病得不轻。他感觉周身的骨头隐隐作痛,肌肉发酸,头昏脑涨,肠胃困坠,眼睛直打迷糊。

大夫得知三个年轻人都是新来的老师时,态度非常和善。经过一番观察和诊断,大夫明白了他们三人实际上得了同一种病,都是水土不服引起的。

南方人到北方来,由于气候不适,水土不服,发生高原反应,都是这个症状。只不过由于个人的体质不一,会呈现出不同的症状。于是大夫给徐公平打了点滴,配了三日的药。何碧的症状比徐公平要轻,只打了针,开了些感冒药。

病好了之后,徐公平和康东方立刻精神百倍地投入工作中。当早晨的太阳暖暖地照在徐公平身上时,他觉得自己又活了过来,周身充满了力量。经过这一次小小的疾恙,徐公平深切地明白了一个道理:对一个人来说,健康是多么重要!任何一个生命,如果没有健康的躯体,就好像没有生机的草一样脆弱。

因为年轻有为,因为知识渊博,因为非常帅气,徐公平很快就赢得了学校领导、同事以及许多学生的喜爱。

校园的一角有一口水井,学校的所有用水都是这口井供给的。每天下午,康东方都要去学校的水井提水,徐公平则负责到开水房打开水。康东方身形矫健,一手提一桶水,如同玩一样,浑身充满了青春的力量。

何碧和一个女学生抬着一桶水慢悠悠地走在前边,康东方紧追了几步,正好赶上。

康东方边走边说:"小姑娘,怎么样,抬得动吗?来,我给你们扛上。"

何碧扑哧一声笑道:"怎么扛?你都提两桶水了,又不是三头六臂,用什么扛?"

康东方呵呵笑着说:"我可以用嘴叼着呀!不信来试试?"

何碧说:"算了吧,让你扛着,我们跟着你,看你表演,心里也不舒服。"

康东方想表现一番,就用英语说道:"今晚学校要举办舞会,一起去跳舞怎么样?"

何碧说:"我听不懂你说的啥。"

康东方继续用英语说:"想不到这么漂亮的女孩,却不会英语,真是遗憾呀!"

何碧说:"我还是听不懂你说的话。"

康东方说:"那你就拜我为师,我教你学!"

何碧说:"你喜欢当老师,我可不想当你的学生。"说这话时,已到了分开的地方,康东方只得拎着两桶水回到宿舍。

徐公平正在往墙上挂一面镜子。康东方把自己如何在何碧面前表现的事情说了一番。徐公平听后调侃说:"哥们,我听说那何碧可是外语系的高才生。恐怕你班门弄斧、贻笑大方了!"康东方脸上猛地一热,小声嘀咕说:"怪不得呢,这个'破三八',还那么谦虚呢!"

跟何碧一起抬水的是窦瑜玮的女儿蓉蓉,本校高二年级的学生。蓉蓉问何碧说:"何老师,你真不懂那个康老师说的啥意思吗?那么简单的英语,我都听懂了。"

何碧淡淡一笑说:"他想卖弄一下自己罢了,我不想理他。这喜欢卖弄的人哪,要么很肤浅,要么就不怀好意。我讨厌这种人!对付这种人的办法,就是装作不知道,或者无动于衷,才能不上他的当!"

四　激情教师节

　　牛毛中学位于牛毛镇的东南方,学校的东面、西面、南面都是连绵的山峦,只有北面是通向县城的道路,围成一个巨大的马蹄形。尽管牛毛镇不算是最偏僻的山镇,但山镇人的思想依旧很狭隘、守旧、落后。在这条通向外面世界的山路上,每天有一趟大巴车往返于小镇和县城之间。镇上有邮局、小饭馆、理发店以及十多间大小不等的商铺。

　　在离学校不远的地方,有一家清真饭馆。饭馆边上是一个小小的烤肉店。如果条件允许的话,每天早晨徐公平和康东方可以到饭馆吃碗牛肉面,它是这里最好的早点。而事实上,大多数情况下,他们都不能到那里去,一来时间不允许,二来每月几百元的生活费,不允许他们那样挥霍。

　　每天早晨,徐公平都要到操场晨练。他纵情地在学校的操场上奔跑着,一圈又一圈,贪婪地呼吸着山乡新鲜的空气。他像一头初出樊笼的雄鹿,骨头里散发着用不完的力量。

　　每当在讲坛上纵横捭阖,在黑板上挥洒自如,他就会感到自己当初请缨到大西北支教的想法是多么的英明正确,他决心要在教育这块领地上干出一番事业。他想到陶行知、叶圣陶,甚至还有孔子。他敬佩他们,理解他们,明白了这些中华教育的先圣和精英,之所以把自己的终身献给教育这个行业,原来有他们的深刻道理。

　　每次徐公平在学校的小路上散步的时候,他都会仔细观察学校操场四周景色。现在正是树木最茂盛的时节,每一棵树都透着绿色的健康与成熟的美。天空、大地、石头与小草,眼前的一切东西,都是那样令人神往,都是那样明快而富有生机。

在操场的一角，沐一身温暖的阳光，何碧的玫瑰色上衣格外耀眼，和周围的景色相衬。正在晨读的她青春阳光的身姿是那样的靓丽动人。

徐公平想走过去和她搭个讪，走了几步，却又犹豫了。他不知道该如何对这位美丽的女性开口。

徐公平虽然是有名的帅哥，却是极腼腆极传统的那种男人。他思虑再三，却发现没有一个合理的理由能够打搅远处这位专心的女孩子，所以那个想接近她的念头在一瞬间消失了。他忽然觉得就这样远远地看着她，要比到近前跟她说话效果好，心里也舒服得多。

不知怎的，在徐公平的潜意识里，总把何碧定格为一条艳丽的虾，这种感觉从他第一眼看到何碧时就已经形成了。若是虾，要想得到它鲜美的肉，必须得剥掉它外面坚硬的角质壳。而徐公平只是一个儒雅秀气的食客，他不习惯用一些强硬的方式。

回到寝室的时候，徐公平见康东方刚从被窝里爬起来，就说："哎呀，我的青春无敌先生，再也不能这样过了，我们已经比别人慢半拍了！"

康东方睡眼惺忪，听得莫名其妙，问道："你什么意思，比谁慢半拍了？那破烂化学课，我根本就不会上，那个混蛋主任硬要撂到我肩上来，害得我只得边学边教。"

徐公平说："不是那些事。工作的事咱们管不了，我是说学习的事。咱们不是还要考研吗，从明早开始，咱俩得早早起来读书学习！"

康东方说："为什么呀，为什么要折磨自己呀？"

徐公平说："不为什么。你出去看看别人在干什么就知道了。"

学校给康东方排的是初三年级的化学课。接到课程安排表时，这位玩电脑的高手着实和张继业主任吵了一通。可是没办法，这个学校只有一台586电脑，放在财务会计那儿。财务会计不会用电脑，老式的算盘用习惯了，反而觉得自己的那一套比电脑要顺手，根本不相信电脑这么麻烦的机器比他多年来练就的珠算和脑算更管用。所以，这台崭新的"破电脑"成了财务会计室给人看的一个摆设，连最起码的打印输出功能都没发挥出来。

康东方上第一堂课的时候，心里一点底都没有。他生怕闹出什么笑话，生怕自己与以前的老师相比太差了,在课堂上出洋相,在学生面前丢人而炸锅。

可是当他和学生一接触,就马上产生了一种新的认识。尽管他只有高中学过的那一点化学基础,可学生们对他的课非常感兴趣,因为之前刚刚调走的化学老师,从来没有带领他们做过一次化学实验。

在学校简陋的化学实验室里,实验器具上的积灰厚达几毫米,许多容器被另作他用,状况惨不忍睹。康东方上课一周后,跟学生一起做了牛毛中学有史以来第一次化学实验。当制取氧气的实验成功时,学生们欢呼雀跃,蹦高山响。那个时刻康东方沉醉在一种前所未有的喜悦中,对学校强行让他教化学课的抵触情绪也减弱了很多。

徐公平的第一堂课却不是那么幸运的。尽管他在课前做了大量的准备,力求在讲课时旁征博引、谈古论今,但仍未收到预期的效果。

上课时讲着讲着,他往往就扯到所学专业上去了。自己觉得学识渊博,却忽略了学生的理解和接受能力。这样做的后果,学生们都觉得徐老师的课讲得高深莫测,晦涩难懂。

课堂上,徐公平问学生:"同学们,你们听我的课感觉如何呀?"学生们齐声回答:"好!"徐公平又问:"爱听吗?"学生回答:"爱听!"课后做作业,一个学生也不会做。

于是他又私下里问班长:"你们能听懂我讲的课吧?"班长回答:"徐老师,我们爱听你的讲课是真的,可你讲得太深奥了,也太多了,我们接受不了。我们以前的老师,根本不这样讲,他只把课文读一遍或者布置些作业,然后就让我们自学了。多少年来,我们的语文课就是这样学过来的。"

徐公平听了后很感慨,也很震撼。他决心尽自己所能,把知识毫无保留地教给这些学生。面对学生期待的眼神,他觉得任何的自私自利都是那么的渺小和卑鄙!

转瞬到了9月10日,这是一年一度的教师节。为庆祝教师节,学校每年都要搞师生联欢会。为此校学生会要精心准备一些节目,作为献给敬爱的老师——人类灵魂的工程师最为珍贵的礼物。

联欢会的主角当然是学生,老师们作为宾客被请到主席台上。首先学校领导要讲话,接着学生代表会对敬爱的老师致辞,最后学生们在表演节目的空当儿，往往要请老师表演节目。

徐公平、康东方、何碧三位老师自然都是学生心目中表演节目的首选。

第一轮，徐公平演唱了一首《寻梦园》，博得了热烈的掌声。何碧演唱了一首《绿光》，掌声越发热烈。康东方本是唱流行歌的好手，他见徐公平和何碧都唱了歌，便即兴表演了一出哑剧《迷醉拳》，也博得了热烈的掌声和喝彩声。

虽然三人的表演在大学校园中也不算很突出，但它在牛毛中学的舞台上算是最高档次了。

由于他们表演的节目很精彩，每表演完一次，师生们都会以经久不息的掌声催动新来的大学生老师再次表演节目。

第二轮，当学生邀请徐老师再表演节目时，张继业主任带头鼓动："徐老师，来一个，不来一个行不行？"台下观众立马齐声呼应："不行……不行……"

这样重复了几遍之后，徐公平再也坐不住了，感觉脸上有些发烧，说："也没什么准备，我就给大家朗诵一段诗，好不好？"

一阵掌声过后，全场一片肃静。于是徐公平用深沉的男中音朗诵道：

在黎明尚未射出确凿的晨光之时

没有星辰的夜空划过一道荧光

向被大海环绕的孤寂的岛屿泻下一个微笑

像月亮一般苍白清凉

这是生命之焰

由于损耗而变得如此惨淡

它照在我们的脚边

直到脚步无力动弹

人啊，鼓起你灵魂的勇气

穿越人间道路的风暴的阴影

待到美好的白昼之光照亮之时

在你周围翻滚的云涛就会消沉

地狱和天堂将放你自由

让你去投奔命运的宇宙

这个世界是我们一切感觉的渊源

这个世界是我们所有情感的根本

死亡降临当然显得可怕

它使并非坚如钢铁的大脑感到震惊

因为那时我们的所见所感所知

如同神秘的虚幻

都将消逝而去

那时坟墓上的一切隐秘之物都必将存在

除了这副躯体

虽有精美的眼睛和神奇的耳朵

却不再能活着看到或者听取那伟大而又新奇的一切

存在于变幻莫测的大千世界

谁能讲出无言的死亡的故事

谁能揭开未知世界的帷幕

谁能描绘地下的阴影晃动于蜿蜒曲折、挤满尸首的坟墓

或者能把现实的恐惧和情爱

与未来世界的希望连在一起

徐公平朗诵到绝妙之处,声情并茂,如临太虚幻境,如处无人之所。台下寂静无声。人类语言的感染力竟能深达灵魂的终端,实在是奇妙至极。

掌声打破了场上的宁静,听懂的,没听懂的,全都拼命拍手,制造出一种超热烈的氛围。

接下来,张继业又把目标转向康东方。

康东方在大家的催促下,也无法按捺屁股,站起来抱拳说:"我没有徐老师那样高雅,只能给大家献丑了,我唱一首《冲动的惩罚》,同学们喜欢吗?"

场上立刻响起了欢呼声和口哨声……

同样热烈的掌声,同样激动的场景,联欢会达到了高潮,场上掌声、喝彩声不断。

女副校长窦瑜玮神采飞扬,走到台前说:"既然两个新来的男同志都表演了

这么好的节目，我们女同志也不该示弱，小何老师再表演一个节目好不好？"

但窦瑜玮哪里知道，这些年轻人脑子转得更快，徐公平和康东方见窦瑜玮走上台，立刻掉转枪头说："同学们，请窦副校长表演一个节目好不好？"台下立即喊道："好！好……"

窦瑜玮没想到自己反而让年轻人给将了一军，略作推辞后说："既然盛情难却，我就给大家唱一首《在希望的田野上》，希望大家喜欢。"

一些老教师立刻高声叫好，因为他们早知道窦瑜玮的这首歌唱得非常好。

窦瑜玮婉美的歌声确实不错，听得出有很深厚的音乐功底。那些年龄在四十岁以上的教师，非常爱听她的歌，对她的演唱报以最热烈的掌声。

窦瑜玮唱完之后，并不立刻退下台来。她顺势说："现在该何老师给大家表演节目了。何碧老师的外语歌曲唱得非常好，大家欢迎！"

何碧也不过分推却，上前微笑着说："在学校时我们经常模仿一些外国歌星的名歌，下面我就模仿韩国李贞贤给大家唱一首《独一无二》。"于是何碧略加舞姿，用韩语唱道："谁手中真有把握，时间紧迫，那份爱水深火热……"

虽然台下众人都听不懂这首歌的意思，但它的韵律实在是太美了，自然赢得了大家喜爱的掌声。

五　舞场惹春情

联欢会结束后,学生们都陆续回家了,一些青年教师又举行了舞会。

偌大的一间会议室内,屋顶吊一旋转灯,在日光灯管上缠上彩色皱纹纸,使灯光暗下来,再在墙角放一大型音箱,这便是牛毛中学的舞厅了。

何碧老师年轻又具有美丽的气质,舞也跳得不错。于是,大多男教师,包括王震华校长在内的男领导频频邀请何老师跳舞。除了选择好舞伴,当然这里边还含有男人觊觎年轻女人美色的心思。

康东方擅长蹦迪和跳街舞,然而在这个地方这种场合下,他只能变着各种舞姿迎合大家,他的这两项专长可都不好使,大有英雄无用武之地的感觉。他只在中场时间给大家跳了一段 Disco 和街舞,吸引了许多年轻人的目光。

学校里女教师少得可怜,今天到舞场的只有窦瑜玮和何碧,所以在这个舞场上,女性舞伴显得相当紧缺。幸亏镇上几个较开放的喜欢跳舞的女青年也闻讯赶来凑热闹,这样才给今天的舞会增趣不少。

徐公平不擅跳舞,却喜欢待在一边看大家跳舞。看别人跳舞,会把对舞的认识从感性升华到理性。

徐公平先是特别注意了一下何碧的舞姿。今晚的她上身着玫瑰色的外衣,胸前一束白色的佩花,一双水晶蓝的皮鞋,婀娜多姿的身段,的确有些动人之处。但由于请她跳舞的人太多,她又不好推辞,只得一边注意保持舞姿,一边预防脚不被人家踩住。所以,几曲下来,她双眉微蹙,明显有些敷衍地跳着。

徐公平再看康东方,他正在一个角落里跳着街舞,一副不伦不类、玩世不恭的样子,和大家明显不合拍。"疯了吗?在这种场合跳什么街舞!"他心中暗骂道。徐公平一向认为街舞是狗肉包子一样的东西,不宜入宴,难登大雅。在他看来,舞蹈本身是一种高雅优美的艺术,理应给人带来轻松愉悦的美好享受。如果聚集一群人跳街舞,那简直是群魔乱舞,大煞风景。

退出这些遐想,他又开始注意整个舞场的情景。伴着"咚嚓嚓、咚嚓嚓"的节奏,所有的人都朝着逆时针方向旋转。尽管每个人的动作各不相同,但大方向是谁也不好改变的。他忽然想起孙中山先生的一句名言:"世界潮流,浩浩荡荡。顺之则昌,逆之则亡。""原来一个舞厅就是一个小社会啊!"他在心中暗暗叹道。

徐公平忽然想赶快走出去,离开这个混浊嘈杂的地方。他站起身来的一瞬,又注意到舞场的全景。他忽然觉得这一群人都像是疯子,平素里一本正经,为人师表,在讲坛上满嘴的理想、道德、崇高、优秀,如今却在这拥挤不堪、令人窒息的方寸之地围着一个姑娘,一个个像吃了兴奋剂或者着了魔似的狂扭乱舞。你们的崇高人格呢?你们的远大理想呢?这个时候都跑到什么地方去了?

徐公平又低下头来审视了一下自身,觉得自己也好不到哪里去。身处此境,他显得是那么卑微而龌龊!他忽然感觉自己好可怜,好孤单,甚至近乎悲哀。为什么唯独他就不能融到这些人之中去呢?

这时候,一曲三步舞结束了。大家立刻四散开来,咳嗽的,吐痰的,抽烟的,透气的,各寻所好。

副校长窦瑜玮的身影忽然飘过他的视线,徐公平心头倏地荡起一股激情来。他感觉自己好渴望某种东西,一种可以令他心神安定下来的东西。

窦瑜玮飘然来到徐公平的身边,用柔和的语气关切地说:"小徐老师,我看你一直坐着,一曲也没跳,不舒服吗?"

徐公平说:"不是。我不会跳舞,只好看大家跳,也挺好。"

窦瑜玮说:"21世纪的大学生不会跳舞,谁信呀!是别有原因吧?"

徐公平说:"我很笨的,跳得很糟,老踩人家的脚,所以就不跳了。"

说话之间,一曲名为《涟漪》的四步舞曲又播起来了,舞池里已经有人翩翩起舞。

窦瑜玮说:"不要紧,我来教你。"

副校长主动邀请自己跳舞,徐公平不想表现得不合群,也就起身进了舞池。

徐公平生性是个拘谨的男人,他本想和窦瑜玮保持一定的距离,可窦瑜玮已跳了几曲,身体开始发热并有些骚动。渐渐地,窦瑜玮丰腴而绵软的手掌紧紧地握着徐公平的手,她的手心开始沁出潮湿的汗液,一股想把这个男人紧揽在怀里的力量暗暗从她手臂和身体中发出来。

徐公平害怕她进一步靠近,一直保持着随时要逃跑的姿势。窦瑜玮哪能放过他,反而将身体有意无意地碰触他的敏感部位。

徐公平越是想把距离拉大一些,窦瑜玮愈把他抱得紧。她的脸绯红,在幽暗的灯光下,两只眸子直勾勾地盯着徐公平英俊的脸,仿佛一只饥渴难耐的麋鹿发现了一撮梅子,梅子青涩害羞,而麋鹿非要把这一咕嘟梅津吮吸进自己的嘴里……

徐公平在大学期间,是全校出名的美男子。这个湖南青年,有着江南男子特有的俊秀。刚入校时,女同学都称他"贾宝玉",因为那时的他稚嫩的脸庞充满朝气,极富魅力,对女生有着无法抵挡的诱惑力。但他心无旁骛,把心思都用在了对知识的求索与摄取上。后来他读了许多书籍,马克思、雪莱、尼采、徐志摩,都是他崇拜的人物。最后,他特别喜欢上了毛泽东,被这位历史伟人的人格魅力和艺术才智深深感染。他通读了《毛泽东传记》和《毛泽东选集》,悉心研读了《毛泽东诗词》,甚至把自己的人生目标和价值取向定位在像毛泽东一样的人身上。

后来自打在语文课上学习了某篇古文后,同学们再不叫他"贾宝玉",而是逐渐称他"徐公",他也默认了。

一次,女同学朱妍、夏雯、常思思在校内"阿牛餐馆"小聚,徐公平和牛爱也凑巧来吃饭。

牛爱见着三位女生首先发声道:"哇,这么多佳丽,公平你真是艳福不浅呀!"

三女生齐声说:"很好呀,热烈欢迎二位光临,我们正愁没人买单呢!"

众女生殷勤地给二人搬过了椅子,徐公平刚要落座,牛爱却说:"且慢,你们人多,我们势单,我们须穿插到你们中间,才显得阴阳平衡、男女平等。"他又俯耳对着徐公平说,"她们想占我们的便宜。我们坐在一起,只有一面是女生,对我们不利呀。不如穿插开来,你我两面都是女生,可以左右开弓,岂不美哉!"

徐公平顿感脸上燥热,轻声说:"你就爱搞恶作剧,你坐在我身旁,还可帮帮我。"

不料女生们却说:"好啊,插开就插开,谁怕谁呀!也防止你们交头接耳,窃窃私语,捣鬼作弊。"

待坐定之后,大家点了几样菜,女生们要喝饮料,牛爱说:"不行不行,所谓男女平等,得一起喝酒。"女生们说:"喝就喝,谁怕谁呀!"于是服务员给他们上了两扎纯生啤酒。即刻,觥筹交错,大家痛饮起来。

等到菜上来之后,朱妍逗趣说:"牛爱吃什么?"

夏雯立刻接茬说:"牛爱吃草。"

常思思又接着问:"爱吃什么草?"

牛爱一时有些窘迫,对着夏雯说:"本老牛爱吃你这个草!"

常思思接着说:"牛还爱什么?"

朱妍说:"还爱被吹!"

徐公平也被逗乐了,接题说:"还爱漂亮母牛。"

大家立刻笑得前仰后合,常思思将一口酒故意喷在牛爱的右臂上,连连说"对不起"。

牛爱道:"好哇,徐公平,你们竟然联合欺负我。"

他站起身,抖了抖肩膀,双臂兜出个牛角形,使出健美运动员惯用的招数,亮亮右臂,又挺挺胸肌,面部肌肉下拉,双眼凸出,学古人的腔调说:"吾与徐公孰美?"

朱妍、常思思、夏雯三个女生见状,故意说:"你比徐公美多了!"

牛爱趁机占便宜说:"汝三妾之美我者,私我也……"

三女生齐呼道:"谁是你的妾呀?!"立刻有几只手拧他的身体。

牛爱躲避说:"别、别、别,且说我美在何处?"

朱妍说:"满脸的青春美丽痘。"

常思思说:"还有满头的牛皮癣。"

夏雯说:"浑身起鸡皮疙瘩。"

徐公平又补充了一句:"还有一张厚如牛皮的脸。"

牛爱见徐公平吃里爬外,说道:"好啊,徐公平,你竟然帮她们整我。"他立刻掉转枪头说,"好,你们说本帅哥什么,我都认了。且说说,徐公者何意也?"

常思思说:"徐公者,姓徐的公子也。"

朱妍说:"徐公者,姓徐的公仆也。"

夏雯说："也有姓徐的相公之意。"

牛爱说："哈哈！'相公'，古代可是丈夫之意，你是说徐公平是你的丈夫。哈哈……还不如直接说是你的老公呢！"

夏雯急了，抓起一双筷子直打牛爱。

牛爱离座避开，便说："老公就老公么，这么帅的美男子做你的老公，若是我，晚上就睡不着觉了！"

夏雯假装出一副气急败坏的样子，在一边蓄势待发。朱妍、常思思二人也意味深长地盯着夏雯哂笑。

徐公平满脸通红，提议大家再干一杯。牛爱想激一激徐公平，又说："徐公嘛，本人以为更有新意。"

三女生齐声说："还能有什么新意？"

牛爱离开桌子，阴声说："老佛爷，请！"一副太监的样子。

徐公平也意识到把他说成太监，骂道："好啊，老牛，你说我是公公啊！看我怎么收拾你！"

众人大笑，徐公平追着揪牛爱的耳朵，三女生拍手称好。

这时候，酒也喝得差不多了，众人都有些兴奋，牛爱买了单，只说："可惜！可惜！"

众女生问说："可惜什么？"

牛爱说："可惜今晚没人陪我们……"

众女生本有些醉意，以为要打牌或跳舞，问道："陪你们干啥？"

徐公平说："睡觉。"

众女生知道上当，拥上去抓脖颈、拧腿、拥手、扒外套、扯领带……将徐公平着实欺负了一顿。

自此，这个夏雯，竟暗恋上了徐公平。两人一起上图书馆，一起上食堂，一起看电影、跳舞、打球、吃饭、散步，俨然成一对恋人。多少个周末与假日，校园的阿牛餐馆、夏雨鸣蝉、石径花光、丽娃河畔，点点滴滴都记载着他们美好的回忆。

徐公平也是真心喜欢夏雯的，只是在一起的时候，由于徐公平较腼腆保守，一本正经地发扬着他特有的绅士风度，这让两人的相处浪漫中缺少一点激情，甜蜜中缺少一种热忱。相比之下，夏雯反而显得更主动些。

徐公平沉入遐想之际，窦瑜玮仍紧紧地抓着徐公平的肩胛，另一只手紧贴着他的手掌，她的手心里沁出很多潮热的液体。她浑身变得酥软，脸上透出微微的红，整个身子紧紧地贴着徐公平。她盯着徐公平那无比性感的脖颈，眼里充满了痴迷和贪婪，仿佛一只发情的雌螳螂逮住了一只雄螳螂，酣畅淋漓地交合之后还有一种吃了他的冲动。

徐公平在回忆和夏雯相识经过的一刻，眼睛一直扫视着窦瑜玮身后的何碧，何碧偶尔也回望他几眼。只是她还要照应那个不会跳舞的男伴，稍不留意，那人的脚尖就会踩上她的皮鞋。

这个何碧，身段和性格倒是跟夏雯有些相似之处。只是何碧的脸上，没有夏雯那种雍容华贵的气质，倒是恬淡中多了一份娴静。

何碧像一株虞美人，而夏雯则像一树玫瑰！

徐公平偶尔也会乜斜一下窦瑜玮的脸，这是一张姣美的脸，宽朗的额头，柳叶眉，草莓鼻，青晔红唇，很符合"三庭五眼"的美学原理。只是从侧面看时会发现其眉梢和嘴角处蕴藏着几分妩媚与妖艳。

在徐公平的眼里，眼前的窦瑜玮只是一位从业经验丰富的女领导，一位热情奔放的大姐，他无法对她产生倾慕之心。

此刻他们已把四步跳成了两步，俩人的身体左一颠、右一晃地摇摆着。虽然一曲只有数分钟的时间，虽然窦瑜玮的眼神透射着炽热的诱惑，但此时徐公平的心早已飞到了夏雯的身边，使他无暇回应窦瑜玮的热情。真是足下瞬间方寸地，心中数载几许人！

就在窦瑜玮浮想联翩的时候，舞曲播完了，人们意犹未尽地四散开来。徐公平想脱身，可窦瑜玮仍紧紧地揽着他。他急忙说："窦校长，这曲完了！"

窦瑜玮如梦初醒，猛然松开手，歉然地跟徐公平归座。她红着脸柔声对徐公平说："我有些失态了。"

徐公平一时不知说什么好，默默地坐在那儿，只等舞会快点结束。后来他找了个机会，匆匆地逃出舞厅。

六　课堂闹风波

康东方从厕所里出来,见徐公平正在背对太阳看书,就悄悄溜到他身后,捂住他的双眼偷偷地笑。

徐公平用双手掰开康东方的手说:"谁这么大胆?一猜就是你小子。"

康东方微笑说:"公平,看什么呢?"

徐公平回说:"钟南山。"

康东方不解地问:"什么终南山?"

徐公平说:"就是那个抗击非典的专家呀!"

康东方关切地说:"我说非典都过去了,你还看这个干什么?别看了,这么强的太阳光下看书,会伤眼睛的。"

徐公平说:"那我看什么?"

康东方指着远处说:"看风景呀!你看那雪山、森林、蓝天、白云,那个地方肯定美丽,多神秘多诱人呀!"

徐公平说:"世界上许多事物往往是远看起来很好,一旦接触到它,就没想象的那么美好了。"

康东方说:"不去看看,你怎么知道它的本来面目呢?什么时候我们去那里跟大自然零距离亲密接触一下,我们太缺乏这些知识了!"

徐公平说:"这还不容易,国庆长假,我们就到那里看看去。"

康东方说:"好呀,说定了啊,不许更改!"

徐公平连连点头。

商定后,康东方用脚拨弄着一个圆圆的石子,徐公平在一边饶有兴趣地观看。停了一会,康东方一脚把那石子踢飞,说:"哎,公平,你对这里的生活看起来倒是挺习惯的啊！"

徐公平说："不习惯怎么办呀？不习惯也得学着适应啊！"

康东方说："我就觉得挺不习惯的，什么都得从头学起！就说上厕所吧，这坑式土厕，危险大不说，我每次蹲完坑，都憋得像个蛤蟆一样。再往身后一看，满坑的粪便上，那么多蛆在蠕动，苍蝇嗡嗡直叫，吓得我两腿发软啊！"

徐公平打断他的话说："这里就这个条件，你别老盯着这些肮脏的角落，说些阳光的好不好？"

康东方说："不说这个，你让我说啥？这些都是我们实实在在的生活体验，你总是回避生活中最实际的问题，可这些事情都和我们的生活息息相关。吃喝拉撒，衣食住行，我们能抛开这些不说吗？这里条件这么差，我真有点后悔来这个鬼地方了！"

徐公平一听他想打退堂鼓，立即劝道："这么点苦我们都吃不了，我们还能做啥？想想我们的父辈，他们受过的苦、他们经历的事，比这要难上千倍万倍，他们是怎么走过来的？"

康东方争辩说："父辈是父辈，我们是我们。时代不同了，我们为什么还要受父辈那样的苦？再说了，父辈受的或许只是物质上的苦，可我们受的是精神和物质上的双重压迫！"

徐公平驳斥说："谁压迫你了？是我们自己无能，还能怪谁？谁不喜欢优越的条件，谁不喜欢美好的生活，可我们拥有吗？美好的生活需要我们自己创造！"

康东方见徐公平有些激动，知道和他讲道理自己远远不是对手，就妥协说："那不说这个了，哎，徐公平，你每天都吃面条习惯不？"

徐公平说："不习惯怎么办？总不能让人家都随我们吃米吧！现在是我们适应这儿的环境，而不是环境适应我们！"

康东方趁机转移话题，若有所思地说："哎，徐公平，都说这日本人发明了方便面，怎么中国就不发明个'方便米'，开水一冲就能吃的大米饭，那该有多好啊！"

徐公平逗他说："有啊，那袋装米粉不就是吗？"

康东方说："那是小孩吃的，和我说的是两码事。徐公平，我们不如开个小灶吧，那样可就好多了！"

徐公平说:"可我们哪会做饭呀!"

康东方说:"我们可以请教做饭的那个师傅,慢慢学呀!"

徐公平说:"做饭也是一件苦差事,你以为那么简单呀,里面学问可大着呢!"

康东方无可奈何地说:"可我已经受不了了,总不能这样活受罪吧!"

何碧老师除了上高中年级的九节英语外,还带初三年级的生理常识课。

在一堂课上,一个女生忽然起立问:"何老师,睾丸长什么样子? 它是干什么的? "有几个男生立刻偷着笑起来。

何碧一时语塞,不知如何回答,怔了半天,说:"睾丸是男性生殖器官的组成部分,同学们查查词典就知道了!"

又一堂课上,一男生忽然起立问:"何老师,听说国外的学校给中学生发安全套,我国也要试行,这安全套是干什么用的? "

何碧刚想给予解释,又觉不好意思,就说:"既然你们没见过,也不知道是干什么的,就不要再问了。我也不太清楚。"何碧心想,这大山深处的学生,真是太怪了! 连安全套是干什么用的都不知道……

高三年级的学生,在一些城市中学那是再勤奋不过的,因为一踏进高三的门槛,就意味着进入了倒计时,每一位学子在争分夺秒地奋斗着,心中那根无形的弦也越拉越紧,因为离大热的七月高考仅剩三百余天,而这七月又是那样令人焦虑与不安,整个学校都笼罩在一种焦躁与窒闷的气氛中,仿佛要去参加公判似的。

然而在牛毛中学,却没有那么重的压抑。由于偏僻和荒凉,这里似乎也没有那么多的高温刺激。这些高三学生成绩都不优秀。因为优秀的学生,只要是条件允许的,都早已转到县城较好的中学读书了。那些家庭条件实在不行的,则早已辍学在家。

牛毛中学的历史上,没有考出过一个大学生,所以在校的学生对大学没有什么期望。这些学生毕业后有的继续上职高,有的外出打工学些技术,而有好大一部分就是为了混一个毕业证,他们甚至觉得毕业不毕业都没关系,反正他们也飞不出这个山沟沟。他们上学的目的,就是完成任务后继承他们父辈的事业,继续去耕地和放牧。

七　老少大论辩

大约从一九九九年开始,一种叫"炸金花"的扑克牌赌博玩法几乎席卷了整个牛毛县。

一个炎热的下午,徐公平正在教研室批改作文。有一名学生前来报告,说高三年级班长杜小虎带领同学在教室里"炸金花"。徐公平急忙去教室察看。哪知到了教室,七八个学生正赌得起劲,边上围观者又是十几人。因为非常专注,所有参赌的学生并没有发现老师已进入教室。

一切是那么的不可思议!在徐公平眼里,这些学生平日里都是遵守纪律的,可面对赌博的诱惑,他们都是那么疯狂与痴迷。徐公平不禁心中暗自悲哀,人类的抵制力在某些诱惑面前,竟显得如此软弱无能!

见此情景,徐公平提高嗓门问道:"杜小虎,你们在干啥?"

面对这突如其来的问话,所有的眼睛都齐刷刷地聚焦到了教室门口徐老师的脸上。有几个学生四散逃开,杜小虎则被吓得目瞪口呆。但他一想事实已无法改变,又无法逃避,反而镇定起来。于是他低着头不以为然地回答说:"玩扑克,随便玩玩罢了。"

徐公平严肃地说:"你可知道你们在玩什么?"

杜小虎故作镇定地说:"炸金花呀。"

徐公平接着问道:"教室里能炸金花吗?"

杜小虎不以为然地说:"现在是课外活动,学校也没有规定不能呀。"

徐公平有些恼怒地问:"炸金花是赌博,你知道吗?"

杜小虎淡淡地说:"知道。可你们老师能玩,为什么我们学生就不能玩?再说了,那校长还天天晚上打麻将哩!"

徐公平气得一时无语,老师们晚上打麻将的事,他早有耳闻,但他总不能让杜小虎认为自己赌博是对的吧!于是他装作糊涂辩解说:"老师们打麻将那是成年人的一种娱乐活动,他们有自制能力,你们小小年纪怎么可以赌博?把刚才赌博的牌和钱拿出来。"

杜小虎从容地从裤兜里掏出一沓零钱递了过来,丝毫没有愧疚之情。

徐公平气愤地说:"你一个学生,不把心思放在学习上,赢了钱又能怎样?"

不料杜小虎反唇相讥:"我有钱没处花,输点钱又怎样?"

面对这种场面、这样的回答,徐公平竟一时语塞。他想继续询问下去已无意义。面对这样的学生,他也只能选择沉默了。他知道,如果再僵持下去,师生之间势必会有更大的冲突。

于是他使出老师们惯用的招儿,愤愤地说:"你,你给我写检讨!"然后转身走出了教室。

徐公平感到自己的命令是那样的苍白无力,一种挫败感立刻涌上他的心头。他手里拿着"没收"来的"赌具"和"赌资",感到心是那样沉重。这种沉重,表面看来或许是一个老师的沉重,实际上它是一个学校的沉重和一个家庭的沉重,更是时代的沉重和社会的沉重。每一个人,当我们的某种行为,在法律制度和道德范畴之间游离的时候,我们能做的只能是自觉自律,难道说非要等到受到惩罚才肯罢手吗?

徐公平默默无话地走进办公室,把那副扑克牌和那沓零钱狠狠地摔在桌子上,气急败坏地瘫坐在椅子上,闭上眼睛沉思:想不到学生的内心世界竟然已经被这些东西充斥!好在大多数学生还都没有到这个程度。他又想:这杜小虎是谁家的孩子,派头竟这么大?一个什么样的家庭,才能把孩子养成这个样子?从小到大,是什么原因使杜小虎变成了现在这样一个学生呢?他一定要解开这个谜团。

一天下午,徐公平没课。他见老教师董红也闲着,就向他打听杜小虎家庭背景。从董老师那里得知,这杜小虎是一个暴发户的儿子,他爹叫杜大山,以前是本地有名的油漆匠,给人家漆个炕桌和面柜什么的,干了大半辈子油漆活,也没挣下几个钱。前些年这里开金矿挖金子,杜大山运气非凡,短短三年时间,已成为当地有名的暴发户,人称"杜百万"。杜大山有两个孩子,女儿叫杜小鹿,儿子叫杜小虎。杜小鹿高中毕业没考上大学,就在县城一个美容美发学校学了半年技术,回来后在镇上开了一家理发店,就是那个"小鹿发廊"。

徐公平知道董老师学术造诣很深,而且很谦虚,就请教道:"董老师,您说现在这素质教育也推行好些年了,怎么还有像杜小虎这样的学生,是不是素质教育有问题呀?"

董红老师一听素质教育,马上表现出很严肃的表情,郑重地说:"小徐老师啊,我知道你在大学是学哲学的,我呢,教了一辈子的书,也读过些马列著作。你知道有个著名的哲学论断叫'扬弃',它教会我们在对待新事物时如何取舍。可我们在教育体制改革中,就没有做到'扬弃'。一段时期以来,有些人把过去的教育模式简单定义为'应试教育',并且将它说得一无是处。可是,从'科举'到'八股',我们的祖先也一直在探索教育的良方妙策,一直在改革,并且在各个朝代,也出现了许多杰出的人才呀。中华人民共和国成立后,我们搞了几十年现在所谓的'应试教育',也培养和造就了一大批卓越人才呀!难道说过去我们一直做着一项错误的工作吗?不是!我们同样在为社会主义建设作贡献,同样推动了中国社会主义事业的发展。"

徐公平说:"董老师,应试教育虽然也起过一定作用,但实践证明,它已经不适应现代社会的发展和学生对教育的客观需求,它落后了,过时了,所以国家才提倡素质教育,这一点是完全正确的。"

董红说:"那么,你说说什么是真正的素质教育?素质教育到底和应试教育有什么不同?"

徐公平说:"素质教育,就是教育过程中以培养学生的素质为中心,面向全体学生,培养学生全面发展,以学生为教育活动主体的教育,它和应试教育相比有明显的优势……"

董红打断徐公平的话说:"的确,素质教育听起来是很有道理,讲得头头是道。但是,谁说应试教育就没有培养学生的素质呢?考试只是一种检验和选拔人才的手段,只要有竞争,只要想分出优劣,就必须要选择一种检测方法,这种方法就是考试。中国封建社会的甲、乙、丙、丁,外国人的A、B、C、D,这些都是选拔人才的方法。无论是封建的科举八股,还是西方的托福雅思,古今中外,有哪种社会、哪个国家选拔人才不用考试呢?所以,应试教育并没有错,错就错在'歪嘴和尚'把经给念错了！我们说不论是应试教育也好，还是素质教育也罢，关键是要把学生培养成人才，培养出真正能适应这个时代发展所需要的人才，而不是像杜小虎这样，想学什么就学什么，想干什么就干什么，这不是教育的初衷，而是教育的悲哀！"

听完这样的论断，徐公平若有所思，用疑惑的口吻问："董老师，听您这么说，提倡素质教育也有错吗？"

董红接着激动地往下说："一种教育模式，不能简单地以对错来衡量。应该说，素质教育的提法是对的，但关键是教育行政部门的执行者和某些教育工作者以及学生家长们，甚至有许多学生，他们对素质教育的理解出错，从而出现了诸多偏差。处在不同层面、站在不同角度的人，对这个问题会有不同的看法。正是由于这些原因，素质教育在无形中被看成一种与应试教育相对立的教育模式了。这些年，有些地区、有些学校甚至出现了学生无作业或者上不上课都无所谓的怪现象，有些学校名义上取消了各种测验和考试，改百分制为优、良、差等级制度，好像这样就做到素质教育了。其实，素质教育，应该是应试教育的'扬弃'，我们要取其精华，去其糟粕。一段时间以来，我国的教育陷入迷惘局面，被这种想当然的、自以为是的、盲目乐观的所谓素质教育所取代，可以说这种'盲目的素质教育'影响了我国的三代人，甚至是贻害无穷呀！"

徐公平说："董老师，刚开始我感觉您对素质教育有偏见，但经您这样一说，我对现阶段我国的教育模式又有了新的认识。但您说素质教育贻害了三代人，我有些不明白。"

董红苦笑了一下，说："这一点仅仅是我的个人观点，一家之言呵，不可深究。"

徐公平不再追问，想起杜小虎，他又无奈地叹了口气。

八 邂逅得芳心

何碧坚持每天晨读的习惯深深影响了徐公平和康东方,这两个男人虽然也在坚持,却没有何碧坚持得好。每天早上在操场跑步的时候,康东方都有一种想跑过去接近何碧的冲动,徐公平却喜欢在远处一边做运动一边偷偷观察何碧的一举一动。

康东方说:"徐公平,你说这何碧到底有没有男朋友呀?看她学习的样子,认真得像个中学生似的,还没处男朋友吧?"

徐公平说:"这你应该去问她,我咋知道呀?至于这学习嘛,就要认真刻苦、专心致志地学,要是在那装模作样,还不如不学呢!"

康东方说:"那我们就到她跟前去探个究竟,顺便问问她会不会做饭。"

徐公平犹豫了一下说:"也好,今天就成全你一次。"

他们边笑边走,徐公平有意岔开话题说:"喂,康东方,你觉得这个学校学生的学风怎么样?"

康东方说:"一般一般。"

徐公平说:"我觉得不是一般,而是很差。"

康东方说:"何以见得?"

徐公平说:"学生在教室里赌博的都有。"

康东方说:"这很正常,老师课外时间也赌博,学生照着学呗!"

徐公平说:"那学生也不能赌博!"

康东方说:"早都司空见惯了,全镇、全县都这样。"

徐公平说:"你上学时也赌过吗?"

康东方说:"跟着别人玩过两次,就会了。"

徐公平说:"你真行啊,十八般武艺样样通呀!"

康东方说:"所谓近朱者赤,近墨者黑。有什么稀奇的。"

徐公平说:"你知道带头赌博的学生是哪一个吗?"

康东方猜了两个调皮的学生都没猜中,徐公平说:"是杜小虎。"

康东方说:"杜小虎? 就是长得跟我有点像的那一个呀!"

徐公平说:"呵呵,天下乌鸦一般黑,还很自恋。那小子是跟你有点像,不过不是英俊帅气,而是调皮捣蛋。"

康东方说:"你怎么能这样损人呢? 小伙子调皮一点不见得就是坏事。"

徐公平说:"听说杜小虎有个姐姐,在镇上开了个发廊。"

康东方说:"看杜小虎长那么帅气,他姐姐应该也不差,一定是个美女吧? 哪天咱们抽空拜会拜会去。"

徐公平说:"你小子呀,啥时候都没个正经。不过,我也正想去做个家访,了解一下情况呢!"

说话之际,两个人已到了何碧跟前。

康东方走近一点,假装斯文的招呼道:"Good morning!"

何碧莞尔一笑,回道:"morning!"

徐公平并不言语,于是康东方找话题道:"今天的天气真好呀!"

何碧抿嘴一笑,说:"是不错。"

徐公平说:"何碧,学习什么呢? 这么认真!"

何碧淡然一笑,说:"学校时考研没考上,又不想放弃,早上起来练练听力。"

徐公平说:"我也考研,就差一点。可是现在工作忙,就放弃了。"

何碧微笑着说:"你们男同志以事业为重。"

康东方说:"以什么事业为重,臭老九一个。"

徐公平说:"别自己瞧不起自己,我们可是人类灵魂的工程师,从事着太阳底下最光辉的事业。"

何碧晗首笑道:"二位够自豪的呀!"

康东方说:"唉,何碧,你的外语歌唱得很棒啊!"

何碧嫣然一笑,说:"我的第二外语选了韩语。"

康东方说:"怪不得呢,那次见面不跟我说英语,还装着不懂我的意思。原来你是深藏不露啊！"

徐公平说："人家是高人不露相,露相不高人。"

何碧腼腆地笑笑,说："我不喜欢和陌生人说话。"

康东方说："可我并不是陌生人啊！"

徐公平说："人家是女同志,谁的脸皮像你那么厚。"

何碧已感觉到徐公平有护着她的意思,脸微微泛红,羞涩一笑,对康东方说："那天我是真不懂你的意思。"说完,她又用眼角扫了一下徐公平,美丽的眼睫毛眨巴了几下。

两种眼神相撞,徐公平顿觉心慌意乱,一种心虚的感觉立刻传遍他的全身。他不想让这种思绪蔓延,于是从牙缝里挤出一句话来："那不打扰你了,你好好学习吧！"他拉上康东方,头也没敢再回一下,一溜烟似的走开了。

康东方不满地说："你慌什么呀？我还有重要的事没和她说呢！"

徐公平说："你还说什么呀,人家明显不想理你。"

康东方说："我还要问她有没有男朋友呢！"

徐公平说："真是无聊,见面就问人家这个。再说现在学校单身女同志,哪个没有男朋友呢？"

康东方说："莫非你对她动心了吧？还别说,你们俩还真像一对。"

徐公平说："别胡说啊,我可不像你那样自作多情。"

康东方顿了一下,若有所悟地说："噢,我明白了,刚才你是心虚,所以不敢正视她。"

徐公平说："以为谁都像你那样多情呀,见个美女就想搞对象。"

康东方说："我说哲人先生,热烈地追求总比躲在一边单相思好吧？"

徐公平说："你这是什么逻辑呀,是厚颜无耻还是恬不知耻呢？我看你呀,是一个真正的弗洛伊德门徒！"

小鹿发廊可谓小镇上蔚为壮观的一道风景,横匾上的"小鹿发廊"四个字是套印的请当地书法名家写的行草大字,横匾的左上部一时尚的金发女廊给过路的人似递媚眼,右下部是广袤的草原,一头漂亮光鲜的小鹿驻足于碧草之间,背景是蓝天白云,左下部是电脑竖排的橙色舒体字:理发、染发、焗油、烫发、盘头、文眉。

徐公平和康东方到小鹿发廊美发,杜小鹿热情招呼二位落座后,学徒秦小苹开始给康东方洗头。徐公平仔细打量了一眼发屋内部的布置,简单、明快、大方、新潮。之后,他把目光转向杜小鹿。这是一张清纯、俊秀而略显泼辣的脸,杏核眼,杏仁鼻子,杏样嘴,齐耳的短发,略带小麦色的皮肤中透出一种天然的野性。杏黄的麻织品 T 恤,黑色的裙子,奶油色的皮凉鞋,使杜小鹿显得大方而又新潮。

杜小鹿首先发话:"二位是中学的老师吧?"徐公平微笑了一下算是回答,杜小鹿表现得愈加恭敬,"你们在大城市里待惯了,到我们这穷山沟里来不习惯吧?"

康东方像找到了知音似的抢着回答说:"是有些不习惯。"

徐公平微笑说:"入乡随俗嘛,已经习惯了!"

康东方开门见山地说:"你就是杜小虎的姐姐吧?"

杜小鹿惊讶地问:"怎么?小虎又做啥坏事了吗?"

康东方说:"我说杜小鹿,你这个姐姐是怎么当的?"

杜小鹿一听话头不对,脸上挂着勉强的笑容,问:"小虎到底怎么了?"

康东方没发现杜小鹿的表情变化,继续说:"严重违反学校纪律。"

杜小鹿显出吃惊的神色,徐公平接过话茬解释说:"是这样的,前天他带头和学生在教室里赌博,被我发现了,但他并不认为自己错了,反而是一副满不在乎的样子。这不太正常,我想了解一些他的情况。"

杜小鹿说:"你就是他的班主任徐老师吧?我们家小虎从小被娇惯坏了,他要什么爹妈就给他什么,现在长大了,越发不懂事了。他现在花销很大,老爹给的钱不够,就直接到我这里来取,我也拿他没办法。"

徐公平说:"真的对他没办法?你们给他那么多钱干什么?"

杜小鹿说:"我们也知道他用不了多少钱,可他说,如果不给他,他就去抢、去偷,所以,家里总是给他足够多的钱,以防他在外闯祸生事呀。"

康东方说:"你们家长这样对他,只能说是害了他。"

徐公平也说:"这样下去,也不是个办法,你们应该对他管严一点。"

杜小鹿说:"我们家里人管不住他,倒希望学校对他管严一些,不听话时就狠狠地惩罚他。"

徐公平说："现在不允许体罚学生,连罚站都不行。老师对他只能动之以情晓之以理地说服。"

杜小鹿说："可是,有些学生,你就得惩罚,说好话他根本听不进去。像我们家小虎这种学生,只能惩罚才能奏效。"

秦小苹插嘴说："报纸上说现在有些学校对违反纪律的学生进行罚款,你们学校有这种规定吗?"

康东方说："没听说过。像杜小虎这样的学生,罚什么款? 家里有的就是钱,还有这么个会挣钱的姐姐支持,真是无话可说了!"

杜小鹿也了一眼康东方,欲言又止。这时,头发已洗毕,康东方坐过来让杜小鹿剪头发。另一边,徐公平让秦小苹洗头,各自聊一些当地的新闻。

杜小鹿有意在康东方面前露一手,因为从刚才的对话中她似乎窥出这个男老师有看不起她的意思。她把剪刀使得娴熟而飞快,一圈剪下来,一个漂亮的发型已成。

康东方虽然刚才直率地批评了她这个当姐姐的, 但现在杜小鹿贴身靠近他,他的呼吸不免也有些急促。尤其当杜小鹿站在他侧前方剪头发时,她身上散发出的那种成熟少女的芳香,竟像一剂强烈的催情药,激起他的欲望与冲动。她白皙的手臂、健美的脖颈、颤巍巍的酥胸、妖娆的体态,从头到脚,无一处不撩拨他的遐想。

几乎同时,洗头和理发都完成了。当秦小苹递过干净的毛巾让徐公平擦脸时,杜小鹿也结束了她的最后一个工序。她用征询的口气问康东方:"怎么样? 康老师还满意吗?"

康东方正惊讶之时,徐公平和秦小苹都称赞说:"帅极了。"

透过正前方的镜子,康东方审视了一下自己的形象,没想到杜小鹿剪的发型竟这样合他的意。其实,他忽略了一点,因为他的脸型和身材与杜小虎很接近,这对于杜小鹿来说,他是一个再熟不过的顾客了。何况她又想在他面前露一手,使他不要小看自己这个山野小店的美发师。

徐公平头发尚短,不宜剪发,只需微微吹吹风,打上啫喱水即成型。

康东方见徐公平美发完毕,没事找事,故意打趣说:"杜小姐,还有其他服务吗？"

"小姐"一词，虽则词面未变，但在不同的时代，其指向有所不同。在等级制度森严的中国古代社会，"小姐"和"公子"比对，特指官宦门第的大家闺秀。再后来，"小姐"和"大嫂"比对，人们把未婚女子皆可称作小姐，已婚则呼为"嫂"。时至今日，"小姐"又悄悄和"姑娘"比对上了。人们把从事色情服务的女子称为"小姐"，而把未婚女子称姑娘、女郎等。然而，在牛毛镇有一种最新的说法，以为时下的"小姐"论其实际含义应当称作"小婆"的。如今男人把娶回家的女人称为"老婆"，婚外找的统称为"小婆"。"老"乃持久之意，"小"则有随意之说。当今的"小姐"，大婚虽然未结，小婚却已频繁，早已与"小姐"一词的原始含义相去甚远，称作"小婆"倒是十分贴切的。

当然，康东方称杜小鹿为"小姐"，徐公平和康东方皆未感觉有何不妥，可对于常和山野乡民打交道的杜小鹿和秦小苹，却听得格外刺耳，两人顿时脸颊绯红，似被羞辱了一般。

杜小鹿杏目圆睁，脸色突变，但又不便发作出来，转而假笑道："有啊，你要什么服务？"

康东方还是在学校时的那一套做法，大大咧咧的，半开玩笑地说："需要按摩一下。"他见杜小鹿神情有些异样，就指指秦小苹说："就不劳驾你了，让你徒弟来。"于是秦小苹过来为康东方按头捶背揉肩。

徐公平不喜欢按摩，他看出了杜小鹿的表情变化，就解围说："城里几乎所有的发廊都是先洗头，后按摩，难道你们不会按摩？"说罢，顺手拿起一本发型设计的图案书慢慢欣赏了起来。

杜小鹿正欲说话，康东方却说："听说某些城市的发廊，客人一踏进门，小姐先问服务项目，名义上是洗头，其实却是提供性服务。"

杜小鹿最忌讳别人把她看成"小姐"，康东方一再出言不逊，让她怒火中烧。这种话题，辩又不好，可她决不容许别人把她和风尘女子相提并论。她琢磨着怎样才能好好教训一番这个看不起她们的伪君子。于是她悄悄推开秦小苹，自己给康东方按摩了起来。

康东方并未发觉已经换了人，接着得意地说："其实那事儿也没什么不好呀，双方的问题都解决了！"刚说到此处，就听他"哎哟"一声大叫，杜小鹿的手指已深深嵌进他肩胛的骨缝里。

康东方疼急了，叫唤道："哎哟，小姑娘你的手劲怎么这么大呀？你想掐死我呀？"

徐公平、秦小苹在一边窃笑，康东方发觉不对劲，转头一看是杜小鹿正在为他按摩。不过，她的眼中正喷着愤怒的火。康东方想从发椅上站起来，却被杜小鹿牢牢地摁在了原位。

杜小鹿问："帅哥，你还想要什么服务吗？"

康东方连忙求饶说："不要了，不要了！"

杜小鹿指尖用力，前后一抓一捏，康东方立刻又疼得大叫起来："哎哟！疼死我了！你温柔些不行吗？你这样狠手谁还敢找你服务！"

杜小鹿又用力抓了一把，康东方真疼得受不了了。他用两只手齐扳杜小鹿的双手，顺势抓住她的手用力往自己身边一拉。杜小鹿猝不及防，身体失去了重心，高耸的酥胸猛地靠在康东方的后背，头正好跟康东方的头撞到一起，嘴差点和康东方亲在一块。杜小鹿羞得满面通红，趁康东方愣怔之际，用力抽回双手，急急地跑出小屋了。

徐公平被他俩这突如其来的举动逗乐了，哈哈大笑，秦小苹在一边急忙用双手捂上了眼睛。

康东方站起身，看着杜小鹿的背影说："没想到你一个姑娘家，手劲却这么大，心够狠啊！下次我可再也不敢来了！"

徐公平笑道："呵呵，说不准你来得比谁都勤呢！"

康东方故作姿态地说："结账了，多少钱？"他转头问秦小苹。

杜小鹿从外面进来，接话说："理发免费，按摩二百。"

康东方说："这么贵呀！你宰外地人啊！"

杜小鹿说："谁让你要什么特别服务来着，我心狠吗？理发免费，按摩费一分也不少！"

康东方拿出一张百元钞票说："这个够吗？"

杜小鹿顺势掠了过来，扬了扬手中的钞票，神秘地说："徐老师，明天请你吃烤肉。"

康东方说："好啊，你讹我的钱请你弟弟的班主任吃烤肉，想故意气我呀？

说,明天吃烤羊肉,请我不?"

杜小鹿装作斩钉截铁的样子说:"就是不请你!"

康东方往前跨一步,想夺回那张钞票,杜小鹿早有防备,闪身躲开,咯咯地笑着跑开了。康东方会心一笑,跟徐公平高高兴兴地走出了发廊。

从此以后,康东方有事没事就去小鹿发廊,和杜小鹿迅速混得非常熟了。他们一起跳舞、唱歌、聊天、吃饭,一段时间以后,杜小鹿已把这位酷似她弟弟的老师当成了心中的白马王子,只是心中一直有种潜在的卑微搅扰得她无法平静。康东方也朦胧地意识到了杜小鹿已经闯进了他的感情世界,只是他还不承认自己已真真切切地爱上了这个乡下姑娘,只觉得好似有一种神秘的牵绊,将二人紧紧地捆在了一起。

九　落花人独立

　　虽然在一个学校工作,但男教师轻易不到女教师宿舍去,女老师更是视男同志宿舍为禁地。若非迫不得已,很少有人打破这种惯例。在这偏僻的山镇,人们的思想还很守旧,甚至是接近封建了。

　　中秋节的前一天,女副校长窦瑜玮特意准备了月饼和水果,邀请徐公平和康东方到她的宿舍去做客。那是一间二十平方米左右的房间,里面摆了一大一小两张床,两张三屉桌,显得有些拥挤,但收拾得非常整洁。大床的床头贴的是明星郭富城的照片,小床的床头边贴的是青春美少女 S.H.E 组合照,床头正上方挂着一串风铃。整个房间里弥散着淡淡的香味,给人一种温馨踏实的感觉。

　　徐公平有些不安地坐在床边上,用第六感官感觉着女性宿舍与自己宿舍的不同。康东方则逗弄着紫色的玻璃风铃,风铃顿时发出悦耳的声音。

　　窦瑜玮热情地招呼着二位落座后,非常麻利地摆上了月饼、水果和瓜子。她客气地说:"你们两个南方小伙子到我们这山沟沟里来工作,条件这么差,真是委屈你们了!"

　　康东方不假思索地说:"窦校长您太客气了!"

　　徐公平附和说:"不委屈,我们本就是来工作的,不是来享福的。再说,这里的条件也挺好,我们已经适应了!"

　　窦瑜玮微微一笑,说:"两位将就着过吧,条件会越来越好的!"

　　徐公平和康东方尝了一块当地的千层大月饼,窦瑜玮问这问那,俩人胡乱应付了几句。随后,徐公平忽然问:"何碧老师去哪儿了?"

　　窦瑜玮说:"和蓉蓉到花坛边打羽毛球去了。"

　　康东方说:"徐公平,我们也去打一阵。"

窦瑜玮说:"你去和她们打,徐老师在这里坐一会吧!"

徐公平想说什么,只见窦瑜玮神色坚定,只好作罢了。

康东方知趣地离开了,徐公平坐在那里嗑瓜子。他觉得无话可说,只等窦瑜玮发话。

窦瑜玮平日里有说有笑,但她和徐公平单独相处时,一时间也觉得无话可说。可她毕竟是久经世事的人了,深谙一个年轻男子单独面对一个女人时的心理。她知道,此时如果她不主动打破沉寂,像徐公平这样的男人,是想不到合适的话题的,说不定他会突然起身走掉。于是,她挑了一只梨递给徐公平。就在徐公平接过梨之际,她眨了一下大眼睛,眼中射出一道清亮的光,逼得徐公平不敢再抬头看她。

也不知是什么原因,一看到徐公平,窦瑜玮就有一种莫名的冲动。这是她的生命之中从来没有出现过的一种冲动,也是她一直在寻找的某种东西。她要摄取,摄取一种能让她灵魂颤抖的东西。而她现在似乎隐隐感觉眼前的这个男人身上就有这种蓄积。

她是个北方女人,虽然生性豪放,但她的内心深处更喜欢徐公平这种温顺儒雅的俊秀男子。从第一次见到徐公平的时候,她就有一种将他据为己有的模糊意识。她甚至想强暴他,或者幻想躺在哪里让他强暴。每次想到这一点,她又会暗自发笑,这是多么荒唐的想法啊!她有时会脸红,想把这种荒唐的思想摒除,但一种神秘的力量牵引她不能就此罢手。凭经验,她甚至能够预感到自己的女人味一定会引起面前这个青春美男的兴趣,她必须将这种兴趣发展为一种更牢固的东西,让他身不由己。

窦瑜玮忽然想到了一个非常绝妙的办法,就说:"徐老师,我家蓉蓉的作文一直不行,想请你给辅导辅导,不知你乐意不?"

徐公平谦虚地说:"我的写作水平也不高,就怕辅导不好。"

窦瑜玮:"你就别谦虚了,只要你每天给她辅导一节课,保准大有进步。"

徐公平说:"这方面也不是我的特长,恐怕效果不会太好。"

窦瑜玮坚持说:"俗话说功夫不负有心人,只要认真去做,肯定会有效果的。再说,即便没进步也不能怪你啊!"

徐公平只得默许了。他无法拒绝她的这个要求,因为老师给学生辅导课程是天经地义的事情,这也是为师之天职,是对学生最起码的义务。何况蓉蓉又是窦副校长的千金,如果他徐公平一天不离开这个学校,他就找不到拒绝这个请求的理由。

于是徐公平说:"那我试试吧。"

窦瑜玮兴奋地说:"好!明天晚上就开始辅导。"

此时徐公平已从刚才那种窘怯的境况中缓过神来,他注视了一眼窦瑜玮那美丽的大眼睛,只感到从她的眼中射出一种难以形容的妩媚。

徐公平刚想起身告辞,窦瑜玮却突然问道:"徐老师有女朋友吗?"

徐公平没想到她会有此一问,也不知道她问这话的目的,就随口答道:"没有。"

窦瑜玮欢快地说:"那好呀!我给你介绍一个。何碧老师也没有男朋友,如果你对她有意,我可以给你们做月下老人。"

徐公平连忙说:"不,不。我年龄还小,又刚毕业,不打算找。"

窦瑜玮脸上掠过一丝诡秘的笑,说:"二十几岁的小伙子,没个女朋友怎么行!"

一提起女朋友,徐公平心头就会泛起一股莫名的烦恼与迷惘。自从他来这里支教,他和夏雯就很少联系。夏雯不希望徐公平来西北支教,她的家人更是极力反对她和徐公平继续交往。如今,他只知道夏雯不满意第一份工作,已经辞职,正在重新找工作。

徐公平说:"窦校长,如果没别的事,我想去看看他们打球。"

窦瑜玮见徐公平一副怅然若失的样子,已觉察出这个年轻人的内心一定有事,但她不能在这个时候再问什么,于是不失时机地走过来挨近徐公平说:"怎么不高兴了?先不说这些了,走,我们一块去看吧……"

国庆节前一晚,由于放长假离家近的老师都回家了。徐公平和康东方回不了家,只能坐在学校的会议室里看电视。打开电视机,几乎每个频道都是旅游景点路线宣传片,看得人心烦意乱。徐公平手握遥控器翻动着节目菜单,有一家电视台正热播一档《胜者为王》的节目吸引了他的眼睛。节目内容是以问答的形式考察两个选手对古今中外百科知识的掌握和记忆,胜者打擂台接受挑战,败者带着某赞助商的纪念品离开舞台。某"牛人"选手对足球世界杯每一届的举办年份、主办城市、冠亚军得主甚至比分都记忆犹新、对答如流，然而当问到歌曲《东方红》的创作背景及词曲作者时，他竟然哑口无言败下阵来。

徐公平叹道："可惜，可惜！作为一个中国人，要是知道后者，不知道前者，还能说得过去。如今这个结局，倒是真的很雷人啊！"

康东方也义愤填膺地说："这有什么稀奇的？我曾看到过一篇文章，某学者列举大量事实得出了一个结论：有三分之一的国人不爱国，另有三分之一的国人假爱国，还有三分之一的国人想爱国但不知如何爱国。现在的国人，许多人不会唱国歌，有的人甚至不知道人民英雄纪念碑为何物！"

徐公平也愤愤不平地说："唉，就是呀！东方，有时看到韩国人席地而坐，看到日本人穿和服时的那个恭顺样子，我就想，咱们的祖先在汉唐时代是不是就是那个样子呀？中华民族的祖先创造出了这么好的东西，为什么这些邻邦小国传承了下来呢，而我们炎黄子孙却把它早已丢得一干二净了？"

康东方说："我说哲人先生，你不要老是把这些小事和民族呀国家呀扯到一起好吗？我们都是平常人，再不要谈论这么沉重的话题了好吗？我现在只能关心咱俩明天的早餐，虽说明天是我们伟大祖国的生日，但咱们恐怕是要饿着肚子过节喽！"

徐公平突然一反常态地骂道："他妈的，到处都是旅游旅游！要我说，这国庆节就应该举着国旗唱着国歌，对全国人民进行七天的爱国主义教育！"

康东方在一边提醒他说："要是那样，还怎么刺激消费？那是要影响地方政府 GDP 增长的。"

徐公平义正词严地驳斥道："GDP 就能代表一切吗？撇开上层建筑不顾，一味地追求经济基础的堆砌，这样的 GDP 数据不要也罢！要是一个人连自己的祖国都不爱了，即使他有再多的钱，有再大的能耐，又能顶个屁用！"

康东方辩驳道："现在的人，有哪个不是向钱看的？鸡蛋鸭蛋，拾到篮子都是蛋。再说了，现在办事，哪一件离了钱能办成？"

徐公平冷笑道："你小子踏进社会才三天半，怎么就变得利欲熏心了？我来问你，假如明天早上，比尔·盖茨在我国某个城市的街头发钱，每人一百美元，你是去领呢还是不领？"

康东方不假思索地说："当然去领了,不要白不要! 要是不去,人家还以为我脑袋缺根筋呢!"

徐公平嗤笑道："你不是脑袋缺根筋,你是身上少根骨头,是一个真正的'断了腰节骨的癞皮狗',十足的汉奸卖国贼!"

康东方呵呵笑着说："我有那么贱吗? 再说了,比尔·盖茨有那么傻吗?"

徐公平也缓和了语气,笑说："比尔·盖茨是不傻,可你看我们中国人,某些所谓的有钱人干的那些勾当是什么? 说不定哪一天,有哪个混球还真会顶着个猪头,到外国街头发钱呢!"

康东方也欣然笑道："嗨嗨,如果真有,我们就把他的猪头剁下来当球踢。看你一个假设,都把我骂成狗汉奸了。哎,徐公平,不管怎么说,明天过节,我们至少应该弄点好吃的庆祝一下吧?"

徐公平生气地骂道："你小子,就知道享受,每时每刻都在琢磨着为自己弄点啥,却从不想为这个社会做点啥!"他狠狠地按下关机键,把遥控器重重地往桌子上一撂说,"明天继续吃——方便面!"

十 最苦唯聚散

国庆节当天,徐公平早早起来,把屋子收拾停当,打算到镇上感受过节的气氛。忽然收发室的老头叫他去接电话,徐公平欣喜地奔了过去。

由于地理环境的原因,在牛毛镇这个地方,接无线电话要到山顶上某些位置才有断断续续的信号,加之高昂的通信服务费用,所以这里很少有人使用手机。也正是这个原因,徐公平和康东方渐渐与外界失去联系。整个牛毛中学,主要是通过收发室那部有线电话与外部联系。

进收发室门时徐公平心想一定是夏雯的电话,然而在他拿起电话的一刹那,却听到一个男人的声音,问了好几句话后,才辨别出是牛爱的声音。虽隔了短短的数月,牛爱说话的腔调却发生了很大的变化,完全是一种江湖侃客的语调。牛爱在电话中显得很激动,说他在云南昆明,正和朱妍游览世博园呢。

徐公平未去过世博园,所以直接打断侃侃而谈的牛爱,说:"大个子,你挺有能耐呀!你倒是发迹了,自个儿领着个佳丽在春城耍大款呢,把我们这些520寝室的哥们早忘到九霄云外去了!"

牛爱略带歉意地说:"哪能忘呀!只是出差在云南,正逢国庆长假,顺道到世博园一游。"

这时,康东方也来到了收发室门口,徐公平再无兴趣与牛爱多说,想快点结束通话,就说:"那好,大个子,我还有点事,祝你节日快乐,玩得开心!"

那边牛爱却说:"先别挂,先别挂。徐公平,康东方也在吧?不如你们到云南来玩,这里有世博园呀,还有西双版纳、丽江、香格里拉呀,旅游景点多着呢,我们一起玩个痛快怎样?"

徐公平说:"这个就不必了吧!再说游那么多地方,是要花很多钱的。我们一个穷教书的,哪来那么多钱!"

牛爱说:"钱的事情你们别管,我给你们定双飞的机票,一切费用由我负责,我全程请客!"

徐公平说:"你小子真发迹了呀,倒是挺大方的,不过假期时间太紧了,我也不想出去了。"

牛爱坚持邀请,徐公平执意不去。末了,牛爱怨愤地说:"老同学,不给我面子呀!那好,你们不想过来,我可要来糟蹋你们了。你俩等着……"只因徐公平的话激发了牛爱的自尊心,以及对往日同寝室哥们的情谊,牛爱决定到牛毛镇一游。牛爱只是想证明,他并未发迹,也未忘记老同学,只是暂时混得比他们二人好些罢了。

徐公平刚要走出电话室,电话铃声忽又急促地响起。徐公平返身又接起,果然是夏雯打来的长途电话。她在电话中说单位也放假了,本来想过来看他的,可是这里太遥远了,加之交通又不便,也没什么好玩的,所以她准备回老家去,她还邀请徐公平一起去她家乡玩。

若是往常,徐公平定会爽快地答应夏雯的要求。可是今天,他却委婉地拒绝了。要知道,每一个男人,都想把自己最强大最荣耀的一面呈现给自己心爱的女人。徐公平想到自己这么个处境,没有一丝半毫可炫耀的地方,也没有任何成就可言,他怎么可能以这样的面目去见自己女友的家人呢!再加上刚刚牛爱在电话中那个得意劲儿,也刺伤了徐公平的自尊。设想一个英俊潇洒的青年带着他心爱的姑娘在五彩斑斓、绚丽如画的世博园中游览,那种惬意,那种自豪,是何等的美好!

但徐公平哪里知道,所谓十年树木,百年树人!从选择教育这个行业的那一天起,就意味着他永远不可能像牛爱那样在短短的数月里或者很长一段时间内达到一种所谓的辉煌。因为教师是一个最不易出成绩也最难有成就感的职业。春蚕到死丝方尽,蜡炬成灰泪始干!听说有一夜爆红的女演员,也有一夜暴富的IT哥,但谁听说过有十年抑或二十年就有成就的教育家?况且在教育这一行里,又能出现几个孔夫子和叶圣陶呢?

徐公平想,生在这个平凡的世界,就不要老想着去做一个不凡的人。热爱生活吧,只要还没有人想剥夺你吃桑叶的权利,就做一个平平常常的蚕,去吐洁白的丝吧。我们不是金丝燕,我们只是一支小小的蜡烛,先照亮自己的眼前,然后尽可能多地给这个世界带来光明和温暖,这就是我们生命存在的价值。

两天之后,一辆白色的越野车在牛毛中学门口戛然而止。牛爱、朱妍、夏雯、常思思英姿飒爽地从车里钻了出来。这让徐公平和康东方着实惊喜不已,同时也让他们陷入了忙乱之中。因为这几个亲爱的不速之客,彻底戳穿了他们把牛毛镇描述得如同天堂一般的谎言,他们甚至连一瓶矿泉水也没来得及准备。

看了学校的条件后,除徐公平、康东方外,其余的人都觉得有些寒心和尴尬。为了打破人人难堪的局面,康东方到小饭馆要了几斤熟牛肉和几样小菜,去小卖部买了些袋装鸡爪和花生米,揣了几瓶青稞酒,在宿舍里支起酒场,大吃大喝起来。大家心照不宣,都不提工作的事,开足了马力喝酒,放开了肚肠吃肉。

牛爱喝了几碗酒后,红光满面,显得异常豪爽,学着老夫子的腔调一边用筷子敲着盘子,一边朗声道:"铁如意,指挥倜傥,一座皆惊呢!"

康东方也喝得尽兴,敲着桌子接道:"金叵锣,颠倒淋漓噫,千杯未醉嗬?"

常思思拉着朱妍和夏雯起身给他们二人敬酒。两人也不推辞,一饮而尽。喝罢,两人又高声划拳,输了的一饮而尽,然后再划再喝。

徐公平在今天这个场合,收起腼腆在一边拍手赞道:"以苦为乐,以苦为乐!"

众人见他终于放下了拘谨,立即一起拍起手来。牛爱趁机过来,举起酒碗要和他碰杯,徐公平执拗不过,只得喝了。

屋内气氛愈加活跃起来,众人又一起干了好几碗酒。

徐公平端起酒碗,笑容满面,朗声说道:"非常感谢诸位来牛毛镇的牛毛中学看我们!我知道,若不是心中这份情,诸位也不会千里迢迢来这穷乡僻壤。我知道,和大城市相比,这里简直是太落后了!可这里也有它的优势,那就是'原生态'!一切都是原生态——纯天然无污染的原生态!"

牛爱为打破僵局,乘兴说道:"是啊,虽然这里条件比较艰苦,然而王羲之说得好,此地有崇山峻岭,茂林修竹,一觞一咏,亦足以畅叙幽情!"

康东方接道:"是日也,天朗气清,惠风和畅,仰观宇宙之大,俯察品类之盛……亦足以极视听之娱,信可乐也!"

徐公平趁机说道:"呵呵,是不错。明天我们就到外面去看看这原生态如何？"

众人鼓掌，齐声说好。男人爽声大笑，女人浅笑附和，又开始大吃大喝起来。徐公平和牛爱划拳喝酒，牛爱老输，眼看要醉了，朱妍偷偷给牛爱代了一碗酒，也已微醉。

康东方踉踉跄跄，举起酒碗，招呼大家："来，干杯！不干不是哥们！"徐公平见康东方已有些醉，遂劝康东方不要再喝了。

康东方端着酒碗不放，说："我还没喝够呢！"他摇摇晃晃走到牛爱跟前，牛爱亦端着酒碗，单手将碗举得老高，说："君不见黄河之水天上来，奔流到海不复回……"说罢，一饮而尽，又要倒酒。

夏雯将剩余的酒藏起来，说："没酒了，别喝了！"

康东方牛爱齐声说："五花马，千金裘，呼儿将出换美酒……"

徐公平为了防止他们喝醉，提议说："来，现在咱们开始唱歌，一齐唱那首《九月九的酒》怎么样？"

于是大家一起吼道："又是九月九，重阳夜，难聚首……思乡的人儿，漂流在外头。"唱着唱着，几个人都眼中噙满泪花。

常思思和朱妍拽着牛爱，牛爱抓着她俩的手，略带醉态唱道："那夜我喝醉了酒拉着你的手，胡乱地表达……"

常思思笑嘻嘻地说："你表达错了……"顺势把他交给了朱妍照顾。

康东方拉着徐公平的手唱道："你是我的哥们，像亲兄弟一样的男人……"唱罢一曲，两个女同学给他们倒上雪碧，俩人也分辨不清，又一起畅饮了起来。

牛爱喝醉了，折腾累了，常思思和朱妍把他摁在一张床上睡了，她俩也趴在桌子上睡着了。康东方最终吐了，吐得昏天暗地。最后酒场一片狼藉，大家睡得东倒西歪。

这时天色已晚，夏雯拽了一下徐公平的衣服，要他出来。俩人来到校园的一角。

徐公平微醉，走了一会儿，歉疚地说："雯，我们在这里坐会吧。"

夏雯不坐，她的手紧抓着徐公平的手不放，用美丽的双眸注视着徐公平，眼里充斥着三分关切与温存，还有七分的怜悯与不解。她主动抱住了徐公平，把头深深地埋进徐公平的胸脯，低声抱怨说："公平，原来你们就在这样的环境中工作呀,电话里你还说挺好的!"

徐公平故意说:"就是挺好的呀!这里有蓝天白云,青山绿水,茂密的森林,辽阔的草原,还有纯朴可爱的姑娘,哪点不好呀?反正大城市没有的,这里都有。"

夏雯捶着他的胸说:"那你就一辈子待在这里,娶个这里的姑娘算了!"

徐公平装作不在乎地回答说:"正有此意!"

夏雯一脸嗔怒,故作生气地抓住徐公平的双肋不放,徐公平也不由自主地抱紧了夏雯。夏雯抬起头,含情脉脉地吻住了徐公平。两人趁着酒兴,热烈地吻在了一起……

第二日,康东方和牛爱清醒之后,看到大家都已洗漱完毕,在等他俩。牛爱细细打量了周围的环境,始想起自己在徐公平的宿舍睡觉。他的脑海中迅速闪过自己那豪华公寓的场景,和自己的居所相比,简直是天壤之别。这里没有空调、电脑,没有电话,没有浴室,甚至连饮水都成了问题。他心中很为徐公平他们打抱不平。同样是新世纪的大学生,为什么当年的校园美男子却要受这样的苦,偏要在这一穷二白的山沟沟里"奋斗"?难道仅仅是信仰的力量?或者是一种崇高的价值取向,就让这些优秀的人才在这穷乡僻壤中付出自己最美最壮丽的青春年华吗?他暗自冷笑,让徐公平康东方这样的高才生,待在环境这么恶劣的山沟沟里谈所谓的奉献精神,简直就好比宝马轿车陷在泥淖里,对不起那么好的配件。

也许这里最好的早餐,就是小饭馆里的牛肉面了。趁大家一块去吃牛肉面的机会,牛爱终于把自己的想法向徐公平说了出来:"徐公平,你俩别在这里干了,到南方随便哪个城市找份工作,都比这里强。要是我,宁可到北京找个餐馆端盘子,也不愿到这里来。人家北京'全聚德'烤鸭店的一把椅子,一年的产值二十多万呢!你俩待在这里,就好比是凤凰落在芭蕉上,实在没个什么巴望呀!"

其余的人都劝徐公平和康东方辞职走人。牛爱这一突然的劝诫,倒使徐公平和康东方颇为难堪。

为了说服徐公平和康东方放弃这里的工作,在场的人都如实叙说了各自的工作状况。朱妍在一家知名的广告公司做文案,还准备报考公务员。常思思凭她的才情在中原某省交通厅谋了一份美差,做厅长的文秘。夏雯就职于沿海某省一家台资企业,如果工作出色,出国留学的机遇非常大。

牛爱说:"鄙人在大城市晃荡了几个月,最后被一家私营企业老板看中,这个老板经营着几个超级娱乐城,年营业额上亿。大家别小看我的工作,本人年薪可是三十万,还有年终奖噢!"

徐公平说:"牛总,你可真行啊,你一个人的报酬顶我们二十五个老师的工资。要是你到我们学校教书,我们学校一半同志就得下岗。不过我们挣的钱可不想和你比,你的钱里含的水分太多!"

牛爱说:"什么水分不水分的,现在这个年代,谁还会考虑人民币里面包含的劳动差别,买东西时又不给钱分等级?"

康东方说:"可是人不能都为钱活着。当初,我们来大西北支教时,可没考虑挣钱多少的事。再说,我们都走了,那些学生怎么办?你没见我们那些学生有多纯朴,有多可爱!"

牛爱说:"话虽这么说,可现在这个社会,没钱的日子可真不好过!还是请你们二位好好考虑考虑后再做决定吧。"

徐公平看着康东方说:"我们签了约,信誓旦旦地到这里,是自愿来的,怎么能说走就走?"

牛爱说:"当年的《中美联合声明》都让人给毁了,何况一个小小的合同,大不了交些违约金。"

徐公平说:"唉,你这话还是不妥。俗话说得好,既来之,则安之。我承认,这里条件是有些艰苦,可当我走进教室的那一刻,看到那一双双渴求知识的眼睛,一个个纯朴可爱的脸,生活中再大的困难我都会忘记,我就再也不想离开那三尺讲台了。"

牛爱认真地说:"徐公平同志,你真的认为教书是太阳底下最光辉的事业吗?当你跻身于那些高级娱乐会所或者豪华赌场,看到那些有钱人一掷千金的时候,你就会感受到咱们这些为了区区几百元的工资默默奉献的人到底有多可怜!当你走进那些大大小小的洗浴中心,看着无数的水龙头长年不关掉,白花花的自来水整日整夜汩汩流淌的时候,你就会体会到咱们平常老百姓为了响应国家号召节约一滴水而做出的努力是多么的愚蠢!"

康东方在一旁帮腔徐公平说:"士别三日当刮目相看呀!我说牛总,在社会上混了短短的几个月,你倒是长了不少见识呀!"

徐公平有点气馁地说:"大个子,不管你说的这些是真的还是假的,也不管你有多少歪道理,我还是不能离开这里,我放不下那些学生。再说,你们忘了毕业前我们找工作时的难处了吗?"

牛爱振振有词地说:"此一时,彼一时嘛。那是我们没有真正找对门道。这年头,只要你有真才实学,肯吃苦,还怕找不到好的工作?像你这样的大帅哥,还怕没人要?"

常思思见徐公平、康东方俩合力还是说不过牛爱,就凑上来说:"好了,牛总,我们就不要强人所难了好吗?他们俩做出这样的抉择,自然有他们的道理。半途而废的事,谁也不喜欢做。来的路上,我们不是看到了这里的风景很美吗?还是说说明天怎么去旅游吧。"

十一 误闯隐秘地

牛毛镇虽然偏僻而闭塞,但若论原生态,那可是一流的。这里简直就是一个天然的大氧吧。离牛毛镇二十几公里的山沟里,有一处风景绝美的旅游胜地,当地人称"小三峡"。由于国庆长假,"小三峡"风景区游客如潮。

徐公平、康东方、牛爱、朱妍、夏雯、常思思六个俊男靓女,手里执着鲜红的小国旗,穿着时髦的休闲装,成了"小三峡"游客中的一个亮点。在短短两天的时间里,他们游览了小三峡所有的景点。他们在洁白的藏包里吃大块的手抓羊肉,喝大碗的烈性青稞酒,跟藏族少男少女围着篝火一起跳"锅庄",还接受了藏族老乡赠送的洁白哈达。他们第一次喝血红的酥油老茯茶,第一次手掬清冽甘甜的泉水畅饮而下。他们白天观看残酷而激烈的赛马会,傍晚燃起篝火,乘兴和其他游人一起载歌载舞。他们追逐野兔或山獭,在碧绿如茵的山坡上嬉戏。他们采摘野果或艳红的山丹花,在灌木丛或松林里穿梭。他们看到了许多从未见过的山鸟,还见识了洁白如玉的世界珍稀动物白牦牛驱驰于山巅的飒爽英姿。

第二天下午,六个人意犹未尽,恋恋不舍地离开了"小三峡"风景区,又回到了牛毛镇。

看着眼前的牛毛镇,牛爱似乎不甘心明天就这样匆匆离开这个地方。因为他知道,尽管牛毛镇确如公平所说,是够原生态的,但他这辈子极有可能不会再来这个地方了。

于是,他不经意问道:"徐公平,这牛毛镇上有没有好点的餐厅,这两天太辛苦了,我想请大家好好撮一顿。"

徐公平谦虚地说:"这里确实也没有你想的那种餐厅,我看你就别破费了,还是我俩请大家吃烤肉吧。"

康东方故作神秘地说:"牛总,别看这地方闭塞,如果你非得花钱请我们的话,好去处还是有的。"

牛爱立即兴奋地说:"什么地方? 在哪里? 我还真有点不信。"

徐公平也立即想到了那个地方,连忙用眼神阻止康东方说出来。

然而,康东方没有理会徐公平递过来的眼色,笑嘻嘻地说:"这里有个凯枫山庄,远近闻名。"

牛爱半信半疑地说:"这地方还有什么山庄?那我可一定要去看看了。"其实众人都拗不过自己的好奇心,也不反对,各自收拾完毕,向着凯枫山庄进发了。

正如再豪奢的地方也有乞丐一样,再穷鄙的地方也有富人。凯枫山庄是有钱人聚居的地方,停车场被数十辆名车占领,那些叫不上名字的车,只能可怜地停靠在边缘地带。

五个硕大的红灯笼悬挂在山庄的大门上,正中一个灯笼上张贴着一个金色的五星,其余四个灯笼上分别贴着"欢""度""国""庆"四个字。门柱两边呈八字形各树立着十一面五星红旗,在外边则摆放着两个巨大的花篮。

在落日的余晖里,凯枫山庄像一头怪兽横卧在祁连山麓。园内有三三两两的游人走动,也有穿着绛红色制服的服务员来来往往。徐公平一行人探步向前,及时领略园内的美景。牛爱以为自己的见闻已很广博了,但见到山庄内如此别致阔绰的场景,也确实令他很意外。其余的人更是被凯枫山庄的奇境异景所吸引。较之牛毛中学的校园,这里简直是天堂。

六人绕过中央大厅,穿过幽深的石砌小径,来到多功能厅,立即有大堂经理过来询问来宾人数及消费意向。牛爱抢先一步表明了来意。那大堂经理示意一个领班把客人引到蔷薇厅。众人走近蔷薇厅,立即有迎宾小姐上前说:"欢迎光临凯枫蔷薇厅! "

蔷薇厅乃是雅座中的一个小厅,位置不在敞亮的地方,但里面收拾得非常整洁雅致。众人刚坐定,那服务员便呈上了装帧精美的菜簿。众人都推选徐公平为大家点菜,于是服务员又把菜簿毕恭毕敬地递给了徐公平。徐公平翻开菜簿,当见每个菜名前面都配以精美的图片。单这菜簿,看起来已十分考究,那配图更会激起顾客无尽的食欲。

徐公平很快地浏览了一遍,大多是些自己未曾见过的菜肴,心中不禁为自己的孤陋寡闻感到羞愧,额头渗出细密的汗珠。待到他细看价格之后,又大吃一惊。因为大多数菜肴的标价都在百元以上,就连他家乡用来喂猪的红薯,在这里也美其名曰"姣姣美人薯",标到八十八元的天价。一股冷汗不由得从徐公平的脊背滑落,他竟一时举手无措,不知该怎样点这个菜了。

坐在徐公平右侧的康东方注意到了他的窘态,凑过来察看,也发现了这个问题。于是,康东方立即叫了起来:"服务员,你们这菜价怎么这么贵呀?"

服务员笑吟吟地走上前来,解释说:"先生,我们山庄的菜一直都是这样的价格。许多顾客都说我们的菜价奇高,甚至有好些客人看了菜谱后一走了之。但我们的生意一直很好,因为我们的服务目标就是高端客户。先生,看您这样文质彬彬气度不凡的帅哥,不会计较这些吧!"

康东方刚想辩驳一番,却找不出什么理由。殊不知,这些话都是服务员事先背诵好了的,就连服务员的表情,都是事先演练好的。别看这只是些平平常常的话,内里却暗藏玄机。如果顾客看了菜谱后一走了之,只能说明他是个穷光蛋,没钱;如果顾客大声嚷嚷,又说明他是个土老粗,没文化;如果顾客留下来,那么你就是高端客户,就是帅哥美女,就是有钱人。除了带钱实在不够的,百分之九十九的人都会选择留下来,心甘情愿地享受这高档优遇,哪怕一辈子只这一次也行。

牛爱接过菜簿一看,完全明白了这里的套路。原来这完全是仿照一些高档会所的做法。因为这么高昂的消费里面,还包含了诸多优质服务的项目,比如顾客可以自由地享用独立的有专人清洁的洗手间,你也可以在园内自由地散步,欣赏美丽的风景,甚至服务员恭候在你身后,任客人"嬉笑怒骂"都能面带微笑地坚持为其服务。

牛爱很大方地问服务员道:"如果我没有猜错的话,这雅座还要收包厢费吧?"

服务员回答说:"先生,我们山庄有统一规定的,如果小包的消费达到了2888元,中包的消费达到5888元,大包的消费达到8888元,是不收包厢费的。"

康东方说:"也就是说,我们这顿饭,必须消费在2888元以上?"

服务员坚定地回答道:"是的,先生,如果你们的消费少于2888元,结账时也最少得结这个数。"

康东方鼻子里冷哼一声:"嘁,什么屁规定?明显是宰客嘛!"徐公平立刻示意他别乱说。

牛爱淡定地说:"好吧!你看我们六个人,上个六凉六热的套餐,其余的都上成酒水,两红两白,按消费三千元计。"

服务员温和地说:"好的,先生,请您稍候。"说完她立即笑容满面地传菜去了。另两个服务员捧过一盘瓜子和一个果盘,摆放在桌上说:"这是我们凯枫特别赠送贵客的,请慢用。"

一会儿工夫,所点的菜已上齐,菜品和数量都不错。六个人只吃了不到一半,就都吃不动了。公平说,点的菜太多了,太浪费了。其余众人都有同感。牛爱说,上这种地方消费,就甭管浪费不浪费的事,享受就行了!众人也都认同,哄笑了起来。

酒足饭饱之后,众人都有些醉意。三个男士感觉还未尽兴,继续划拳行令,喝那剩下的残酒。常思思先前就喝了不少红酒,又喝了好多白酒,胃里翻江倒海,去厕所吐了好几回。她心中难受,想到外面透透气。于是夏雯、朱妍扶着她去外面吹风醒酒。

此时天已傍晚,三个女生也不辨方向,径直朝庄后幽深的小道走去。只见这里有一堵墙,墙下满是野玫瑰,花香四溢,于是三人循着花香,继续前行。走了五六百米,前面显出一道欧姆形的小门,门内显得更为幽深晦暗。朱妍感到有些不适,欲返回,夏雯和常思思却还要往前走,酒精的作用使她们的胆子比平时大了许多。三人唐唐突突走进了小门,远远望见前面停了几辆黑色的摩托车,摩托车后面是茂密的灌木丛,再后面便矗立着黑乎乎的山峦。常思思还要前行,朱妍下意识拽住她的胳膊阻止。忽然一股阴冷的风扑面而来,两只凶猛高大的狼狗从摩托车后面一跃而出,冲她们直扑过来。三人吓得魂飞魄散,酒瞬间醒了一大半,转身夺门而出,顺原路直奔了回来。

进到蔷薇厅,三位男士已喝完了酒,牛爱买了单,徐公平和康东方正要去找她们。常思思当即瘫倒在地上,夏雯、朱妍也上气不接下气,面色苍白,趴在桌上不能言语。

这时,几个服务员也闻声围了过来。众人将常思思扶了起来,却发现她的一只鞋子早已不知去向。

众人问明情况,正要去寻丢掉的那鞋子,服务员却阻止他们不要亲自去找,说已经报告安保部去寻找了。

徐公平说:"我们自己去找就是了,不必麻烦你们安保部的人了。"

那服务员回答说:"那小门内是禁地,平时就连我们也不能进去的。幸好那狗是用铁链拴着的,不然的话,后果可就不堪设想了!"

说话之间,一个穿着黑色制服拿着对讲机和强光手电的男人已将鞋子寻了来。那人脸上并无一点表情,用眼睛扫了一眼服务员,将鞋子丢在地上,一句话也没说,回头就出去了。

徐公平他们再无心逗留,叫来了租的面包车,将常思思扶上车,六个人挤在一辆车上,径直向牛毛中学方向驶去。

回到校园,这几个疯野了两天的俊男靓女感觉一下子从梦幻回到了现实,从天上来到了人间。在朦胧的月光下,牛毛中学静静地守候在那里,像一位历经沧桑的老人,庄重而安详。相比之下,凯枫山庄却似一个袒胸露乳的妖妇,轻狂而贪婪。

六个人因陋就简,各找合适的地方睡了。常思思睡得一塌糊涂,朱妍也倚着她睡着了,夏雯在一旁却怎么也睡不着。几天来的亲身经历,使她对徐公平的工作生活环境有了深层的了解。说心里话,她并不喜欢这个地方,也不希望自己的未来和这个穷僻的地方扯上什么关系。然而,她隐隐觉得这个地方已经威胁到了她和徐公平的关系,现在她必须阻止这种威胁进一步临近或加剧。

夏雯叫醒徐公平,她说自己睡不着,要徐公平陪她说会儿话。借着皎洁的月光,夏雯倚着徐公平,在校园里走了一会儿,来到升旗台边,坐了下来。

夏雯把头埋进公平的胸膛,深情地说:"你在想啥?"

徐公平淡淡地说:"我在想,要是在城市,就不会有这么宁静的月光。"

夏雯说:"可是城市有缤纷的霓虹,有美丽的公园。"

徐公平反驳说:"可我更喜欢这美丽的月色、安静的校园。"

夏雯忽然郑重地说:"那你真的喜欢我吗?"

男人最怕女人问这种送命问题,因为爱之根本在于体会而非问答。于是徐公平规避了实质问题回答说:"喜欢还有什么真的假的?难道你还有什么真喜欢和假喜欢的人？”

事实上，从逻辑上来说，喜欢还真有真喜欢和假喜欢之分。若一个二十岁的女人喜欢上一个六十岁的男人，不论从生理、心理还是从伦理方面去分析，都难以让常人信服。

不料，夏雯却忽然翻身坐起，扳着徐公平的肩膀逼问道：“不行，用眼睛看着我！徐公平，你必须正面回答我，你真心爱我吗？”

见夏雯这么强势，徐公平再也无法回避，只好抬起头，眼睛直视着她。但他还是不想直接回答这个问题，说：“夏雯，我从来不会去假爱一个人。如果你对我的爱是一百分，那么我对你的爱将是一万分！”

没等他说完，夏雯已抱着他疯狂地亲吻了起来。一股烈火猛地从地下升腾而起，仿佛干涸已久的禾苗遇到了甘露，徐公平再也抑制不住爱情的冲动，把夏雯紧紧揽在怀里，然后将她压在平台上，吻得她浑身颤抖，喘不过气来。

五星红旗在月影中飒飒飘拂，仿佛在祝福两颗心的交汇碰触，也默默记录下了这样一个宁静夜晚发生的动人故事。

十二　横祸双飞临

次日早晨，六人吃过早饭后，牛爱、朱妍、常思思和夏雯踏上了返回城市的路。

当最后一声"再见"出口的时候，徐公平放下手臂，突觉双腿十分沉重，心情非常失落。他好想恸哭一场，眼泪在眼眶里几欲喷涌而出，可他还是强忍着。

夏雯在临走之前以请求的方式给他下了最后通牒：她希望徐公平能早日离开这里，跟她到大城市随便找份工作，过普通人的日子。而徐公平，一个脑袋里充斥着传统思想的爷们，怎么能跟着一个女人混！于是他还是拒绝了她的请求。殊不知，就是他的这种思想，将他和夏雯推至人生的两个方向。

人去屋空，徐公平和康东方顿觉非常落寞和惆怅。其实，同窗好友的肺腑之言，无不在他们的心里激起千层巨浪。康东方闷坐了一会儿，又蒙头睡着了，可徐公平的心情怎么也平静不下来。

徐公平凭窗凝望，窗外是苍苍茫茫的祁连山；举目远眺，祁连山峰峦叠嶂，嵯峨如海，座座山峰像波浪一样向一望无垠的天际滚滚推去。千百年来，祁连山以她博大的胸怀，演绎了多少美丽神奇的梦幻。正是这绿水、青山、森林、草原，使多少人心驰神往，她也使多少有志之士不屑于香车、美女、高薪、豪宅的诱惑，而义无反顾地来追寻生命的本真。城市里的条件固然好，可在这里工作的何止徐公平一个人啊！他想，还有多少在条件更恶劣更艰苦的环境中工作的人，他们在各自的岗位上一干就是几十年。而这些人一辈子也挣不到牛爱一年的薪酬，他们不也是在日复一日年复一年地继续着自己的工作吗？何况他在这里只是工作两三年，难道说真要违约，撇下那些学生一走了之吗？不，他不能这样做！徐公平心想，那样的话，他将一生愧对良心，真的是无地自容了。

一缕阳光透过窗户，洒向书桌边，让充斥居室的阴暗晦暝悄然而退。面对晨光的温暖和坦率，徐公平忽觉先前那些对尘世的私俗杂念在体内烟消云散，一种新的蓬勃的力量与神清气爽的感觉相携相拥，在他全身的肌肤中惬意流淌。

他不由自主地走出房间，默默地审视着这学校的一砖一瓦、一草一木。"捧着一颗心来，不带半根草去。"他忽然想到恩师在自己的毕业留言册上潇洒如行云流水般的题赠。只有当心灵不带任何尘俗污垢的时候，才能体会出这一句如君子兰般幽雅的诗句。在这个良莠不齐、杂草丛生的年代，就让自己努力来尝试着体验一下这心灵至高无上的美妙之境吧！

他突然想到在中学时人人背得滚瓜烂熟的两篇文章《陋世铭》与《爱莲说》，篇中的许多箴言，也许作者正是在这样的环境中写就的吧！事隔千载，在"万般皆下品，唯有金钱高"的现世，再说"唯吾德馨""濯清涟而不妖""出淤泥而不染"，当心让人笑掉大牙！

可现实中，还就存在这样的事，这样的人，这样的环境。徐公平又想，要是两年后能留在这里教书，也未尝不是一件好事。如果能干一种为他人奉献的工作，虽然会很穷，但人们都看重他，学生会敬重他，有这些难道还不够吗？

徐公平脸上露出一种幻想的喜悦，慢慢地向前踱着步，不知不觉间来到了窦副校长的门前。他想到了窦瑜玮、蓉蓉母女俩，也想到了何碧——她的脸、她的眼、她的歌、她的才气，早已给他留下了很美好的印象。他又想起了夏雯，想起了她临走时对自己的通牒。如果他要继续待在这里，那么他和夏雯的恋人关系就必须结束。他在心里把何碧与夏雯做了一番比较，却隐隐觉得夏雯的娇纵与世故，令他有些不安甚至不满。相比之下，何碧更易亲近些，但他又觉得女人才气太高了会不好，女人一定要学会遵从男人，这是他对女人的哲学。

何碧宿舍的门虚掩着，里面应该有人，但敲门没人应。徐公平想，也许是何碧走得急没锁好吧。于是他推开门，却见何碧趴在床上嘤嘤地哭。

徐公平没想到正撞上女生哭，一种怜香惜玉的感觉马上从他的脚底升到头顶。大多数人都不想自己的脆弱被人发现，不想流泪的样子被人看见。徐公平想退出房间，又觉不妥，既然已经发现了人家哭泣，就该把人家安慰一番才对。他又想，或许何碧遇到了什么难事，于是转身问道："何碧，你怎么哭了？家里发生什么事了吗？"

何碧听到男人说话，慌忙站起身，朝徐公平看了一眼，突然惊叫一声："徐老师……"然后就软绵绵地倒了下去。徐公平疾奔两步，拦腰抱起了她，只觉她的身体酥软得像只氢气球。他小心地将她放在床上，为她垫好枕头。正欲起身离去，徐公平却发现她的眼中顷刻之间奔涌出两股泪水，不知何时她的手抓紧了他的衣角。

徐公平的心一下子绷紧了，低下身子轻声问："何碧，你怎么了？发生什么事儿了？"

何碧一声不响，眼角两边那蓄得很大的泪滴滚落下来，像露珠从花瓣上滚落下去一样。那泪滴滚落到枕巾上，又顺着枕巾的边沿滚落了下去，倏地滴落在洁白的床单上。她不住地流泪，右手紧紧地抓住徐公平的衣角不放。

徐公平只得坐下来，用手握住她的手，俯身问："告诉我，发生什么事了？我可以帮你的。"

何碧终于缓缓睁开了她那美丽的眼睛。女人在她痛哭或发怒的时候，往往会显得更美。

徐公平望着何碧娇美的脸庞，握着她的纤纤玉手，竟然产生了一种非分的邪恶的冲动。眼前的何碧真是太美了，这样的女人才叫楚楚动人！但徐公平毕竟还是童男之身，除了和夏雯有过无数次的拥抱和热烈的亲吻之外，他对男女之事还是一片空白。小时候还在他穿开裆裤的时候，他妈领着他出去，见他的女人都要先说一声："这娃真心疼呀！"然后在他的脸上"吧唧吧唧"亲过后满意地离去。男人们则把手伸向他的大腿根，找到他的小鸡鸡，略带戏谑地说："惹祸的头！"然后心底涌起一丝自卑的感觉后离去。这种自卑不是说男人羡慕他的小鸡鸡雄浑威猛，而令他们真正自卑的是，也许自己无论怎样努力今生今世也创造不出这样一个俊美的儿子来。

只听何碧细声说："徐公平，我不想干了，我要离开这里。"

徐公平诧异地问："为什么？"

何碧怯怯地说："校长说要调我到狼沟小学去呢。"

徐公平提高嗓门问："那又是为什么！？"何碧诉说了一个令他震惊的故事。

国庆长假期间，何碧回绝了康东方与徐公平邀她同游"小三峡"的提议，急匆匆坐车赶回家中和父母团聚。何碧正上高中的弟弟何云也回到了家，全家人高高兴兴地吃了个团圆饭。

何碧的老家在秦川，家乡出产的花牛苹果历史悠久，远近有名。前几年，当地政府大力提倡种植苹果园，于是何碧的爸妈也经营了一个苹果园，年产苹果可达十万斤。可是好景不长，自去年开始，苹果市场萧条，非但他们本地的花牛苹果卖不出去，各种外地新品种苹果反而运回来抢夺市场。花牛苹果有个致命的弱点，那就是不能长期贮存，这个特性使得它一度跌到了两毛钱的地下价。许多人硬撑着等价格回升，结果苹果都烂在窖里了。一些农户为了转型，含泪砍掉成千上万棵果树，而这些果树又不能用来加工木器具，只能当作柴火被烧掉。何碧的爸妈不忍砍掉辛辛苦苦经营壮大的果园，即使收成不好，也硬是撑到了今年。可今年的苹果市场依旧很萧条，无可奈何之下，何碧的爸爸只好在公路边搭了个窝棚，将新鲜硕大的花牛苹果装筐摆在公路旁，希望受到过往客商的青睐，能够买走他们家的苹果。

吃过团圆饭之后，弟弟何云想让爸妈轻松一下，要求替爸妈去守窝棚。见何云执意请求，父母同意了。临去时爸爸再三叮嘱，路边过往车辆多，要注意安全。

然而，第二天一大早，当爸爸去看窝棚时，却发现何云没了呼吸。不是车祸，不是自杀，而是煤气中毒。当爸爸用车推着弟弟拼命奔向最近的医院时，大夫检查后宣布：弟弟早已死了。爸爸悲痛欲绝，呼天抢地，一个劲儿地抽自己嘴巴。但爸爸再悔恨也换不回弟弟的生命。生活中往往一个小小的疏忽，就会酿成莫大的悲剧。原来何云将用来烧水的蜂窝煤炉随手提进了窝棚，尔后盖了火，就躺在床铺上看书了，而这个时候，无色无味的凶手已经无声无息地悄然逼近包围了他……

何碧看到弟弟的时候，他已安详地躺在医院的太平间里。何碧注视着弟弟安详的面容，挽着母亲僵硬的手，突觉生活太无情了，老天太不公平了，为什么要将这个天大的不幸突降到他们这样一个脆弱的人家？何碧不知道如何安慰爸妈，心上总觉得多了一份压力。她想方设法让爸妈尽快摆脱心里的阴影，但无论她怎么努力都失败了，因为她自己也无法摆脱这个噩梦。

就在何碧全家正沉浸在巨大的悲痛之中时，她接到了王震华校长的电话。校长在电话中说，县里来了位韩国商人，要对牛毛山进行考察投资，县里一时找不到合适的韩语翻译。学校知道她的韩语学得不错，推荐她来当临时韩语翻译，让她尽快赶回来。

尽管家里还有许多事要她做，尽管爸妈还需要安慰，但工作的事也是大事，尤其是引进外商投资这么重要的事，于是何碧抹干眼泪，争分夺秒地往单位赶。可是，当何碧匆匆赶到学校的时候，却并没有王震华的影子。她到宿舍略微梳洗一番后，觉得非常疲倦，就很快爬在床上睡着了。几天来心灵的打击和路途上的颠簸，已使这个年轻的姑娘疲惫不堪。

十三　淫贼险得逞

一阵急促的拍门声惊醒了何碧，何碧睡眼蒙眬地开了门，校长王震华酒气冲天地闯进了房间。当他发现了立在眼前的这位绝色美人时，眼睛直勾勾地盯着何碧，直盯得何碧心慌意乱。

何碧惶惑地说："王校长，我是不是来迟了？啥时候去接待韩国客人啊？"

王震华校长色迷迷地看着何碧说："不，不必了！客人没来，你来得正好。来，陪我坐一会。"说着话，他拉着何碧的手就往床上倒。

何碧大惊失色，甩开手急叫："王校长，你喝醉了！要是误了外宾考察的事，我可担当不起！"

王震华校长大笑："哈哈，什么外宾考察，压根儿就没这回事儿，都是我骗你的。为了让你来，我可是绞尽脑汁，想了许多办法，最后决定用这一招。谁知一个电话，你就来了，真是老天有眼。自打你来到这个学校的头一天起，我就喜欢上你了！现在就来吧……"说着，他一个饿狼扑羊，欲把何碧压在身下。

何碧急忙闪到一边，说："王校长，你喝醉了！我给你泡茶。"说着话，身子向后慢慢移动。

王震华欲火中烧，两臂张开，眼珠血红，挡在门口说："小何同志，你别想跑。我不想喝茶，自从放假这五天来，我每天都喝酒，每天都吃肉，每天都喝茶。上面提倡旅游，我这穷山沟里的臭老九，还旅个什么鸡巴游？昨晚，也不知谁从哪儿弄来一只鹿，说那鹿肉壮阳，还真是的，吃了鹿肉以后，我们烧得不行，就有些受不了，那些家伙也不知到哪里猎艳去了。我当时就想到了你，要是有你在身边该多好呀！于是我就大着胆子给你打了一个电话，没想到你今天真的来了！小何同志，也许这就是我和你的缘分。从今后你就做我的私人秘书吧！"说着话他又老鹰捉小鸡似的包抄了过来。

何碧听他说完之后，又羞又怒，心中暗骂道："这样无耻之徒怎么就当了校长！"她一边往后退，一边说："校长，请您自重！你再这样，我可要喊人了！"

王震华用血红的眼睛紧盯着何碧因惊慌而显得更加红润的脸，大声说："呵呵，现在这个年代，还谈什么自重？告诉你，我们这一代人，就是因为太过自重，如今已过不惑之年，连什么也没享受上。而你们这些年轻人，散步时都拿着避孕套。你这么个年龄，已过了好几个主子吧？"

何碧羞得满脸潮红，厉声说："您胡说，再往前一步，我真喊了！"

王震华奸笑说："喊人？今天放假，校园里连个鬼影子都不会有，你喊谁呀！"事实上，此时徐公平、康东方他们已归校，只不过此处离他们较远，听不到而已。

何碧说："还有值班老师呢！"

王震华冷笑说："呵呵，值班？你以为我这个当校长的不了解你们底下同志的工作情况吗？那值班的小子这时恐怕早已坐在牌桌上了！"

何碧见他一直打消不了那个邪恶的念头，趁他说话的当儿，几个箭步急冲到门口，欲夺门而出。

王震华见她想溜，一个疾步扑上去，一把擒住她的右臂，用力一抓，顺势把她揽入怀中，随后一脚把门"哐"的一声关上。他双手钳住她的手臂说："识相点，你又不是第一次，装什么正经！你今儿个顺从了我，从今以后，我处处照顾你。明年，我让你当出纳，管财务，年终评审你是第一个优秀！"说完，他用那肥胖厚实的嘴拱她的胸脯，然后弯下身，一把抱起她，就往床边走。

何碧已乱了方寸，她在他手臂间挣扎，尖声骂道："放开我，放开我，混蛋！流氓！"

王震华啧啧怪叫："你再喊，我就把你调到狼沟小学去！晚上和狼一块儿睡觉，怕不怕？"不容分说，他把何碧摁倒在床上，然后把肥硕的身子压了上去。

何碧用双膝、双脚抵制住了他的双腿，不让王震华贴近，但他死死抱着她不放松。渐渐地，何碧停止了挣扎，她只是把头不住地转动，嘴里发出有气无力的低鸣。王震华腾出一只手来，开始解她的衣扣。何碧的脑袋嗡地一下，她感觉到了事态的严重——她要出事了。但她已无力抵抗，彻底绝望了，两行冰冷的泪水从她那凄美的双眸中缓缓渗出。她感到自己正被强奸。她的脑子里迅速闪出一些人的面孔,同学、同事、朋友,还有学生,最后,她想到了生她养她的父母,她的稚气未脱的弟弟。她猛然想到弟弟已经死了,鼻子一酸,眼泪和鼻涕同时涌出很多,急中生智哀求道:"校长,我有孝在身,你就饶了我吧!"这时,王震华已解开了她的衣扣。何碧雪白的酥胸立刻暴露在了他的眼前,他像饿狼一样盯着她娇巧酥润的乳房,红涨着脸,嘴里含混不清地说:"有孝在身?有什么在身也不行,今儿个我一定要上你!死了都情愿!"

何碧从他眼中喷出的欲火中,知道自己没有退路。她欲挣无力,欲叫无声,只得闭了眼,任凭他蹂躏,眼中涌出痛不欲生的泪水。

王震华把手伸进她的大腿根,摸了一把,并开始解她的裤带。何碧条件反射地痉挛了起来。

正在这时,门外响起了急促的喊声:"窦校长,窦校长!"并伴有"咣咣"的敲门声。

王震华停止了动作,并对着何碧小声嘘了一下,示意肃静。谁知他一嘘倒提醒了何碧,她大叫:"救人啊,救人啊!"王震华一把捂住她的嘴,何碧奋力挣扎。

门外的敲门声变成了拍门声,接着传来关切地问话声:"窦校长,是你吗?你怎么了?"门外人分明听到了喊声,此时又听到里面有动静却无人应声,遂大声叫喊:"有人吗?开门!开门!"接着是剧烈地拍门,尔后又变成用脚踹门。

王震华极不情愿地从何碧身上爬下来,一边整理衣服,一边叫道:"这个死混球!真他妈扫兴!"他见何碧已爬起来,用双臂裹着前胸,蜷缩在床角,就狠狠地瞪了她一眼,然后去开门。此时,门已被踢得砰砰乱响。他旋动门锁,一把拉开了门,闪身而出,迅即又关上了门。

站在门外的是财务主任胡一博。他惊愕地望着王震华的脸,慌乱地说:"是您呀,校长,我见您来了学校,到处找您,都没找到,后来听到这里有动静,以为是窦副校长来了,就来敲门,想问问她见到你没有?"

王震华悻悻地说:"窦副校长是来了,她在里面教训她女儿呢,我劝了两句,现在已好了,咱们走吧!"

走了几步,王震华回顾了一眼跟在他屁股后的财务主任胡一博,见他像一只偷吃了主人食物而等主人惩罚的狗。他的眼中分明有偷窥到别人隐私的那种不好意思。王震华想起刚才那一幕,若不是这混蛋捣乱,此时那个小美人也许正在他的躯体下呻吟呢。他恼怒地瞪了胡一博一眼，不快地问："胡主任，你成天不务正业，疯疯癫癫的，说，找我有啥事？"

胡一博献殷勤地说："校长，是这么回事，有两个憨球，拿着一兜钱，少说有几十万，要找个下家儿玩一把。老强知道校长您今儿个有空，也只有您能应付得住这两个憨球，所以打电话来要我请您过去，涮涮那憨球的混。老强他暗中帮我们，明早准保让那两个憨球净身离开牛毛镇！"

王震华暗忖：人们常说，赌场失意，情场得意。我眼看到手的好事，被这混球给搅了。莫非我财运太好，把桃花运给冲了！他又想到这几天手气特好，打牌已赢了两万。于是，他说："送上门来的买卖，还真是好事。我这里有三万块，别的钱你能弄上吗？"

胡一博说："钱是有的，只是得您说个准话！"

王震华问："你什么意思？"

胡一博说："开学时收的学杂费，还是现金。"

王震华说："这都是公款，挪用是要犯法的！"

胡一博说："就一晚上，只是用来亮亮版，我们小心点不要输掉就是了！"

王震华想：也是，就一晚上，装腔作势一下罢了，何况还有老强帮忙，肯定是输不掉的，于是他便默许了胡一博。他们取上钱后骑上摩托车，直奔老强的凯枫山庄而去。

何碧怯怯地拉开门，看着恶魔走远，她赶紧打开了窗户，希望那股弥散在房间内的污浊之气快点出去。她在这里一天也干不下去了，她为自己当初的选择而深深感到后悔。她原以为校园这片净土像想象中那样圣洁、美丽、纯真，而事实上，她分明感到社会上那些丑恶现象已弥漫、充斥在本该纯净的校园。虽然知道自己今天保住了清白之身，但她仍有一种被奸污了的感觉，她的心灵深处已被深深刺痛。她怔怔地望着门外，苦涩地笑了两声，然后无奈地爬到床上啜泣了起来，不知不觉间又昏昏沉沉地睡着了。

后来当徐公平出现在她的房间时，又把她吓了一大跳。她起初误以为是那个恶魔又回来了，浑身的肌肉都绷紧了。后来看清是徐公平，她一下子像泄了气的皮球，瘫软了过去。

徐公平抚摸着何碧的手，心中涌起无限的爱怜与同情，一个女孩子孤身一人在外地工作和生活,免不了会遭遇其他人不会遇到的骚扰和尴尬。而生活中的有些事不是一个女人只身一人就能解决好的,眼前的这个女人正需要一个人来帮助她关心她,而这个人不是他徐公平又是谁呢?更何况,他从内心深处是喜欢何碧的,她的气质,她的才华,足可以与夏雯媲美,甚至有过之而无不及。只是自己的心早已为夏雯所属,学校时他与夏雯有过山盟海誓,且已在华山索道共拴了象征爱情永固的铜锁。

他清楚地记得,就在毕业前夕,同学们集体游华山,他们登上了华山极顶,在迎客松前留影纪念。后来,他和夏雯将一把铜锁郑重地锁在华山南天门的铁索上,然后将钥匙和誓言卡装进一个小盒子里,由夏雯珍藏了起来。看着那铜锁像着了魔似的扣在漆黑的铁索上见证他们的爱情,两人紧紧地抱在一起,发誓今生今世,相亲相爱,永不分离。

眼前这个女孩,却十分需要他的关心和爱护。徐公平此时的大脑非常清醒,他所能施于眼前这个女孩的爱,只能是一个哥哥给予妹妹的那种爱,那种永远不能定格为情爱性爱的友爱和怜爱。

何碧的眼里透出渴盼的光,她有一种想在徐公平怀里安详地睡上一觉的渴望。她紧抓着徐公平的手,并不希望他走掉。她甚至希望徐公平能上床来,和她拥抱在一起,那样她就可以依靠他的胸膛枕着他的胳膊甜美地睡去。

徐公平把她的头拥入自己的怀中,爱抚了一番后低声说:"何碧,不要怕!也不要胡思乱想,好好睡一觉,一切都会好的!"然后松开她的手臂,帮她盖好毛巾被,转身默默走出了房间,随手关上了门。

十四 密室陷恶局

杜小鹿和秦小苹来找徐公平和康东方，康东方还在睡觉，听到杜小鹿来了，佯睡不起来。

杜小鹿说："徐老师，小虎说你们放了七天假，我来了几次，都没找到你们。"

徐公平说："我们去了小三峡，玩了两天，昨晚才回来，找我有啥事吗？"

杜小鹿不好意思地看了康东方一眼说："其实，也没什么事，也是想去玩玩。"

徐公平说："除了小三峡，还有什么好的去处吗？"

杜小鹿说："好地方还多着哩。小三峡只是地理位置好，交通方便，容易吸引游客，而真正好看的景色却不在小三峡。"

徐公平惊奇地问："小三峡的景色已经很美了，还有地方比这更好吗？"

杜小鹿说："南山有仙人崖、天来鼠；西山有仙女梳妆台、牛蹄泉；东山有两狼峰、神羊峰。"

徐公平只听说过牛毛镇附近最著名的就是小三峡风光，对她讲的这些奇景却是闻所未闻，于是来了兴致，急忙问道："这些地方一定有什么传说吧？"

只听秦小苹为他解说道："这仙人崖在南山的一座石峰上，半山腰里有一个山洞，传说是神仙居住过的地方。在这座山下，有一块巨大的石头正对着仙人崖，很像一只老鼠，传说仙人就是骑着这只老鼠飞来飞去的。西山中有一眼神泉，泉水从石缝中流出来，喝起来甘甜清爽，洗脸时凉爽润滑。传说是牛魔王逃跑到这里，渴极了，一牛蹄子踢出来的，所以叫牛蹄泉。牛蹄泉的前方有一块巨大的石头，像一面桌子，传说是仙女的梳妆台。"

杜小鹿对秦小苹的解说很不满意，打断她的话说："这仙人崖就是那位仙女要在那里睡觉而开的洞,这洞是她骑的那只神鼠打的。第二天早晨,仙女起来后要洗漱,在南山没找到泉水,却在西山找到了牛蹄泉,她搬来了石桌,把镜子挂在石壁上梳妆。梳着梳着,她看到自己越来越漂亮,非常得意,就腾云驾雾上了天。但她忘了拿镜子,也忘了带她的坐骑上天。"

徐公平为这个美丽的传说称奇。他高兴地说:"那个两狼峰、神羊峰又是怎么个说法?"

杜小鹿说:"两狼峰,那山头就像两只狼一样,神羊峰又好像一只母羊正在给小羊喂奶。两座山峰相对,不知道有什么来历?"

徐公平说:"太好了,太好了!有机会一定去看看。"

杜小鹿又问道:"徐老师,康老师病了吗?"

徐公平说:"没病。玩了几天,又多喝了点酒,累了,让他多睡一会儿。"

杜小鹿转身对秦小苹说:"那我们就不打扰了。徐老师,我今天来是请你们去吃烤肉的。康老师不舒服,你就给个面子吧,我今天特意定了野兔肉。"

没等徐公平说话,康东方从床上一跃而起,假装迷糊地说:"这说话的是谁呀?谁定了野兔肉?"

徐公平说:"赶快起来吧,别再假睡了,杜小鹿要请你吃烤肉。"

康东方高兴地对杜小鹿说:"也请我啊?"

杜小鹿笑道:"只请徐老师去,没准备请你。"

康东方跳下床来说:"不请我也要去!"

四人说说笑笑,一起向小鹿发廊走去。

今天是中秋节,牛毛镇家家户户在桌子上摆上车轮大的千层月饼,周围堆满各种水果,还有蒸的色彩斑斓的面食,点上香烛,祭拜月亮,祈求月神保佑赐福。每家都准备了一个大西瓜,待到祈福完毕后,就要剜月牙儿。这月牙儿剜得越多越好,若家里有怀孕的媳妇,那么月牙儿剜成单数,就会生男孩,双数就预示怀的是女孩。虽然每家的情况不同,各具特色,各有情调,但家家团聚一起,尽享天伦之乐、团圆之福。

徐公平、康东方、杜小鹿、秦小苹四人津津有味地吃过烤野味后,意犹未尽。康东方提议去看通宵录像,杜小鹿不喜欢。她说通宵录像到后半夜都会换片,内容不健康,提议打扑克。康东方又说他不喜欢打扑克。最后徐公平提议,今夜正好是中秋节,先赏月,后吃月饼、喝酒、唱歌、跳舞,地方就选在小鹿发廊。徐公平又想到何碧一个人在学校,提议把何碧老师也叫来。于是康东方、杜小鹿和秦小苹收拾场子,徐公平去学校叫来了何碧。五个青年先赏了一会圆月,然后在小鹿发廊划拳喝酒,载歌载舞,度过了一个快乐的中秋之夜。

王震华坐在胡一博的摩托车上,径直向凯枫山庄进发。胡一博的骑车技术相当好,片刻之间就到了凯枫山庄门前。今天是中秋节,凯枫山庄一改前几日的庄严,一片祥和的气氛。大门上的国旗换成了彩旗,正门上悬挂着六个大大的红灯笼,灯笼上张贴着六个隶书大字:欢度中秋佳节。

王震华和胡一博骑着摩托车,进了山庄大门,绕过中央大厅,穿过多功能厅,来到了欧姆形的小门前下了车。胡一博将摩托车长鸣三声,老强满脸笑容走出来迎接他们的到来,寒暄之后,便引他们走进凿于山壁的暗门之内。

暗门内是一个宽阔的密道,密道通向数间密室,里面灯火通明,装潢得十分考究。进了密室,王震华、胡一博坐定之后,侍者立刻端上烟茶点心,两个外来客人也从另一密室中出来。

四人再不含蓄客气,直截了当地摆开了阵势。双方先"亮版"。两个声称是东北人的客人,把包一拉"砰砰砰"倒出了几十沓钞票,大概有三四十万。王震华和胡一博自称王老板和胡老板,也非常大方地把皮包一亮,约四五十万元崭新的百元大钞齐刷刷地码在里边。

四人狡猾诡秘地相视一笑,约定玩法和规矩,就开始掷色子,王震华校长的手气果然好,玩了大约两个小时已赢了东北人二十多万元。东北人疑心老强提供的色子有问题,要求换个玩法。

于是四人约略休息了一会儿,吃了些夜餐,又换成扑克牌赌法。两家仔细检查扑克牌,确定没有特别的记号后,四人开始玩"开拖拉机"的赌法。起初大家各有千秋,互相拼杀,难分胜负。玩至半夜,王震华校长的手气又开始转红,连赢东北人几把。胡一博暗示王震华已赢了三十多万元。

又一个回合下来,那东北人钱已不足十万,眼看仓已见底,俩人却沉着冷静,并不惶急。

俗话说:十赌九诈。东北人见本钱所剩无几,加之已至半夜,人的辨识能力开始减弱,便使出了"抽老千"的绝招。他利用洗牌之际暗中将一张牌藏于特制的袖管里,每次都有四张牌与对方三张牌对垒,加上自己的联手在一边打掩护,这样一来,胜算的概率一下子提高了三成。也就是说,在某一时段来讲,三局之中他必赢两局。如此这般,即使对方手气再好,也招架不住了。两小时过后,他们不但赢回了自己的钱,反而将王震华胡一博的钱洗去了一大半。

见场上风向急转直下,王震华开始有些恐慌了。然而越是恐慌,那牌却像长了腿似的,越发邪门。凭着做财务人员的机敏,胡一博开始警觉起来。他暗中察看对方的每一个细微的动作,终于发现了对方袖中的奥秘。

接下来的一局非常精彩,起初四人都是以蒙打蒙,一回合后,胡一博启牌,看自己牌小,放弃后便密切注意对方的动作。三回合后,王震华启牌,看自己是三张K,便大着胆子下注起来。对方仍蒙牌,三人一明两暗的厮杀起来。又三回合后,对方启牌。当见一个是清一色的黑桃,一个是AAQ。东北人一时无法判断对方的牌究竟有多大,于是持双A的人加十倍下注,清色的人也以十倍跟进。这样做的目的,一来压压对方的气势,二来探探对方牌的大小。可是,这一局王震华的牌很大,他也想抓住机会捞回本钱。于是,加二十倍力挺。拿双A的人已感觉对方牌一定很大,但他知道自己袖管里暗藏着一个A,于是也加二十倍跟进。那手持清色牌的联手知道同伙的牌很大,但为了防止王震华过早开牌,故意以二十倍跟进。这样相持了十余个回合,台上钱已超过十万。那手持AAQ的突然加大至一百倍,同时用眼色暗示联手弃牌。借联手弃牌的一刹那,他手腕一降,已将袖管中的A滑入手中,手中的牌便变成了AAAQ。接下来只需一个抬手抖腕,他便会将Q缩入袖管。要知道,他这"抽老千"的动作,都是单手完成,并不需要另一只手辅助操作,所以外行人很难发现的。

王震华毫不犹豫,自以为自己的牌已很大,又以一百倍跟进。这一百倍即是一万元,已到达约定的所谓"封顶"极限。那东北人眼睛死盯着王震华的表情变化,正欲抬手抖腕,却被胡一博死死抓住手腕。胡一博遂即大喊:"他偷牌!不信查牌。"那东北人哪里肯认,双方顷刻之间陷入僵局。胡一博猛地使出浑身力气用双手掰开那人单手,众人果然看见是四张牌。于是,场上气氛立刻紧张了起来,四个人吹胡子瞪眼,剑拔弩张,争执了起来。

其实,所谓旁观者清,当局者迷。老强作为江湖高手,对场上东北人的动作早已看得一清二楚。但站在他的立场,只要不出事,无论这场赌局的结果谁输谁赢,他的总体利益是不变的。于是,老强就以地主身份说道:"各位冷静,冷静!和气生财嘛,和气生财!"

说话之际,那东北人欲将台面上的钱全部卷入自己包内。

王震华、胡一博一瞧,这哪能行啊!上前撕扯了起来。

老强一看要出事,对着东北人高声叫道:"看来二位要在我凯枫山庄闹事啊,来人!"话音刚落,门外冲进四个壮汉,个个手持一把砍刀,虎视眈眈,堵住二人去路。

两东北人一看老强要扫场子,其中一人"噌"地从小腿处抽出一把匕首,厉声叫道:"都别动,谁动老子就捅谁!"

王震华、胡一博一时被他的举动给怔住了,只听老强冷笑说:"怎么,想动刀子?这牛毛镇谁耍刀也不敢耍到我凯枫山庄来!"

王震华恐怕事情闹大,急忙打圆场说:"各位不要冲动,有事好商量,先把刀收起来好不好?"

老强说:"人家王老板、胡老板可是文化人,最讲道理的,你别给脸不要脸!"

那东北人说:"什么文化人?文化人就别到这种场面上来。上了赌场,就他妈别装什么正人君子!"

老强用强硬的语气说:"兄弟是不肯赏脸喽!"说话间一个快手掣肘擒拿,已将那持刀东北汉的刀拍落在地,两个持刀壮汉立刻上前将他控制。

正在老强得意之际,忽觉一个硬邦邦的东西抵住了他的后颈。他欲回头,却觉力道很大,回首不易。

只听一个冷硬的声音说:"爷们,别胡整,胡整老子要你的命!"老强知道是那个一直未语的东北汉用枪顶住了他,他的鼻头上立刻沁出了细密的汗珠。

持枪的东北人指着他的联手对老强说:"放了他!"老强示意先放开他。

先前持刀的东北汉复又捡起刀,恶狠狠地用刀指着大家转圈圈。持枪的东北汉狠狠瞪了他一眼,迅即用眼角瞥了一下桌上的钱袋。持刀汉子恍然大悟,立马将场上的钞票皆收入他们的钱袋。

王震华、胡一博眼睁睁地看着自己的钱被东北汉悉数卷走,却无可奈何。这种场面,他们只在电影或电视剧中看到过,而今却发生在自己身上,真是不可思议,他们像在梦里一样。

王震华校长对眼前突然发生的事情一筹莫展,他想不出能用什么办法才能解救老强,更想不出有什么办法追回自己的那些钱,他甚至不敢轻举妄动,害怕因他的冲动而闹出人命。

就这样,老强被那个持枪的东北汉挟持着,上了一辆黑色的桑塔纳,走出了凯枫山庄,一溜烟向着县城方向疾驶而去。约莫走出了两三公里,那东北汉将老强的双脚用胶带缠紧,又将他双手反剪起来,用胶带缠了个结结实实,将三万块钱揣进他的怀里,说:"强哥,委屈您了!咱们后会有期。"然后将老强放在路边一麦田里,开着车子扬长而去。

王震华、胡一博已被吓蒙了,瘫坐在密室里不敢轻举妄动。当山庄的人找到灰头土脸的老强,并把他弄到凯枫山庄时,已是凌晨五点多。老强大骂在场的人不冒死解救他。

远处传来雄鸡的报晓声,此时天快亮了,胡一博如梦初醒,马上想到要报警。老强阻止他说:"报警的事,就由我来安排吧。再说,你堂堂国家工作人员报这种警也不太合适。警察要是问你,你怎么说呢?"

此前在赌场上,王震华和胡一博都被"王老板、胡老板"的称呼搞得忘了身份,现在听老强这么一说,顿觉脊背"嗖嗖"发凉,二人这才记起自己作为老师的身份。想到那四十多万元的公款,如今已是无影无踪,王震华才觉得事态是多么严重,冷汗顿时湿透了他的全身。真是悔不该当初啊!妄想侥幸取胜,临头来却害了自己,一念之错呀!他仰望满天的寒星,对空长叹一声,慢慢地闭上眼睛,痛苦不堪。

老强走过来,在他衣兜里塞上一沓钱后说:"王校长,世事难料啊!我也没想到局面会成这个样子。这一万块钱你先拿着用,别的事慢慢想办法吧!"

此时的王震华,面对老强已无话可说,或者说是有苦难言。他也不拒绝老强的好意,也不言谢意,无奈地转身跨上胡一博已准备好的摩托车。随着胡一博右脚用力向下一蹬,红色幸福牌摩托车发出一声长鸣,划破牛毛镇寂静的长空,像一头盲兽一样冲出凯枫山庄,一直向着牛毛中学驶去。

十五 自尽以赎愆

第二日清晨,牛毛中学沐浴在清丽的阳光中,每个教室里发出琅琅的读书声,从升旗仪式到课间操时间,王震华校长和财务主任胡一博都找不到人。几次叫门未开,主任张继业并未发现校园里有什么异常,认为校长有事还没来上班。直到派出所两个民警来调查情况时,学校的人们才知道昨晚发生在凯枫山庄的抢劫。张继业再去叫校长办公室的门,才发觉里面不对头,派出所民警踹开了门,屋里的场景把在场的人都吓得不轻:只见王震华身子斜着趴在办公桌上,右手里抓着照明电线头,他的左手按在一沓稿纸上,稿纸上还有一支笔。

张继业发现事情不妙,急欲上前施救。派出所民警一把拉住了他,说:"不要碰他,他是触电!"说完一个箭步冲上前,用手抓住电线的中间,猛地使劲一扯,"扑"的一声,电线从王震华手中弹了出来。王震华的身体沉重地从椅子上滑落到了地面。一个民警一面叫人去断电,一面迅速处理好电线。另一民警看到王震华右手心有焦黑的洞,他用手去摸王震华的鼻息,发现他早已气绝身亡。民警大声说:"谁也别乱动,保护现场!"这时,门口已围了许多人,徐公平、康东方在前列,窦瑜玮、何碧她们在后列,并且围观的人在不断增加。

等民警拍完了照,取了证后。张继业他们前来帮助收拾现场。这时,人们发现,王震华在桌子上留有两份遗信。其一内容为:

> 父亲大人:
>
> 儿震华长跪不起,泣血叩首!
>
> 不肖儿震华于癸未中秋夜泣涕拜谢慈父养育重恩!孽儿深知,父恩母爱,犹如高山大海,穷生莫报。然罪儿今已铸成大错,回天无术。万

念俱灰,唯念孝情,不舍双亲,儿即自绝于世,只求来生再孝敬慈亲。

父亲,莠儿无颜对您诉说由衷,唯觉悔恨穿心,痛不欲生,薅发顿首,长跪难起。想父初教乡学,牛棚煎熬,不坠清贫。常训儿忠正谦恭,孝廉厚敦,为官廉洁,当怀国家;为公清正,常念人民;先天下之忧,后天下之乐。及儿成人,幸缵尊业。德勤绩能,咸超同列。廿四躬教,桃李苗繁。得擢为校长,初尚顾德,渐遭失守。看今花花世界,众皆迷乐,醉生梦死。鲜有孝正,几坠沉瀣。儿欲独止,洁身自好。奈何色迷利诱,朝请暮飨,百般纠缠。儿非圣贤,至难辞却,历数番浸染,已同流合污,身不由己。自此假公济私,吃喝嫖赌,遂成惯例。

昨日中秋,儿谎称公干。黉夜豪赌,令巨额公资遭劫。全校师生,将沐苦雨。想教书育人,乃千秋圣业,自古清水衙门,今竟遭污,罪莫大焉。儿今丑行毕露,誉毁德崩,恶怨深重,尚有何面目立于人间?悔矣!晚矣!

父亲,劣儿让您在耄耋之年蒙耻含辱,毁您一生清誉,令王家宗族德誉扫地。儿当以死谢罪!此皆儿咎由自取,王室后人必当以我为戒,理智克欲,奉公守法。切记!切记!

其二内容为:

爱妻雨花:

不知道还能为你做些什么,只想说声"对不起"!我清楚地记得我们结婚的日子是1982年10月19日。

雨花,我是真心爱你的。结婚二十年来,你忙单位忙家里,忙老人忙孩子,这些我都心中有数。我能顺利当上校长,与你这个贤内助是分不开的。

最近一年多来,我忙于应酬,回家的次数越来越少。尽管你没有当面埋怨,但我知道,你对我是有意见的。这一年来,我们的婚姻出现了裂痕,这里面的原因真是一言难尽啊!我只能给你说,人在官场,身不由己啊!你要知道,再美的爱情,再好的婚姻,一旦和权钱搅在一起,都会变得苍白无力、世故虚伪的!

昨晚正是中秋节，我却没有回家去。我知道，你一定在恨我。在这里，我也不想给你解释原因了。再说，此时解释也太迟了！千言万语，已抹不平我对你的伤害！总之，雨花，你好自珍重吧！

我去之后，你一定要好好生活，女儿的大学学业就托你供她完成吧！记住，你一定要教育好女儿，让她将来找份实在的工作，做个本本分分的人！

雨花，最后说一声"对不起"！以前，我是真心爱你的！以后，你只能一个人过了！但你一定要坚强地活下去，多保重！

愚夫震华　绝笔

此信被司法机关作为重要的证据归入案卷。

经查，王震华、胡一博两年来共贪污、挪用学校公款一百六十多万元，加上此次聚赌款逾两百万元，已使学校正常工作无法开展。

胡一博潜逃后在家人的劝说下自首，交代了事情的全部经过，后被判刑七年，送某监狱接受改造。

王震华事件一出，牛毛镇党委立即召开紧急会议，决定整顿全镇党员干部生活作风问题。

牛毛县教育局也召开紧急会议，整顿全县教风、学风，同时下文对牛毛镇中学进行通报批评。

两周后，教育局任命窦瑜玮为牛毛中学校长，下拨应急款十万元，用于学校日常开支。牛毛中学又勉强恢复了昔日的模样。

十六　君不谙我心

窦瑜玮怎么也没有想到,自己游览了一趟九寨沟名胜风景区,没过几天,竟然被提拔为正职校长,恍若在梦境中一般。真是挤破脑袋没去处,得来全不费工夫!

不过,上级领导猛地把这副担子交给她扛,她还真有点不适应。过去她充其量不过是个"文艺校长""公关校长",学校工作怎么开展,她问都不问一声。如今把这个学校交给她,由她在上千人的大会上发号施令,调动全校二十七个班级教学工作井然有序地运行,她心中一点底也没有。

窦校长把教学工作全交由张继业主任管理,自己则腾出身来处理其他要务,还是忙得团团转。她想起一些领导干部上任后如果自己能力不济就聘请市长助理、局长助理、镇长助理什么的,大概就是她这种情况吧。于是她就学一些领导干部的做法,把青年才俊徐公平定为校长助理。这样,有张继业、徐公平相助,她总算勉强将这个学校支撑了起来。

被提任为校长助理后,徐公平的住宿条件发生了改变。工作量倍增,日交际量也增加。为了便于他开展工作,窦瑜玮将徐公平安排在她新开辟的校长办公室隔壁,与她成为邻居。

经过一番调整,徐公平、康东方、何碧三人都有了自己单独的寝室,这样,他们觉得空间稍微宽阔了些,但也少了几许热闹。

对于许多人而言,寂寞和苦闷往往使人无法摆脱现实生活和情感欲望的诱惑,一步步甚至是不知不觉地只能向着有爱的大门走去。

自从徐公平搬出原先那个寝室后,杜小鹿来学校的次数明显增加,并且不是来找杜小虎的班主任徐老师,而是直接找康东方老师。起初她带着徒弟秦小苹来,后来,秦小苹也不来了,因为她要照看发廊的生意。而康东方每每在课余闲暇时,找徐公平和何碧,见他们都忙,只好去小鹿发廊消遣了。

康东方和杜小鹿的感情在急剧升温。从内心深处看,康东方是不愿跟杜小鹿谈情说爱的。然而枯燥的业余生活,激不起他的一点儿兴趣,恰恰跟杜小鹿在一起,他却能忘记烦恼,觉得生活充满乐趣。

何碧逐渐从失去弟弟的痛楚中走了出来。但王震华在中秋节那天的行为对她的刺激太大,她恨透了他,甚至一想到他就想吐。他在蹂躏她后又突然自杀,更加深了那次事件在她头脑中的印象。有几次,她甚至梦到那个恶魔在蹂躏自己,噩梦惊醒后,她只能坐在床上哭。哭了一阵后,她就觉得那屋子异常空寂。她想:要是屋里面有一个人就好了,或者哪怕有一只猫也行。那个时候,她真想依在哪个人身上放声大哭一场或者倾诉内心的苦闷。好几次,徐公平的影子都跑进她的脑际。她想着徐公平把自己的头掩进胸怀,抚慰她的那种感觉真好。每当想到这里,她的脸上就会红烧,她的全身就会潮热。可每每看到徐公平英气勃发忙碌的样子,她又会打消那个想法。她毕竟是个女儿家,怎好主动追求男人!于是,她尽量不去想这些,而是强迫自己把心思用在学习上,加强考研复习。

每天除了上课和处理班主任事务之外,徐公平还要做烦琐的校长助理工作。年轻人工作经验不足,但业务能力极强,所以对于窦瑜玮校长交给他的工作,大多能既快又好地完成。遇到个别想得不太周全的问题,经窦瑜玮和张继业点拨,他立马又能极好地做出方案来。这样,他们这个工作组合,很快就将学校调度得井然有序、生机焕发。

徐公平在做好工作之外,还得抽出时间来给蓉蓉辅导功课。起初他只辅导作文,后来,蓉蓉一有难题,不管是什么课程的,都要他辅导。这样,他就成了窦校长请的家教。

由于工作关系,徐公平和窦瑜玮的来往频繁而自然,课外时间,蓉蓉又常找他辅导功课,因此,徐公平的业余时间被窦瑜玮母女占去了一大半。他和康东方在一起的时间越来越少,起初是每天聚几次,后来变成几天才聚一次。他和何碧聚首的机会就更少了,上班时间偶尔见了面,简单说两句话就急匆匆走了。

他的这种做法让何碧很焦急甚至有点恼火,她觉得徐公平在故意回避她。她想起他对她的承诺,根本就是骗人,是逢场作戏时说的谎话。

她清楚地记得，中秋节之夜发生的事情。那天上午她是那样的恐惧、孤单、无助。她多希望徐公平能留下来，陪她一会。可是，他勉强安慰了她一番，就走了。听着他关上门后渐渐走远的脚步声，她的心里感到特别空落、难过。她闭上眼，满屋的黑暗、寂寞一齐向她压下来。像落入了一个魔窟，四面八方的鬼魅都向她射来利箭，她赶紧用被单蒙上了头，蜷缩成一团，在极度惊惧中，意识开始模糊，浑浑噩噩地睡了过去。

也不知过了多久，她迷迷糊糊地光着脚走出了房间，在空旷的大街上游荡，街上没有一个人，她的身后吹着阴冷的风。想走得快点可怎么也跑不起来，她越想走得快，那风就把她追得越紧。终于，她遇到一所房子，急忙奔了进去。房子里有好多床，床上都睡着男人，看到她进来，都抬起头来看她。她慌忙裹紧衣服，躲藏在墙角的一张床下。她紧张地从床下向外张望着。这时候，床边忽然探出一个外国男人的头，蓝眼睛、黄头发、瘦瘦的脸，她非常害怕，蜷缩成一团，用极度恐惧的眼神望着他。不料，那个外国男人非常和善地向她微笑了一下，双手举着一把绿色的麦穗要送给她。她大惊失色，不敢伸手去接，示意他走开。那个外国男人很生气，一把将她从床下拽出来，拖着她走出了房间。她在外国男人手里挣扎着，叫喊着，可是没有人可怜她、同情她，人们都朝她投来不屑一顾的目光。她被那个外国男人挟持到了悬崖边，倒提着双脚，向悬崖下扔去。她惨叫一声，绝望之际狠命把身子向上一挺……

何碧醒了，发现自己依然睡在床上，浑身被冷汗浸透。这时候，她才听到门外有人用力捶门，一边焦急地喊着："何碧，你怎么了？何碧，快开门呀！"

等到这个声音重复了几遍后，她听清确定是徐公平的声音时，才下了床开了门。她发现天已昏黑，徐公平睁着明亮的眼睛惊疑地看着她。

不知是什么原因，她的心底竟升起一股对徐公平的怨恨，她什么也不说，转身就向床边走去。徐公平紧跟着进了门，问："灯的开关在哪儿？"她没有回答，又躺在了床上。

徐公平在门口的墙上摸索了一阵，又问："开关在哪儿，把灯打开！"何碧听着他摸索开关时发出窸窣的声音，不忍心看他在黑暗中摸索，就说："在床的这边。"于是徐公平又摸索着到了床边。徐公平站在床边问："在哪里？"

何碧看着黑暗中徐公平那极富男人味的形体，听着他恭顺老实的问话声，想着他俊秀的脸,忽然产生了一种强烈的占有欲。她伸手拉过他的手说:"你坐过来,我不要开灯。"

徐公平顺势坐在她的身边,用双手握住她的手说:"不开灯怎么行?"何碧柔声说:"就这样坐一会!"何碧不说话,只呆呆地盯着他英俊俏棱的嘴。徐公平又说:"是不是睡了一天,到现在还没吃饭?"

徐公平的声音是那样的柔和而富有磁性,话语中充满了浓浓的关切之情,而这种关爱之情正是何碧此时最渴望的。他每吐出一个字,何碧的心就颤抖一下,加上昏黑的光把她俩笼罩在一种魔幻般的境界中。

何碧再也控制不住感情的闸门,她感到全身的血液开始沸腾,前胸一阵骚动,下体开始膨胀湿润。她猛地用双手锁住徐公平,把他拉到自己身上,在他的脸上、脖子上狂吻起来。

徐公平被何碧突如其来的动作搞蒙了,他想挣脱,又觉不妥,只得勉强抱住何碧,趴在她的前胸上说:"不能这样,不能这样!"说话之际,脸已涨得通红。

何碧用蛇一样的身子紧缠住徐公平,她让自己的身体尽可能多地贴住徐公平的身体。一阵主动进攻之后,她颤声说:"公平哥,你亲亲我好吗?"

徐公平已羞得满脸通红,用火一样的眼神看着何碧说:"不行,我不能。"何碧一听他说不行,反而激起了她更强烈的占有欲。她把身子猛地一侧翻,已将徐公平压在了身下。她双手托住他的下巴,嘴唇摁在他的嘴唇上,猛烈地亲吻起来。徐公平正值青春威猛的年华,怎能抵挡得住她狂热的激情。几个回合过后,他也开始主动亲吻,两个人狂乱地吻在一起。

何碧全身燥热,她的下身已潮湿一片。她迅即解开自己的衣扣,用胸脯紧贴在徐公平的前胸。这时,她忽然感到一个硬邦邦的东西顶着她的大腿。她下意识地用手去摸了一把,只听徐公平一声惊呼,猛地将身子一收缩,两腿齐拢,弓身将下体护了起来。

何碧把手移向徐公平的腰部,开始摸索着解他的裤扣。徐公平大惊,本能地反抗着,不让她得逞。他的脑中立刻闪现出夏雯的脸庞,他想起了和夏雯的海誓山盟。于是他伸手抓住何碧的手,使劲向外一拽,翻身压在了何碧的身上。

何碧的眼中发出明亮而灼人的光,还是一副渴望交入的样子。徐公平转而冷静地说:"不要这样。何碧,在我的心中,你永远是一个好妹妹,不能这样做的。"

何碧不理解他的想法，委屈地说："不，我才不要做你的妹妹呢，我要做你的女人！"

徐公平用力按着她的肩膀说："听话，别胡闹了。今天是中秋节，外面有舞会，我们去跳舞吧。"

何碧骄横地说："我不去，你别骗我了。"

徐公平盯着她的眼睛，认真地说："真的，我不是在骗你。康东方、杜小鹿他们正在发廊里等我们呢，我是特意跑过来叫你的。"

何碧半信半疑地说："我不信，你要是还骗我，今晚就必须陪我。"

徐公平只好说："行，行。如果我敢骗你，今晚我就哪儿也不去，一定在这里陪你过节。你赶快起来，要不然他们又来找我们了。"

一听他们要过来，何碧似乎冷静了下来。在徐公平的催促下，她洗了脸，简单梳妆打扮了一下。趁何碧梳理头发的当儿，徐公平自己也洗了一把脸，俩人匆匆向小鹿发廊赶去。

果然，康东方、杜小鹿、秦小苹三人等急了，埋怨他们走路像蜗牛一样慢，来得这么迟。

徐公平向大家解释了一番，说得大家半信半疑，完了又说何碧一天没吃东西，先让她简单吃一点。杜小鹿真诚地说，先吃点今天刚买的月饼，还有露露。

于是，何碧喝了一罐露露，吃了一块月饼。人聚齐了，气氛自然热闹了起来。于是他们先喝酒，后又跳舞。那一夜，何碧只和徐公平跳了几曲慢四步，然后就不想跳了，只是看着他们跳舞。再后来，杜小鹿频频请康东方跳舞，秦小苹多次请徐公平跳舞。在舞池中他们就像两对情侣一样，使何碧很不开心。看着秦小苹对徐公平那迷恋的眼神，何碧心中醋意大发，恨不能冲上去把秦小苹狠狠教训一顿，从她怀里夺过徐公平，让他陪自己跳或者跟她回学校去。

然而理智终究战胜了冲动，何碧渐渐清醒了过来。她明白自己现在只是徐公平的一个同事，她没有理由阻止任何一个女人接近徐公平。所以，她只能强行压制心中的妒火，独自坐在那里喝闷酒。后来，她也不知道自己是喝醉了还是睡着了，迷迷糊糊地跟着徐公平和康东方回到了学校。

十七　空负深深愿

自那以后，每晚就寝的时候，何碧都会有意无意地看上一眼徐公平的房间，看着从他房间透出的灯光，她会想象出徐公平伏案工作的身影。她知道徐公平一定很忙，但就是扼制不住想他的心思。"亲爱的公平，你会想我吗？"她嘴角常常会涌出一丝甜蜜的笑意。

有时候，她会走到徐公平的门口，倾听里面的动静。这个时候她多么希望徐公平能够突然开门走出来，看看她。可转而又怕他真的出来，识破她的小心思，窥见她心中的秘密。

有时候，如果听到徐公平房间里面传出女人说话的声音，她就会不高兴。许多次她像个做贼心虚的孩子一样，逡巡于徐公平房间的周围。继而有那么一段时间，她甚至不希望有别人出现在他们的二人世界。尤其在公众场合见到徐公平的时候，她都会表现得极度的不安和紧张。即使俩人偶尔遇到一起了，她又会急匆匆地离开，她甚至有意无意地尽力回避那种场面的出现。

在工作中，如果徐公平随意和她打招呼，她会用极冷淡的语气回复，或者用极冷漠的态度表示出她内心的不满。而所有这一切，她都希望自己异常的举动和极不正常的态度能够引起徐公平的注意，然后专门来找她谈心。

何碧每天都有一种希望，有一种对爱情的冲动，可徐公平连一点反应也没有。似乎在他的心中，她只是一个与他的生活毫不相干的同事。而每次瞥见徐公平从窦瑜玮的房间走出来，她都会感到不快乐，甚至会出现一种莫名的愠怒。渐渐地，她开始有些着急起来，她感到自己这种被动等待似乎不太适合跟徐公平这样腼腆的男孩谈情说爱。一段时间以后，她发现自己的做法根本引不起徐公平的关注。如果自己再这样等下去，必定会错失良机。

后来何碧终于忍不住了，想主动出击，追求自己的幸福。但在恋爱方面，她终究是一张白纸，没有任何经验，渴望从别人那里获取一些经验。她第一个想到了董老师，觉得他是一个可靠的且值得依赖的人。

一个适当的时机，何碧找到了董红老师，有点神秘地说："董老师，我想请教您一个问题。"

董红是全校有名的"老博士"，一听年轻同志要请教问题，立刻来了兴趣，和蔼地说："小何老师，我先声明一点呵，外语我可是一窍不通，外国的事务我也从不关心。不过，只要是咱们中国的事，你就尽管问吧，我是知无不言，言无不尽。"

何碧笑着说："董老，我问的既不是外国的事，也不是国家大事，只是关系到两个人感情的事。"

董红说："噢，两个人感情的事？谁跟谁的事呀？"

何碧说："不是我跟谁的事，是您跟您爱人两个人感情的事。"

董红此时被她弄蒙了，惊诧地说："我们感情的事？我们老两口有啥好说的？不过，你问吧，小何老师，我一定如实相告。"

何碧说："董老师，您爱您的夫人吗？"

董红哈哈一笑："小何老师，这个问题太笼统了吧？再说，你称呼我老伴为'夫人'，我反倒有些不习惯了！"

没等董老师正面回答，何碧又问道："那么，董老师，您知道您的夫人爱您吗？"

董红说："小何老师，这个问题嘛，我以前还真没想过。我们那个年代，不兴什么爱呀情呀的。我们的婚姻也遵从了'父母之命，媒妁之言'的古例，后来风风雨雨糊里糊涂地就过来了。一直到现在，我们都没弄清楚爱是什么。我只是知道，现在，她是我的老伴。我觉得生活中需要她，需要她照料，需要她陪伴。估计她也是这样的想法。如果我一天不回去，或者回去晚了，她都会倚在门口焦急地等待。我们的生活很平凡，感情也很稳定，婚姻一直很美满。曾经也有年轻人笑我不懂得什么是爱，我反问他什么是爱，他说爱就是为喜欢的人去死，去受苦。可他结婚不到三年，又离婚了，后来又结，又离。你能说他懂得爱吗？我不知道我那口子爱不爱我，但我知道，她需要我，她的生活、她的命运，已经和我紧紧地连接在一起了。"

何碧说:"董老师,您是说,爱就是一种需要,是相依为命的生活,是同呼吸共命运吗?"

董红说:"是呀!爱不是什么所谓轰轰烈烈地追求和享受,也不是一方穷其所有地付出给予,爱是一种平淡的生活,是两个人的真心面对,爱就是包容,是无言的理解。"

何碧说:"噢,董老师,我明白了!其实,像你们这样的爱人,虽然生活很平凡,但只有这样的爱才是最真实的,也是最令人尊敬的!"

董红说:"是呀,爱就是默默无闻的付出,就是真心实意的需要,就是无条件的帮助和支持!"

何碧回到宿舍之后,立即写了一封信。她决定不再犹豫,她想用最真诚最热烈的语言,表达出自己的爱,把美好的爱情传递给心爱的男人。然而,冲动的激情过后,她实在没有勇气当面交给徐公平。后来,她把信偷偷交给了蓉蓉,想利用这个小姑娘达到自己的目的。

那蓉蓉正值青春萌动期,对男女爱情的事有着浓厚的兴趣。何碧老师走后,蓉蓉觉得很好奇,加之一个少女对自己每天能亲密接触的男性潜意识的那种保护和独占欲,使蓉蓉对何老师的举动产生了一种敌对情绪。所以,蓉蓉根本不想将这封神秘的信件交给徐老师。但她又轻率地承担了这份信任,这使她感到犹豫不决。出于对徐公平以及何碧老师身份的尊重,她悄悄把信扣留了下来。

蓉蓉迫切需要洞悉这封信的内容。她偷偷拿出信来,正对着太阳透视,妄想窥探到信的内容。她的这个举动被正巧进来的窦瑜玮发现了。作为母亲,窦瑜玮以为女儿在搞早恋,或者有什么事瞒着她,便追问蓉蓉。

在母亲的再三追问和威逼之下,蓉蓉只得将信交了出来,并说是何老师要她交给徐老师的。

凭着女性特有的第六感觉,窦瑜玮已隐约感到信的内容是什么了,便夺过信来,装作若无其事地说:"那你用心学习吧,我会交给徐老师的。"蓉蓉见母亲如此强势,无奈只得随着母亲,由她拿了去。

窦瑜玮对这封信发生了浓厚的兴趣,回到办公室后,她迫不及待地拆开了信,只见上面写道:

亲爱的公平：

每天，我都在期待和你相遇，每时每刻我都会禁不住想你！想聆听你亲切的话语，想看到你矫健的身影，想挽着你有力的胳膊，想闻闻你身上的味道……

亲爱的公平，自从上次咱俩在一起，你就牢牢地钻进我的心里，怎么也出不去了。公平，其实从第一次见到你，我就喜欢上了你，只因我是一个女孩子，没办法主动靠近你。每时每刻，我都在等待，等待你的到来。

亲爱的公平，你为什么躲避我？为什么不敢看我？虽然我知道你最近很忙，但我还是有点怨你。你知道我是多么需要你，我的生活中不能没有你。

亲爱的公平，我很爱很爱你！上天注定，我和你是要同呼吸共命运的！因为，你是我一生的爱人！

亲爱的公平，你知道吗？你就是我的力量，就是我的信念！你是我的依靠，是我一生的幸福源泉！

亲爱的公平，我在等你！不管你是怎么想的，请你一定要来看我！我永远在等你，一生一世……

爱你的何碧

10 月 29 日

"亲爱的？满嘴亲爱的……真不知害臊！"窦瑜玮骂了一句，同时自己的脸涨得绯红。她狠狠地将信撕得粉碎，用力扔向地下。

接下来，窦瑜玮做了几件事，连她自己都不知道为什么要那样做。

她先是找到徐公平，说："小徐老师，你最近工作很出色，年轻人嘛，应该以事业为重，尤其你们男同志，在工作未取得一定的成就时，最好不要急于谈感情，因为那样会误了你的前程。你的工作令我非常满意，最近你要注意在教学上尝试改革一下，发挥出年轻人的聪明才智，给我们这个死气沉沉的教学队伍注入一些新的活力。"

徐公平的脸上流露出感激的表情，他正欲说什么，窦瑜玮接着说："我会全力支持你！当然你还得当好我的这个校长助理。"

窦瑜玮一席推心置腹的话，恰与徐公平心中的热潮相澎湃。自从和夏雯一别后，他就寻思着怎样在事业上有所突破。他不信在教育这块领地，在西北这个边区小镇，就干不成一番事业。现在机遇来了，他要放手一搏。

徐公平用感激的眼神看着窦校长，仿佛千里马遇到了伯乐。窦瑜玮此时的眼神中却透射出了一股特殊的温柔，她用柔和如霞光般的眼睛对望了一眼徐公平，说："我相信你，你一定行的！"然后心虚得像一个小姑娘似的溜出了房门。

窦瑜玮来到自己的房间，对女儿蓉蓉说："那封信我已交给了徐老师。内容是有关教学改革的事，徐老师很高兴。以后你要专心学习，再不要管我们大人的事了！"

蓉蓉不服气地嘟哝着说："我又没做错什么？我偏要管！"

窦瑜玮突然感到自己女儿这么大了，已不能用过去的那种方式干预她了，便温和地说："你还是学生，就应该以学习为重。你爸又常年在外，你的学习全靠自觉，我最近很忙也很累，你学习上一有问题，就多去请教徐老师，一定要把学习抓紧，千万别让妈妈失望。"

蓉蓉说："那我现在就去找徐老师。"

窦瑜玮阻止她说："必须是学习上的事，别的事不能去找，从现在起再不准你给谁私传信件。"蓉蓉愣愣地望着妈妈，觉得她今天怪怪的。

第二天，窦瑜玮找到何碧，脸上挂着甜甜的笑，说："小何老师，你最近工作干得不错嘛，学生们和老师们对你的口碑都很好，要继续努力呀！昨天小徐老师到我办公室，脸上有难色，我问他有什么为难的事吗，他把你给他写信的事简单给我说了。我当即说，那是好事呀，你们俩真是天造地设的一对。我都想给你们当红娘呢！可小徐老师又吞吞吐吐地说他已经有了女朋友，在大学里谈的，还说俩人已私订终身，说好永不分开的。现在这个社会啊，小伙子要是太帅了，姑娘们都是争着抢着往他怀里跑，你说我们这些做女人的是不是有些犯贱呀？"窦校长最后这句话，把何碧羞得满脸通红，她支支吾吾地说："我没有，我只是……"

何碧没想到徐公平会把他俩的隐秘事告知窦校长，并托校长来回绝，气得她眼睛倒竖了起来，心底涌起对男人强烈而无限的恨。

十八　一夜风流债

市教委下拨给牛毛中学的十万元款额很快就用完了,杯水车薪解决不了根本问题,学校的财务又陷入了困境。全校教职工已经四个月没发工资,一些教师的家里陷入困境,一时怨声四起,人心惶惶。

对牛毛中学眼前的困境,女校长窦瑜玮也是一筹莫展。她几次向镇上主管教育的领导反映,拖欠教师工资已严重影响到学校的教学质量,同时学校教育经费极度困难也已严重影响了学校开展日常教学工作。然而,镇政府领导每次都反向她诉苦,表示无可奈何,并要求他们坚持工作,耐心等待,只有等他们向上级领导汇报这一情况后,才有可能解决这个难题。

偌大的学校,经费不足一千元。教师情绪波动极大,教风学风急剧恶化,教学教研办公告急,财务后勤保障告急。后来,学校甚至连电费也缴不起了。无奈之余,窦校长觉得只能向县教育局求助了,于是她决定亲自到教育局走一趟,把牛毛中学目前面临的困境向上级领导讲一讲,或许能解决一点实际问题。

县教育局局长王琰珉手里正把玩着一把玲珑别致的生发神梳。他顶着油光可鉴的脑袋,两只像老鼠眼一样的小眼睛中透着某种睿智,一米六左右的个头,配上浑圆的身材显得有些肥胖,但整个人看起来很精神。

王琰珉一边耐心地听着窦瑜玮和张继业近乎请求救灾的工作汇报,一边不时地用那把生发神梳梳理着近乎空旷的脑袋。等他们汇报完了,他极富同情地说:"窦校长,你们在这样艰苦的工作环境中,在经费严重短缺的情况下,保证了牛毛中学的一切工作正常开展,真是不易呀! 但你们学校的问题实在很特殊,我们局领导马上开会研究具体的解决方案。"

张继业有些焦急地问:"王局长,会议啥时候能开呀? "

王琰珉局长说:"最近局里的事务很多呀,看你们这么着急,我尽量安排今天下午开吧。你们来一趟县城也不容易,趁中午这点时间到外面转转街买点东西什么的。"

窦瑜玮和张继业喜出望外,没想到事情进展得这么顺利。他们兴冲冲出了教育局,来到了大街上,仔细观览一下城市的风光。如果一辈子都待在山区工作,或许也就感受不到外面世界的精彩,也体会不到自己生活的那片土地跟城市的差距。可是当你有幸走进这繁华的城市,你的思想意识就会受到冲击。窦瑜玮和张继业在牛毛镇也算风流时髦的人了,可是真放在这个城市里,他们显得很老土。无论从穿着打扮,还是举止言行,路人一眼就能看得出,他们来自山野乡村。

张继业东张西望,尽情领略着沿路的风景。栉比鳞次的高楼大厦,琳琅满目的百货商店,这些他都久违了。他很想进去挥霍一把,怎奈囊中羞涩。"算了,谁让自己是一名人民教师呢!"他心里自慰道。

在街上逛了一阵,已经中午了,张继业感觉肚子饿了,心想,窦校长自上任以来,他也没机会表现一下,今天正好请她吃顿饭。于是他说:"窦校长,今天事情很顺利,咱们提前庆贺一下,我请你吃顿饭吧!"

窦瑜玮心情也很好,就说:"算了,这段时间的工作多亏有你帮着,就由我请你吃火锅去吧。"

张继业说:"哪……哪能成呀?一块儿出门,哪有让领导掏钱请客的?中午时间有点紧,我就请你吃个'三套车'吧。"

窦瑜玮明白张继业的意思,他是嫌吃火锅贵,就欣喜地答应了。

张继业工作兢兢业业,为人严谨正派,只是那点微薄的工资,要养活全家六口人,实在不易。加之几个月没发工资了,其窘况可想而知!但他今天是真心实意地要请客,态度非常诚恳,窦瑜玮只好顺他的意思了。

何谓"三套车"? 西北特色小吃之一,简单快捷,经济实惠,听起来地方风味十足。这"三套车"实质是由"行面、卤肉、老茯茶"三样饮食搭配而成的一条龙服务。

窦瑜玮跟着张继业走进"三套车"超级餐饮广场,先自行挑了一个雅致清洁的复古茶座坐定,立刻有一个伶俐俊秀的小姑娘闪到他们面前。小姑娘也不询问，只是在他二人面前各放上一个漂亮的仿古茶杯，在茶杯里装上半杯上好的白砂糖。小姑娘转身离开之际，一个收拾得极为干净利落的小伙子手握一长嘴大铜壶，缓缓在杯中沏上老茯茶，然后一个漂亮的转身动作潇洒离去。看那茶，红中透出清亮，白糖晶体在杯中翻转，煞是诱人。看桌签上的介绍，这茶概是由上好的小枣、枸杞、桂圆、橘饼、柿子、蕨麻、核仁、杏脯加上茯茶熬制而成，浓而不酽，涩而不苦，品上一口，清肺通脾，疲惫立消。

这时候，那小姑娘才彬彬有礼地过来问道："先生，您要吃什么？"但是这里只有卤肉和行面可点，张继业曾经吃过，懂得这里的规矩，便说要一盘马大婶的卤肉、两碗张胖子的行面。那姑娘把清脆嗓子一扬高声唱道："马大婶卤肉一盘！张胖子行面两个！"

这边座上一喊，那边的卤肉摊主马大婶立刻会切上一盘新鲜美味的卤肉递过来。几分钟之后，摊主张胖子的两碗又柔滑又绵长的行面也端了来。这时候，窦、张二人已喝了半杯茶，感觉肠胃通畅，食欲大增，就大吃大喝一番。待将行面加卤肉消灭后，再悠闲地呷上一口老茯茶，顿觉神清气爽，精神倍增，此前行路带来的疲累早已烟消云散。

原来，这行面馆、卤肉摊、老茯茶座椅并非一家管理，而是三家配套经营，诚信为本，物美价廉。那茶座摊主负责热情招呼客人坐定上茶，只收茶钱。那卤肉摊主根据各茶座上唱的盘数切上卤肉供给，只收肉钱。那行面馆老板根据茶座上要的碗数端来，只收面钱。整个广场有几十家摊主，可以同时接待数百位食客。平时招徕顾客，根据客人自主选择，全靠各家默契配合，配套服务，故称"三套车"。

下午，窦瑜玮和张继业到教育局财务科拿到了拨款单，局里研究决定为牛毛中学暂划拨六万元以解其燃眉之急。两位学校领导很高兴，但没有局长的签字是提不到款的，二人只能在那里焦急地等待王琰珉局长到来。

张继业的一个老同学在教育局工作，点拨张继业说："老同学，看样子你在山区待得太久了，还不了解现在这个社会大环境。虽然说你们今天为公事而来，理应尽快给你们办理，但话又说回来，公即是私，私即是公。不管你是为自己的事，还是为单位的事，终究还得局长那边同意。这一关是谁也躲不了的，你们还是主动去找一下局长吧，送些礼或者请个饭局，也是必要的。"张继业恍然大悟，赶紧找窦瑜玮说明此事,窦瑜玮也是猛然醒悟,惊觉自己疏忽了这一点,赶忙给王琰珉局长打电话。

王琰珉在电话中说,他正有重要的会议脱不开身,估计今天下午不回局里了,要窦瑜玮他们先回去,明天再来签字。

窦瑜玮用近乎哀求的语气说:"王局长,牛毛镇离县城六十多公里,我们来一趟不容易,您能不能给特殊照顾一下?学校那边,还有一大堆事等着我们回去处理呢!"

王琰珉说,自己真脱不开身,如果学校的事急,让张继业主任先回去处理,窦校长留下来等明天签字取款。

张继业是个极本分的人,骨子里保持着传统知识分子的那种耿直,听了局长的回复,心中暗骂道:"他妈的!签个字能用多少时间?这个局长看着鬼蹊跷,一定不是个好东西!"但他们别无选择,张继业只好愤愤地先搭车回学校了。

窦瑜玮漫无目的地在街上游走着,看着花花绿绿的橱窗,心里异常郁闷。在几十公里外的山沟里,她的学校揭不开锅了,她的那些教师看病只能向镇医院赊账。而在这个县城,到处是饭庄,到处是茶楼,到处是商城,到处是宾馆。一个小小的签名,居然要让她等上一天!窦瑜玮虽然是一个极成熟又极温顺的女人,但此时的她心里十分愤慨。虽然在教师当中,她算是一个开放型的女人,但在这浪漫迷幻的城市里,她显得是那样的拘谨和可怜!她看着那些来来往往的城里女人,许多人容貌并没有她秀丽,文化素养也没有她高,但她们一个个打扮得妖姿艳丽,极其耀眼。看着那些女人从她身边走过,她竟莫名生气,然后内心不屑地说:"哼,丑八怪,老娘打扮一番,要比你漂亮十倍呢!"

在这种虚荣心的驱使下,窦瑜玮毅然走进了一家"天姿丽美容美发厅"。她询问了一下价位,在墙壁上悬挂的发型款式中,选择了一款自己最喜爱的,然后坐下来让美发师为她造型。美发师是一个二十五六岁的女孩,技术娴熟且极有眼力。经过她一番精心打扮,窦瑜玮顿时摇曳多姿,气质夺人,比先前年轻了十岁。满美发厅的人都赞美她漂亮。她照了照镜子,自己也非常满意这款发型。

窦瑜玮刚走出美发厅,就见一伙大腹便便的人从对面一家名叫"仙客来"的酒楼沿阶而下,个个肥头大耳,红光满面,其中领头者,正是教育局长王琰珉。

窦瑜玮正犹豫如何跟王局长打招呼,却见王琰珉回头对后面那些人说了几句话。那些人顺路走了,王琰珉却穿过马路径直朝她走来。

俩人目光一接,窦瑜玮轻叫了一声:"王局长,您好!"

王琰珉立即笑嘻嘻地说:"窦校长,果真是你啊!你这打扮和上午的样子可真是判若两人呀!"

窦瑜玮谦恭地说:"局长您过奖了,还是一样的我,只是洗了下灰头土脸。"

王琰珉色迷迷地说:"这么说吧,上午的你就像一朵野菊花,现在的你却成了一朵盛开的牡丹。"

窦瑜玮脸上暗暗飞红,嫣然一笑说:"王局长真会笑话人,我哪有那么炫呀?"

王琰珉又笑嘻嘻地说:"如果没那么炫,我在马路对面怎能一眼就认出你了?"

想起张继业同学的那番话,窦瑜玮不失时机地说:"王局长,我想代表我们学校,请您吃顿便饭,谢谢领导的关心和照顾!"

王琰珉笑吟吟地说:"我刚吃过饭,这吃饭就不必了,就随便找个茶楼聊聊天吧!"

窦瑜玮一听内心狂喜,他们边走边看,选了一个名曰"窈窕秀"的茶楼,走了进去。

窦瑜玮从没进过茶楼,只见大厅里面收拾得甚是雅致,舒缓曼妙的轻音乐立刻把人带进了一种轻松惬意的境地。窦瑜玮正想在大厅里选一个普座就位,过来一个服务生说:"先生您好!大厅里有些喧闹,二位还是叫个雅座吧!"

二人并未反对,于是服务生将他二人领进一间较隐秘的包厢。窦瑜玮见包厢里面收拾得很是干净整洁,空气中飘浮着淡淡的香水味,但气氛与大厅极不一样。王琰珉点了一壶普洱、两瓶红酒和两盘点心,转而笑吟吟地对窦瑜玮说:"美女请坐!"窦瑜玮有些忐忑不安地坐了下来。这时服务小姐上齐了茶、酒、点心,还送了果盘瓜子,近乎蹑手蹑脚地退了出去。茶几上放着一本书,窦瑜玮随便翻了一下,虽没有图片,内容却都是极下流的色情描写。窦瑜玮初次来到这种地方,虽然感到有些不适,但为了陪领导,为了办事,便装作若无其事地乱翻书页。

王琰珉见窦瑜玮有点紧张,便主动活跃起来,又是给她倒酒,又是拿点心,反倒使窦瑜玮不好意思。吃了些点心后,王琰珉点上一支烟,开始劝她饮酒。窦瑜玮也不再拘谨了,说先敬领导一杯,和王琰珉对饮起来。酒过三巡,窦瑜玮提到拨款签字一事,王琰珉说那是小事,只是举手之劳,叫她只管放心。窦瑜玮只得将单子放在一边,俩人继续饮酒。后来谈到唱歌、跳舞,王琰珉便打开了碟机,放上了一段慢四步舞曲。这时窦瑜玮已有些醉意,酒精的作用使她耳烧脸热,全身有些兴奋骚动。王琰珉伸出手来,邀请她跳一曲,她便心照不宣地投入他的怀抱。身体的接触,音乐的律动,刺激得窦瑜玮激情燃烧,她不由自主地把身子主动贴了上去,眼睛迷离地望着眼前的这个男人。

王琰珉许诺要提拔她,让她连升三级,窦瑜玮则默许王琰珉在她身体的每一个部位任意侵略。窗外夜幕已降临,幽蓝的霓虹灯发着鬼魅般的光。王琰珉停止跳舞,把碟片换成了情色片,更是增加了视觉刺激。窦瑜玮在这种绝妙的刺激中被王琰珉搞得神魂颠倒,欲罢不能。王琰珉在性功能和性技巧方面有独门秘籍,简直可以申请专利。整整半夜,他像一头发情的公猪,把窦瑜玮搞得数次到达巅峰高潮,直到她筋疲力尽,感到无法支撑……

窦瑜玮醒来的时候,已是凌晨,除了感到有点头痛外,身体其他方面却是异常惬意与舒适。她也不知道王琰珉是什么时候走的,她急忙去看拨款单子,却见上面早已签好了字。一阵欣喜涌进她的心里,但这种兴奋只持续了几秒钟就消失了。看着拨款单上那"同意"两个字,窦瑜玮像个受了委屈的小姑娘一样,竟嘤嘤地哭了起来。

第二天天刚亮,窦瑜玮收拾停当,准备去提款,"窈窕秀"茶楼老板要她买单。窦瑜玮接过消费单一看,他们一夜的花费是三百八十元,加上包厢费三百元,共计六百八十元。窦瑜玮随身只有三百多元现金,无奈只得暂押下学校公章,待取款后,再来赎回公章。

六万元的拨款虽然不多,但给牛毛中学重新注入了生机。学校出了大事,教师们都理解新任校长的苦衷,他们把发不上工资的怨气都撒在了王震华和胡一博身上,并不责怪新任领导的无能。"就当作三个月工资让贼偷去了吧!"教师们相互鼓励着,勉强支撑着学校的教学工作。这些可怜的老师,只要能勉强维持生活,他们是绝对不会去惹是生非的。这种懦弱从某种意义上讲其实是一种优秀的品质,因为固守清贫与克己复礼,历来被尊崇为一种高贵的思想境界。

这一次官场遭遇之后,窦瑜玮的心理发生了很大的变化,这一点,连她自己也不知道为什么。首先她的心里产生了某种莫名的不安,说实话,她也不是什么贞妇烈女,但现在的她,更需要一份真感情,一份真真实实的爱。然而,就她这种性格,从她懂得男欢女爱之事的美妙起,就没有想过要把自己守成一个圣女。婚后很长一段时间,她特别渴望男人的真爱,她知道自己是漂亮的,也懂得自身的魅力。这一点,从无数男人眼睛中反射过来的欲光中,她看得一清二楚。但命运之神偏爱捉弄人,当她还是妙龄少女的时候,有许多男人追过她,她挑来挑去,竟没一个男人合她的心意。曾经有那么多男人对她献殷勤,好几个甚至为她失魂落魄,可她总是逢场作戏、朝三暮四,像个骄傲的孔雀一样傲视他们,这些男人最终都离她而去了。后来,她错过了自己最美的年华,对她感兴趣的青年越来越少了,她又后悔了,后悔自己太高傲太苛刻了。她疑心是不是自己的感情太复杂了,以至于男人们都轻贱她、远离她。那个时候,她还不知道男人们都有一种心理,他们宁愿自己的老婆像只忠实的狗,也不希望找个水性杨花的女人做妻子。像她这种女人,谁都愿意和她发生一夜情却不想把她娶回家。再后来,在她二十七岁的时候,她终于锁定一个目标,一个单位在外地的林场工人,文化程度不高,但为人敦厚老实,体质很好,也非常能吃苦。这个男人最终成了她的丈夫。由于工作原因,她的丈夫只能几个月回来一次。刚结婚那两年,对于她来说简直是活受罪。长夜漫漫,别人新婚都与爱人如胶似漆,她却不能和丈夫每天厮守在一起。有时候,她看到或听到别的夫妻打架吵嘴,也会认为那是一种幸福。而她的丈夫也好像把心思完全寄托在高山大河和那广茂的林海之上,似乎对他们这种可有可无的夫妻生活毫不在乎。久而久之,双方竟都适应这种生活了。在很长的时间里,她的精神世界里只有蓉蓉,她甚至忘了自己还有个丈夫,完全过着寡妇的生活。

那夜之后,丈夫的影子只在她的眼前一闪而过,她的心里之所以有不安,觉得更为强烈的是对不起女儿蓉蓉。孩子都这么大了,还遇到那种事儿,而且还遭受那么强烈的刺激,不是出于需要,而是因为应付。然而,在不安之余,她又有一丝窃喜——她为王琰珉局长要提拔她的那句话而感到暗自得意。但窃喜之余,她心中也会冒出一种莫名的不甘来,自己真是为了升官才自愿让上级领导玩的吗?她起初并没有想仕途的事,也没想和领导有什么亲密接触,只想一心一意把学校的工作做好,可这事儿发生了,她不仅倒贴了钱,连学校的公章也没保住清白。

　　倒是那一夜风流,竟点燃了她久熄的欲火。这几天来,她像又回到了那个如花似玉的美妙年龄,心中阵阵荡漾起那种勾魂如醉的冲动。除了不安和兴奋,她还发现了自己的魅力仍然不减当年,她体验到了欲望和权力带给人的刺激。权力已有,但是隐藏在内心的澎湃之欲让她痛苦不安,她想到了一个人。于是,她极力掩饰着内心的喜悦和渴望,每天都精心化妆一番,又把自己最时髦的服装翻出来穿上,想象着会有怎样的奇迹出现。

十九　蹉跎忽失身

十
九

蹉
跎
忽
失
身

　　一个阳光明媚的早晨,徐公平走进高三年级教室,兴高采烈地讲道:"同学们,近一段时间以来,你们各方面都表现得非常好! 不仅给班级争了荣誉,也给足了我面子! 希望你们这些大哥大,继续做好全校学生的表率。为了使我班的成绩进一步得到提升,接下来,我打算探索一种新的学习方法,我把这次教学改革叫作'补胎'法,它适用于我们班级的各科学习、思想政治和集体生活等各个方面。请大家认真学习领会这种教学方法的内涵和精神。"徐公平把这种"补胎法"教学方法的步骤和要点写在纸上,复印后发给每个同学。

　　"补胎法"教学方法步骤及要点:

　　第一步,找漏洞。即找问题所在,找不足之处。活动主体包括班集体和学生个人,内容涵盖学习、思想政治、集体生活各个方面。

　　第二步,修补丁。根据症结所在,酝酿解决问题的具体方案。个性问题的方案需不断修改完善而定,共性问题方案则要经过讨论、遴选、甄别环节,最后确定。

　　第三步,补漏子。即解决实际问题,落实具体方案,把补丁补上去。具体问题具体分析,对症下药,因材施教,注重措施的可操作性。

　　第四步,打气。问题解决之后,从中吸取教训,总结经验,鼓舞士气,更好地完成下一步任务,探讨新的方法技巧。

　　在整个教学改革过程中,徐公平把主动权交给学生,他只起个抛砖引玉的作用,充分调动了学生的主动性和积极性,班级风气日益好转,学风开始正起来。在这个学期终了时,学校进行全面教学工作评价,徐公平带的班级自然获得优良,为学校全面提升教学质量开了一个良好的头。

星期天，夏雯打来了长途电话，责怪徐公平为什么不给她主动打电话，并问他的决定，强烈要他给出那个通牒问题的答案。徐公平很为难，试图说服夏雯，求她说："虽然你那边城市的条件优越，虽然我也非常憧憬美好的未来。但如果让我违背了自己诺言，去做自己不喜欢的事，我会痛苦一辈子的！你就不能考虑一下我的感受吗？我很爱你，愿意等你十年二十年，你就不能等我两年吗？"

夏雯固执地说："徐公平，也请你体谅一下我的苦衷。现在已经不是那个时兴两地分居的年代了，如果你真心爱我，就应该和我在一起，两个人共同奋斗，共同构筑爱巢。如果你能赶快回到我身边，那么我就放弃去国外学习的机会。如果你执意要待在牛毛镇，我将决定去国外学习。"

徐公平怏怏地回到了学校，一股莫名的失落占据了他的世界。他感到一阵烦恼，他觉得夏雯越来越不理解他的心了。想起他们之间的海誓山盟，再想想那些卿卿我我的日子，那时候夏雯该有多单纯啊！而现在她却一再要他离开自己喜爱的事业，只顺着她的意思走。人不能为了爱情而不要事业，也不能只顾事业而牺牲了爱情。但是，如果连小小的考验都经不起的爱情，那又算是一种什么样的爱情呢？

徐公平一时拿不定主意，他这样苦闷着、彷徨着，在校园内走了一圈，一路踱着小步，不知不觉间来到窦瑜玮的门口。出于对这位大姐的信任，他希望听听她的建议。

窦瑜玮正在扭着腰肢照镜子，发现徐公平来了，赶快热情地迎他进来。

徐公平恭维地说："校长今天可真漂亮！"

窦瑜玮兴奋地说："老了，谈不上漂亮了！"

徐公平进而夸张地说："谁说的？一点也看不出，就像二十几岁的大姑娘一样。"

窦瑜玮越发心花怒放，娇嗔地说道："真的吗？连你也这样认为？"

徐公平说："真的非常漂亮，看起来和我们年龄差不多。"

窦瑜玮心中涌起一阵冲动的兴奋，她知道徐公平赞美她是有些夸张，但她非常喜欢听这些话。她感觉和徐公平之间的那个代沟猛然消失了，她和他仿佛成了同龄人。过去，她虽然迷恋于徐公平俊美的外表和儒雅的气质，但每当看到自己的女儿蓉蓉和他在一起的时候，她就会把他们联想成同龄人。而今天，没想到她在徐公平的眼中竟是这么年轻,和他是同龄人,这些话至少说明徐公平是很欣赏她的。她太高兴了,仿佛自己一下子成了一位妙龄少女。每个女人都不会满足于自己的外表,总梦想着通过一张滑腻的面膜或者一件华丽的衣物使自己变得艳丽无比。也许追求年轻漂亮是女人一生的目标。

窦瑜玮荡漾在这种美妙的幸福之中,如沐春雨,如荡秋波。她兴奋地试探说:"既然我这么漂亮,那就来拥抱一下我吧!"

这句话太出乎徐公平意料,他当窦瑜玮在开玩笑,迟疑了一下说:"要是你没有结婚,我肯定会追你的。"

窦瑜玮乘势说:"那我可以离婚呀。"

徐公平见她有些一本正经的样子,就坐下说:"那可使不得,拆散你家庭的事情我可承担不起!"

窦瑜玮忽然走过来,压低声音说:"那你就偷偷对我好点,反正我现在和单身也差不多。"

徐公平见她说得有些离谱,不像开玩笑的样子,就打岔说:"在我心目中,你永远是我的瑜姐,今天我有事想请教你。"

窦瑜玮也收敛起刚才那种表情,坐在他对面认真地说:"我也是说着玩的,有什么事要请教我?"

徐公平说:"我的女朋友前些天来这里了,她见这里的条件太艰苦了,劝我离开这里。今天她又打来了电话,要我去她那边发展。我在这里工作好好的,而且也喜欢上了这份工作,所以感到很郁闷,一时不知该怎样做才对,想听听瑜姐你的看法。"

窦瑜玮一听徐公平要走,心中有一百二十分不愿意。她怎舍得让自己的得力助手走呢?从见到这个年轻人的那一刻,她就迷恋上了他俊秀儒雅的外表,后来发现他的内质也颇优秀,不像同龄中的许多后生,崇尚个性开放、两性自由,他反而表现得很矜持、很正统。他的工作能力也超强,是那种聪明机智、满腹才华又务实肯干的青年。自从徐公平当了她的校长助理后,她感到工作轻松了许多,也快乐了许多。窦瑜玮虽然并不是个严肃的女人,但她心仪这样的男人。她有时甚至会对他生出一种强烈的占有欲,有时又心存敬畏。她不敢贸然对他做出轻浮的举动,只是她心底总有一种莫名的难以释怀的欲望。这欲望像一只发情的兔子，一蹦一蹦的，总想冲出她压抑许久的怀抱。

但她很快镇定下来，做出一种大度的风范，故作热心地说："按理说你们男人呀，应该以事业为重。既然女朋友叫你，你就赶快过去吧，与相爱的人在一起总是好事！"

徐公平说："可我觉得这里也挺好的，我的那些学生，他们都非常可爱，我舍不得离开他们。还有学校待我也挺好的，董老师、张主任，他们都很好，和他们共事，我觉得很有意义。再说，学校经历了这么大的事，现在刚刚有了好转，我如果一走了之，是不是太不讲信义了？"

窦瑜玮已探知他内心的犹豫，有意激他说："你是男人，男人应该有自己的思想，有自己的理想和抱负。你的女朋友，她当然不能体会你的感受。大多数女人，都喜欢男人成功，有很多很多钱，还要整天陪着她、满足她、护着她。一旦男人没有了钱，或者他的事业垮了，又会小瞧他、埋怨他，甚至跟别的男人跑了，归根结底都是嫌贫爱富、爱钱爱权的原因。你的女朋友也不例外吧？"

夏雯在徐公平的心中一直占据着重要的位置，他不喜欢任何人诋毁她的形象，于是辩驳说："瑜姐，这一点你可说错了。夏雯不是那样的人，她看重的是我这个人，我们之间有非常深厚的感情。"

窦瑜玮说："如果撇开生活只谈爱情，人品和感情当然是很重要的。可是没有一个女人，为了追求爱情可以生活在真空中。如果要解决实际生活问题，就无可避免地要考虑钱的事。"

徐公平说："瑜姐，这件事跟钱关系不大，我希望听听你对这件事的直观看法。"

窦瑜玮说："两情若是久长时，又岂在朝朝暮暮？人生处处都存在得与失的选择，是你的想跑也跑不了，不是你的，再勉强也没有用。男人就应该以事业为重，不要儿女情长，否则会一事无成。对于女人，不要看得太重了。当然我也是女人，这些话是站在你们男同志的角度说的，仅供你参考罢。"

徐公平说："我也不想太缠绵于爱情，不想过早地考虑结婚的事。我让她安心工作，等我两年支教工作结束了，就和她结婚。但她似乎不想等那么长，还说单位要派她到国外去学习。"

窦瑜玮说："管她呢，你在这里好好工作，她若真心爱你，过一段时间，准会来找你。恋爱时的女人有一个通病,那就是对于追她爱她的男人,她把头抬得高高的,不理不睬的;而对她冷漠高傲的男人,她又会主动找上门去。女人呀,男人不能太随着她的性子。"

徐公平被她这番自我剥皮的理论逗乐了,顺便问了一句:"瑜姐,那你在恋爱时也是这样经历的吗?"

窦瑜玮想了一下,意味深长地说:"是的,我也一样犯过傻!"

接下来,窦瑜玮大致向他讲述了一下自己的恋爱经历,说她也爱过,恨过,错过,傻过,贱过。

徐公平注视着窦瑜玮的神情,反而对她滋生出一种敬佩来。眼前的这个女人漂亮、大方、热情、泼辣,现在又坦诚地把自己的过去讲述给他听,他越发把她当作一位知心朋友,心中也就多了一层亲近和一份好感。

徐公平也向窦瑜玮讲述了他与夏雯之间的许多故事,窦瑜玮很耐心地倾听着,眼中流露出羡慕的神情,偶尔心中也会掠过一丝丝的妒忌来。后来徐公平说到他与夏雯至今仍保持着纯洁的少男少女关系,双方都很理智,从未冲破过那道雷池防线,窦瑜玮暗暗地感到有些好笑。毕竟,现今这个年代,这样的青年已经不多了,她心中又对徐公平产生了一种爱惜之情。

想到和夏雯的将来,徐公平心中没有一丝亮光,他想象不出他们会有怎样的结果。即使他现在毅然决然放弃这里的工作,和她在一起,他想不出下一步该怎么做。物质生活和精神需求的矛盾始终是困扰年轻人的一个难题,鱼和熊掌似乎不能兼得。联想到现在所处的僵局,徐公平的心里也产生了一些动摇,他们这样的爱情,还能不能经得住考验?一股莫名的烦恼和失落涌上徐公平的心头,他的眼中闪现出迷茫的神情。

窦瑜玮见他情绪很低落,就安慰说:"别想了,有些事情越想越乱,就顺其自然吧!如果心中感到不舒畅,就喝些酒,酒是最好的解闷的东西。"

窦瑜玮见徐公平未置可否,于是迅速从桌柜里取出一瓶"扎西德勒"的烈酒来,打开斟了一杯,送到徐公平的面前。

徐公平今日内心很矛盾,也很想一醉方解忧愁,但他对烈性酒犯忌惮,有些犹豫不决。

窦瑜玮久在高原地区工作,对喝酒抽烟早已司空见惯,这两样她都会,而且还是她的强项。她端起一杯酒说："来，瑜姐今天陪你喝一杯。"徐公平不想在这个身为自己领导的女人面前，留下个懦弱不堪的印象，于是端起酒杯一饮而尽。窦瑜玮也一饮而尽，然后又迅速斟满了酒。

两人又开始聊一些学校的事，又喝了好几杯。男人天生逞强的个性特点，使徐公平觉得自己能行，决不能让女校长说不行。后来窦瑜玮劝他别喝醉了，徐公平反而喝得越猛。其间，窦瑜玮也陪他喝了不少，一会儿工夫，他们已将一瓶酒喝得精光。

徐公平感觉有点眩晕，但大脑尚清醒，嚷着还要喝。窦瑜玮再不给他拿酒，徐公平起身说："瑜姐，你不够意思，我没有喝醉，我还要喝。你不给，我自己找酒喝。"他刚一走动，一个踉跄向前栽去。窦瑜玮慌忙迎上去，一把将他抱住。他的胸脯挤压着她的前胸，下巴抵在她的肩头，在她怀里乱窜，她则死死抱着不让他跌倒。徐公平此时酒性发作，有一种呕吐的冲动，他只得暂时停止了前冲。窦瑜玮此时也喝了不少酒，浑身有些发热，心中不免有些骚动。她紧紧地抱着他，享受着那短暂的幸福感。

这男人的酒性正如男人的脾性，各不一样。任何一个男人，若真醉了，他都会失去语言，失去动作，失去记忆，甚至失去了各种功能，更不会做什么无耻之事的。真正的醉酒者应指中枢神经麻醉失去知觉的人，这些人当然不论酒性了。

所谓一个人的酒性，是针对那些似醉非醉、不醉装醉、酒不醉人人自醉、醉翁之意不在酒等将醉未醉之人的，这些人在喝"醉"后，或笑或骂，或哭或闹，或唱或跳，或逗或跑，有满面通红的，有脸色铁青的，有面色苍白的，也有发黄发绿的，还有语言失控的，大小便失禁的，违犯人伦的，不成体统的，形形色色不一而足，皆为过度兴奋或者间歇性麻痹所致。

酒性与人的生活习惯、性格特点、气质类型、道德修养、所受教育、所经事理等休戚相关，而与喝酒本身无关。没有喝酒的人，亦可故作姿态，耍出各种酒疯来。

窦瑜玮正沉浸在一种浑浑噩噩的幸福中，只听徐公平微喘着气说："瑜姐，我的头好晕，想吐，你放开我，我要回去。"

窦瑜玮说："你都醉得像一摊泥了，怎么回去？就睡在我的床上吧！"于是窦瑜玮双臂紧裹住徐公平的腰，慢慢向床移动，到了床边，她用手小心地撑住徐公平的身体,把他的头安放在枕头上,又放好他的腿和胳臂。窦瑜玮倒上一杯水端过来的工夫,徐公平已昏昏沉沉地睡着了。

　　窦瑜玮看着徐公平优美的身姿,一点一点地扫描着他清秀的五官相貌,心中涌出一种特别的情愫。按理说,她应该好好对待这个年轻人。他纯洁、善良、正直、博学、多特长、高素质,又十分和她投缘。她很想一辈子做他的一个好姐姐,她不想自己的身子沾染他。可是他太俊美了,称得上是万里挑一的美男子,况且他也羞赧地透露过跟他女朋友还保持着纯洁的关系。如果他说的都是真的,他还是个童男子之身。

　　作为一个已婚的成熟女人,她深知,无论是男人还是女人,第一次破处都会给彼此留下深刻的印象,甚至一辈子都忘不了。现在这个美男子就睡在自己的身边,而且他还有可能随时离她而去。不行,她必须占有这个男人,必须留住他。她要让他的第一次流淌在自己的身体内,她要让他永远记着她、想念她……

　　想到这里,她的欲火早已燃到了旺盛的程度。她关死了门,拉上了窗帘,屋子里立刻被一种邪恶的欲念笼罩住,这更加剧了她的淫欲冲动。她脱下外套,像一个魔鬼慢慢爬上床,俯下身,开始吻徐公平的脸、鼻子、嘴唇、下巴、脖子,用双手轻轻地解开徐公平的衣扣,吻吮他的胸脯、双胁和肚脐。她慢慢地拉过他的手,轻轻地吻了一下,安放在腰部。然后,她开始笨拙地解他的裤带,她的呼吸开始急促,心跳也不断加剧,脸蛋刹那间烧了起来,大脑在不断地膨胀,瞬间失去了意识。

　　道德在欲念的旋涡中挣扎徘徊,廉耻在潜意识中一闪而过,但她已顾不了那么多了,她感觉自己像头发情的母驴一样狂躁,再也忍受不了胸罩和短裤的束缚。她迅速脱下徐公平的裤子,狠力将他的内裤往下一拉,脸上立即掠过一阵少女般羞臊。她惊喜地看到,一只月白的小鹿正静卧在岩石上,周围是茂密的森林和草地。她先用脸去蹭,如痴如醉地嗅着那别样的气息,继而用手去轻轻抚摸,那种感觉是世界上最美妙的,像羽毛般轻柔,像奶酪般酥滑,像花蕾般滋润,像冰雪般纯洁。她的每一个神经末梢开始发痒,一直痒进她的心里,继而痒遍全身。

　　她的抚摸越来越有力,节奏也愈发加快。那小鹿禁不起她的挑逗,从岩石上立了起来,几秒钟之内竟膨胀成了一头雄健的长颈鹿,抖动着它那钢铁一样坚挺的雄姿,个头足有先前的三倍大。

111

十九　蹉跎忽失身

窦瑜玮再也控制不住周身器官的节奏，她感到有一股烈火在她的体内喷突，下身早已湿成一团。她慌乱地扯下自己的衣裤，像一头母兽扑了上去……

徐公平做了一个甜美的梦，他梦见回到了夏雯身边，他们在海边嬉戏，躺在软绵绵的沙滩上，海风轻轻掠过他的胸膛，太阳烘烤着他的全身，舒服极了。夏雯穿着美丽的泳装在他的身边吟吟地笑，他一把拉过夏雯，疯狂地吻她，吻得她喘不过气来……他忽然觉得口渴，渴得喘不过气儿。他极想喝水，但夏雯仍旧在他的怀里乱窜乱拱，他怎么用力也按不住她的挣扎。这时，一波接一波的海浪向他们扑来，他极力掩护着夏雯，不让海水冲击她的身体。忽然，一个巨浪袭来，欲把夏雯从他怀里卷走，他大叫一声，一把将她紧紧抱住……

待徐公平醒来的时候，发现自己的怀里的确睡着一个人。准确地说，是他睡在人家的怀里。窦瑜玮一丝不挂，紧紧地搂着他，他想抽身都抽不开。

他大惊失色，一把推开窦瑜玮，两个眼珠紧缩为两个问号，惊愕地望着眼前这个女人，问道："怎么会这样？你——我——"他隐约记得他们曾在一起喝酒，后来他醉了，就什么也不知道了。

窦瑜玮的脸上有一百二十分的满足。这种满足，一方面来自生理，而更多的是心理上的满足。那一刻，她觉得自己就像一个十七八岁的少女一样欢悦。她假装无辜地说："你喝醉了，抱住我，后来就脱我衣服……"

徐公平转过头去痛苦地闭上眼睛，想极力回忆自己醉了以后的情景，但他的大脑一片空白。有一点他连自己也不敢相信，他怎么可能主动去脱人家的衣服呢？

窦瑜玮见他那愧疚万分的样子，慢慢坐起身，假意责怪他说："都怪你酒性不好！"徐公平一句话也说不出，更不敢正眼看她，巨大的羞耻感和自责让他感到窒息。他想到了夏雯，想起了他们的爱情盟誓，都在这一刻稀里糊涂地失去了。男人失去操守和女人失去贞洁一样痛苦。

窦瑜玮起身穿好衣服，来到徐公平近前，柔情地说："我不怪你，我会为你保密的。男子汉大丈夫，别把这事看得有多严重，起来吧！"

徐公平病恹恹地接住了窦瑜玮递过来的衣服，慢慢地穿在身上，头脑中梳理着这件事的头绪。他猛地跳下床，像个贼似的溜出了窦瑜玮的房间。

二十　博辩明心志

康东方来到徐公平的办公室，心有不平地嚷嚷道："校长助理先生，你可真是大忙人呀！这么长时间了，也不来看一眼兄弟，兄弟我是死是活是好是坏，你也不关心关心，我们原先那个根据地，你一步也不踏进了，就见你整天一会儿在这里，一会儿在那里，也不知你瞎忙个啥！"

徐公平故作镇静地说："能有什么事？只是工作有些忙，太多的事务需要处理，不处理又不行。"

康东方饶有兴趣地说："听说你搞什么教学改革，搞得怎么样了？效果怎么样？能搞出个名堂吗？"

徐公平十分淡定地说："教改的事，仅是试验而已，又不像企业改革那么快，能否成功，待到一年后才能显现出来，现在还不好说。"

康东方埋怨说："工作是工作，可你也不能重业忘友。"

徐公平也抱怨说："最近学校这破事也太烦琐了，再说我哪敢忘了你这个兄弟呀！只是见你和杜小鹿打得火热，不敢去搅乱你的好事。"

康东方反驳道："什么打得火热？你高升了没人理我，我寂寞难耐，又无聊至极，只好寻找开心寻找刺激而已。倒是我想提醒你一句，你现在虽是校长助理，但毕竟男女有别，这里的人封建思想还很严重，你要处理好与校长母女的关系，免得人家背后说你是校长未来的女婿，像一家人似的。"

徐公平顿时感到满脸烧红，愤愤地说："这些人，哪能这样说！哪能这样……真是胡说八道！"

康东方改变话题说："杜小鹿说今天烤肉坊有新鲜麂子肉，她预定了一些，请你我过去品尝呢。"

徐公平欣喜地说："太好了！什么时候去？"

康东方赶紧说："现在就走。"

二人到了小鹿发廊，方知请吃烤麂子肉是真的，但里面的原因，有另一层意思。原来今天是秦小苹十七岁的生日，杜小鹿为她张罗了一场生日庆典。

好长一段时间，徐公平都没有到小鹿发廊来了，可秦小苹的心里惦记着他。

每次康东方来发廊时秦小苹都要有意无意地问上一句："徐老师怎么没来？"往常他俩一齐来时，杜小鹿常给康东方侍弄头发，徐公平也只能由秦小苹陪着说话了。每次秦小苹给徐公平洗发后，就拿吹风机给他设计发型，徐公平一边照着镜子一边指导，秦小苹总能做出令他非常满意的造型。久而久之，他们俩就形成了一种默契。但秦小苹始终把自己摆在一个很卑微的位置，她甚至不敢正眼看徐公平，他们之间的某种差距让她感到卑怯。

徐公平也曾开过她的玩笑，有几次曾追问她看上哪个小伙子了，要为她做月下老人。而那个时候，秦小苹总会羞红了脸，窘得说不出话来。他也就放过了秦小苹，不再追问她找对象的事。

今天，秦小苹本想自己去请徐公平参加的，后又觉不好意思，还怕徐公平不给面子，只好央求杜小鹿先请康东方，再让康东方叫上徐公平。

按照牛毛镇的风俗，过生日是要吃长寿面的。秦小苹中午回家和家人一齐吃长寿面过了生日，下午又回到发廊，由师傅杜小鹿主持为她庆祝生日。杜小鹿非常热情地为她准备好了生日蛋糕，专等徐公平、康东方过来。

徐公平、康东方得知是秦小苹生日，坚持要为秦小苹买生日礼物，于是他二人又到商店为秦小苹选了生日礼物。

杜小鹿见人已到齐，便催烤肉师傅按照她的创意烤制一百串麂子肉送来。

生日聚会开始，大家唱着生日快乐歌，点亮生日蜡烛。秦小苹双手合拢，闭上美丽的大眼睛，许了个美好的愿望，然后幸福地吹灭蜡烛。徐公平、康东方为秦小苹送上生日音乐卡和一个相机，祝福她把美好的倩影留住。杜小鹿为她准备了一个可爱的不倒翁，秦小苹爱不释手。

接下来开始吃蛋糕，杜小鹿趁康东方没防备，抓一把奶油抹在他的鼻子上，惹得大家哈哈大笑。徐公平也用手指给秦小苹点了个大大的美人痣，秦小苹反应很快，立即抓了一块奶油要抹在徐公平脸上，被徐公平捏住了手腕，反倒抹在她自己的脸上。大家被糊得一塌糊涂,但都喜笑颜开。

恰在这时,一百串烤肉送到了。大家一看,一长串烤肉热气腾腾,齐声称赞道:"这个创意太好了,生日快乐,长命百岁!"原来,那一百串烤肉是串在一根细铁丝上的。铁丝弯折为五道平行线,把这铁丝用力拉开,那烤肉便在铁丝上排成一条龙,哧哧冒着热气和香味。

徐公平称赞说这个创意好,秦小苹说这是师傅杜小鹿想出来的。康东方偷看了一眼杜小鹿,对她投去敬佩和赞许的目光。大家欢声笑语美美地吃了一顿。

生日聚会后,秦小苹有事先回家了。望见夕阳西下,彩霞满天,杜小鹿要康东方和徐公平一起到附近的山坡上去看火烧云的美景。徐公平推说腿疼,要先回去休息。杜小鹿又约徐公平、康东方星期天一起去游仙人崖,徐公平算了一下日程,也爽快地答应了。

于是康东方带着杜小鹿欢蹦乱跳地去了山坡,徐公平则踏着夕阳独自向学校走去。

徐公平心事重重,默默地在校园里走着。想想最近的工作生活,确实有些忙,但也有些乱。他忽然想到了何碧,是啊,自己已经有好些时候没和她说过话了。他想去找一下何碧,看看她最近过得怎么样,但又想起了和她之前发生的事情,不免有些尴尬。虽然他一直把何碧当作妹妹看待,但在何碧的心目中,可不是这样想的,她似乎对徐公平的这种兄妹说并不认可。这个姑娘纯情、美丽、善良,但显得有些浮躁和幼稚,跟夏雯相比,似乎少了一分沉稳和大气。

这几天,徐公平一想起远隔千里的夏雯时,窦瑜玮的影子就像木马一样跳出来横加干扰。这个女人硬是在他不知情的情况下夺去了他的纯贞。每次他想起别的女孩时,就不由得会想起这个女人。此刻窦瑜玮的影子已不知不觉在徐公平的感情世界占据了一席之地,他甚至无法言说自己对这个女人到底是怎样的一种情怀。怨? 恨? 爱? 仇? 但她的确已钻入他的心里,像某种病毒一样,并不搞破坏,却鬼魅似的偷偷占据着空间,影响他全身系统的正常运转。

徐公平走到何碧的窗前,见里面并无动静,想敲门进去,可是他刚举起手,脑海中立马就闪现出和窦瑜玮发生的那一幕,顿时觉得心慌意乱,再无勇气找她谈论什么,也无法以之前的姿态面对她,更无理由关心她什么。他觉得自己已然失去了真实面对何碧的资格,此时见面,一切的话语都是谎言,一切的感情都是欺骗。想到这些,他像一名心虚的窃贼,匆匆地从何碧的窗前逃过,生怕她会突然开门出来,让他难堪不已。

夕阳刚刚落幕,一片血色的云彩悬挂在西边天空,像一具硕大的骷髅,吞噬着残阳的余晖。只见那骷髅越收越紧,中间变成灰白,四周开始发青,散发着血样的暗光。

徐公平继续往前走着,忆起古人"夕阳无限好,只是近黄昏"的诗句,不由地感叹了一声,他忽然诗兴大发,也吟出一首诗来:

> 谁说夕阳无限好?
> 夕阳过后夜阑深。
> 茫茫长夜多雨露,
> 雨露重重沾人身。
> 左避右让抽身去,
> 秋波浩荡又袭人。
> 吾性本爱纯情曲,
> 奈何冰玉染粉尘!

吟罢此诗,徐公平尚觉兴犹未尽,再看那夕照没落,晚霞消退,一股寒意洒遍全身,遂又叹道:

> 世人皆言夕阳好,
> 盖因夕阳知人老。
> 若论光华与气质,
> 晚霞哪比朝霞好?

徐公平边吟诗边往前走,就见董红老师已散步回来,兴致特好,便主动上前招呼道:"董老师您好!您每天都散步吗?"

董红笑吟吟地说:"就算是吧!成习惯了,不走走不舒服。"

徐公平说:"您这习惯可真好,我们想学也学不会。"

董红说:"年轻的时候和你们都一样,说到锻炼身体,三分钟热情,总是坚持不下来。你看我这身体,咽喉炎、气管炎、颈椎病、腰椎病、坐骨神经痛,到处都是毛病,不坚持锻炼不行呀!噢,小徐老师,我有个问题正要请教你呢?"

徐公平说："啊呀,董老师,什么问题还要请教我呀?您不懂的问题,我哪懂呀?"

董红说："小徐老师,你太谦虚了。我们这些老朽,不过是经历的事多,经验丰富一些。若论知识面,你们年轻人,可比我们广多了。"

说话之际,他们走到了董红老师的屋门口。

董红礼让说："小徐老师,今天看来你也不忙,就到我屋里聊一会吧。"

徐公平正郁闷不堪,见董老师邀请,便欣然踏进了董红的房间。

这是一个标准的小套间,十二平方米的外间,套一个六平方米的内间。外间是客厅和卧室,内间是厨房和贮藏室。虽在一个学校,教师们各人房间的装饰却大不一样。只见客厅当中的书桌上摆着一尊洁白的毛泽东半身石膏像,像左是一本《辞源》、一本《哲学大辞典》和一本《毛主席诗词鉴赏辞典》,像右是一具古铜色的天马行空瓷雕,瓷雕前摆放着一个笔筒、一方研台,还有一本《洛神赋》帖。书桌对面的墙壁上则挂着一幅国家领导人邓小平南巡讲话的巨幅画,画左边的空间悬挂着一个古铜色仿古夜莺牌摆钟,画右边空间斜挂着一把二胡,巨幅画下边摆设着一组旧式单人组合沙发,沙发靠背上护着米黄色下山虎纹样沙发巾,中间的条几上摆放着一个盛着茶具的大洋盘。房间的一角有一张单人床,床边有一个小书柜。这些摆设把屋子挤得严严实实,但又井然有序。

董红客气地给徐公平沏了一杯茶,自己也在水杯里添满了开水,并招呼徐公平坐沙发。

徐公平尊敬地说："董老师,早就听说您是琴棋书画样样精通,上通天文,下知地理。很想拜您为师,不知道您肯不肯教给我?"

董红谦逊地说："都是粗会一点,说不上精通,真要教起来,也没什么好教的。"

徐公平说："那次您给学生拉的二胡《赛马》,还有您吹的那曲《百鸟朝凤》,简直就是大师的水平,当时我们都惊呆了,不相信是您表演的呢。"

董红谦虚地说："都是靠几十年练就的这些个功夫,现在演起来,已经找不着当年的那种激情了!"

徐公平说："听说您还是省书法协会的会员,早年在全国书法大赛中,取得过很好的名次呢。"

董红说:"好汉不提当年勇。还是你们青年人厉害呀,现在又是电脑,又是外语,我们都赶不上新形势的需要了!"

徐公平说:"电脑、外语固然重要,但我们的民族传统文化更重要啊!我们现在是电脑、外语没学好,反而把传统的好东西都丢光了,哪能和你们相提并论呀!"

董红说:"小徐老师,我真佩服你呀!你有这样的认识,我感觉很欣慰。现在外国人在研究我们的敦煌飞天,我们在研究人家的白宫绯闻。"

徐公平说:"呵呵,就是呀!这说明我们的思想出问题了。"

董老师说:"你看现在,好的文化没有创新多少,倒是创造出了许多文化垃圾。就简单说这外语吧,过去我们学得少,也用得少,说'拜拜!桑可油!狗兔死哭'还可以弄懂它的意思,现在读书,一段中国话中突然冒出一个洋文来,我们这些不懂外语的读者就不知所云了,只得一边查外语词典一边读,这有些词英语词典里还没有收集,这给我们这些不懂英语的人带来了很大的阅读障碍呀。前几天,我孙子拿着一本什么乌七八糟的书,里面有'TMD',问我是什么意思。当时我也不知道,就查英汉词典,可是词典里也没有,到最后我也没弄明白到底是什么意思。今天正好向你请教这个问题,你知道它是啥意思吗?"说着,董红翻出一张纸来。

徐公平一看那页纸乐了,笑着说:"董老师,这不是什么英语单词,这是一句骂人的话,要说还算是中文呢!这三个字母是'他妈的'三个字汉语拼音的声母。"

董红恍然大悟,哭笑不得,愤愤地说:"这是什么乱七八糟的组合。有这样组合中国汉字的吗?这简直是中国文化的倒退!现在的年轻人啊,可是什么都能弄出来!"

徐公平说:"其实这也没什么不好。现今的东西,没有创新,就不会有人注意。每天,全世界不知要产生多少新事物呢,世界文化的繁荣发展全靠这些东西呢!"

董红感慨地说:"发展是硬道理,这句话一点也没错。可是这些乌七八糟的东西,也能称作发展?我们不能打着创新、发展的旗号,搞一些不伦不类、似是而非的东西出来,也说是什么发展。这就如同孩子,如果我们能生出越来越聪明、越来越健康漂亮的孩子,当然是发展。如果尽生出些怪胎、畸形来,那还叫发展吗？更可笑的是,现在有些人就是把这些畸形、怪胎认为是创造和发展,而且越离奇就越能吸引人们的眼球，这种现象必将影响青年一代的做事方法和价值观,会将他们的价值取向、道德观引入歧途,到那时不知又要花多长时间、多大代价才能再将它转变回来。"

徐公平见这位前辈把一个简单的问题说得很严重,就未置可否地说:"董老师,现在的年轻人都喜欢说话直截了当,办事立竿见影。绝大多数的人看重的都是眼前的既得利益,没有人去考虑十年百年之后的事。我们这一代人根本不需要像前辈们那样坚强乐观,甚至思想意志很脆弱也没关系,素质觉悟没你们那么高也不重要。可是事实证明,我们所处的社会不也正在飞速向前发展吗？"

董红把眼睛微闭了一下,有点不屑地说:"毛主席有句很好的对联叫作'墙上芦苇,头重脚轻根底浅;山间竹笋,嘴尖皮厚腹中空',表面上好像是一句讽刺人的话,其实里面揭示了一个大道理,那就是发展必须要协调发展,均衡发展！的确,眼下这个社会看起来在飞速发展,甚至在疯狂发展！但如果不注意发展的方向和均衡性，那么就会有许许多多的墙上芦苇和山间竹笋出现在我们身边,出现在我们的工作和生活中,这对我们社会主义的建设是极为不利的！"

徐公平还是不信服他说的这一套理论,疑惑地问:"董老师,您说得太深远了,恐怕没有多少人会喜欢您的这种论断！"

董红说:"一种正确的认识，不能因为人们不喜欢就放弃或者不敢说出来,马克思的辩证唯物主义学说,不也经历了一个逐渐被大多数人认同的过程吗？"

徐公平说:"说到哲学,我认为现阶段我国哲学领域的研究和发展是令人失望的。在上学期间,我的一个同学就提出过这样的观点:他认为马克思主义关于物质第一性、意识第二性的认识是正确的,但物质决定意识的论断是错误的。他说不能因为物质先于意识存在就认定物质对意识起决定作用。他曾举了许多事例来论证他的观点的正确性。我印象最深的是他关于'活人——植物人——死人'的例子,三者都指向同一物质,而真正起作用的却是意识,那个人有没有意识,决定了他是个正常人,还是植物人或者死人,在这里物质只起能动作用。"

董红似乎对他的这个例子不感兴趣,淡淡地说:"哲学是一门非常庞杂宏大的科学,产生一些新的认识和新的观点,本来是很正常的事,这种观点是对还是错,你我就不争论了,还是说说别的吧!"

徐公平见董老师对他的话题不感兴趣,也就不再往下探讨了。实际上他也知道,这些话题是千年万年的话题,正如那个先有鸡还是先有蛋的话题一样,是个永远具有争议的话题。

他也听出董红老师很自负,喜欢把自己的观点直接说给别人听,似乎听者都是他的学生一样。他很理解董红老师的这种特点,这是一个当老师的人最容易犯的毛病。

于是他改变话题,饶有兴趣地问:"董老师,能谈谈您和您爱人是怎么恋爱的吗?"

董红略一迟疑,笑着说:"你们年轻人呀,总喜欢问这个问题。那我今天就告诉你吧,我呀,当时被下放到农场劳动,因为身单力薄,又不懂劳动技术,常常完不成任务,老是挨生产队长的骂。第一年夏天收割麦子,每人一丈宽的趟子,每天要前进三百米。我那时刚学会割麦,只能手忙脚乱地往前赶。一不留神,镰刀砍过来,左手两指头就被削掉了半片。鲜血流了一地呀,染红了好多麦秆。我惨叫一声,丢下镰刀,就哭了起来。我周围一个叫荞花的姑娘跑了过来,问:'怎么啦,被蛇咬了吗?'我没回答她,待到她走到我跟前,看见麦秆上和地上流了那么多的血,就责怪地问我:'镰刀割破了手,是吗?怎么这么不小心!'她迅速从自己的花衬衫上扯下布条为我包扎。她见我的两根手指头伤得很严重,殷红的血又从布条上渗了出来,就说:'这样包扎只是简单止血,恐怕还不行,必须要到卫生所去上消炎药才行!'他像一个姐姐一样关心我,我心里很感激。回到住处,我没有去卫生所上药,荞花又强行带着我去上药。结果十几天之后,手指的伤口竟然长好了。从那以后我对荞花产生了好感,我和荞花就暗暗来往了,后来发展成了对象。"

徐公平有点羡慕地说:"很浪漫,很感人呀!董老师,那后来呢?"

董红也有些自豪地说:"后来,我做了倒插门女婿。再后来,我被改正错误了,之后也没想进城,一直就在这所学校教书。"

徐公平说:"听说教育局给您家人批了农转非户口指标,您把表又退了回去。"

董红说:"是有这么回事。"

徐公平感动地说:"董老师,您真了不起!那可是那个年代多少人都梦寐以求的事啊!您把青春都献给了山区农村教育事业,应该享受政府特殊津贴呀。"

董红说:"谁让我们干上了教育这一行呢!只要干上这一行,我们就应该摒弃一切的功利杂念,一心一意扑在工作上。学高为师,身正为范。要想当个好老师,就不要去想升官发财,想升官发财你就别入这行!现在许多地方的教育教学质量滑坡,很大程度是受了社会上那些歪风邪气的冲击和影响。你想想,学校领导不一心一意搞教育,整天想着升官发财向上爬;学校教师不全心全意搞教学,成天想着怎样挣钱怎样搞第二职业创收,教学质量能不下滑吗?学生能不吃亏吗?你说我应该享受特殊津贴是吗?享受政府特殊津贴,当然是我梦寐以求的事,我认为它是一种崇高的荣誉,是对一个人工作成绩的肯定和鼓励。可我们现在连工资都按时拿不上,还敢想什么特殊津贴。我们的政府出发点是好的,政策也是好的。可问题出在哪呢?关键的问题是,一到基层有些歪嘴和尚就把经念错了。他们瞒上欺下、虚报浮夸,千方百计地保头上那顶小乌纱,生怕有个闪失影响了自己的利益。就拿我们死去的王震华校长来说吧,他在赌桌上一掷千金的时候,能想到这是多少教师早已盼望的买米买面的钱吗?能想到这是多少学生家长的血汗钱吗?也许他也想到过,但他真正想做好的,就是怎样搞形式主义应付上级的检查。上级领导来检查,他就像个哈巴狗一样摇头气尾的。上级检查组一走,他就成了一个酒色校长,一个昏庸校长!"

徐公平说:"这样的事,我也听到过不少!这简直是一种不幸,一种悲哀!"

董红说:"目前,盲目提倡素质教育,使教育教学评价没有一个明确的统一标准,致使许多教育工作者迷失了方向,失去了信心!"

徐公平说:"董老师,这一点我还没有感觉到,作为一名年轻人,我现在对工作充满了信心。我认为现阶段我国的教育出现不景气的原因,主要是广大教师知识结构存在断层,大多数教师都是应试教育培养出的人才,要对学生进行素质教育,可教师自身的素质和教育教学方法却没有更新,方方面面都充斥着陈旧的思想,这样的教学模式自然不能满足素质教育下学生的高要求。"

董红说:"说得好!要想使目前的教育重新振兴,就必须要完善相关法律法规,有一套科学合理的制度约束,更重要的是要有一批高素质的教师队伍。只有这样,教育才能步入正途!"

徐公平有所感悟地说:"记得有本书上说,现在的各行各业啊都有职业病,都需要进行心理治疗。我看呀,我们当教师的更严重!比如说今天的我们,谈着谈着就自然说到了教育问题上了,防也防不住,况且还很容易谈论那些看不惯的事情。"

　　董红说:"小徐呀,不是我们喜欢谈论这些是是非非,是因为现在这样的事太多了。你还年轻,人生的路还很漫长。等到你经历得多了,你就觉得这些只不过是人生的必修课,而这些现象,也是一个社会一个时代发展的必然产物。"

　　徐公平也深有感触地说:"董老师,您的话我能懂!您是我踏入这个社会大熔炉的第一位令我尊敬的恩师。您的教诲,我将终生不忘!时候不早了,我也该告辞了!"

二十一　春愁不自任

牛毛中学接到教育局的通知,王琰珉局长一行数人要对牛毛中学的情况进行检查调研。

全校师生立刻忙得团团转。

窦瑜玮首先召集全校教职工召开会议,要求全体教师认真做好各项工作迎接检查,特别在这几天,要敬业爱岗,不能有怨言,不能在领导面前表现出任何不满情绪。

各班班主任也急忙召开了班会,要求每一名学生必须遵守纪律,尤其在这几天,更要规规矩矩、认认真真,打扫好每一个旮旯儿的卫生,不得有丝毫疏忽。上级领导来听课,老师提问时,不论知道不知道都要全部举手,要使课堂气氛活跃起来。如果领导问哪一名学生什么事情,要严格按照事先背诵好的内容回答,不能凭自己的理解乱说乱回答。

教育局长王琰珉一行人,对牛毛中学的各项工作检查完毕后,未肯定也未批评。上级领导连一点神色也不露,这使窦瑜玮、张继业这几个学校领导有些局促不安。窦瑜玮指示张继业主任在凯枫山庄预订好了酒宴,点了山庄最具特色的美味佳肴。

待检查完毕之后,窦校长将检查组直接引到了凯枫山庄,先吃饭,再总结。

酒足饭饱之后,首先王琰珉局长乐呵呵地发话道:"窦校长,女中豪杰呀!学校工作做得非常突出,年轻有为前途不可估量呀!"

检查组诸人见领导如此肯定,才一一开始发表意见。这个说:"学校给我们的整体印象非常好!"那个附和道:"工作做得细而扎实。"这个夸赞说:"课堂气氛活跃,教学效果明显!"那个表扬道:"对学生的思想教育抓得紧,搞得好!"这个说:"教师精神面貌好,富有凝聚力,都是领导有方。"末了一个人说:"卫生搞得非常清洁,尤其是一些卫生死角,偌大一个土厕,竟没有看见一只苍蝇……"大家都心知肚明,自己的发言不过是附会之词。

张继业挨个给检查组领导敬酒,王琰珉叫过窦瑜玮在一边低语说:"以后有机会多到教育局走走,我的心中可是一直惦记着你啊,你要请我喝酒呢!"

窦瑜玮一时不知所措,但她知道自己必须献殷勤,于是也厚着脸说:"那我今天就先陪局长你喝个够吧!"

王琰珉和她干了一杯,忽又想起了什么,若有所思地说:"你们学校,那个年轻的女教师叫什么来着?有对象吗?"

窦瑜玮说:"叫何碧,还没有对象。"

王琰珉说:"我儿子在司法系统工作,事业单位编制,想找个教育系统的做媳妇。我看这个何碧老师很不错嘛!"

窦瑜玮略作思考,打保票说:"没问题,这事儿就包在我身上吧,保证让局长您满意!"于是王琰珉又开始喝酒,一直玩到尽兴,检查组的领导才离去。

徐公平、康东方正在和一些年轻老师一起打篮球,董红老师做裁判,有好多学生在围观看球。今天是周末,到了课外活动,老师和学生都想放松一下绷紧的神经。

杜小鹿和秦小苹也来当观众,她们观看了好一阵球赛才结束。秦小苹夸徐公平的三分球投得准,杜小鹿说康东方的三步扣篮起跳好。因为她们的心各有所属,所以觉得自己喜欢的人在赛场上潇洒矫健的身姿是最完美的。

情人眼里出西施。爱情的美妙感觉像水银球似的在她们的心底晃荡,两个情窦初开的女孩都觉得自己心仪的男孩好帅。

康东方发现了杜小鹿师徒俩也来观球,就和徐公平一起走过来打招呼。杜小鹿说:"徐老师,上次你们不是说要去仙人崖玩吗?现在正是景色最美最好的时节,再迟了,那里的景色就不好看了。"

徐公平对着康东方说:"那我们最近寻个机会去吧!"

康东方说:"明天刚好是周末,就是最好的机会。如果天气好,我们就一起去,不过你们可得给我们做向导。"

此事正中杜小鹿、秦小苹的下怀,于是他们商定早上七点动身,分头做准备去了。

康东方高高兴兴地买了饮料食品,还准备了一些小物品,早早地去休息了。

徐公平回到房间,整个人郁郁寡欢。自从和夏雯闹僵后,他的情绪一直没有缓过来,时常会感到焦躁和烦闷,也会做一些稀奇古怪的梦。他常梦见夏雯向他走来,有时是欢愉的脸庞,对着他笑,有时又是凶狠的面孔,对着他发脾气。这一切使他的精神几近崩溃。为了集中精神,徐公平只好将精力投入运动,试图通过剧烈的运动排遣抑郁,然而效果并不明显。

每次在校园中看见何碧,徐公平就故意躲避她,也无心面对她。虽然有时不免会想起和她在一起的情景,但每当这个时候,她的脑海中就会交替出现几个女人的影子。

热情泼辣的窦瑜玮,娴静恬淡的何碧,天真烂漫的秦小苹,她们的眼睛中都闪射着某种神秘得像磁石一样的光。有时候,他也自然而然地会把她们跟远方的夏雯相比。他想,要是夏雯在他身边该多好啊!也许这一切的烦恼和无聊,都会因夏雯的到来而烟消云散。

但作为女朋友的夏雯,她现在那个态度,会为了他为了爱情而牺牲优越的城市生活来这穷乡僻壤吗?不会,而且永远不会。他知道夏雯的性格,她不是那种浪漫激情胜过牛奶面包的人。

那么,只有他为她做出牺牲了!

说实在的,为了夏雯,做什么他都愿意。可是志愿投身教育是他的一个崇高的理想,一个善良的梦,他不愿半途而废。他知道夏雯当初也能理解自己的这点苦衷,而且在他做出支教决定的时候,她并没有反对,反而是赞赏的。

为何短短的几个月后,她竟要求他背弃当初的承诺而放弃已经拥有的工作?他找不出具体原因。这让他很苦闷,很焦躁,也很困惑。

徐公平正冲着镜子中的自己做着拳击动作,蓉蓉蹑手蹑脚走进来,伸开双臂打算蒙他的眼睛。徐公平从镜子中窥到有人在他身后,猛一回身,蓉蓉正好扑进了他的怀里。这个动作太突然了,蓉蓉惊叫一声,慌忙后退,脸羞得通红。

徐公平厉声说:"蓉蓉,你要干什么?"

蓉蓉缓过神来，十分委屈说："徐老师，干吗这么凶？我又没做错什么事！"

徐公平也觉自己言行有些过了，便温和地说："看你疯疯癫癫的，小孩子别跟大人玩这个。"

蓉蓉抢白说："人家本想给你个惊喜，谁知道你长着后眼，突然就转了过来！"

徐公平问她："什么惊喜？"

蓉蓉卖关子道："去了你就知道了，我妈正等你呢！"

徐公平一听窦瑜玮在等他，神经一下子紧张起来，心里发虚发慌，如临大敌一般。

蓉蓉盯着他的脸，看着他怪异的神情，说："徐老师，我妈又不吃你，你紧张什么？"

徐公平掩饰说："没紧张呀，只是突然感到头晕，我不想去了！"

蓉蓉哪肯罢休，说："徐老师，不行的，头晕也得去。我们忙活了一下午，那么多同学还在等着你呢！"

徐公平推断说："还有别的同学啊？什么事值得庆贺，今天是你的生日吗？"

蓉蓉说："不是。反正和你有关，你不去也得去。"

说完拉住他的手就往外走。徐公平猜不出是什么事，若硬不去吧，就怕惹蓉蓉不高兴，只得跟着她向前走去。

等到她们进到了房间，见蓉蓉的同学已将两张办公桌子合拢，桌上摆满了各色糖果、瓜子、饮料等。

窦瑜玮早已放下校长的官架子，像个家庭主妇一样被孩子们围拢着，一派其乐融融的景象。

看到徐公平进门，窦瑜玮发话说："大家欢迎徐老师！"于是孩子们一边拍手欢迎，一边把徐公平拥到中间，让他和窦瑜玮坐在了一处。

原来，蓉蓉在全省中学生新概念作文大赛中获得了一等奖，蓉蓉的几个好朋友要为她庆贺。窦瑜玮也非常高兴，表示全力支持。

大家齐祝蓉蓉得大奖，集体干杯。接下来蓉蓉向徐老师敬酒，感谢他的用心指导和辛勤培养，又向窦瑜玮敬酒，感谢母亲的关心和帮助。最后蓉蓉的朋友逐个给徐老师、窦校长敬酒，他们推辞不过，也一一喝了。

窦瑜玮提议同学们即兴表演节目。于是有的唱歌,有的说谜语,有的说绕口令,有的跳舞,有的说笑话。最后大家让徐老师也表演节目,徐公平推辞不过,就朗诵了一首英国诗人雪莱的短诗。

在场的人都立刻安静下来,只听徐公平朗诵道:

当柔和的歌声沉寂
音乐仍在记忆中震颤
当甜美的紫罗兰枯萎
芳香仍在意识中弥漫
当艳丽的玫瑰凋谢
落花堆成爱人的锦床
当你离去
对你的思念
就是爱情永恒的守望

朗诵完后,同学们都使劲拍手,但蓉蓉嫌诗太短,要他再唱一首歌。徐公平今天无意引吭高歌,无奈又给大家朗诵了一段:

我热爱你所爱的一切
欢乐的精灵
我爱清新的大地披上绿叶
也爱星火灿烂的夜空
我爱秋天黄昏的暮色苍茫
也爱拂晓时分的金雾弥漫
我爱白雪
也爱繁霜
我爱它们闪光的形态
我爱风暴
我爱波浪

我几乎倾心热爱自然界的一切景物

因为它们不曾沾染人间的痛苦

我爱恬静的孤独

也爱广泛的交际

喜欢和聪明善良的人们相处

虽然我爱的真挚

所追求的一切却被你占据

我爱爱情

虽然她长有翅膀

会像闪电一样飞逝

但是在一切事物之中

我最爱的还是你

你是爱情和生命

来吧

再一次将我心征服

背诵完毕,大家齐声叫好,又嚷着让蓉蓉妈妈表演节目。

窦瑜玮推辞说酒喝多了,头痛不适,让孩子们自己尽情热闹,要徐老师陪她到外面走走,徐公平只得顺从她。

其时,夜阑人静,秋凉袭人。两个人默默地向前走着,校园的一角寂静无声,黑暗中只有几株大树矗立在黑森森的墙角,叶子在"沙沙沙"地传着寒意。窦瑜玮走到一株大树跟前,打了一个寒战,停了下来,徐公平也觉丝丝凉意袭上肩头。但他看到窦瑜玮似乎比他更冷,意欲脱下外衣替窦瑜玮披上。

窦瑜玮一路一句话也未说,此时突然伸出双手抱住徐公平不让他脱衣服,几乎是同时,窦瑜玮顺势扑进徐公平怀里,像个小姑娘似的在他的怀中发抖。

徐公平正欲推开她,只听她颤声说:"不要……"

徐公平再没推开她,只是昂着头挺起胸,理智地说:"校长,不能这样,我们真不能这样!"

窦瑜玮毫不理会,紧紧地抱着他,压低声音温柔地说:"我们都那样了,还不能这样？"

徐公平立马想到了那天俩人赤身裸体的情景，心中悔恨难当。他继而又想起了夏雯，几乎是哀求着说："校长，那天怪我不好，你就饶了我吧。除了这事，我什么都依你。"

窦瑜玮略略放松了些，抬头对他说："除了这，你还能给我什么？"说完，不容徐公平分说，她开始猛烈地吻他的脖颈、嘴唇，只亲得徐公平几乎喘不过气来。

此时，徐公平的脑子里一片空白，他真不知道自己该如何对付怀中的这个女人。他闭上眼睛，任凭她疯狂地侵略自己的理智。

她开始抚摸他身体的敏感部位，而她的周身已热得像火炭一样。随着她的乳房的蹭动和下身的骚情，徐公平难以自持，蕴藏在男人体内的那种阳刚强劲的力量促使他很想把这个女人弄翻摆平，直到弄得她叫喊求饶，直到她再也不敢在他面前骚情卖春。

但一想到夏雯，他就觉得这是一种犯罪，一种不负责任的造孽，一种对真实感情的亵渎。想到这，道德和理智终于占了上风，他猛地推开她的手，果敢地说："不行，我决不能再这样了！"然后急速向自己的房间走去。

窦瑜玮怏怏地立在黑暗中，她的心中陡然升腾起一股莫名的恼恨。虽然她知道自己和徐公平之间是一种畸形的情爱，但她真心喜欢这个小青年，而且喜欢得有些心痛。他越是这样，她就越发不能轻易放过他。她要完全占有他，她决不做那只叼着肉的乌鸦，她是一只母狼，一只可以淋漓尽致地吞噬爱情的母狼罢了。

窦瑜玮悻悻地走回自己的办公室，她打开一扇抽屉，这里面有几封信，都是何碧写给徐公平的。何碧托蓉蓉把信转给徐公平，蓉蓉把信又交给了她妈妈。窦瑜玮则毫不客气地把这些信都扣了下来，并一一拆阅，然后把错误的信号传给徐公平。她决不允许另一个女人再钻进这个男人的心里，她要独占他。于是她从中挑出了一封信，照着抄了一封。那信的内容是一首小诗：

亲爱的
我知道
在你的眼里

并没有把我当作一回事

我们之间

根本就缺乏感情基础

我不知道

自己是不是太多情

但我的幼稚

使我轻易爱上了你

你就像魔鬼一样把我的灵魂抽去

让我从此不能自己

每次到你面前

我都无法克制

我深深知道

自己的心已然被你征服

抄完后,她又重新默读了一遍,没发现什么不妥,就在末尾写上"爱你的瑜",然后春心荡漾地向着徐公平的房间走去。

徐公平正躺在床上,想着这些天来发生的一切,心中烦躁不安。他不知道夏雯为什么会提那样的要求?不明白窦瑜玮究竟想干什么?他很想到夏雯身边去,看看她到底在干什么。他也想远远地躲着窦瑜玮,离开她的追逐,逃避她的纠缠。他又想起何碧那怨恨的眼神和冷漠的表情,觉得无颜再见她。这几个女人,她们到底在想什么?想干什么?为什么自己想和她们正常交往是如此之难!难道自己做错了什么吗?徐公平百思不得其解,后来他竟怀疑自己是不是哪方面出了毛病,所以才招来这些不知究竟的是是非非。

窦瑜玮敲门的时候,动作极其轻柔,徐公平问了一声:"谁?"窦瑜玮用极温柔的声音回答了一声:"我!"徐公平一本正经地说:"这么晚了,窦校长,我要休息了!"

窦瑜玮一点也不感到扫兴,非常坚定地说:"这里有一封信,等你看完了这封信后,我马上就走。"

对窦瑜玮的到来,徐公平心中升起一种恐惧,但这个女人对他非常好,他不想把关系闹僵,于是他开了门。

　　窦瑜玮一进门,就径直坐在了床上,顺手拿起徐公平的一件衣服披在了身上。徐公平感到浑身不自在,就赶忙问:"信呢?"窦瑜玮说:"在这里,你自己来拿。"徐公平走了过去,窦瑜玮伸手把信递了过去,眼里却掠过贪婪而淫邪的笑。

　　徐公平就着灯光看信,窦瑜玮凑过来,娇声说:"这是我特意写给你的,我深深爱上你了。"徐公平恐惧地说:"这不可能,绝对不行!"窦瑜玮从后面紧紧地抱住他说:"不可能也有可能,你已勾走了我的魂,和你在一起我死也值。"徐公平发怒说:"你卑鄙!"窦瑜玮动情地说:"我是真的爱你。如果能得到你的爱,就是卑鄙我也值得!"徐公平挣脱她的怀抱愤愤地骂道:"你无耻!"窦瑜玮见徐公平不敢大声呵斥她,知道他心存忌惮,就说:"你不爱我也行,就算我无耻缠你,行吗?"徐公平还想说什么,只见窦瑜玮已解开了衣襟,她颤巍巍的双乳和白皙丰满的身体已袒露了出来。窦瑜玮眼中闪着淫荡的光,紧逼过来说:"如果你不答应我,我就在这大喊大叫,我要让全世界都知道你强奸我。"

　　徐公平还想逃避,想夺门而出,可窦瑜玮立即转身将出门的路封死,若他强行冲过去,势必刚好闯进窦瑜玮的裸怀。他怕她真的大喊大叫,那样的话,后果就不堪设想了。窦瑜玮一步步向他逼近,徐公平闭上眼睛,再想不出什么办法应对。他微微睁开眼,不看她的裸体又无奈,只得眼睁睁看着窦瑜玮走过来,大脑一片空洞,像掉进了无底深渊一样。

　　窦瑜玮顺手熄灭灯,将徐公平的手拉过来,搭在自己的乳房上,然后抱住他的腰,热烈地吻他,并伸手摸他的下体。徐公平一惊,又清醒了过来,想挣脱她。窦瑜玮低声威胁道:"你敢跑,我就真喊!"

　　徐公平只得闭了眼,恍恍惚惚地任她揣摸。摸到敏感的部位,徐公平竟紧张地颤抖起来。于是窦瑜玮开始肆无忌惮地挑衅,等感觉徐公平的下体坚挺起来时,再也控制不住自己,用乳房和下身揿着徐公平的身体,扭动着浑圆的臀部,发出怪异的淫喘。

　　此时的徐公平再也控制不住自己的意志,猛地将她撩翻在床上……

　　欲深似海,情何以堪!坚强的意志垮塌,魔鬼的冲动毁灭了痴情的灵魂。

　　窦瑜玮只觉一根钢钎般坚挺的柱体捣入了她下身,兴奋得她"呦呦"直哼。她用双手紧裹住徐公平的腰背,极富韵律地将徐公平的下体一次又一次送进自己的阴谷深处,感到一种从来没有过的惬意和快感。此时,她感觉自己就像一块情窦初开的处女地,正在被全面开发,尽情享受着世间最美的情趣。

报复和整治对方的心理,使徐公平产生了一种幻想。他感觉自己的下体变得无限长,像一把利刃,向着窦瑜玮的五脏六腑刺去。看到窦瑜玮败下阵去,徐公平却是越战越勇,此时他也是满头大汗,像匹亢奋至极的骡子,机械地重复着动作。忽然他感觉一股巨大的阳流,自骨髓深处澎湃而出,像一簇白花花的利箭,直射入窦瑜玮的身体……他怪叫连声,紧紧抓住她的双肩,将整个身体都盖了下去……

二十二　多情空余恨

第二天早上,康东方、杜小鹿、秦小苹准备了游山的物品后,来叫徐公平。徐公平没起床,蜷缩在被窝里,像只受伤的狗熊。他也不正眼看他们,推说晚上闹肚子,根本没有去游仙人崖的意思。

大家的兴致顿时减了一半。秦小苹见徐公平不去,自己也不想去当电灯泡,执意要留在发廊里搞卫生。康东方和杜小鹿也不勉强他们,于是俩人结伴上山游玩去了。

中午的时候,窦瑜玮准备了一些好吃的,叫蓉蓉去请徐老师过来一起吃饭。徐公平刚起床,正在洗漱,见房间里一片狼藉,蓉蓉主动要给他收拾被窝,徐公平阻止不住,只好由她。

蓉蓉叠过了被子,发现枕头上有几根长发,问道:"徐老师,你掉头发吗?你的头发没这么长吧?"她看了一眼徐公平的头,又不解地问,"徐老师,这不像你的头发呀?好像女人的头发。"徐公平心虚,连忙说:"是,是康老师从发廊里弄几根头发来,故意放在这儿,和我开玩笑的!"他想拒绝窦瑜玮的邀请,又找不出什么合适的理由,于是匆匆洗漱完毕,随蓉蓉过去,不露声色地吃了一点,开始帮蓉蓉辅导功课。

下午的时候,天忽然变得阴沉起来,不一会便雷鸣电闪,下起了暴雨。徐公平不知康东方他们回来没有,决定去小鹿发廊看看情况。

走进发廊,徐公平见里面收拾得非常整洁,秦小苹焦急地望着外面的雨景发呆愣神。看到徐公平进来,秦小苹又惊又喜,内心涌来一股热浪。

徐公平首先打破沉寂,问道:"秦小苹,你师傅他们没回来吗?你一个人望着雨发什么呆?"

秦小苹说："我在想,师傅他们现在到哪儿了。"

徐公平说："他们一定在什么地方避雨,或者冒雨往回赶吧!"

秦小苹说："冒雨往回赶的可能性很小,避雨又是很危险的!"

徐公平说："避雨有什么危险呢?"

秦小苹说："山下下小雨,山上一般都是大雨,现在这里下这么大的雨,山上的雨一定比这大得多。这时候,山路上全是泥水,汇集到一起往下流,路上根本不能行走,所以往回赶的可能性几乎没有。所以,这个时候他们肯定在什么地方躲雨。遇上这种天气,山中还有可能下雨夹雪,如果他们的衣裳被淋湿,雨又一时半会不停的话,那他们连冻带饿,危险就大了。过去就有人被冻死在雨夹雪中,好在今天康老师有我师傅带着,应该不会有什么大问题吧!"

徐公平担心地说："为什么有你师傅带领就没问题?"

秦小苹自信乐观地说："因为师傅从小在山里长大,她对那里的情况比较熟悉,有经验,而且他们还带了那些防雨的东西。"

徐公平一听他们有危险,想找些人帮忙去接应他们。秦小苹说："这种天气,又不知道他们在哪里,根本无法找到他们。只能等雨停了,路上可以走人了,再想办法。"

就这样,他们一直等到傍晚,雨非但没停,反而越下越大。

徐公平心中焦急,暗暗为康东方和杜小鹿的安危担心。秦小苹听着雨声,坐卧不安,也露出焦急的神色。

徐公平说："秦小苹,你猜这会儿他俩在干什么?"

秦小苹说："我猜不出,他们一定很冷很饿吧!"

徐公平说："他们会不会生一堆火烤呀?"

秦小苹说："那深山老林里,下这么大的雨,到处都是水,怎么生火呀?"

徐公平说："那怎么办呀?我们得想办法帮他们。"

秦小苹说："可我们怎么帮他们呀?遇上这种天气,最好的办法还是自救,别人想帮也是帮不上的。"

徐公平叹息道："唉,早知道下这么大的雨,不让他们去就好了。"

两个人看着外面的雨干着急,徐公平打算回学校,秦小苹说再等等吧,或许他们就来了呢。见天色已晚,秦小苹泡了方便面,俩人简单应付了晚餐。

那秦小苹是情窦初开的少女,心中暗暗喜欢着徐公平,虽然知道两个人谈情说爱是不可能的,但她渴望和徐公平在一起,只是一直没有和他单独相处的机会,无法表达内心的爱慕。今天下雨,无疑是天赐良机。

　　吃过泡面后,俩人坐在窗前,焦急地盼望着雨能快点停下来。沉默半晌之后,秦小苹忽然盯着徐公平的脸说:"徐老师,我给你做个发型吧!"徐公平正感到无聊,便欣然坐了过去,说:"秦小苹,今天你师傅不在,我也没什么要求,你就大胆露一手吧!"

　　于是秦小苹运用自己的审美观念,根据徐公平的头型特点,用心设计了一款发型。徐公平照着镜子,对秦小苹设计的发型很满意,连连夸赞。

　　秦小苹看着徐公平高兴的样子,满怀柔情地说:"徐老师,你真帅!"

　　徐公平调侃说:"帅什么帅呀?那得谢谢你为我做的发型!"

　　秦小苹说:"真的要谢我吗?"

　　徐公平说:"那当然,改日请你吃好吃的!"

　　秦小苹说:"不,我要你现在就谢!"

　　徐公平说:"那要我怎么谢你?"

　　秦小苹说:"你也为我做个发型。"

　　徐公平说:"你是美发师,我可连一天剪刀都没拿过,怎么给你做?"

　　秦小苹说:"我不管,你就给我做吧,反正你做的我都喜欢!"

　　徐公平本来压根儿就不会做发型,但被秦小苹这个有趣的要求打动,想想也没什么难的,于是爽快地答应为她做,一副胸有成竹的样子。

　　秦小苹坐在美发椅中,心里洋溢着一种说不出的幸福。一个女孩子,从来都是自己梳妆,要让一个男人给自己梳妆,那是想也不敢想的事情。可如今,这种奢望竟变成了现实,更何况这个男人还是自己心仪已久的人呢!

　　秦小苹的心里像揣着一只活蹦乱跳的小兔子,忽闪忽闪地向外乱撞。当徐公平的手抓到她长发的一刹那,她感到一种从未有过的冲动,她开始呼吸紧张,脸颊绯红,浑身发热,沉浸在一种蜜一般的爱情梦幻中。

　　看着镜子中徐公平那俊美的脸,感受着他在自己发梢上的抚摸,秦小苹身体内闪过一种对性的渴望。她审视着自己清澈透亮的双眸、柔美漆黑的长发,以及微微隆起的双乳,觉得自己已经是一个成熟的女人。她渴望得到男人的爱抚,就像一只熟得发紫的蓝莓,在春风中微微颤抖,只要心爱的人来一碰触,它便立刻会融化成一嘟甘霖,沁入他的心脾。爱情的幻想让秦小苹的体内涌起一波又一波的情浪。

由于近距离的接触,徐公平也发现了秦小苹那独特的美——秀美的长发,姣好的容貌,但他没有产生任何非分之想,只是专心致志地为她设计着发型。

徐公平费了九牛二虎之力,好不容易设计了一款发型,秦小苹照着镜子连声说好。

徐公平坐定后,秦小苹为他沏了一杯茶,紧偎在他身旁,温柔地说:"徐老师,我长得好看吗?"

徐公平说:"好看,很好看!"

秦小苹问:"真的吗?"

徐公平看着她的脸说:"真的好看极了! 像杨钰莹一样。"

秦小苹跳起来拉住他的手说:"好看就抱我一下。"

徐公平警觉地说:"那怎么可以?"

秦小苹含情脉脉地说:"徐老师,自从我第一次见到你,就一直很崇拜你,有几次做梦,梦见你都抱着我。我知道,像你这么优秀的人,找对象也一定是漂亮的女大学生。前些天我爹爹已经把我许给了一个外地人,三十多岁了,还驼背,只为了要两万块钱的彩礼,钱都收下了。我虽然不愿意,可为了给我哥娶媳妇,只能牺牲自己了。一个月以后,他们就要来娶人,也许今天就是和你在一起的最后机会了。"说完,她竟把头埋进他的怀里哭了起来。

徐公平连忙安慰她别哭。秦小苹仰起头说:"徐老师,我是真的很喜欢你! 你不想抱我,就让我抱你一会儿,行吗?"

徐公平听了她的遭遇后一时竟无话可说,拒绝她的请求吧,又不忍伤这个小姑娘的心,不拒绝吧,实在是难以接受。他只好昂着头,用一种满含同情的眼神看着秦小苹。

秦小苹羞怯地看着徐公平,她明白这是最后的机会,如果失去,今生今世永远也不会再有了。于是,她以一个新世纪女性特有的大胆和勇气,主动抱住他的脖子,把嘴递到徐公平唇边,然后猛地吻了起来。她贪婪地吮吸着男人的阳刚之气,想着借此满足自己内心那种深爱已久的渴望。她希望能抽出男人的欲火,让他疯狂地燃烧自己。

毕竟是少女热烈的狂吻，徐公平有些招架不住，后来俩人竟对吻了起来。那秦小苹正值花样年华，青春酥滑的身体充满了诱惑与挑逗。她像一条发情的雌蛇一样缠绕着徐公平，使徐公平抽身不得，欲罢不能。

淫欲像毒蛇一样咬啮着他们的理智，两个人的欲火都燃烧了起来。秦小苹忽然碰触到了徐公平已勃起的下体，顷刻之间，她的下身竟蹦蹦直跳起来，燥热难耐。

她浑身颤抖，终于克制不住自私的情欲，动情地望着徐公平的眼睛，痴痴地说："徐老师，我想把第一次现在就给你。"

此时的徐公平，下体早已膨胀得如铁棍一般，他迷迷糊糊地被秦小苹拉到了沙发上。秦小苹已解开了自己的衣扣，开始扯徐公平的衣裤。就在他钢铁一般的下体，接触到秦小苹的大腿时，突然又本能地缩了回来。

霎时间，他的脑海中忽然又闪现出夏雯那张微笑着的脸，还有那些誓言。徐公平感到一种罪恶感充斥全身，背后像有一只巨大的手拉着他，不让他突破这道底线。

秦小苹在他的身体下颤抖，嘤嘤地哭起来，泪水模糊了她的双眼。她知道自己的福缘太浅，老天爷终究不会成就她这份非分之想。

徐公平用手擦干她的眼泪，梳理了一下她的长发，握过她的手，轻轻地吻了一下，慢慢地坐起身，整理好衣服。他像一头斗败的公牛，懊恼地窜出小鹿发廊，冲破那如织的雨雾，向着自己的住所飞奔而去。

二十三 夜宿古山洞

大雨下了整整一夜。第二天早晨天刚亮，徐公平来到小鹿发廊，见康东方他们还没回来，一种不祥的预感袭上他的心头。他要求秦小苹赶紧将情况报告给杜小鹿的父亲，自己立即找了附近的几个老师说明情况，恳求他们一起进山去寻找。杜大山听到秦小苹报告后，迅速请了一些乡邻和亲朋好友，与徐公平几个汇合后，又兵分两路上山去找康东方与杜小鹿。

进山的人们一边四处搜索，一边呼叫他们的名字。找遍了仙人崖下边的沟沟壑壑，就是没找到他们的踪影。临近黄昏的时候，两路人从原路返回，汇集在一起，都说没发现他俩的行踪。两路人一无所获，只好先回家了。

好事不出门，坏事一阵风。牛毛中学的一个年轻老师和发廊妹游山失踪的消息，一夜之间传遍了全镇。有人说可能是男的带着女的私奔了，有人说可能不小心坠落悬崖了，也有人说可能遇到熊瞎子被熊吃了。

那么，康东方和杜小鹿到底去了哪里呢？

那一日，本来约定四人一起去游玩的，可徐公平和秦小苹临时改变决定，已使康东方和杜小鹿的游览兴致减了一大半。然而他们已准备好了四人一天的用品，加上杜小鹿本打算通过这一次旅行进一步接近康东方，不想浪费这么个绝好的机会，所以最终俩人还是决定完成这一次登山之行。

一路上，俩人高高兴兴，一边欣赏着山间的美景，一边有说有笑地往目的地进发。

金秋的牛毛山风光旖旎，鸟语花香，一望无际的茫茫林海，风景如画的层层峰峦，潺潺的小溪，清冽的甘泉，金色的阳光，潮湿的泥土，将神奇的牛毛山装扮得如诗如画，魅力无限。

杜小鹿蹦蹦跳跳地在前面引路,康东方背着包裹紧随其后。他们先到了仙女梳妆台,康东方一看,这里层层绝壁,怪石林立,两根突出的壁柱中间,刚好有一个一米见方的石台,酷似一个桌子。桌子上方的石壁上,也不知被哪个能工巧匠打磨了一面龙凤古镜,很是逼真。桌子前方,设有一鼓形石凳。走近细看,那桌面像是人工磨平的,上面还有形似古人妆奁器物的石雕摆件,只是年代久远,风剥雨蚀,已跟天然形成的很接近了。

杜小鹿上蹿下跳,异常兴奋,最后一屁股坐在石凳上,好好感受了一下仙女梳妆的美好情景。

离仙女梳妆台大概五六十米的地方,便是牛蹄泉了。这牛蹄泉跟仙女梳妆台遥相呼应,由两块巨大的花瓣形的岩石围拢而成。远看真像一只硕大的牛蹄,分外显眼。牛蹄中间的石缝中,一股清泉汨汨而出。

杜小鹿用泉水洗了一把脸,然后掬了一抔,淋到自己的头发上,立刻感到清凉舒适,身心倍爽。她招呼康东方过来,让他也洗洗脸。康东方先在下游洗了一把脸,然后趴下身去,伸长嘴巴吮吸了一口,立刻感到神清气爽,沁入肺腑。他起身的时候,暗暗掬了把水,趁杜小鹿不注意,淋到她脖子里。杜小鹿一个激灵,脖颈一缩,接着一跃而起,追着他捶打了起来。俩人咯咯地笑着,欢快的声音荡漾在整个山谷之中。

看罢仙女梳妆台和牛蹄泉,二人又向仙人崖走去,约莫爬了半小时的山,一座山峰赫然屹立于眼前,便是牛毛峰了。在山脚下,远远望见一块巨石横卧于山麓,头小尾大,外形极似一只老鼠。杜小鹿说,这就是"天来鼠",传说仙女就是骑着这只神鼠腾云驾雾,在天上和人间飞来飞去。康东方走近一看,那石鼠有鼻子有眼,不仅形似,而且神似,惟妙惟肖,活灵活现。

沿着天来鼠头前的小路攀爬而上,穿过一段陡峭的梯状石阶,一堵绝壁迎面矗立于眼前,这就是有名的仙人崖了。站在壁根向上观望,这陡峭的石壁上有一个一丈见方的洞窟,便是神仙洞了。传说这神仙洞是仙女静修的地方,里面有一个圆形的打坐平台,平台前面陈设了一个大型石香炉,大概是古人上香祈福用的。

康东方被这奇特的人间胜景所吸引,同时也对周围的景观产生了浓厚的兴趣。他抬头仰望着巍峨的牛毛峰说:"这里略加开发,简直就是一个活脱脱的西部小庐山呀！为什么没有人来开发呢？"

杜小鹿说："主要是这里交通不便，人们的观念也一时半会儿转变不过来，因此致使一些很好的旅游资源被浪费。"

康东方说："那么当地的政府部门呢？这些事应该由政府牵头。"

杜小鹿说："地方政府财力有限，而且观念还很落后，家乡的人们只盼着一些开发商来投资开发。"

康东方兴奋地说："呵呵，这个任务就交给我吧。等我以后有钱了，再来你们这里投资开发吧！"

杜小鹿说："如果有一天，你真的成了那个英雄人物，绝对是最受欢迎的，我第一个支持你！"

游罢仙人崖，已是正午时候，俩人休息了一小会，吃了一点食物，继续前行。杜小鹿要引领康东方去游览神羊峰，康东方说："不去了，我看这里景色最美了，我们就一直爬到这牛毛峰的极顶去看看。"

杜小鹿也非常赞成康东方的想法，就笑着说："这爬山不同于走平地，看起来离山顶不远了，其实还远着呢，怕你还没到山顶，就爬不动了！"

康东方自信地说："我就不信它有多远，我一个大男人，还不如你一个小姑娘？"

杜小鹿说："就怕到了山顶，你脚也磨破了，腿也肿了，走不动了，还得让我背你下来！"

康东方说："我没你想象的那么脆弱吧，还不知道谁背谁呢！"

于是，杜小鹿在前面走，康东方在后面追，一路笑着、闹着，向山顶爬去。

杜小鹿小时候经常爬山，所以她的体力极好，爬几个小时山路没啥问题。可康东方则不同，刚开始他还力量满满，到后来，就感到力不从心了。一个小时以后，随着海拔的不断增高，康东方感觉胸闷气短，意志将要崩溃。但他不想放弃，仍旧艰难地向顶峰攀爬。

牛毛峰像一位沉寂的老人静静地伫立在南山之巅，苍翠、深邃、挺拔、秀美。茂密的森林为它披上了一套秋天的盛装，五彩缤纷，华丽神奇。

眼看快要爬到牛毛峰极顶了，忽然一声闷雷，惊破了他们对山顶美好风光的憧憬。

杜小鹿吃惊地抬头望着天说:"哎呀,天要下雨了!"

康东方抬头看看天,才发现毛褐褐的云层已压得很低很低,周围凉风习习,寒气袭人。紧接着电闪雷鸣,厚厚的黑云在他们头顶盘旋。几分钟之后,硕大的雨滴开始落在山石上,紧接着噼里啪啦的暴雨声便淹没了整个山谷。

两个青年人登上牛毛峰极顶的希望雾时被这突如其来的雨击打得消散殆尽。他们很快穿好雨衣,迅速用塑料布保护好其他物品不被淋湿。

康东方说:"太危险了! 我们顺着来路往下走吧!"

杜小鹿说:"这时候不能下山,路面已被下湿,一不小心,就会滑下山谷,摔得粉身碎骨的!"

康东说:"那怎么办,继续往上爬吗?"

杜小鹿说:"也不行,不但爬不上去,还有可能遭到雷击,现在只能向侧面走!"

杜小鹿看到路右边不远处有一块石壁, 躲在石壁下正好可以避雨, 就说:"先到那边避避雨再说吧!"

于是杜小鹿拉着康东方的手,小心翼翼、一步一滑地向着侧面的石壁走去。走了十几分钟,才走到石壁下。俩人整理了一下被淋湿的东西,开始蹲下来避雨。

雨越下越大,丝毫没有停下来的意思,山中的温度在暴雨来临后会骤然下降,而湿度又会骤然增加。一小时以后,康东方和杜小鹿已经感觉到层层寒气向他们逼来。

杜小鹿焦急地说:"如果雨一直不停,下个两三天,我们就会被冻死在这里的!"

康东方不以为然,开玩笑说:"没那么严重吧! 老天爷呀,你要冻就冻死这个美女吧,但千万别冻死我。我家中可有年迈的父母,还等着我结婚抱孙子呢!"

杜小鹿说:"两个人都冻死算了! 都这个时候了,一点正经也没有。不是我吓唬你,幸亏我们今天有准备,如果我们的衣服被大雨浇透的话,今天晚上就会被冻死! 曾经就有人被冻死过,而且还是在酷暑六月天。"

康东方有点鄙夷地说:"说明那个人脑子一定有问题,是笨死的!"

杜小鹿说:"也没什么问题呀,就是那个人认为自己太能行了,可以天不怕地不怕。他压根儿就不相信这大热天的会冻死人，所以只穿着单衣服，拿着一把雨伞，再没准备别的什么东西。遇上天下大雨，后来下冰雹，封死了路，下不了山，不能行走，又没吃没喝的，一晚上过去，就给冻死了。"

康东方听杜小鹿讲大暑天冻死人的故事，有板有眼的，不像是和他开玩笑。此时寒气一波一波向他们侵袭过来，杜小鹿用两个膀子裹紧身体，依然瑟瑟发抖。他自己也感到后背阵阵发凉，下意识地把脖子埋进了肩膀。一想到目前的处境，康东方说："小鹿，你说得对。其实，个人的能力在大自然面前真是太渺小了。在这种恶劣的自然环境中，我们人类的适应能力，有时候连个小动物都不如。人的生命真是太脆弱了！"

杜小鹿听康东方讲这些话的时候，细心地观察着周围的一切。她发现这石壁的右下角好像有人或动物穿过的痕迹，似乎是一条通往后山的路。她猫着腰循着踪迹向前走去，在几十米外的荒草深处，竟露出一个山洞来。她急忙喊康东方过来，俩人细致地观察了一遍洞口的情况，判断是不是野兽的洞穴。最终他们发现在洞口的四壁有人或某种动物进出摩擦的痕迹，于是他们又朝着洞口大声喊叫，里面并没有任何回应。于是康东方从树上拽下一根粗壮的树枝，拿在手中，试探着进入洞中。

借着洞口射进的幽暗的光，康东方观察了一下洞里的大致情况。洞口左右各堆着一些石块，洞内有柴火留下的一堆灰烬，灰烬旁边有一些未燃的木柴。康东方摸出打火机，借着亮光察看山洞里面的情况。山洞足有几十米深，在灰烬的另一边不远处，有一个用厚厚的树枝枯叶垫成的床铺，足有两三米长，看起来是人用来休息的。

康东方正欲继续往里边探究，只听杜小鹿在山洞外边焦急地喊："喂，怎么样？里边安全吗？"康东方大声回答："里边很好，你小心碰头，进来吧！"

杜小鹿钻进洞里的时候，立刻有了一种安全感。尽管山洞里的光线很暗，她还是感觉比外面温暖了许多。康东方走过来接住了包裹，他们把塑料雨衣脱下来，俩人一下子感觉轻松了许多。

只有两个人的世界也许是世界上最美的空间。黑暗中，杜小鹿仰望着康东方英俊的脸庞和魁梧的身形，再也控制不住自己的少女情怀，忽然扑进康东方的怀里，紧紧地靠在他的胸膛上，宣泄那种劫后余生的激动。

康东方非常理解杜小鹿此时的心情,深情地张开双臂拥抱着她说:"小鹿,幸好你发现了这个山洞,要不然我们也许真要被冻死在这大山中了。看来,老天爷还是很眷顾咱们的。"

杜小鹿紧紧依靠在他的怀中,喃喃地说:"老天爷怎么舍得冻死我们呢?他知道我们要来,就早已为我们安排好了这个地方。"

康东方说:"看来,今晚我们只能在这里过夜了。当务之急,是要先把火生起来。来,小鹿,你帮我!"

杜小鹿一副温柔可人的样子,她抬起头,羞涩地眨了眨眼睛,又松开抱着他的手,轻轻点了点头。

在杜小鹿的提示下,康东方先找了些较粗的干树枝搭起一个支架来,然后把一些很细的干树枝折成小段,盖在搭起的树枝架上,再在其上撒上干树叶。杜小鹿找到一点废纸,揉成团再点着,引燃了干树叶。那树叶火势越来越大,最终燃着了干树枝。这样,一堆篝火就被轻而易举地点着了。他们又在上面添了些木柴,那火堆便噼噼剥剥地燃烧起来了。

借着火光,康东方开始仔细观察洞内的情景。这是一个天然形成的山洞,右边洞壁上悬挂着一盏老式马灯,还有装着粮食的皮袋和一口长臂砂锅,另一边则挂着几张揉整过的狗皮,再往里面瞅,还有几个灰色的高高矮矮的陶瓷坛子。

康东方很是好奇,走过去取下马灯,拿到火堆旁仔细观看。杜小鹿帮他点亮了马灯,他兴奋地提着马灯在洞里巡视一圈,也没发现有什么别的潜伏的危险。最后,他来到放置陶瓷坛子的角落仔细察看了一番,发现一只坛子里盛着清油,一只坛子里盛着清水。待到他揭开第三只坛子,竟发现里面盛得是烈酒。揭开盖子的瞬间,那烈酒的醇香便飘溢了出来。

康东方细瞧那酒坛子背后,竟搁着一把长柄利斧。他拿起斧子来仔细端详,发现斧刃已锈迹斑斑,还隐隐散发着一股血腥味。他双手举起斧子,觉得沉甸甸的,但使起来还算顺手。

康东方喜出望外,兴奋地叫过来杜小鹿,要她瞧那些坛子。此时,杜小鹿已把柴火烧得很旺,慵懒地偎在火堆边烤着。身体经过一阵冷一阵热的侵袭之后,她开始有些发困,疲累得再也不想起来。

康东方提着斧子走过来,围坐在火堆旁。杜小鹿焉焉地看着斧子,也很好奇。康东方接着告诉她,那些坛子里不仅有粮食有水还有酒。杜小鹿听了非常高兴,说酒还可以御寒,又可以壮胆,叫康东方少喝一点。

有了这把斧子,康东方觉得心中踏实了许多。康东方喝了一点烈酒,立时觉得神清气爽,困意全消。他急忙劝杜小鹿也喝一点,杜小鹿喝了一小口,却被呛得连连咳嗽,但睡意全消。

两人相互依偎着坐在炭火旁边,感受着劫后余生的温暖。杜小鹿添足了柴,若有所思地说:"明天我们要走的时候,记得要给人家补上木柴,免得主人来了骂我们。"

康东方问道:"难道这山洞还有主人吗?"

杜小鹿说:"肯定有的。不过,看样子是好长时间没来居住了,也许是老天知道我们要来,事先为我们安排的吧!"

康东方说:"我想应该是某个古人,发现了这个山洞,后来就偷偷准备了这些生活物品来,以防灾荒年或者战乱时用的吧!"

杜小鹿说:"看这些生活物品,那也是几十年前用的吧!"

康东方说:"以前的人发现这个山洞时,一定是很久了。但以后一定又有人到过这里的。"

杜小鹿说:"不管是哪个人,我们都应该感谢他,也感谢老天爷造就了这个山洞。"

康东方说:"你就不感谢我发现了这么多好东西?"

杜小鹿说:"肯定要感谢呀!最应该感谢的是你把我带进这个洞房来。"

康东方没理解杜小鹿说"洞房"的深意,呵呵笑道:"这可真是个'洞房'呀,原来洞房一词就是这么来的呀!"

洞外的大雨一会急,一会缓。此时,虽然雷声停了,但雨始终没有停下来的意思。

康东方的心中掠过一丝焦急。现在夜幕已经降临,想在天黑前下山的希望是彻底破灭了。这时,火堆已燃烧得很旺,洞内没有了寒冷之意,杜小鹿说:"你一定饿了吧?我们先收拾个休息的地方,然后再吃一点东西吧。"

于是康东方取下洞壁上挂的羊皮,铺在了那干树枝垫就的铺上,杜小鹿取开雨布包,把食品、水果、饮料等都摊了开来。两人吃饱喝足后,康东方又添了些木柴,说:"这炭火真好呀,要是能在这炭火上烤野味吃,那该多好呀!"杜小鹿有些困倦,她把头偎在康东方身上说:"你要真想吃呢,就一定有!"康东方说:"在哪里呀?"杜小鹿说:"森林里呀。"康东方说:"废话,森林那么大,我怎么能抓得到?"

杜小鹿故意逗他说:"山洞里也有呀。"

康东方不明白她的意思,环顾四周说:"在哪里呀?野味也住在山洞里吗?"

杜小鹿继续逗他说:"这个山洞里有一只小鹿,你没看到吗?"说着,望着他吃吃地笑。

康东方忽地明白了杜小鹿的意思,说:"好啊,我就捉你这只小鹿,把你烤了吃!"

杜小鹿要起身躲开,康东方一把按住她,在她腋窝下乱挠。杜小鹿惊呼一声,快活得咯咯咯直笑。康东方又在她身上乱摸,杜小鹿被摸得周身热血沸腾,脸颊涨得绯红。

此时,俩人的情欲都被挑逗了起来,康东方身体前倾的时候,杜小鹿乘势将他揽入怀中,狂热地吻了起来。康东方健壮的身体,铿锵地压在了杜小鹿的身上。杜小鹿本能地张开双腿,迎合康东方身体的起伏,嘴里发出低低的呻吟……

洞外,雨中的牛毛山神秘而静谧。除了雨声,听不到别的声响。黑暗和阴湿笼罩了整个山谷,森林里安静得有点吓人。

康东方阳刚坚挺的下体和杜小鹿阴柔绵滑的下身,都膨胀着渴望。两者仅隔着几层薄衣,虽然都能感觉到对方的位置,却彼此矜持地保持着距离。

康东方终于忍不住欲火的冲击,他几下解开杜小鹿的裤扣,又扯下自己的裤子,把他那健硕的巨牛拉出来,威猛地向着那向往的神秘之地插去。

就在这千钧一发之际,杜小鹿突然用双手护住自己那宝谷,不让他进入。康东方急不可耐,用力扳她的手。杜小鹿急急地说:"东方哥,不要啊!到了咱俩成亲那天,我再给你,好吗?"

康东方只好停下动作,大失所望地说:"我什么时候说过要和你成亲?"杜小鹿温柔地说:"不管你说没说过,我都很爱你。这辈子,我一定要嫁给你,东方哥,答应娶我,好吗?"

康东方慢慢地恢复了理智,他整理了一下衣服,坐起身说:"小鹿,虽然你是一个很好的姑娘,可你现在这个样子,我如果娶了你,也只能一辈子待在这个小镇上了。难道你就希望我为了你一辈子守在这里吗?"

杜小鹿听他说不愿意待在这里,有些焦急地问道:"东方哥,我怎样做你才愿意娶我呢?我一定会努力使自己变得很好的。我该怎么办?你说,无论怎样,我都会听你的话。"

康东方故作严肃地说:"要想改变自己的命运,就要付出加倍的努力。你要不断学习,使自己强大起来。我建议你先到美容美发学校去培训一下,让自己成为一个真正的美发师,再开个美容院。到那个时候,还怕你嫁不出去?"

杜小鹿说:"东方哥,这辈子我谁也不嫁,一定要嫁给你!你的话我一定照做,我很快就会去美容美发学校学习的。"杜小鹿也整理好了衣服,又坐到了康东方的身边,俩人望着跳动的火苗,期待夜雨早点结束。

二十四　人狼共对峙

此时，洞外早已是漆黑一片，雨还在下个不停。突然，远处传来一声幽远的长嗥。杜小鹿一听，立马吓得脸色苍白，靠在康东方的怀里瑟瑟发抖起来。她面带恐惧地说："狼，这是狼的声音！"

康东方也有些惧怕，但他很快便镇定了下来。因为他知道，在深山老林之中，在这举目黢黑的雨夜，没有人可以帮助他们。此时，他成了杜小鹿唯一的依靠，作为一个男人，他必须坚定沉着地应对眼前可能发生的一切。

他默默抓住杜小鹿的手，安慰她说："别怕，有我呢！狼不敢来。"他忽然想起哪本书上看到过野兽都怕火的事情，便说："走，咱们到火堆边上去，那里安全些。"

康东方加足了木柴，那火立时又毕毕剥剥地燃烧了起来。他想找一些防御狼攻击的工具，可山洞里除了石块和木柴，再没有什么可用的东西了。在他们随身携带的物品中，能用的也只有一把水果刀。他忽然又想起了那把利斧，于是他跑过去，把它也提了过来，安放在自己随手可及的地方。

此时，洞外又传来了两声狼嗥，但声音已不再那么幽远，而是变得犀利，让人听了毛骨悚然。显然，狼已经到了山洞附近。

又过了一会儿，在黑暗的洞口，出现了两只可怕的眼睛。那眼睛中透着幽蓝的光，仿佛两盏魑魑魍魍的鬼灯。

杜小鹿虽然在山镇长大，听过许多关于狼的故事，但从没有真正见过狼。此时听到洞外有动静，又看到那可怕的眼睛，早已吓得不敢出声了。

康东方搞不清洞外到底是怎样的情况，但狼来了确是真的。平生第一次遭遇狼，康东方也不免感到胆怯，手心里也渗出了丝丝的细汗。

他找了一根粗而长的木棍握在手里，密切注意着洞口的动静，不断翻动着炭火，不停地把木柴加足，使炭火一直旺盛地燃烧。康东方低声对杜小鹿讲，如果狼要强行进洞，他们就用木棍挑起炭火，用火来阻止狼的进攻。他们把希望全都寄托在这堆噼啪燃烧的炭火上。以防万一，康东方将那把水果刀也藏在了身上。

一直到半夜，洞外的狼号叫声越来越急促，狼似乎变得暴戾与狂躁起来。

由于康东方他们处在明处，无法确定躲在暗处的狼到底有几只。但根据晃动的眼睛他可以判断，洞外的狼绝不是一只。

杜小鹿紧紧依靠在康东方的身上，康东方加木柴的时候，她就帮他留意狼的动静。

康东方忽然想起了什么，说："我们给洞外的狼扔些食物，狼吃了，会不会退走呢？"

杜小鹿肯定地说："不会的，狼不吃我们扔出去的食品。"

康东方说："不试试你怎么知道？"

杜小鹿说："过去听我爹说过，狼的智力很不一般，轻易不吃人给它的食物。狼这种畜生，一般情况下是不会攻击人类的，除非人类侵犯了他们的领地或者它们饥饿至极。今天狼围攻这个山洞，说不定就是因为我们侵犯了它们的地盘，说不定这附近就有狼窝呢！"

康东方也有些心虚地说："这么说，我们今晚是在劫难逃了！"

杜小鹿反而为他打气说："也不一定。只要我们守住洞口，不要让狼冲进来。等到明天天亮了，我爹他们肯定会找来的。那时候，狼听到动静，就会被吓跑的！"

康东方说："我感觉狼一时半会儿不会冲进来，你先靠在我背上睡一会。免得我们都困倦了，睡着了，狼趁机冲进来！"

杜小鹿说："我睡不着，我要和你一起守着！两个人警惕总比一个人好！"说着，她的手紧紧地握住了康东方的手。两个人一直坚持到凌晨三点左右，洞外的雨声逐渐小了。这时，洞口的木柴马上就要用完了，火势也小了些。经过半夜的对峙，康东方和杜小鹿身心疲惫，开始感到眼睛有些困倦，而洞外狼的活动却越来越频繁，一只狼竟然试探着要钻进洞来。

康东方大惊，大喊一声，一跃而起，顺手提起了利斧。杜小鹿也赶快用手中的木棍搅起滚滚红烫的炭火。那狼见到火星飞溅，又退出了洞口。

杜小鹿赶忙扯来了床铺下的树枝，又把火烧得旺旺的，心中才略略感到镇定了一些。

然而没过多久，那只狼好像看透了康东方他们招数似的，又大胆钻了进来。康东方慌忙跳起来，杜小鹿将燃烧的木棍搅起来，火星四溅，烟气立刻封住了狼冲过来的洞口。

然而这一次，那狼却不退出，只是停止不前，而且后面又跟进一只狼来。

康东方手提利斧，如临大敌，严阵以待。杜小鹿大惊失色，疾步抓来一把干树枝，全部添到了火堆上，然后也操起木棍，准备自卫。

康东方目不转睛地观察着狼的一举一动，右手握着那把利斧，准备全力一搏。

人狼对峙，气势是很重要的。康东方看着不远处的两只野兽，想着两个大活人，如果被这两只狼吃了，真是人类的悲哀。这时，他忽然想起了某电视剧中有人用声音震跑野兽的做法，于是深吸一口气突然冲着两只恶狼高声吼叫："嗷——嗷——呕——呕——呕——呕——"

吼声高亢激昂，气势磅礴，如雷霆轰鸣，滚滚向洞口激荡而去。

恶狼毫无防备，听到吼声之后，竟扭头逃了出去。

康东方手提利斧，乘势向洞口追去，杜小鹿也紧跟在他的身后。见两只狼还在洞外不远处逡巡，便对着恶狼又吼起来。那狼听到这吼声气势如虹，锐不可当，竟然远远地躲开了。

狼是自然界中集狡黠与韧性为一体的最可怕的野兽。再强大的对手，如果被狼盯上而不能适时摆脱或者消灭之，终将被狼消灭。

果然不出他们所料，那狼只是躲到一边，却不跑开。

康东方他们不敢离开山洞，只得把洞中石块码砌起来，在入口处形成一堵矮矮的石头墙，以阻止狼冲进洞中。

码砌好石墙后，康东方的心中稍觉安全了一些。这堵屏障，已能防止狼的直接进攻。这时天光渐渐放亮，隔着矮墙向外探望，康东方发现狼共有四只。如果此时走出山洞，他们肯定会受到狼的围攻，所以康东方已做出固守山洞等待救援的打算。

杜小鹿惊魂未定,手持木棍还在洞口做着警戒。康东方此时反而镇定了许多,过来拉住她的手安慰她别怕,叫她重新回到火堆旁,稍稍休息一会。

洞中的木柴已所剩无几,但那堆炭火还很旺。一夜燃烧的火堆发出的热量,使山洞中显得很温暖。为了补充体力,杜小鹿取过食品让康东方先吃。食品数量已不多,他俩吃了一点,留了一点。

吃过之后,两人都有了睡意。杜小鹿偎在康东方怀中,仰起头看着康东方刚毅的脸庞说:"如果我们一直被狼围困在这个山洞里,我爹他们又找不到我们,那我就一直这样,死在你的怀里。"

康东方乐观地逗她说:"那怎么可能?区区两只小狼,能困得住我吗?再说你一个姑娘家,又不是我什么人,为什么要死在我怀里?"

杜小鹿一下子生气了,嗔怪地说:"现在这么危险,你还有心思开玩笑!再说,我都快死了,我才不管那么多呢!我乐意死在谁的怀里那是我的事,我心甘情愿!"

康东方温和地说:"如果真要死,我也不能让你死,我带你出来,就有义务保护你的安全。"

杜小鹿说:"是我带你来玩,要死咱们也死在一块!"

康东方坚定地说:"好了,好了,有我在,你就死不了!区区几只小狼,就把你吓得要死要活的,看我孤胆英雄如何智斗群狼!"

虽然这话在此时此刻有些吹嘘的意思,但杜小鹿闻听此言,一股潜藏于心底的爱慕之火又突突地冒了出来。正是因为康东方身上的这种魅力,让杜小鹿是那么心驰神往。

女人都喜欢有担当的男人,哪怕这个男人没有宽厚的胸膛,没有结实的臂膀,没有伟岸的身材。

康东方的这番话,使杜小鹿重新热血沸腾,她猛地搂住他的脖子,狠狠地亲吻起来,直亲得康东方喘不过气来,几乎不能自持。

但潜存的危险,使康东方不敢失去理智,他止住杜小鹿的情欲,说:"嗨,外面还有几只贪婪的眼睛在盯着我们呢,你注意点安全好不好!"

杜小鹿明白康东方的提醒,立即停止了冲动,但她又不愿立刻放弃这次爱的表达,于是继续缠着他,有点无理取闹地说:"我不管,就是狼真的来到我们跟前了,我也照样要欺负你!"

天终于大亮了,太阳照耀着洞外的世界,森林里传来了晨鸟的啭唱和昆虫的低鸣。树木舒展着各自的筋骨,花草抖落身上的雨露,在晨风中欢快地舞蹈着,扭动着它们潮湿的手臂。

离山洞不远处,狼懒洋洋地晒着太阳,微微闭着眼睛,仿佛并不在意洞中的人,但它们丝毫没有要走开的意思。

康东方观察着洞外的一切,对外面温暖的世界充满了向往。为了安全起见,他们不敢贸然走出山洞。

然而,他们又必须得把信号传递出去,让外面的人知道他们在这个山洞中。康东方捡起一块石头,伸出手臂扬手向一只狼掷去,那狼看起来像在睡觉,等石块到近前时,却轻轻一避,轻易就避开了,依旧待在原地假寐。康东方连掷了三次,却是一点效用也没有。无奈之下,他们又朝着洞外的山谷大喊大叫,只听到微弱的回声。

康东方只得抱定了死守洞口的决心。他寻思着应该多准备一些武器,于是拿出水果刀,将一根粗壮木棍的一端削尖,准备随时应对狼的攻击。

杜小鹿守在火堆旁,用木棍拨弄着炭火,想着自己的心事。天亮了,她的心中虽然多了一份安全感,脸上却带着疲倦的神态。她打了一声哈欠,用手揉揉眼睛,又想到康东方一夜未眠,也一定很困倦。于是杜小鹿起身走到康东方的背后,伸手抱住他的腰,柔声说:"东方哥,你去睡一会吧,我来守着。要是狼一有动静,我就大声叫你!"

康东方还是有些不放心,杜小鹿坚持说:"看样子狼白天不会轻易攻击我们,如果我们白天不能被救,晚上才是最危险的,所以我们必须休息好。东方哥,你先去睡一会,我在这里守着。待会你来挡着,我再睡一会。这样,我们就能在晚上保持清醒。"

康东方听她讲得很有道理,暗暗喜欢她的聪明和睿智。于是他将削好的标枪交到她手上,自己抓着利斧,躺在地铺上睡觉去了。

康东方一觉醒来,已是两个小时之后。他见杜小鹿已在火堆旁添了几根木柴，正警觉地眺望着洞口。望着她娇美的身影，康东方心里油然生出一种说不出的爱怜来。他默默地走过去，特别怜惜地拉过杜小鹿的手，示意她去休息一会。

此时杜小鹿也已经非常疲倦了，她侧身依靠在康东方的肩上休息了一小会儿，觉得困顿至极便爬在地铺上睡着了。

康东方手提利斧来到洞口，探头向外张望。外面的世界真是太诱惑人了！清醒的空气，明媚的阳光，葱郁的森林，黄绿相间的草地，活跃在枝头的小鸟，一切都是那么的美好，那么充满希望。只是不远处那几只讨厌的恶狼，却还懒洋洋地守在原地，令他感到困惑不安。

看来，不管这个世界多么精彩，多么和平温暖，人与畜生之间永远都存在着你死我活的争斗！当善良的人与凶残的狼遭遇时，善良者往往被残暴者所伤害。

康东方望着安娴熟睡的杜小鹿，忽然觉得她就像一只温顺的小羊，柔弱而善良。此时的她显得是那么无助和可怜，而他作为一个男人，势必要承担起保护她的责任。

有时候，人的一点小小的欲念，往往会把自己推向万劫不复的深渊，以至于招致永远也无法弥补的损失，甚至是灭绝性的失败。

康东方忽然感到有些懊悔，为什么昨天非要到那人迹罕至的牛毛峰去看风光呢？如果他们游罢仙人崖就及时下山，也不会遭遇雷雨的袭击，更不会被狼围困在这里。

但是，人生没有那么多假设和如果，只有残酷的现实和可怕的后果。

康东方又探出头望望洞外，那几只狼仍然平静而悠闲地守在原地，看不出来有多可怕。如果没有狼会吃人的说法，他会毫无戒备地走过去，就像对待好朋友一样去接近它们。

然而，狼的这种不声不响的样子和不离不弃的态度，又使他切实感到一种深不可测的恐惧和一种危险正悄悄向他们逼近……

二十五　合力搏猛兽

　　康东方回头望着杜小鹿那恬静秀美的脸庞和女性轮廓分明的睡姿,内心忽然产生了一种凄婉悲凉的感觉,一种强烈的负罪感和自责感在他的心中蔓延。自己身为男子汉,却不敢跨出这山洞半步,不能保护一个深爱自己的女孩子。他甚至觉得自己有些窝囊,很想冲出去与那些狼一决高下。

　　一个不置可否的念头一直在他的脑海中盘旋。难道狼真有传说中的那么凶恶吗?它真的会吃人吗?自己身为一个年轻力壮的男人,却被狼的恶名吓住,这难道不正是现在人性懦弱的表现吗?他很想冲出去和狼展开一次你死我活的较量,然而他看着手上的那个利器,又委实没有了自信。最终,他还是选择了忍耐,决定坚持等待救援的到来,不只是为了自己惜命,也为美丽可爱的姑娘杜小鹿的安危。

　　此时,杜小鹿正沉浸在酣梦中。她梦见暖暖的太阳照在小鹿发廊门口,牛毛镇古街上忽然出现了许多怪模怪样的人,他们牛头马面,猪身狗尾,朝着小鹿发廊频频发笑。突然一阵黑风暴铺天盖地而来,把整个小鹿发廊掀到空中旋转,她则在黑风暴中向着天空飞去。她忽然看见小鹿发廊的牌子在黑色旋涡中飘荡,招牌上那个女郎在向她招手,她狠命抓住招牌不让它飞走,可那牌子变得非常沉重,牵着她坠入无底的深渊⋯⋯

　　杜小鹿被噩梦惊醒,大声尖叫着。康东方赶紧走过去,问她怎么回事。杜小鹿向他讲述了噩梦的情景,还是心有余悸。康东方也不明白她为什么会做这样的梦,就安慰她说,可能是昨晚上太紧张了,所以才会做了那样古怪的梦。他扶她起来,俩人站到洞口观望。

　　杜小鹿看到那几只狼还守在原地,而洞里的木柴却已经用完了,忧心忡忡地说:"东方哥,如果天黑前我们等不到救援的人,那么今天晚上将是最凶险的,因为野兽往往喜欢在晚上活动。"

康东方说:"那我们趁天还未黑,冲下山去吧!有这把斧子,我一个大男人,还怕几个狼崽子不成?"

杜小鹿说:"我们离开山洞,失去了依靠,要是被狼围住,那可就危险了!"

康东方说:"不试怎么知道。我们先试一试,如果不行的话,再撤回来,总不能在这山洞里等死吧!"

杜小鹿说:"狼是最凶残的畜生,我们可不能这样轻易冒险。下山的路太远了,我们在天黑前根本走不出这座山,还是等外面的人来救援吧。说不定一会儿我爹他们就找来了。人多了,那狼肯定就跑了。"

康东方说:"要想能挨过今天晚上,必须得有火才行,现在洞里的木柴已经用完了,必须得找足够的木柴进来。"

杜小鹿说:"那我们不要走太远,就在附近去找木柴,如果狼进攻,我们也好重新撤进这山洞里来!"

康东方考虑到杜小鹿身单力薄,一起出去反而不好,执意要她守着山洞。但杜小鹿坚决不让他一个人出去,说多一个人就多一分力量,她一定要跟他在一起。

康东方无奈,只得又喝了一点酒,壮壮胆。杜小鹿搜寻了洞里仅剩的一点木柴,把炭火烧得旺旺的。一切准备停当后,康东方揣了水果刀,提着利斧,大胆地走了出去。杜小鹿握着那个削成的标枪,紧跟在他的身后,小心翼翼地走出了山洞。

康东方手提着利斧在前方开路,杜小鹿则注视着后方,俩人忐忑不安地朝那树林边走去。

也不知为什么,那几只狼竟然不和他们正面接触,躲闪在一边,为他们让开一条路,但不走远,始终未离开过他们的视线。

到了树丛之中,康东方找到几棵枯树用斧子砍树,杜小鹿则注意着周围的动静。一会儿工夫,那些枯树已被康东方削伐完毕,所得的树枝已足够燃烧一个夜晚。杜小鹿招呼康东方停下来,他们每人拉一捆树枝,开始往洞口转运木柴。

直到这时候,康东方才惊诧地发现,通往洞口的路已被一只狼封死。杜小鹿也发现另外几只狼尾随他们身后,将他们包围起来。康东方试图继续前行,洞口

（页边）雨美人

154

那只狼此刻却是纹丝不动,睁着凶恶的眼睛看着他们。于是康东方双手握着利斧,意欲强行前冲,不料那只狼反而眼射凶恶的光,龇牙咧嘴,发出"嗷嗷"的声音,意欲前扑。

康东方不敢贸然出击,只想向后突围,但后面那几只狼也是虎视眈眈,丝毫没有给他们让路的意思。

康东方和杜小鹿预感到已遭到狼的包围,情势已十分凶险。俩人都不说话,背靠背站着,密切注意着狼的一举一动。无奈之下,他们只能退到树林边,依靠一棵大树与狼对峙僵持。

面对此情此景,康东方忽然觉得自己苦学的那些书本上的知识根本就用不上,一阵悲哀和绝望向他袭来。

康东方觉得自己正处在血气方刚、风华正茂、身强体壮的年纪,如果今日葬身狼腹,岂不是一件可悲可笑的事情!此时,他才清楚地体会到他们这一代人身上真正欠缺些什么东西——骨气、意志、毅力、韧性,等等。四年的大学生活,在几只狼面前是何等的苍白!

然而理智告诉康东方,此时他还不能和狼蛮打硬拼,因为他没有一丁点搏兽的经验。面对四只恶狼,他心中一点儿胜算也没有。他双眉紧皱,同杜小鹿背靠背密切注视着四周那几只狼的一举一动。

又一个小时过去了,狼一点也不着急,非常耐心地包围着他们,杜小鹿却越来越焦急。在天黑之前,如果他们不能摆脱狼的围困,或者说不能突围撤进山洞,他们必定葬身狼腹。

此刻,康东方体内的酒精已完全散发,他的头脑变得异常清醒。他知道,此时对付这几只凶猛的狼唯有智取,可是如何智取呢?

康东方苦思冥想,甚至妄想有天兵天将降临,给他们带来生机。最后,他想到了狼这种畜生的弱点,还是怕火。幸好打火机带在身边,但如何才能燃起一堆生命之火呢?地面是潮湿的,草丛是潮湿的,枯树枝也是潮湿的,想生起一堆火简直是痴心妄想。他想到山洞里有油有酒,有干树枝树叶,虽然相隔仅几十米,但此时此刻简直是咫尺天涯。

想到这,他对杜小鹿说:"要是我们能生起一堆火,情况或许会好一点。"

杜小鹿说:"刚下过雨,到处都是湿漉漉的,要生火可不容易!"

康东方说:"我这儿有打火机!"

杜小鹿说:"我知道你身上有打火机,可是怎样才能生着火呢?"她沉吟了好一会,忽然惊喜地说:"有办法了,我现在生火,你负责安全!"说着他让康东方拿出打火机和水果刀,然后脱下自己的上衣。

康东方提着斧头在杜小鹿的身边防护,杜小鹿用刀子在衣服上划了许多口子,把衣服撕成许多根布条,然后用枯树枝搭起个桥,将布条分批塞到脚下点燃。

那布条点燃后着火很迅速,但火势遇着潮湿的树枝,就像遇着了敌人,根本无法引燃,只冒黑烟。杜小鹿那一件衣服的布条燃尽了,树枝还是没有着起火来。康东方见状又脱下自己上衣,杜小鹿再撕成碎条,继续补上去。

随着温度的不断升高,那湿树枝终于被烘干,达到了着火点,开始噼噼啪啪地燃烧起来。杜小鹿把剩余的衣服条一并塞到里面,一堆火便熊熊燃烧了起来。

那些潮湿的树枝被不断加到火里去,首先被烘干,接着燃烧,再烘干新添加的湿树枝。这样循序渐进,十几分钟后,一堆旺盛的篝火便十分活跃了起来。只要有木柴添上去,便会被迅速引燃,再不会有熄灭的危险了。

于是杜小鹿不断添加木柴,使火烧得更旺。康东方则密切注视着周围,两人心中稍稍多了一份安心和希望。

篝火越烧越旺,狼却越来越躁动了。从跳跃的火焰中,甚至可以发现它们眼中失望的恼怒。这些畜生似乎准备随时发动进攻,但它们此时少了许多优势。凭借火的威力,人若不要离开火,狼是不敢轻易进攻的。但此时天色已近黄昏,对于狼来说又是一个绝对的优势。

二十六 狭路遇凶徒

冒着烟雾的篝火之光,在森林里传得很远。森林里的黄昏,似乎来得更早更快,太阳刚一落山,山洞四周就变得阴森可怕起来。

狼终于等不及了,发出悠长而恐怖的怪叫。

杜小鹿把火加得很大很旺,粗壮的枝干燃烧时发出噼里啪啦的响声,火堆散发出的热浪把周围烘烤得暖烘烘的,也减少了一些恐惧感。康东方紧握利斧,如临大敌,密切注视着狼的举动。

火光如血,空气中弥散着一种血腥的味道。一场人与兽的战斗在僵持了数十个小时之后,终于激化到了不可控扼的程度。

一只最健壮的狼冲了上来,速度逐渐变快,它向着离火较远的康东方靠近。杜小鹿急喊:"转到身后打!"几乎同时,康东方发现另一只狼也向杜小鹿扑过来。康东方在闪开攻击自己那只狼的同时,直奔攻击杜小鹿的那只狼,而先前攻击他的那只狼则一个迂回,又朝他身后攻击。康东方一斧劈空,那只狼却立起身,用两前爪抓他双肩,并张开血盆大口欲揭他面门。康东方大骇,急向后缩身,那狼却趁势前扑,直攻康东方小腿,康东方用斧子直砸狼的脑袋,那只狼一抽身嘴上挨了一斧头,败下阵去。

与此同时,杜小鹿一声惊叫,用标枪直戳攻击康东方身后的恶狼。但她的力量根本阻止不了狼的攻势,那只狼轻易地避开他们的招式后,另两只狼又一齐扑了过来。

康东方左劈右砍,杜小鹿在一旁用标枪帮忙,他们围着火堆乱转,就是不能有效打击狼的致命部位。几分钟之后,俩人都累得气喘吁吁,但狼的攻击丝毫没有减弱的势头。无奈俩人只能背靠火堆,死命抵抗。但火势渐渐变小,狼的优势越来越明显。

眼看康东方、杜小鹿顷刻间便会有生命危险，就听"啪啪"两声枪响，两只狼应声倒地，另两只狼听到枪响后立刻向着远处逃去，随着枪响也被击毙于十几米外的地方。

顷刻之间，四只狼都被击毙，枪法精准绝妙，令人叫好。康东方、杜小鹿则如噩梦惊醒一般，茶呆呆地立在篝火旁，一副失魂落魄的模样。

只听从树后传来哈哈大笑的声音，尔后转出三个人来，洋洋得意地望着他俩笑。

康东方、杜小鹿惊魂未定，此时感觉危险离他们已远去，自然地便对这三个人心怀感激。火光中但见这三个人用猥亵的眼光看着杜小鹿，康东方这才想起自己光着上身，而杜小鹿也仅存乳罩，那情形让别人看来，的确是有点暧昧滑稽，可笑得很。

杜小鹿慌忙靠到康东方这边来，用胳膊护住前胸，康东方则大声说："恩人，谢谢你们！你们是谁？"

其中一人大声回应："小子，我们嘛……我们是山神爷爷！哈哈哈……"

另一人用粗犷而略带嘶哑的声音喊："呔，你们是干什么的？到这里来做什么？"

康东方回答说："我们是来游山的，因昨天突然下大雨，被困在这里。昨晚上，我们就住在山洞，今天幸好遇到你们，救了我们的命，谢谢恩人！"

那人惊讶地问："山洞？哪个山洞？你们发现山洞了吗？"康东方指着远处说："是的，就在那里，我们在洞里过了一夜。"

"把他们带到山洞去！"其中一个瘦子摆摆手，用命令的口吻说。

原来，这三人早就知道那个山洞的存在，其中一人在前边带路，五个人一起走进山洞。

进入山洞之后，瞎熊熟练地点亮了马灯。康东方借着马灯的光，才看清了对方的面目。这三个人，一个四十多岁，一个三十多岁，一个二十多岁。三十多岁的那人又瘦又高，脸上无一点血色，一对小眼睛里放射着狡黠的光。他左手提一把半自动步枪，腰间别有一把手枪，像个头目。四十多岁的那人脸庞黝黑，络腮胡须，矮墩身材，一双小眼睛中透着奸邪的坏笑。二十多岁的那个年轻人，中等身材,红脸宽额大嘴,一脸的横肉。这俩人各扛着一把猎枪,腰间别着匕首。

那个头目吩咐说:"枯树藤你去生火,瞎熊看看这里少了什么没有。"于是年老些的瞎熊开始在洞里察看,年轻的枯树藤则去把外面的木柴弄进来,忙着生起火来。

瞎熊在洞里仔细察看了一遍后,前来报告说:"头儿,都有动过的痕迹,我看他们不是一般的人!"

头儿嘴角露出一丝狰狞,突然发怒说:"都给我捆起来!"

康东方争辩说:"为什么要捆我们?我们又没做错啥事,你们这么做是犯法的!"

瞎熊用匕首顶着康东方的下巴说:"犯法?打死你跟打死一只兔子似的。跟我讲犯法,你他妈眼睛是木头做的呀!你看我们像不犯法的人吗?"

康东方怒不可遏,向着那个头目叫说:"大哥,本来你救了我们,我们很感激你的。现在为什么要捆我们?我们又没做对不起你的事!"

那头目冷笑道:"坏就坏在你们不该进这个山洞,说,你们到底是来干什么的?"

杜小鹿在旁解释说:"我们真是来游山的,他是学校的老师,我是发廊的师傅。"

那头目说:"你们是什么关系?怎么知道这个山洞?"

康东方说:"我们是朋友,昨天一起来游山,不巧遇上天下大雨,无意中发现了这个山洞,只好进山洞避避雨,没有别的意思。"

瞎熊说:"你说得倒很轻巧,那你们在洞里乱翻什么,看到了什么?"

康东方辩解说:"我们没有乱翻你们东西,也没看到什么呀!"

瞎熊说:"呵呵,小子,只要你踏进这个山洞,就该死!"

那个头儿命令说:"把他们的手脚捆上,丢到一边去。"

于是瞎熊从他们随身携带的皮袋子里寻出一种细绳,把康东方和杜小鹿的手脚都紧紧地反绑在一起。

那个头目又说:"先看看那些宝贝在不?"

瞎熊将睡铺上的柴草掀到一边,扫去细土,下面竟是一块平整的石板。他用力掀起石板,一个地洞便赫然显现了出来。瞎熊跳进地洞,查看了一遍,上来汇报说:"头儿,一样都没少!"然后随手盖好了石板,。

那个头目面露喜色,吩咐说:"来啊,枯树藤,弄些吃喝来。"

那枯树藤已生好了火,跑过来,沏了一碗酒,从背包里拿出干粮来递给头目。

瞎熊说:"头儿,咱们吃这干肉都吃腻了,今天吃顿烤狼肉怎么样?"

头目感兴趣地说:"好啊,今天就尝尝烤狼肉是什么滋味!"于是瞎熊去洞外割了两条狼腿,用匕首三下五除二蜕去皮毛,枯树藤把炭火加旺,开始烤制起来。

瞎熊和枯树藤烤肉之际,那头目掏出手枪,用嘴喷上酒雾,开始擦拭起来。明晃晃的枪管在火焰中发着贼光,晃得康东方和杜小鹿头晕目眩。

不一会儿,狼肉烤制完毕,那三人就着烈酒,美美地吃了一顿。此时已近午夜,三人都醉眼蒙眬,贼溜溜地把眼光全落在杜小鹿身上。

瞎熊一嘴的酒气,走过来指着康东方问杜小鹿道:"他是你什么人?"

杜小鹿说:"朋友。"

瞎熊又问:"是不是你男人?"

杜小鹿说:"不是。"

瞎熊奸笑几声说:"不是就好,你看我们头儿给你做个男人怎样?"

康东方听他话中之意,预感他们对杜小鹿不怀好意,急忙说:"我是他男朋友,我们已订婚了!"

瞎熊追问说:"干没干过那事?"

杜小鹿脸已羞红,康东方佯装不知,说:"什么事?"

瞎熊说:"就是日屄。"枯树藤在一旁傻笑,那个头目则用奸邪的眼光盯着杜小鹿。

康东方感到这家伙粗俗不堪,便说:"没干过!"

瞎熊眼中掠过一丝奸邪,呵呵说:"没干过,就让我们头儿给你教教!"

康东方似乎预知到了他什么意思,急忙说:"干过,干过,我们已同居一年了!"

杜小鹿正在为康东方的回答而感到吃惊和羞赧,只听那枯树藤说:"干过就现在给我们表演一下。"

康东方正在为他的这种荒诞想法而作难时，只见那头目走到杜小鹿跟前，一把抓起她的头发说："你说你是发廊妹,是吗？过去接过几次客？"

杜小鹿手脚被捆,恐惧地说："没,没有。"

那头目直勾勾地盯着杜小鹿的脸说："我不信，这年头，还有干净的发廊妹？"

康东方见他对杜小鹿动手动脚,就解围道："她只是开个美发店,并不是你说的那种发廊！"

不料那头目接过话茬说："那更好,我就喜欢她这样的！"

大概是酒性已发作的缘故,那头目开始动手摸杜小鹿的前胸,杜小鹿尖声惊叫。康东方急忙说："头儿,求你饶了她吧！她是我的女朋友,已不纯洁了。她爹是有名的包工头,有几百万的钱呢,家里还藏有好多金子。你如果放过我们,她爹一定会给你很多钱。那时候,你到娱乐会所去,要什么样的美女没有？"

头目睁着血红的眼睛,哈哈大笑道："老子要那么多钱干什么？老子每天把头别在裤腰带上,活得就是个开心。今儿个我想上她,天王老子也阻挡不了！"说着,他一把将杜小鹿掀翻在地铺上,开始扯她的胸罩。

杜小鹿无法逃避,急得大喊："东方哥救我！救我呀！"

康东方见状,急中生智说："这位头儿,君子动口不动手,有话好商量。她已是我的女人,咱们都是男人,你又何必夺人之爱呢？只要头儿你放过她,我俩一辈子都会感激你的！再说头儿你对我们有救命之恩,往后你有什么事需要我俩帮忙,我们会赴汤蹈火、万死不辞的！你若需用钱,我们也会倾尽所有,全力送上的！"

可是那头目却说："你想跟我交朋友是吗？告诉你,老子二十年前就早已不相信有什么真正的朋友了！你知道别人把我们这号人的朋友叫什么吗？'狐朋狗友'！你知道'狐朋狗友'是什么意思吗？就是畜生、禽兽一样的朋友,懂吗？小子！"

康东方还不死心,继续乞求道："大哥,话虽这样说。但是,我看大哥你绝不是那样的卑鄙小人,你是堂堂的正人君子呀！"

那头目听了这话,尴尬地怪笑两声,指着自己的鼻子反问道："呵呵,我是正人君子？好啊,你不是想跟我做朋友吗？那我们这一行人做事从来不分你我,朋友之间信奉'你的就是我的',那你就先把你的女朋友送给我做见面礼吧!"

康东方见他恬不知耻,根本没有一点人性,即便现在把孔夫子请来为他说教,也丝毫不能改变他邪恶的本性。

那头目见康东方一时沉默无语,杜小鹿吓得瑟瑟发抖,在地上低声地哭,那楚楚可人又半裸的姿态更激起了他的欲火。这时,瞎熊和枯树藤又在旁边加油说:"大哥,快点上呀! 弟兄们都等不及了! "

那头目俯身下去,一把扯下杜小鹿的乳罩,又要动手,无可奈何之下,康东方声色俱厉地骂道:"即使你不相信朋友,那也应该考虑后果吧,难道你真的不害怕法律惩罚吗?"

那头目听后哈哈大笑,瞎熊和枯树藤也附和着放声大笑。

只听那头目振振有词地说:"哈哈,法律? 给我们讲法律? 告诉你,老子做过的事,老子杀过的人,枪毙一百次也抵不了! 老子今天玩你一个小妹儿,你竟要给我讲法律! 真是笑话,天大的笑话!"说完这话,他像个恶狼一样向杜小鹿身上扑去。

康东方见状,大骂:"混蛋! 畜生! 我跟你拼了! "

话未说完,瞎熊一脚踹过来,将他踢翻在地,枯树藤奔过来,扯住他的头发,骑在他身上。康东方两眼喷射着怒火,头被渐渐按在了地上。

杜小鹿手脚被缚,只能左右扭曲身体。那头目兽性大发,几下扯下杜小鹿内裤,将整个身子盖了上去⋯⋯

随着杜小鹿一声撕心裂肺的惨叫,她的下身渗出殷红的鲜血,两行绝望的泪水从她的眼中汩汩涌出。情急之中,杜小鹿咬破了舌头,嘴角流淌出股股鲜血。

当那头目发泄完之时,杜小鹿全身痉挛,眼里噙满了痛恨而无助的泪水,昏死了过去。

这时候,枯树藤用力摁头的手劲稍稍缓了些。康东方狠命抬起头,见杜小鹿这般光景,心痛无比,奋力一跃,欲扑向那头目拼命,却被瞎熊一枪托砸晕了过去。

瞎熊和枯树藤放下康东方,回头看见杜小鹿裸体,亦兽性大发,依次扑向杜小鹿⋯⋯

杜小鹿刚醒转过来,又昏厥了过去。如此三番五次,杜小鹿早已不省人事。

兽性发泄完毕之后,三人始感到事态严重,惶恐不安。瞎熊说:"头儿,不如把他们扔下悬崖去吧。"枯树藤说:"大哥,这么爽的女子,不如把她带到山庄去,锁起来,慢慢享用,只把那个男的扔下悬崖去吧。"瞎熊说:"噢,对了头儿,刚才这小子不是说她爹很有钱吗?我们不如把他们绑在这山洞,狠狠敲他一笔!"

正在此时,只听远处有呼喊之声,枯树藤到洞外一看,马上回来报告说,好像山下有灯光火把朝这边来了。

那头目想了想说:"不到万不得已的时候,就不要杀人。如果我们把人杀了,警察马上就会成立什么狗屁专案组,一旦被专案组盯上,我们就是有十个脑袋也保不住了。这个地方很隐蔽,别人是轻易找不到的,先把他们绑在这山洞里,我们就有足够的时间跑得远远的。退一步说,即使真被人发现报了案,现在的警察,如果没有多大的好处可捞,最多就是立个案,做做样子罢了。不过,这个山洞以后可就不安全了,我们必须得赶快走。"

枯树藤问道:"头儿,那这地道里的东西咋办?"

头目骂道:"你他妈猪脑子呀?全部转移到山下去,现在就拿走,一件也不能落下。"

于是他们立即准备行囊。头目走到洞外观望远处的动静,山洞里瞎熊揭开床铺下的石盖板,跳进地洞中,取出鹿茸鹿鞭三十余具,熊掌二十余只,麝香四十余只,狐狸皮十多件。枯树藤在一边将这些东西分装在三个布袋内。瞎熊爬出地洞,盖好石板,恢复床铺原样。那头目走进来,每人背起一包,走出山洞,惶惶然消失在茫茫夜色中。

二十七　荒山失玉贞

　　山洞中散发着呕人的血腥,炭火已失去先前的活力,燃烧的木柴头上泛出苍白的炭灰,昏暗的马灯射出微弱的光。

　　在幽暗的灯光照射下,杜小鹿被血泪浸染的脸显得凄楚至极。她清醒了过来,欲哭无泪,欲喊无声。她的灵魂早已离开了肉体,她的意志早已被摧毁殆尽。她四仰八叉地躺在地上,望着凹凸不平、昏黑肮脏的洞顶,她已不知自己是死了还是活着,任凭意识肆意游走,任凭洞内污浊的空气侵蚀自己裸露的身体。洞口开始透进明亮的光,她知道,天亮了,但她的心永远定格在了黑暗之中。

　　她多么想好好地活着呀!一个妙龄女子,正在憧憬美好的爱情,向往幸福的生活,渴望得到心爱男人的呵护,然后俩人一起去创造美好的未来。但此时这一切已离她非常遥远了,或者说已经荡然无存了。

　　她能继续活下去吗?她怎样才能活下去呢?她想到了自己死去的妈妈。在父亲还未发迹的时候,妈妈硬是靠自己勤劳的双手,支撑着家,支持着父亲在外闯荡,养育他们姐弟俩健康成长。后来家里有钱了,妈妈却得了严重的肺病,撇下他们走了。

　　杜小鹿闭上眼睛,泪水再次在她的脸上肆意流淌。她脑中一片空茫,恍恍惚惚,无能为力地压制着各种神异奇想。她回忆着自己十八年来成长路上的点点滴滴,熟悉的人与曾经的事,一串接着一串从她眼前掠过,如同出现在梦游者奇诡的想象里。

　　她咽下一口苦咸的东西,那东西立刻堵在她的前胸,像咽下了一磅炸药一样难受。她又睁开眼睛,留恋地扫视着这个世界的一切,直至不远处康东方的身影出现在她的视线中。

她难受得想大哭一场,可此时的她一点泪水也没有,也没有气力发出一点声音。她苦笑了一下,心疼得无法呼吸。她感到浑身没有一点力气,也不想挣脱手脚的绑缚。最后,她的嘴角抽动了好一阵,眼底终于掠过一丝坚定的表情。她站不起来,只好一点一点地向着洞口爬去。

康东方终于醒了,他感到头痛得很厉害,无力地睁开了眼睛。瞎熊那重重一击,差点将康东方砸死。康东方也发现了洞口透进的强光,但令他吃惊的是,杜小鹿正拼命地向洞口挪动着身子。他想起了发生的一切,看着杜小鹿移动的身影,用虚弱而嘶哑的声音喊道:"杜小鹿,杜小鹿!你在干啥?"

杜小鹿听到他的喊声,反而加快挪动身体的速度。康东方似乎判断出了杜小鹿向洞口挪动的意图,他焦急地大声喊道:"杜小鹿,你想干什么?"

杜小鹿微微停顿了一下,继而向外移动得更快了。

康东方意识到杜小鹿想干什么。他强忍颈部的剧痛,抬起头说:"小鹿,这一切都怪我,是我没能保护好你!你听到我的声音了吗?回答我!"

此时,杜小鹿泪流满面,她已无法面对康东方,继续向洞口挪动。

康东方又喊:"杜小鹿,一切都是我的错!是我对不起你,没有保护好你。但我爱你的心永远不变,我一定要娶你!你就当什么事也没有发生过,好吗?"

杜小鹿已经泣不成声,她停止挪动说:"不!不可能!东方哥,一定会有一个漂亮的姑娘嫁给你的。东方哥,请你告诉我爹,就说女儿非常爱他!女儿叫狼吃了,叫他不要伤心。也请你告诉我弟弟,希望他好好听爹爹的话,好好孝敬爹,不要惹爹生气,不要为姐姐伤心。"

康东方也哭着说:"杜小鹿,你别胡闹了!事情已经发生了,我们就应该正确面对。你给我停下来,我不会让你得逞的!"

杜小鹿悲哀地说:"东方哥,就在昨天我还非常爱这个世界,也非常非常爱你,幻想有一天做你的新娘。可是现在,我不想了!这个世界太肮脏!它也不需要我了!"

康东方听她说完,只好又劝她说:"杜小鹿,不管发生了什么事,在我心中,你永远是那么美丽纯洁。昨天我还有些犹豫,从现在起,我发誓,我一定要娶你!"

然而,杜小鹿仍然坚定地说:"不可能的!东方哥,我已经没有了再活下去的理由,更没有资格嫁给谁了。你别瞎想了,也不要发誓了。"

康东方继续苦劝道:"杜小鹿,虽然这个世界上有太多的不如意,但我们无论什么时候也不应当自暴自弃。当我们受到某些恶人的伤害时,我们就应该惩罚这些人,或离他们远一点;当我们受到某个地方的伤害时,我们可以离开那个地方,找一个不受伤害的地方。今天我们受到了这样的伤害,我们不应该抛弃生命,反而要坚强地活下去,去抗争,去争取属于我们自己的美好未来!"

杜小鹿已抱定必死的决心,仍固执地说:"东方哥,我不管你怎么说,也不想听你那么多道理。你不是我,无法理解我的痛苦。我们已经没有什么美好的未来,幸福生活也与我无关。你应该清楚,你眼前的杜小鹿已不是昨天的那个杜小鹿了,现在她的身上全是肮脏污秽,跳到黄河里也洗不净了。她只有一死!只有一死才能解脱这种痛苦。东方哥,来世再见!"说完,杜小鹿又迅速朝洞口挪动起来,任康东方如何叫喊,她再也不答应了。

康东方知道,出了洞口左边十几米,就是一处悬崖绝壁。如果不及时制止杜小鹿,只要她爬出了洞口,她可能跳崖自尽。他的手脚又被绑得死死的,想挪动身体爬着去追是绝对追不上杜小鹿的。

他必须得很快松开被绑的手脚。忽然,康东方想到了裤兜中的水果刀,尽力将身子倒过来,费了很大的劲,才倒出水果刀。他挪动身子,摸索着用手腕上绳子去碰触刀口,一下,二下,三下……刀口在割断绳子的同时,也划破了他的手腕,殷红的血流了出来。

康东方迅速拿起刀,割开绑在脚上的绳子,向洞外跑去。杜小鹿手脚仍被绑着,但她已爬到了洞外,此时离悬崖只有六七米远了,情势已相当危急。

康东方冲到她身边,生气地说:"杜小鹿,你冷静些!你正在做什么傻事你知道吗?"

杜小鹿紧闭着眼睛,两股热泪如山泉般喷涌而出,说不出一句话来。面对康东方,这个她曾经深爱的男人,杜小鹿再也没有活下去的勇气。她知道,作为一个少女,一切的幸福在那一刻已如玻璃杯一样破碎,而且永远也不会再有了。于是,她奋力一冲,直向悬崖边爬去。

情急之中,康东方一把将杜小鹿的腿拽住,低声吼道:"小鹿,听我的!别做傻事了好吗?"

166

雨美人

听着心爱的人这震颤心灵的哀求,杜小鹿那颗必死的心开始产生了一点点动摇。她把头埋入野草中,失声恸哭了起来。听着杜小鹿悲戚的哭声,康东方也禁不住潸然泪下。一个人应该怎样做,才能把一颗受伤的灵魂从死神手里拯救回来呢?

后来,康东方把她的手脚解开,将她紧紧地抱在怀里。两人默默地相拥着,泪水,苦涩的泪水浸泡着两颗年轻的心。

杜小鹿流干了眼泪,哭哑了嗓子。由于心灵和身体上的巨大伤害,她极度疲惫,不一会儿又浑浑噩噩地晕了过去。

康东方看着杜小鹿凄美恬静的面容,一股莫名的自责涌上心头。此时,杜小鹿沉睡在他的怀中,是那样柔弱,那样清纯,那样无辜。就是这样一个如山泉般甘美纯洁、如山花般美丽质朴的女孩,她犯了什么错,竟然遭受这种不幸?

命运如此安排,真叫人无可奈何。康东方心中感慨万千,许多的问题在他的心中纠结。譬如他们这个样子,如何去见牛毛镇的人? 杜小鹿以后还怎么生活?他又如何向杜小鹿的爹交代呢? 最后,一个关键的问题出现在他的脑海:难道自己真要娶杜小鹿为妻吗? 如果他不娶她,那她将来又如何活下去呢?

此时,康东方的力气也有所恢复,他抱着杜小鹿缓缓地站起身,走到了山洞内,把她放在地铺上。她一点知觉也没有,软绵绵地躺在雨布上。她的呼吸是那样的微弱,她的面容是那样的憔悴。

他为她简单整理了一下衣服,然后又用矿泉水瓶子弄了一点酒。他先喝了一小口,然后用卫生纸蘸酒,拭去了杜小鹿脸上的血迹和泪痕。在一个他俩用过的饮料瓶内发现了一点水,他小心翼翼地把水喂进杜小鹿干裂的嘴唇。他想用这种呵护弥补自己的失职和无能。

喂完水之后,他给杜小鹿穿上了雨衣,自己找了一根木棍,背起杜小鹿,走出山洞,一步一步地向山下走去。

山风呼啸,林海鸣咽,牛毛峰仿佛经历了一场深重的灾难,像是地下喷出的熔岩灼伤了大地,又像天上掉下的火球炙烧了山峦。天地之间被沉重的灰暗笼罩着,一切都像是一场可怕的梦魇……

此时,康东方忽然感到无比的悲壮和凄凉,像全军覆没后身负重伤的士兵。想到两天前还活蹦乱跳守身如玉的杜小鹿,如今却奄奄一息地爬在自己的肩膀上昏迷不醒,一股苦涩之水顿时从康东方的心底涌上舌尖。他强忍悲伤,蹒跚着向山下走去。

天气阴沉沉的,厚厚的云层压得人喘不过气来。康东方走走停停,也不知走了多久,迎上了一大早上山来寻他们的人们。

杜大山昨日带人在仙人崖附近寻了一天无果,天黑时望见牛毛峰上有火光,循着火光方向找了来。可后来火光又消失了,他们只寻到半山腰便就返回去了。

乡亲们看见俩人衣冠不整狼狈不堪,急忙围上来问这问那,康东方只说是遇上狼了。于是众人帮着将杜小鹿抬下山,见杜小鹿还是昏迷不醒,就送到了医院抢救。

杜大山责问康东方是怎么回事,康东方把被狼围困的经过大致讲了一遍,说自己用一柄斧子打跑了狼,并未提及后来发生的事。杜大山信以为真,以为自己的女儿是受狼惊吓所致。好在俩人都活着回来了,也再没多想。

杜小鹿醒来之后,不与任何人说一句话,只是望着天花板痴痴发呆。有时,她把头深深蒙在被子里抽泣。整整三天,她不吃不喝,精神恍惚,晚上睡着时又常常被噩梦惊醒,痛哭不止。

在医院休息治疗一个星期之后,杜小鹿神志清醒了。杜大山本想让她回家继续休养,但她执意要回她的发廊。杜大山拗不过她,只得同意,私下又暗暗叮嘱秦小苹一定要照顾好杜小鹿,不能有半点疏忽。

自从回到发廊后,杜小鹿整天把自己关在屋子里,用 MP3 不停地播放着那首《无人地带》。康东方和徐公平几次来看她,都被她拒之门外。就连她的弟弟杜小虎来死磨硬缠,也没有和她搭上几句话。她似乎已经忘记了整个世界的存在,谁也不肯见,也不出房门半步。

事情似乎就这样过去了,牛毛镇上到处传播着一个非常离谱的新闻:牛毛中学的某某老师,带着杜百万那个开理发店的姑娘游山去了,差点被狼吃了,姑娘吓得精神失常了。

杜大山去医院办出院手续的时候,一位医生顺便询问杜小鹿出院后的情况。杜大山说,出院都好几天了,精神还是不正常,看来是惊吓得不轻。

一个女护士出于好奇,悄悄告诉杜大山,她在检查时发现了一个细节,杜小鹿似乎被人强暴过,小鹿目前的这种情形,不仅是受到了惊吓,还可能与遭受强暴有关。

二十八　含冤入囹圄

杜大山从医院回来后怒气冲冲地去学校质问康东方到底发生了什么事。

康东方觉得杜大山一定是发现了什么，但他只承认他们遭遇了狼围困，对后来的事只字不提。

杜大山更加断定自己女儿是被康东方强暴了，但转念一想，年轻人之间的隐私，肯定不好意思说出来。不过自己的女儿如果能嫁给这个年轻人，也不失为一件好事。

于是，杜大山慷慨地说："小伙子，你也别难为情，你们之间的事，我也不想多问了。不过男子汉要敢作敢为，按照我们这里的规矩，你喜欢我女儿，我就把小鹿嫁给你，过几天就给你们先举行个订婚仪式，然后你俩赶快结婚。一切花费用度由我安排，你不用考虑。不过，你得先给你爹妈打个招呼！"

康东方一听马上就要订婚结婚，惊慌地说："伯父，这也太突然了吧？小鹿现在那个样子，怎么能结婚？另外，我年龄还小，这么草率结婚，我爹妈肯定不同意的！"

杜大山生气地说："咋个不行？你把我女儿带出去，孤男寡女地在深山老林里待了两天，弄得人不人鬼不鬼的，现在全镇的人都知道了，你又不想结婚，是想逃避责任吗？"

康东方说："伯父，事情不是你想的那样，你错怪我了。我并没有把小鹿怎么样，我也不想逃避责任！"

杜大山说："我错怪你了？你说你弄的这事，叫我这张老脸往哪里搁呀？你叫我们老杜家日后怎么在这牛毛镇上抬头做人？你让我们小鹿往后怎么嫁人？"

康东方说："伯父，你别急。现在最重要的是赶快让小鹿好起来，至于我和她的事,等过几年再慢慢考虑吧。"

杜大山是个直性子,想趁早把这事办了,在乡里乡亲面前也好做人。如果女儿真给怀上了,过些日子肚子大了,康东方这小子又不认账,那可就把他的脸给丢大了。

于是他用威逼的口吻说:"小伙子,你想糊弄我杜大山是不是?我就知道你们这些年轻人朝三暮四,没一个好东西!把谈恋爱搞对象看作小孩子玩过家家一样简单。今儿个你遇上我杜大山,那可不行!如果你现在不娶我女儿,我就让你吃不了兜着走!"

康东方被杜大山的话吓了一跳,虽然他曾经答应过杜小鹿要把她当作女朋友,但那只是年轻人谈恋爱时的说辞。真要谈婚论嫁,他真的没有勇气。他承认他喜欢这个纯朴的女孩子,甚至在危急时刻对她说出娶她的动情之言。但这几天静下心来一想,他觉得自己不能出于同情娶了杜小鹿,这对他俩都不公平。

此时,面对杜大山的逼婚,他反而强硬地说:"伯父,现在都21世纪了,实行自由恋爱,婚姻自主,你们那一套老规矩早就过时了。我们年轻人谈不谈恋爱,结不结婚,那是我们自己的事。难道你还想包办我们的婚姻吗?"

杜大山气急败坏地说:"好小子,你不听我的安排是吗?事到如今,你还这个态度!我女儿要是有个三长两短,绝没有你的好果子吃!"

杜大山心里着急,本想给女儿草草办了婚事,免得谣言四起,搞得杜家无立足之地。没想到姓康的这浑小子死不认理,还想跟他要滑头。

他又风风火火地来到发廊,把秦小苹支出去买东西,然后气恨恨地逼问杜小鹿:"闺女,现在没有外人,你给爹说实话,是不是姓康的那小子在山里强迫你了?"杜小鹿还是摇摇头,趴在床头一句话也不说,只是不停地流泪。

见女儿还是这个境况,杜大山断定是康东方强暴了她。因为他知道,女儿很喜欢那小子,之所以不承认,是因为还爱着他。那小子干了坏事,却不想承担后果,还想抛弃自己的女儿。现在女儿精神上受了刺激,如果不想办法嫁人,那女儿的一生可真就被康东方毁了。

杜大山左思右想,就是想不出什么好办法来。他认为康东方和社会上那些整天游手好闲、不务正业的花心小混混没有什么两样,就想整治整治他,强迫他就范。

杜大山便偷偷到派出所报了案,说中学那个康老师诱骗女儿杜小鹿去游山,趁机强奸了她。

因为杜大山没有任何证据,派出所并不立案。

然而,令杜大山没有想到的是,第二天早晨,康东方突然被公安局以涉嫌强奸他人而被刑事拘留,被关进了县看守所。

这事件在牛毛镇引起了一场不小的风波,大家立刻传得沸沸扬扬。有人骂杜小鹿是个小骚货,是她勾引了学校的老师,又害人家坐牢。也有人骂杜大山是个老混蛋,仗着自己有点钱,想把姑娘硬塞给分配来的大学生,人家不要,就把人家害得进了看守所。也有一些人骂学校老师不务正业,不好好教书育人,整天进舞厅、泡网吧,还游山玩水乱搞对象,哪能把学生教好?简直就在误人子弟,抓了活该!

这事儿使得康东方所在单位牛毛中学受到的影响最大。校长窦瑜玮受到了镇政府领导和教育局领导的双重批评,理由是学校日常管理松懈。教育局立即责令牛毛中学加强日常管理,整顿校风教风,尤其要加强学校教师的思想作风教育。

最令张继业头痛的事是康东方所带班级的课程一时无法安排下去,只能由徐公平利用课余时间组织学生自习,辅导学生完成作业。

局长在酒桌上那么随便一说的一件事,校长可得当成首要大事来办。窦瑜玮找个机会将教育局王局长看上何碧做儿媳妇的事委婉地告诉了她。

由于单位领导亲自做媒,何碧不好直接回绝,只得说婚姻大事要由父母决定。

然而,令何碧没想到的是,校长竟然紧追不舍、步步相逼,非要到她家和她的父母当面谈这件事。

面对领导的极端热情和重视,何碧只得答应窦校长带她去见自己的父母。

一个星期天,窦瑜玮兴致勃勃地来到何碧家看望她的父母。凭借敏锐的观察力和强势的个人影响力,窦瑜玮很快说服了何碧的父母。何碧憨厚的父母认为女儿要是嫁给教育局王局长的儿子是大幸之事,一来调动工作单位的事自然不用愁了,二来局长家有权有势,女儿将来也是非富即贵。二老同意由窦瑜玮校长做媒把女儿何碧介绍给王局长的儿子。

何碧苦苦追了徐公平几个月,发出的信如石沉大海,这让她又羞又恨。正值犹豫之际,她遇到了校长这样热情的关怀。既得父母之命,又有媒妁之言,何况徐公平对她的真心熟视无睹,在这种极度失望的情绪催化下,何碧决定放弃初衷,答应这桩婚事。

徐公平去看守所探望康东方,面对昔日好友,康东方竟不知如何解释。

徐公平默默地注视着康东方,内心充满了惋惜,眼里满是怜悯。因为他也相信,康东方真的跟杜小鹿发生了两性关系。

一直令他不解的是,为什么康东方就这么轻易地被关进看守所呢?他知道,热恋中的男女,难免会有失控吃禁果的时候,更何况是杜小鹿主动想和康东方在一起的,这一点他是最清楚。也就是说,杜小鹿极有可能是自愿的,那康东方怎么会是强奸犯呢?

就在十几天前,他和康东方还是好同事好朋友,而且他也知道康东方绝不是一个违法乱纪的人。可事实就摆在眼前,康东方已经进看守所了,铁窗相隔,俩人无言以对。他万万没有想到,平日看似很遥远的刑事诉讼案件,现在离他竟是这样近!

透过乌黑的铁栏杆,徐公平看着康东方的样子是那样的颓废和无助。如果是一个不知原委的人来探视康东方,一定会以为他就是一个恶贯满盈的强奸犯!因为他和其他的犯罪嫌疑人并没什么不同,在他那怯懦的目光中隐藏着可怕的真相。

看得出,在短短十几天的日子里,康东方经受了许多磨难。他的活泼,他的热烈,他的激情,都被对这个社会的怨恨和对人性本质的怀疑取代了。

在受到监听的接见专用电话里,徐公平问:"东方,里面生活怎么样?你还好吗?"

康东方怔怔地望着他,苦笑着说:"好,挺好!"

徐公平鼻头一酸,继续问道:"需要我为你做什么吗?"

康东方冷冷地说:"不需要!"

徐公平说:"我只给你买了些食品,再需要买什么吗?"

康东方还是说:"不需要!"

徐公平觉得怪怪的,怎么一个好端端的人,一关进看守所,就变得神经兮兮的。他忽然觉得康东方很讨厌,一点儿也不值得同情。

于是他提高声音说:"康东方,你振作点好不好?这到底是怎么回事?你给我说清楚。"

康东方欲言又止,沉默片刻后,他还是摇了摇头,只请求徐公平为他账户上存入几百元钱。

徐公平好奇地问:"看守所里也有超市吗?要这么多钱干什么?"

康东方复又苦笑着说:"哥们,缺什么不能缺钱,坐什么不能坐牢!何况这是在看守所!"

在接见窗口递上食品的时候,康东方暗中将一个写在烟盒纸上的小纸条塞到徐公平手中,示意交给杜小鹿。

离开看守所后,徐公平暗暗将字条打开,只见上面用圆珠笔写着:

恶狼围攻,禽兽施暴,不告淫贼,反诬好人。杜小鹿贱人,为何陷害我?

徐公平大致能读懂字面上的意思,似乎是说杜小鹿诬陷他康东方,事情的原委却不得而知。于是他无心在县城逗留,径直往牛毛镇赶去。

一路上徐公平百感交集,思绪翻飞,心情坏极了!康东方那滚圆的脑袋,始终在他的眼前晃荡。看着康东方那人不人鬼不鬼的样子,他是又急又气,又悲又恨。一时失足千古恨!一个好端端的人,如果不注意约束自己的言行,一旦碰触了法律,这后果有多严重呀!他忽然又感到很后悔,如果那天他们四个人一起去游山,也许结果就不是现在这样了。

到牛毛镇时天色已晚,他也不想立刻赶到杜小鹿那里去问个究竟,只想独自在校园散散心。

他想到和康东方在一起的日子,一起乘车北上,一起到牛毛镇工作、学习、生活,虽然清苦一点,但内心是充实的,他们都在为自己的理想活着、追求着。如今,俩人中的一个,正在遭受着牢狱之苦。如果真的被判刑,康东方的理想将化为泡影,他的人生答题板上将会有一笔不光彩!他非但不能因理想而荣,反而要为之背上耻辱的烙印。徐公平心中暗暗责备,康东方呀康东方,你也太糊涂了吧,真不知你当时是怎么想的?

这时候,何碧路过看到了他,知道徐公平今天去探视了康东方,就鼓起勇气走过来,准备问问康东方的事。

自从徐公平婉言拒绝了何碧,何碧没好意思再靠近他。后来何碧又给他写了好些信,都没有换来他一句回复的话。何碧非常气恼,断定徐公平是一个非常绝情的男人。

何碧先询问了一下康东方的事,并提出下次他探视康东方的时候带上她。徐公平非常客气地回答了她的问话,也答应了她的要求。

空气出现了短暂的凝结,两人似乎已无话可说了,顿了一会儿,何碧突然说:“过几天我就要订婚了!”

徐公平心一沉,问:“跟谁呀?”

何碧有点生气地说:“王局长的儿子,在县法院工作。”

徐公平说:“恭喜!恭喜!高飞了啊!”

何碧脸上陡然一红,说:“我也没见过人,是窦校长介绍的。她说他这也好那也好,还说服了我父母,我也没办法,只好答应了!”

徐公平有些轻蔑地说:“没见过本人你就答应了吗?你一个现代女性,堂堂的 21 世纪的大学生,自己的婚事不能自己做主,还让家长包办,亏你还敢说给别人听!”

何碧心中的火气一下子全冒了上来,伤心地说:“我有什么办法?现代女性又怎样?新世纪的大学生又能怎样?我一个女孩子家,即使非常喜欢一个人,总不能自己跑到人家怀里去吧?我一封一封写信给人家,可人家连一个字也不回复,好像我有多下贱似的,难道我硬要把那个男人抓到我的房里来吗?”

徐公平从何碧火辣辣的眼神中感觉出浓浓的幽怨,说:“这个男人是谁?不会是我吧?你什么时候给我写信了?”

何碧气愤地说:“装得倒挺像!校长助理先生,你不会是真想做校长的乘龙快婿吧?”

徐公平慌忙说:“真没有收到你的信,一封也没有。你想想,要是收到,以我的个性,能不给你回复吗?”

何碧疑惑地问:“真的没收到?我曾经让蓉蓉带给你了十几封信,难道真让那个小丫头藏起来了?”

徐公平分析说:"一个学生应该不会有这样的心计和胆量,也许另有隐情吧,等我问她。不过,何碧,我给你说过,你永远是我的妹妹,从今天起,哥哥祝福你,希望你找到自己真爱的人生伴侣,永远幸福快乐!"

何碧还是不领他这份情,心有不甘地说:"收起你那一套吧,什么哥哥妹妹的,我不习惯,也不稀罕!"

徐公平转而又说:"不过,你应该了解一下王局长的那个儿子,如果人品可以,能做局长儿媳也是一件好事。我是衷心祝愿你能幸福,能有一个好的归宿。"

何碧感觉徐公平将她的一片真心拒之于千里之外,而且根本没有一点回旋的余地,便冷冷地附和道:"那就多谢你的这一番好意,你还是多想想自己的事情吧!"说完,她头也不回地走了。

二十九　一笑泯恩仇

第二天,徐公平专程去小鹿发廊找杜小鹿。杜小鹿的身体虽然已经好多了,但心理的伤越来越严重,她整日以泪洗面,不愿见人。

徐公平无奈,只得让秦小苹将康东方带的纸条传给她。当杜小鹿看到字条上的话后,两行眼泪夺眶而出,边哭边问:"东方哥怎么了?他在哪里?"

秦小苹不得已把康东方被抓的事告诉了她。杜小鹿听到康东方被抓去,从床上一跃而起,立即从她房间里跌跌撞撞地冲了出来,正好与等在门外的徐公平撞在一起。

杜小鹿扯住徐公平的衣服,急急地问:"徐老师啊,东方哥在哪里?他怎么了?"

徐公平扶住她说:"杜小鹿你冷静点,你爹告康老师强奸罪,他被公安局抓起来了,这到底是怎么回事?"

杜小鹿听到"强奸"二字,那夜发生的一幕立刻从她的眼前闪过,又听到康东方被公安局抓走了,立时又晕了过去。

徐公平将杜小鹿扶住,抱入房中,让秦小苹给杜小鹿喂点水,只见杜小鹿手中还紧紧攥着那张纸条。

徐公平虽然能读懂纸条上那几句话的意思,但具体是怎么回事,他也不知究竟。于是他急忙找来杜大山,把纸条的事跟他说了。

那杜大山是文盲加法盲,本想借派出所的手吓唬康东方,逼他娶了自己的女儿,没想到把简单的事情弄复杂了,一时也没有了主意。

徐公平见他一脸的迷茫,便说:"伯父,我看情况有些复杂。你想,小鹿深爱着康老师,怎么能忍心害他坐牢呢?现在小鹿已经知道了康老师被公安局抓去

177

的事,反而受了刺激,病情会更加严重的。不如你想个办法把康老师从看守所里救出来,让他劝导你女儿,效果可能会好一些。"

这时候杜小鹿复醒了过来,在屋里哭喊吵闹,嚷着要见她爹。杜大山赶忙迎了上去,杜小鹿哭着道:"爹,康老师是好人,他是我的救命恩人,你怎么能告他呢?谁让你告他的?"

杜大山又惊又喜,说:"我的好女儿,你终于肯和我说话了。好!好!你先别哭啊,爹马上把他弄回来。你在这里好好休息,爹这就去找他。"于是杜大山直接去派出所说明情况,徐公平见事情有了转机,便去了学校,专等他的好消息。

杜大山兴冲冲地来到派出所,所长很客气地接待了他。简单寒暄之后,那派出所所长以为他是来打听案情的,就说:"杜老板,你女儿这个案子呢你也别急,我们是要走法律程序的。根据我国刑法二百三十六条的规定,罪犯是要被判处三至十年有期徒刑的。也就是说,那小子最轻也得被判上个三年,还有可能被判个八年九年的。这下你该满意了吧?"

杜大山一听竟然能判得这么重,面色大变,说:"不不不!李所长,我女儿今天说话了,她说那个康老师是好人,根本没有强暴她,还是她的救命恩人。所以我们不告了,你看能不能把他放了呀?"

所长听他这样说,扑哧一声笑了,不高兴地说:"我说杜老板,你一会儿说强奸了,必须要把人抓起来,一会儿又说没强奸,要把人放了。你这是在开玩笑吧?你以为那公安局是你家开的呀!要看守所放人,哪有那么容易啊!"

杜大山自知理亏,立忙赔笑着说:"李所长,那天是我气昏了头,弄错了。现女儿说清楚了,这没强奸是事实,总不能冤枉好人吧!所以我们不告了,麻烦你给上面汇报一下,能不能把人放了?"

那派出所所长强硬地说:"不行,这案都已经立了,不是你说放人就能放了的!"

杜大山恳求说:"所长大人,你就想个办法嘛!"

所长说:"这立案本来就难,现在你又要撤诉,程序更麻烦。你可想清楚,弄不好人家告你个诬告罪,那是要坐牢的!"

杜大山连忙说:"知道,这我知道。只要把人放出来,一切都好说。"

所长微微一笑,说:"那你先回去,我立刻向上级汇报。"

第二天，杜大山再次催着放人时，公安局要求他提供新的证据，以证明他女儿没被强奸。杜大山感到很是为难，于是他以杜小鹿的名义写了一份证明材料，内容大概为杜小鹿自愿与康东方交往，自己从未被康东方强暴过，末了，签上杜小鹿的名字，盖上手印。

第三天，杜大山拿着这个证据去到派出所，把"证据"递给派出所所长看。那所长两眼一翻，把"证据"往旁边一摞，说："这能证明个啥？要想翻案，需要有县级以上医院的检查证明，还要被害人本人亲自作证。"

杜大山一听事情闹大发了，他没想到公安局抓个人那么容易，放个人却这么艰难，赶紧哀求说："李所长，你给想个办法吧！只要省了这些头绪，花多少钱我都愿意！"

派出所所长伸出三个指头说："杜老板呀，你说你弄的这叫什么事呀？这不是花钱就能解决的。实话跟你说吧，这事儿关键在于你女儿，只要她证明康东方无罪，他就没事儿了！"

杜大山一听，长出一口气。这事儿都怪自己鲁莽，不问青红皂白就告了康东方，冤枉人家不说，还害得女儿成了罪人。他赶紧辞别所长，回发廊告诉大家喜讯去了。

康东方获释的那天前夜，老天下起了雪，整个牛毛镇笼罩在茫茫的白色中，安静得一点脾气也没有。山镇的气候脆弱得很，往往一场雨或者一场雪过后，气温就会骤然降低。

杜大山雇了一辆桑塔纳小轿车，要像对待自己儿子一样把康东方接回来。为防止不必要的尴尬，杜大山自己没抛头露面，而是请求徐公平亲自到看守所门口接康东方。

高大而牢固的看守所大门紧闭着，两个持枪的武警穿着大衣来回在监墙上踱着步子，警惕地注视着警戒线外的一切生物。门外是灰蒙蒙的一片空地，几辆车停在路边，车旁边三三两两地站着一些人，焦急地等待着他们的亲人出现。

当灰黑色的厚重的大门第一次缓缓开启，里边走出一个胖胖的二十七八岁的小伙子，留着短短的寸头。路边三辆高级小轿车内立即钻出好多人来，有的为他披锦挂缎，有的为他塞红包，有的为他披上毛呢大衣，系上红围巾，簇拥着上了车。随着不远处一阵噼里啪啦的鞭炮响过，那三辆车旋风般开走了。

第二次狱警带出大门的是两个稚气未脱的小青年，十七八岁的样子，光光的脑袋，瘦瘦的脸，穿着土黄色的夹克服，蓝裤子，黑布鞋。七八个农村中年男女围上去，又是拉手，又是摸脸，又是拽衣角，又是抹眼泪。他们把早先准备好的棉衣给两个小青年披上，又换上新鞋，最后簇拥着俩人，有说有笑，高高兴兴地走了。

又等了一个多小时，当那扇沉重的铁门第三次开启的时候，康东方大步从门里奔了出来，浑圆的脑袋，高高的颧骨，瘦削的脸庞，满脸的胡茬。他站在警戒线外的空地中央，将信将疑地向外张望。

徐公平急忙跳下车，上前拉住他的手说："东方，你终于出来了！我们等了大半天了。"

康东方迟疑地问："就你一个呀，还有谁？"

徐公平回头招呼司机过来，那司机手里抱着一件黄大衣走到了他俩跟前。徐公平接过黄大衣，顺手给康东方披上说："没有经验，不知道从这里接人应该准备啥，只拿了一件棉衣。"

康东方冷冷地说："谢谢你，公平。你能来接我，我已经很知足了。"

徐公平说："还谢啥呢！这是我应该做的。外面冷，咱们上车去说。"

于是三个上了车，司机掉转车头，径直向牛毛镇驶去。

出于好奇，司机边开车边发问："我看这看守所门口挺热闹的，每天都要释放好多人吧？"

康东方回答说："是呀，平均每天有七八个吧。"

司机还想了解得更多一些，就继续问道："那里面关押的人多不多？都是些什么人哪？今天释放的这几个人，你们互相认识吗？"

康东方心情很沉重，本不想多说什么，见司机好奇心很强，今天又来大老远接自己回去，就耐着性子回答他说："里面关得满满的，上千人呢，你说多不多？今天释放的那个胖子，把一个假期搞推销的女大学生先奸后杀，判了十年，今天是癫痫病发作，保外就医了。那两个少年犯，参加中考的时候家里给钱少，饿得慌，他两个看见一个同考的学生很有钱，就抢了五十元，美美地吃了一顿。没想到他们抢的正是法院院长的外孙，人家报了案，结果把他们抓起来，一人判了三年。今天是刑满释放。"

徐公平听了也觉得好奇，就说："原来还有这么有趣的案子，真是天下之大，无奇不有啊！"

康东方说："没进看守所之前，总以为这里关的都是十恶不赦的恶人。其实不然，真正犯错的人却逍遥法外！"

徐公平本想借此机会及时地化解一下康东方与杜大山之间的矛盾冲突，但康东方忽然一句话也不说了，开始闭目养神，就像换了一个人似的。

徐公平原计划先接康东方到学校，为他接风洗尘除晦。但康东方一定要先见杜小鹿，徐公平劝阻无效，只好把他送到了小鹿发廊门口。

这些天来，杜小鹿总是焦急地盼望着能和康东方见面，现在康东方就出现在自己的视线里，杜小鹿却不知所措了。她的心中五味杂陈，又急，又气，又恨，又怯，又悲。

康东方见了杜小鹿，虽然一句话也没有说，但表情和心态明显比先前坏了许多。他阴沉着脸，一副见了仇人的样子。杜小鹿不敢正面看他，瞥见他穿了一件新棉衣，光头在那里闪着滑稽的光。

徐公平和秦小苹及时回避，想给他们创造单独说话的机会。

康东方开始用犀利的眼光扫视杜小鹿的侧身。她像个犯了错的小学生，又像只待宰的羔羊，缩躲在房间的一角，双手搭在一起颤抖，嘴唇在微微哆嗦。虽然从侧面看，她的面容要比正面还要姣好，但看着她此刻的举动，康东方此时竟生出一种厌恶来。

杜小鹿一眼也不敢看他，双肩开始抖了起来，仿佛专等他开打似的。

康东方终于憋不住了，气冲冲地说："杜小鹿，你什么意思？"

杜小鹿很吃惊，猛地回过头来，刚好与康东方刀子一般的目光相遇，但又马上低下头，不再正眼看康东方，也不做回答。在康东方面前，杜小鹿早已失去了活着的勇气和少女的尊严。

康东方看着杜小鹿对他愧疚的神态，越发相信是杜小鹿说他强奸了她，让他受冤被抓进看守所。想想这些日子来在看守所里受的罪和吃的苦头，康东方心中的怨气不打一处来，他用污秽的语言，打破了沉闷的空气。

"哑巴了是吗？我什么时候强奸你了,你要这样害我？你他妈的真不是个东西!"

杜小鹿没想到康东方会当面侮辱她、责备她,这些天来小心翼翼拾起的一点点自尊瞬间被击碎,她再次想到了死亡。她彻底绝望了!

她猛地站起身,杏目圆睁,把几十天来积在心中的各种情绪一下子全泼了出来:

"你……你是什么东西？你混蛋,你孬种,你无赖!你以为你的不幸都是别人造成的吗？你以为遭了不幸就应该向别人发火吗？康东方,别以为自己总了不起,我们都是人,是平等的!"说完她号啕大哭了起来。

康东方本以为杜小鹿会卑躬屈膝地求他原谅,没想到她竟先发起火来,他的气势顿时减了三分,也冷静了许多。他想起之前发生的事,觉得自己这一点不幸比起杜小鹿所遭受的痛苦又算得了什么？

但是男人的自尊心又迫使他先不能服软。于是,他瞪着眼睛问:"杜小鹿,你不要哭了!我问你,你怎么告我强奸你呢？"

杜小鹿心伤得要死,听康东方语气缓和了许多,委屈地哭着说:"我没有告你,我也不知道我爹为什么要告你!"

康东方此时才明白,自己被抓原来是杜大山一手操作,对!一定是他。在刑警队被审讯时,为了开脱自己,康东方曾供说自己没有强奸杜小鹿,强奸杜小鹿的另有其人。但他又说不出是谁,刑警以为他在编故事,企图抵赖,反复提审他。在没日没夜的审讯中,他承认自己强奸了杜小鹿。

那时他恨杜大山,认为自己的前途就栽在这个老土锤手上了。他也恨杜小鹿,以为这个心肠恶毒的女人,想用最卑鄙的手段获得爱情。但他最恨的是自己,恨自己认错了人,恨自己交错了朋友,恨自己走错了路。

如今,当弄清楚这事的原委后,他忽然可怜起眼前这个柔弱的女子来,甚至后悔当初不该拒绝杜大山的逼婚。人啊!有时候总被无数个"自以为"蒙蔽心眼,被它们挽救,也被它们伤害。

于是他拉过杜小鹿的手说:"小鹿,你能理解我吗？其实我应该坚信你是不会害我的。可你不知道,人一旦被关押起来,什么想法都会出现,什么人都会猜疑。任何一个正常的人,在那样的环境下被折磨被拷问,都会崩溃!"

杜小鹿依旧无动于衷,她想死,又不知道该怎么个死法,想活,也不知道怎么个活法。今天之前,她迫切想见到康东方,只是不想让他白白受冤。现在康东方出来了,以这么个面貌出现在自己的面前,她又不知以后如何面对他。

　　在失去自由的那些日子,康东方的确感悟到了很多。一个人的一生,往往都是被诸多欲念所扰,在饥寒之时,求温饱;在贫贱之时,求富贵;在困厄之时,求康泰,所谓人心不足,欲壑难平。然而,当那些欲望都远离你时,当你一不小心脱离苦海时,什么才是你最想要的呢?真心,唯有真心才是值得你至死不弃永远珍惜的东西。

　　杜小鹿对自己一片痴情,也绝对是真心的,这是康东方亲身体验的,是不以别人的眼光为转移的。如果不是事出突然,不是逼迫太紧,康东方也许会践行自己在山洞中的诺言,接受那份沉甸甸的爱情。但那需要时间,需要沉淀,需要磨砺。偏偏杜大山不明究竟,闹了这么一出拙戏,结果害了康东方,也把自己的女儿又一次推上了绝路。

　　好在如今已是多云转晴,康东方得知自己错怪了杜小鹿,想不计前嫌重修旧好,把杜小鹿从痛苦中解救出来。于是他捧着她的脸,温和地说:"小鹿,忘掉过去,让我们重新开始吧,我会永远对你好的!"

　　未在冰天雪地中走过,怎会有寒彻骨髓的体验?杜小鹿沉痛的心境,哪会一下子天开云散。她把头依在康东方怀里,失声痛哭了起来。

三十　香吻和羞走

　　蓉蓉蹑手蹑脚地来到徐公平的办公室,徐公平正趴在桌子上写学期工作总结。蓉蓉对着他的耳朵"啊"地尖叫一声,徐公平吓了一跳,回过头来,却见蓉蓉戴着一张面具,上面画着一个狼头。

　　徐公平一把拽住蓉蓉的胳膊,摘下她的面具,问道:"胡闹! 怎么没学习,你妈呢?"

　　蓉蓉说:"不在,我正要问你呢!"

　　徐公平说:"还没来呀,早上到教育局开会去了,可能是两天的会,怕是今天不回来了!"

　　蓉蓉说:"不来最好,省得每天盯着我,烦死了!"

　　徐公平说:"蓉蓉,你怎么可以这样说话? 你一个学生每天的任务就是读书学习做作业。你妈盯着你,也是为你好!"

　　蓉蓉说:"为我好,我也讨厌她。做作业她也盯着我,不做作业她也盯着我。我都这么大了,她还像前些年一样盯着我,一点自由也不给我! 一看见她我就感觉不自在。"

　　徐公平说:"你爸呢? 你爸不管你吗?"

　　蓉蓉说:"我都好长时间没见我爸了,我妈一直就看不起我爸,嫌他是钻山沟的,又土又穷。自从她当了校长以后,就更看不起我爸了。过去,我爸一个多月回家来一次,现在几个月了我爸也没回来过。上次爸妈吵架,我妈说,你以后别回来了! 我爸真就没来过。"

　　徐公平听着心中一惊,他们两口子吵架莫非和自己有关系? 但他不敢多想,赶紧把话岔开说:"蓉蓉,你戴的面具是哪里来的?"

184

雨
美
人

蓉蓉一下子来了兴趣,说:"买的呗!徐老师,你不知道今天是圣诞节呀?镇上还有圣诞舞会呢,有好大的圣诞树,还有圣诞老人呢!"

徐公平一看台历,今天果然是十二月二十五号。他知道现在的小青年不兴过元旦,反而兴过圣诞节了,所以蓉蓉说的,他都相信。他不屑地说:"西方人的节日,有什么好过的!"

蓉蓉说:"徐老师,过去我非常非常崇拜你,以为你的一切都是最对的,没想到你也是一个老封建,思想严重退化。我们春节过年有什么好的,除了看春节联欢晚会,别的一点意思也没有。可圣诞节就不一样了,我们都喜欢戴着面具玩,说不定还会收到一份意外的圣诞礼物呢!"

徐公平说:"今天你会收到礼物吗?"

蓉蓉说:"希望能!徐老师,你带我去看那棵圣诞树好吗?"

徐公平也想看看山镇的年轻人是怎样过圣诞节的,便随蓉蓉一同前去。门口有卖面具的,有卖花炮的,也有卖烧烤的。蓉蓉给他挑了一张绵羊面具,他们戴上面具,走进了舞厅。

舞厅的中央装扮了一棵圣诞树。一棵小松树被伐来当作圣诞树,树被彩带打扮得不伦不类,典型的中西款式的混杂。一群戴着面具的人正围着圣诞树转悠,并没有什么圣诞老人,也未发现其他圣诞文化因子。

徐公平觉得没啥兴致,欲找蓉蓉出来,却发现有好几个戴着狼面具的人。于是他扫视了一眼全场,也不管蓉蓉了,大踏步出了舞厅向学校走去。

刚走出不远,蓉蓉就气喘吁吁地追来了,俩人都扯下面具。蓉蓉说:"徐老师,怎么刚来就要走?再玩一回吧!"

徐公平说:"没意思,你想玩就自己玩,记着早点回来!"

蓉蓉说:"一个人玩有什么意思,我就想和你一块儿玩!"

徐公平说:"我和你玩有什么意思?找小孩玩去!"

蓉蓉说:"我又不是小孩,凭什么找小孩玩!我就要跟你玩!"

徐公平说:"我一个老师跟一个学生有什么好玩的?"

蓉蓉说:"这里又不是在课堂,在我眼里,今天晚上你不是我的老师,而是我的朋友,你就领我玩一玩吧!"说着蓉蓉竟挽起了徐公平的胳膊。

徐公平感到很不自在,他甩开蓉蓉的手说:"蓉蓉,别淘气了,好不好?哪有像你这样淘气的孩子！"

蓉蓉像受了委屈似的说："口口声声孩子孩子，我都这么大了，还孩子孩子的，跟我妈一个样！你从来不关心我在想什么、做什么，我有思想、有感情、有灵魂，我需要了解大人的世界，需要你们接受我。而不是把我限制在那个狭小的空间里，好像永远也长不大！"

直到此时，徐公平才发现自己错了，他一直把自己和窦瑜玮放在一个水平线上，自然把蓉蓉看成了晚辈。事实上，就年龄而言，他应该是她的叔叔还是哥哥确实很难界定。他忽然觉得学生的世界很孤单，很可怜。他说："蓉蓉，今天我就陪你一起玩一回，我们回头去！"

不料蓉蓉却说："现在我又不想去了，徐老师，我们就沿着这条小路走一走吧。"

小路弯弯曲曲，路边上尚有许多未融化的积雪。蓉蓉说："徐老师，你以前走过这样的小路吗？"

徐公平回答说："没有。"

蓉蓉问："你们家乡有这样的小路吗？"

徐公平答："没有。"

蓉蓉问："走在这样的小路上，你有什么感觉吗？"

徐公平答："好像去远行，像跋涉人生的旅途一样有点艰难！"

蓉蓉问："徐老师，从南方来到我们这里，你后悔过吗？"

徐公平答："没有，从来没有。人要为梦想而活着，然后去努力，那样，他做什么事就不会感到后悔。有时候吃苦反而会让人感到充实。"

蓉蓉问："徐老师，你的家乡很美吧？"

徐公平答："美呀，很美，谁不感觉自己的家乡美啊？但跟这里比较，应该各有各的特点吧。"

蓉蓉问："徐老师，你能带我到你的家乡去玩吗？"

徐公平问："行啊，那要看什么时候。"

蓉蓉答："最好是这个寒假。"

徐公平说："这个寒假？这个寒假恐怕不行。寒假里我有许多事情要做，不打算回家的。待到明年暑假，也许我有时间带你去。"

蓉蓉高兴得蹦蹦跳跳，说："徐老师，你说话可一定要算数。你不知道，我们同学是多么向往外面的世界呀，连做梦都想。有一次，我梦见和同学们一起坐着飞机，飞在白云之间。小鸟在我们身边飞翔，我们飞过高山，飞过美丽的城市，飞过大海，还一直往前飞。后来我怕飞出祖国飞不回来了，就掉头往回飞，没想到一下子就从空中掉下来了……醒来一看，我还活着，原来是一场梦。"

徐公平说："也许你这个梦想，将来会实现呢！"

蓉蓉兴奋地说："徐老师，你不知道，你和康老师刚来我们学校的时候，我是多么崇拜你们！我的同学也对你们崇拜得不得了，只要你们一出现在校园，就有许多双眼睛盯着你们，甚至你们的一言一行都有人模仿。"

徐公平说："哦，这个我倒没注意。我们成了大明星了，你们成我们的 Fans 了！"

蓉蓉说："反正跟郭富城、周杰伦差不多！在我眼里，你比郭富城还帅呢！"

徐公平说："没想到你们小小年纪，心里想的不是学习，而是这些乌七八糟的东西！"

蓉蓉说："徐老师，这不是乌七八糟的东西。爱美之心，人皆有之。我们学生凭什么不能爱自己喜欢的东西呢？"

徐公平拿出老师的口吻说："可你们学生的主要任务是学习，人的一生有好几个阶段，每个阶段都有最应该做的事。一个阶段出了问题，会影响到其他阶段的。正如人在儿童时应该吃奶、长牙，到老了就要练太极拳、拄拐杖，总不能儿童时就拄拐杖，而到老了才吃奶长牙吧！"

蓉蓉咯咯地笑着说："徐老师，可我们就是喜欢追那些明星，挡也挡不住！"

徐公平知道由于娱乐业的过度发展和高科技视频的普遍化，已把一些东西渗透到各个角落，大学生、中学生甚至小学生都遭到了侵蚀。这是一股潮流，势不可挡。

蓉蓉今夜很快乐，也很兴奋。她忽然停下来对着双手呵了一下气，说："徐老师，我的手冻得很，你能为我焐一下手吗？"

徐公平冷冷地对她说："你是看电视剧看坏了吧？"

蓉蓉认真地说："我的手真的好冻啊！"

徐公平说："那你自己想办法吧！"

蓉蓉装作没听见，靠近过来想让他暖手。徐公平转过头来，加快了脚步往回走,蓉蓉嘟着嘴,跟在后面。

快要分开的时候,蓉蓉忽然说:"徐老师,今天圣诞节,你也不送我一件圣诞礼物吗?"

徐公平停下来说:"我又不信耶稣,过什么圣诞节?再说,我也没准备什么礼物送给你,以后有机会再补给你吧!"

蓉蓉说:"那我有一件礼物送给你吧!"

徐公平说:"你有什么礼物?"

蓉蓉说:"你闭上眼睛五秒钟,就会得到一份意外的惊喜!"

待徐公平闭上眼睛,蓉蓉走到他跟前,伸开双手抱住他,同时在他的唇上重重地一吻,然后慌忙跑开了。

徐公平反应过来后,才知道上当了。他看着蓉蓉渐渐跑远的背影,想说什么,又说不出什么,只好怀着复杂的心情走向自己的房间。

校长窦瑜玮到教育局开完全县中学年终晋升考核会议后,学校的事务就主要是组织期末考试了。

有主任张继业和校长助理徐公平的支持,窦瑜玮的工作显得轻松而充满乐趣。经过一个星期的紧张工作,从命题到设考、监考、阅卷、评比再到总结,各个环节有条不紊,期终考试顺利完成,学校要放寒假了。

徐公平所教的课程在全县会考中得了第三名,在二十九个中学中,名列前茅,而班级其他课程的成绩排名则全在倒数第五之内。尽管这样,牛毛中学还是得到了县教育局的提名表扬,窦瑜玮作为学校主要领导,因此被列为拟定提拔人选之一。

窦瑜玮获得自己要被提拔的信息后,心情好极了。为了表示对学校由倒数第一进步为倒数第三的功臣们的嘉奖,窦瑜玮特意召集全校师生,召开了一次表彰大会。

会上,校长对牛毛中学取得的进步大加褒扬,对教学工作中取得显著成绩的徐公平老师和张继业主任等人给予了物质奖励,并颁发了荣誉证书。对取得优秀成绩的班级前三名学生也进行了表扬和奖励,并颁发了奖状。校风、学风发生了初步变化的牛毛中学,沉浸在一片欢乐中。

三十一　纵欲孰虑损

　　康东方费了很大的劲，才开导杜小鹿从阴暗的心情中慢慢解脱出来，但杜小鹿的抑郁症间歇性发作，这需要他花费大量的时间去化解。寒假期间，康东方打算回母校去做一些社会活动，可他一提到要离开一个月，杜小鹿就一句话也不说，把自个关在房间内黯然落泪。她的心理已经非常脆弱，无形中已把康东方当作可以承载自己生命之舟的唯一一根稻草，尽管她不奢望自己能和他共结连理，但她实在找不出另一个能代替康东方的坚实依靠。如果他借故永远离开她，她活着有什么意义？

　　康东方找到杜大山，把自己必须要回母校去做事的想法告诉了他，并提出了一个大胆的请求，他说："伯父，小鹿受了惊吓，心理出了问题，我有不可推卸的责任，但现在要想让她摆脱过去的心理阴影，必须得换一个新的环境。我想趁寒假去母校的机会，带小鹿去南方，让她去美容美发学校学习一段时间。一来可以学些新技术，二来可以开阔一下视野，通过接触一些新朋友，从而改变她不好的心境，你看这样做能行吗？"

　　杜大山爽朗地说："那好啊，只要能让我女儿好起来，你有什么要求，我都答应你！只是你要带好我女儿，我可把她全交给你了！"

　　康东方坚定地说："伯父，我会好好待小鹿的，你就放心好了，只是这花费的事需要你的支持。"

　　杜大山高兴地说："好说，好说，只要你待我女儿好，钱的事情不成问题，我这就给你们准备去。"

　　康东方说："伯父，不急。这件事我还没跟小鹿说呢，估计说服她也得两三天时间，我们还得做一些准备工作。"

徐公平与康东方的想法不谋而合，他也打算趁寒假去母校做些社会活动，顺便去和夏雯见个面，再跟牛爱他们通通气儿，同学之间聚一聚。

因牛毛镇交通条件和通信设施的限制,生活在这里的年轻人都有一种束缚感。寒假来临时,徐公平突然有了一种向往大城市生活的念头。他很想立刻就飞到那里去,看看那里到底发生了什么变化,看看同学们这段时间在干什么,看看美丽的母校还好不好。

徐公平虽然归心似箭,但康东方因杜小鹿的事需要再等上两三天,于是徐公平就暂时留在学校,帮窦瑜玮处理一些学校的琐事。

放假前夕,为了庆贺学校成绩进步感谢老师们一学期的辛苦,窦瑜玮邀请了学校一些主要岗位的教师吃饭,她在凯枫山庄订了一桌酒席。

因为领导请客,这是牛毛中学史无前例、绝无仅有的事,大家都爽快地答应了。到了目的地,酒菜还没备好,大家便在一旁闲聊了起来。

张继业私底下对徐公平说:"今天领导请客,你就不要客气了,能吃就吃,能喝就喝,一点也不能拘束,烟要抽高档的,酒要喝最好的。"

徐公平说:"为什么? 故意宰她一顿吗? "

张继业说:"小徐啊,你是真不懂还是假不懂? 你以为领导请客会自己掏腰包吗? "

徐公平若有所思地点头,张继业又说:"反正有人掏钱,我们做下属的吃好喝好便是。再说了,你现在是窦校长家的大红人、座上宾,你不表现谁表现? "

徐公平一听这话里藏话,脸上一阵燥热,但也不好去辩解,只好讪笑着说:"都是同事,一样的,一样的。"

张继业见徐公平满脸通红,也不好再开涮,忙打圆场说:"小徐,我开玩笑呢,说实话这一年你最辛苦了。来,我敬你一杯。"其他老师也纷纷举杯附和。

说话间,酒菜已备齐,窦瑜玮招呼大家归座。众人也不推辞,因是同事,大家皆谈笑风生、无拘无束地吃喝起来。席间莫非谈一些时下话题,有赞赏国家构建和谐社会切实解决民生问题的,有大骂当下社会贪官污吏太多世风日下的,说的人皆是有理有据,听的人也是深有感触。

其间自然也少不了有人称赞校长窦瑜玮慧才韬略,短短几个月使学校面貌大有改观,取得了前所未有的成绩。窦瑜玮听后喜滋滋地给大家敬酒,请大家干杯,连连感谢众人支持。

继而也有人恭维张继业主任年轻有为、大有前途。张继业谦逊地把糖衣炮弹适时推给窦瑜玮,说都是窦瑜玮校长领导有方、大家鼎力支持,自己才有施展才能的空间和平台。

接下来众人都说校长助理徐公平乃教坛新秀,率领一班学生竟杀入了全县前三名,这是牛毛中学的历史上绝无仅有的荣耀。因席间虚伪妄赞气氛已形成,徐公平学着张继业口吻,上赞领导下夸学生,把成绩说成是大家共同努力的结果,听得人人都喜笑颜开。

窦瑜玮喝了两杯酒后娇颜媚飞,看看徐公平,又扫了一眼大家说:"徐老师自从来到咱们学校后,一心一意搞教学创新,把心思全用在工作上,所以会取得这样的好成绩。全县第三名,这是牛毛中学的骄傲,也是我们大家的骄傲。这说明,我们的学生本身没有什么毛病,教学设施和条件的优劣也不是影响教学质量的决定性因素。那是什么原因呢?主要是我们的教学方法和工作态度上存在一定的问题,所以我们学校的教学成绩一直上不去。今后,各位同仁,也包括我在内,应该好好学学徐老师先进的教学方法和教育理念。那样的话,我们的工作一定会取得更大的进步!"校长刚说完,不知是谁开了个头,大家情不自禁地鼓起了掌。

窦瑜玮推说不能再饮酒了,请大家尽情地玩,一定要吃好喝好,自己先回了学校。

徐公平那点酒量,在这些同事面前,简直是小巫见了大巫,没几下就喝高了。张继业酒场经验很丰富,他怕徐公平喝醉,找了个机会,把徐公平送到了学校宿舍,自己又去接着喝了。遇上这样的机会,他们不喝个天昏地暗是决不罢休的。

徐公平一个人躺在床上,强行压制着上翻的酒气,试图用意志力战胜酒力。但山镇人喝的酒太烈了,烈到可以炸裂人的肝胆。但这种酒绝对是纯粮食酿造的,虽然性子烈、冲劲大,发作得迅猛,但挥发得也快。徐公平本来喝的也不多,所以在床上躺了一小时左右,那醉劲儿也就过了。

出门在外打拼的人们,放假的日子才是最难过的。此时此刻,徐公平好想有个人来问他一声,给他端碗醒酒汤什么的,他也就心满意足了。

　　然而房间里沉重的寂寞,憋得他好难受好难受。想想天各一方的夏雯,再想想学校里的这些人和事,他百感交集,几乎哭出声来。经过一学期的煎熬,学生们盼望假期,当老师的却害怕假期,尤其是那些无家可归的老师,更是无所适从。

　　在这个长达一月半的假期里,老师得离开学生,离开学校,离开同事。然而离开学生也就意味着离开了自己的事业空间,离开讲台也就意味着离开了自己的精神家园。平素里充满学生欢歌笑语的校园,一到假期会突然安静下来,就像树林里失去了小鸟,大海中没有了鱼那样空寂可怕。

　　徐公平静静地躺在床上,感觉酒的魔力渐渐从体内散去,仿佛自己的灵魂又回到了躯体之中。他忽然感到口渴得厉害,从床上爬起来,想找些水喝。恰巧这时候,就听有"咣咣"的敲门声,窦瑜玮在门外叫他:"小徐,小徐,你没喝醉吧!开门呀!"

　　徐公平顺手拉开了门,只见窦瑜玮手里端着一碗姜汤立在门口。她关切地说:"没喝醉吧? 我叮嘱张主任照顾你,在那种场子里喝酒,你哪是他们的对手呀! 你就是酒量再大,也会被他们灌翻的。"

　　徐公平说:"我没喝醉。"

　　窦瑜玮盯着他的脸说:"看你的脸,一定也喝了不少吧? 来,喝下这碗汤,一会儿就会好的。"

　　徐公平接过碗,一口气喝了大半碗,窦瑜玮用怪怪的眼神盯着他说:"晚饭我做了饺子,你过去和我们一块吃。"

　　徐公平说:"不用了,你自己吃吧! 我要过去跟康东方说说明天坐车回去的事呢!"

　　窦瑜玮说:"你们要明天走呀?"

　　徐公平说:"计划明天走,我和康东方、杜小鹿三个人一起走。打算先到我们的母校,找个地方落脚后,康东方要带杜小鹿到美容美发学校报名,安顿好杜小鹿后,我们再做自己的事。"

　　窦瑜玮说:"这么说,你们确定明天要走呀?"

　　徐公平说:"一定的,你什么时候回家去?"

窦瑜玮说:"我嘛,说不定,我那个家,回不回都一个样。如果学校有人,我宁可住在这里,也不愿回那个家!"

徐公平已知道他们夫妻不和的事儿,所以也不便多问,只得敷衍地说:"回家的感觉总比在单位好吧!"

窦瑜玮却说:"我多么希望你也能多待几天,你要是不回的话,我也就不回去了!"

徐公平听她话中有意,脸红到了耳根,说:"我是定要回去的,你也赶快回家吧!"

窦瑜玮说:"如果你明天非要走的话,那你现在就去和康东方说去,晚上我有事找你商量。"

自从窦瑜玮黏上徐公平后,不知是情欲的催化,还是爱恋的裹挟,窦瑜玮竟对他滋生出一种难言的依恋来。如今要长时间分别,她自然不肯放过俩人在一起的一切机会。

吃晚饭的时候,徐公平躲在小鹿发廊,不肯回学校去。康东方帮小鹿收拾东西,俩人显得很甜蜜。徐公平在一边看着,立即想到了过去他和夏雯在一起卿卿我我的情景。默默看着康东方对杜小鹿那般悉心呵护,徐公平忽然生出一丝酸酸的嫉妒之意。

窦瑜玮对徐公平的爽约很不满意,她径直找到小鹿发廊来了。发廊里弥漫着一种少见的愉悦,其乐融融。她见有好几个人在,也就先压住恼怒之火,一边假装热情地帮着杜小鹿收拾东西,一边还询问杜小鹿近来的一些情况。杜小鹿虽然偶尔会露出笑容,但很快陷入抑郁。她现在十分敏感,见不得别人半点异样的眼光,听不得别人半点意见。对窦瑜玮的热情询问,她感到极度不安和焦虑。

杜大山兴冲冲地来到发廊,将包好的两万元钱交给杜小鹿,又拿出八千元交给康东方,嘱咐他一定要带好自己的女儿,然后如释重负地走了。

找个合适的时机,窦瑜玮若有所悟地对徐公平说:"对了,徐老师,我也要托你给我买两样东西,我们先过去取钱去,让他们好好聊聊吧!"

徐公平想继续待着,但想想再没事可做,反而有些多余,只得告辞,跟着她向学校走去。

一路上，徐公平一脸的无可奈何，可他又想不出有什么办法可以再次逃脱窦瑜玮的纠缠。

　　而窦瑜玮却为自己成功追捕来徐公平而暗自得意。一想到明天就要分别，窦瑜玮的心情再也无法平静，一路上，她浮想联翩。

　　几个月来，在她的心中，徐公平就像是干涸的荒漠中出现的一眼甘泉，浸润着她干涸的心田。是的，她想完全地霸占他，引领他浇灌自己那片饥渴已久的荒芜之地。她清楚地知道，自己能够拥有他的时间是何等的金贵，她必须抓住一切机会占有他、享用他，也要小心翼翼地呵护他、管好他。

　　作为女人，她贪图权力，也爱恋美色。许多次她为成功俘获徐公平而窃窃自喜，而且随着交合次数的增多，她早已成瘾。四十岁女人的性欲，像个干涸的河滩，有多少水也浇不透。可徐公平对她心存戒心，轻易不上她的床。好在她有把柄在手，一有机会，她就会逼迫徐公平就范。每次她诱惑得手，都会兴奋得发抖，尤其当他将那硬邦邦的家伙直插入她下体时，她比什么都快活。一波接一波侵袭而来的快感，让她恨不得吸干这个男人身上所有的精血。她要让这个美男子的每一滴精液都流进她的身体，滋润她的肌肤，永葆她的青春。她忘情地叫喊着，扭动胴体，仿佛自己是一个十八岁的少女一样青春。有多少次，她甚至想大声喊出来，她是世界上最快乐的女人。

　　这种偷情的后果是每次见到徐公平，她都会产生一种隐隐的性冲动，她期待他的眼神或者是亲近举动。可每一次她的阴谋得逞后，他都会像一个盗贼一样溜之大吉，他甚至有意躲着她，害怕和她亲密接触。但窦瑜玮又清楚体会到，面对她的诱惑，徐公平也是无法抵挡的，甚至有时会主动向她示好。因此，这一夜，她是绝不可以放过他的。

　　想到这里，窦瑜玮带着浓浓的醋意说："徐公平，你明天一走，我们又要好长时间不能见面了。到南方大城市里，遇到那些又年轻又漂亮的姑娘，你会忘了我吗？"

　　徐公平冷冷地说："也许会，也许不会。"

　　窦瑜玮说："但我会想你的，一辈子都会。"

　　徐公平说："你不要胡思乱想了，好好照顾你的家庭吧！"

　　窦瑜玮说："我打算这个寒假就离婚，然后和你结婚。"

徐公平吓了一大跳,吃惊地说:"你说什么?你疯了吧!那样的话,我明天一走就再也不回来了。"

窦瑜玮用威胁的口吻说:"如果你敢那样做,我就追过去,在你的母校大吵大闹,让全世界的人都知道你强奸了我,看你怎么收场!"

徐公平心有忌惮地说:"不会吧?你真要那么做,我就杀了你!"

窦瑜玮撇嘴一笑说:"当然,只要你不离开我,我肯定不会那么做。和你结婚,我也是说着玩的。不过,要想我不和你结婚,你就必须得对我好点,今晚陪我,满足我的这点虚荣心。"徐公平无可奈何,只好乖乖地顺从了她的意思。

到了窦瑜玮住处,见蓉蓉正独自闷坐着,但她已做好了开饭的准备。窦瑜玮立马煮了饺子,三人吃了晚饭以后,夜幕已经悄悄降临。

窦瑜玮安顿蓉蓉完成两套模拟试题后再睡觉,说自己今晚有事,要和徐老师处理一些重要的公务,然后二人来到窦瑜玮的校长办公室。

窦瑜玮从抽屉里拿出一些钱说:"徐公平,这是一万块钱,你在南方大城市里待过,见过大世面,你就为我和蓉蓉各挑一件礼物,你觉得什么合适,就买什么,不要太高档的,值千把块钱就可以了。余下的钱,你也买些东西,就当作我的一点心意好了。"

徐公平认真地说:"这可不行,你托我买东西,我一定会尽力办到,但多余的钱,我是一分也不要的。"

窦瑜玮郑重地说:"徐公平,我知道,来我们这个穷地方工作,吃苦不说,真是太委屈你了。何况你又对我这么好,自从老天把你赐给我,你看,我都像变了个人似的,别人都说我年轻漂亮了好多。这学期以来,我的事业又一帆风顺,因此我心中特别感谢你!感谢你为我做的一切,感谢你对我的恩赐,我这点小小的心意,你就不要客气了。"

徐公平推托说:"你也别这样客气了!都怪我不好,最初是我冒失伤害了你,再后来……唉,后来的事,就当作是相互喜欢好了,谈不上恩赐不恩赐的。这钱,我是真的不能要。"

窦瑜玮听"相互喜欢"几个字时,几乎热泪盈眶,激动地说:"徐公平,换作别人,我也许会和他做某种交易,与你却不同。尽管说我们之间算不上是爱情,但我是真心实意喜欢你。不要以为我是拿钱来换取你的感情,不要把我想得那么庸俗！虽然这个世界上到处充斥着权钱交易,虽然现在的社会很少有真感情,但对你,我是真心的,绝没有半点虚情假意。"

听到这些话,徐公平忽然就想到了何碧说的话,于是有些不屑地说:"是吗?你是真的对我好吗?那你为什么扣押何碧写给我的信,你为什么要伤害那么一个单纯善良的女孩?"

窦瑜玮听他搬出这件事来,非但不觉愧疚,反而义愤填膺地说:"是的,是我扣了她给你的信,因为那些信太肉麻了,简直让人无法忍受!她想从我身边夺走你,而我绝对不能让她得逞,绝对不能让她分享你的感情。"

徐公平说:"可事实上,我和她之间根本就没有谈情说爱,那个时候,我们只是普通交往,而你至于那样横加干涉恶意破坏吗?"

窦瑜玮反驳说:"谁知道呢?普通交往关系就可以那么亲热吗?再说了,只要有我在,你就是跟她做普通朋友也不行!除了你那个远在千里的女朋友之外,你的身边就别想再有第二个女人。实话告诉你,我最痛恨花心的男人,只要是我爱上的男人,别的女人就休想靠近他!"

徐公平反而被她的霸道惊得目瞪口呆,毫无底气地说:"可我不是你的什么人,我和你什么关系也没有呀!"

窦瑜玮愈加激动地说:"的确,你还不是我的什么人,我也不想要什么名分。你知道吗?没有甜蜜爱情的女人是最可怜的女人。我不想成为她们中的一个,所以,我必须牢牢地抓住这种幸福,哪怕一生只有一次也罢。既然在你身上,我能得到这种甜蜜的幸福,我又怎么能轻易让给别人?"

徐公平近乎绝望地说:"你这是什么逻辑?你不能抓住别人的一点把柄,就永远缠住人家不放。你明知道我和你之间保持这种关系根本没有什么好的结果,为什么还要继续这样做?"

窦瑜玮说:"虽然你不承认这是爱,但两个人之间感情的事,我也说不清为什么当初要那样做。我从来没考虑过要什么结果,就要这实实在在的感觉。"

徐公平无奈地说:"可你想过我的感受吗?自从发生了那件事后,我都觉得自己不是个人了。你要再逼我,我就真的离你远远的了。"

窦瑜玮说:"徐公平,我不相信你真会离开我。我不信,我都对你这样着魔了,你会一点也不喜欢我?难道你对我一点儿感情也没有?难道你从来都没有对我动过心？"

　　说着这话，窦瑜玮眼中迸射出一种闪电一样的亮光，她用淫荡的眼光盯着徐公平的眼睛，然后拉起他的手，放在自己的脸颊，开始对他动手动脚发起进攻。

　　徐公平慌乱地应付着她的进攻，笨拙地扭动着身体，躲闪着不让她触摸自己的敏感地带。但窦瑜玮哪里肯放过他，手法越发快准狠，直摸得俩人都热血沸腾。

　　徐公平心中一片茫然，知道自己今夜已成她的猎物，逃跑已是无益，只得放弃抵抗，闭上眼，任凭窦瑜玮像个骚狐狸一样肆意侵犯他身体的每个敏感地带和私密部位。

　　最令徐公平恼恨的一点是，每次面对窦瑜玮的挑逗，他内心尽管有一万个不愿意，身体却会不由自主地产生强烈的亢奋。这种反应使得他无法抵抗窦瑜玮强烈的性骚扰，并且很快就着了她的道。

　　他并未想过这种反应其实是青春少年非常正常的生理反应。面对一个风情万种的女人极力撩拨和挑逗，如果不出现性反应，只能是痴呆或者生理机能不全的人。

　　窦瑜玮紧紧勾住他的脖颈，用丰乳蹭他前胸，张开嘴巴热烈地吻他，继而摸他的下体。在极短的时间内，徐公平便兴奋了起来。他浑身热血沸腾，下体像钢筋铁棍一样坚挺了起来，有点害羞地躲着窦瑜玮的进攻。

　　窦瑜玮极有技巧地摸索着徐公平如长颈鹿般刚健的下体，使得他逐渐产生了强烈的进入欲。他将徐公平的手搭在自己乳房上，开始轻轻地呻吟。不知什么时候，她已解开了自己的衣裤。

　　徐公平用迷离的双眼，回应着窦瑜玮如痴如醉的情态。肌肤的亲密接触，使得一股占有欲猛地从他的丹田升起。他开始主动亲吻她姣美的脸，抚摸她酥滑的丰乳。当他睃见她阴体的轮廓时，不由得用自己的下体抵上去。

　　窦瑜玮的下身早已潮湿得如洒满露水的花蕊，感觉硬邦邦的柱体到位，她迫不及待地把它引向那个中心位置……

　　一种不安的预感突然袭上心头，徐公平忽然停止动作说："外面会不会有人？"窦瑜玮依旧紧紧抱住他说："不会有事的。你用力，狠些，狠些，再狠些……"

徐公平怀着忐忑不安的心情继续着那个动作,没等窦瑜玮达到高潮,他便先泄了……

　　一想到明天就要分别,窦瑜玮对徐公平越发依恋,紧紧缠住他不放。对于她的百般挑逗,徐公平也是无法抵挡。泄过后不久,徐公平反而强烈地亢奋起来。就这样,缠缠绵绵,俩人忘记了一切,竟贪婪地战了一夜。

三十二 私情终暴露

第二天清晨,窦瑜玮回到住处,却没有看到蓉蓉。屋子里一片狼藉,桌上的书被推得满地都是,墙上张贴的明星画被撕得粉碎,床头的风铃被打落在地,房间里唯一的一盆君子兰也被摔倒在窗台边。窦瑜玮折叠好的衣物被扔了一地,踩成乱团,整个房间像被强盗洗劫了一般。

窦瑜玮感觉有些不对头,便急忙叫来徐公平。徐公平察看了一下屋内的情形说:"不像是盗窃,倒像是人为的破坏,莫非我们昨晚的事让蓉蓉发现了?"

窦瑜玮说:"不可能吧,不过,再也没有其他原因呀,这可怎么办?"

徐公平说:"先别管那么多了,先找着人再说。"于是他们二人一边呼喊,一边到处寻找。俩人找遍了校园的每个旮旯,还是不见蓉蓉的踪影。

窦瑜玮心里越发焦急,四处打听蓉蓉的消息。徐公平也急急来到小鹿发廊,把蓉蓉离家出走的事告诉了发廊里的人。

中午的时候,几乎全牛毛镇的人都知道了中学窦校长的女儿失踪的消息。窦瑜玮忧心如焚,徐公平也非常焦急,二人都不便把其中的缘由说给别人,只说是不知何故,蓉蓉就离家出走了。

隆冬的山镇气温已很低,地面上结了一层薄薄的霜花,天空中还刮着四五级凛冽的北风。这么冷的天,外面走动的人很少,他们找遍了牛毛镇全部的街角和小巷,也不见蓉蓉的踪迹。

过了中午仍然不见蓉蓉踪影,窦瑜玮心中掠过一丝不祥预感,急得哭了起来。窦瑜玮夫妻虽然长期分居,但母女俩相依为命,如果蓉蓉有个什么好歹,窦瑜玮真不知道该怎么办好了。

徐公平见窦瑜玮一副失魂落魄的样子,心里不禁也生出许多愧疚与怜悯来,便安慰她说:"校长,你别急,我估计蓉蓉不会走很远的。蓉蓉现在正是青春期,她这个年龄段的孩子,具有强烈的叛逆心理,一旦受到刺激或者遇到不如意的事,很容易会做出一些冲动的事来,等心平气和想通了,就会回来的。"

窦瑜玮鼻子红红的,哭着说:"可她一个女孩子家,又这么冷的天,我担心她遇上什么坏人,后果就不堪设想了。"

徐公平说:"是呀,事情发展到现在这个地步,是我们谁也不愿意的。不过,你也不要想得太悲观,相信这世上还是好人多。我们不能待在这里,还得扩大范围找,也许有人会看到她,也许蓉蓉很快就会出现在我们眼前了呢。"

窦瑜玮听徐公平说的有些道理,感觉他俩的心又向前靠拢了一些。于是两人鼓起勇气,又发动了蓉蓉要好的几个同学,分头到蓉蓉可能去的地方继续寻找了一个下午。

接近黄昏时分,还是没有找到蓉蓉,窦瑜玮心里越发忐忑不安。

徐公平也像泄了气的皮球,懊恼地坐在桌子旁边想着心事。此时他后悔极了,后悔自己做了苟且之事,弄得蓉蓉离家出走。即使蓉蓉回来,他以后也无法面对她了。

徐公平自责道:"唉,都怪我们太疏忽大意了,要是一开始就没发生这些乱七八糟的事,该多好!"

此时,窦瑜玮却是另一种心态,一点懊悔也没有。她安慰徐公平说:"你也别想得太多了。她一个小孩子家,怎么懂得我们大人的事,也许闹一闹情绪就好了,或许她根本就不知道我你之间发生的事。即便她真知道了我和你的事,我就对她说,我们相爱了,还要准备结婚,说不定她还很支持呢!"

徐公平听罢,唬得冒出一身冷汗来,红着脸说:"你说什么?我和你相爱,你还要和我结婚?都什么时候了,你还会说出这样的话?当务之急是要先找着蓉蓉,她的安全才是最重要的。我说你别把这种事看得有多高尚似的。也许,这种事对你是无所谓,但对于蓉蓉,那是极大的伤害呀。现在的我,早已羞得无地自容了,还妄想让蓉蓉也接受咱们,真是天大的笑话!总之,我是不会和你结婚的,你别痴心妄想了!"

窦瑜玮说:"对于蓉蓉的安全,我比你还心急。孩子早知道我和她爸的婚姻是名存实亡的,其实她未尝不希望我们三个成为一家人。难道你不觉得我们三个组合成一个家庭也是很好的吗？不过我事先声明一下,不论你愿不愿意和我结婚,我现在都要离婚,这是铁定了的,谁也阻止不了我!"

徐公平初次感到来自窦瑜玮的压力是那样的可怕。他没想到窦瑜玮会产生如此荒唐的想法,似乎从昨夜开始,一切都乱套了,有一种大厦将倾的危机感隐隐袭来。

徐公平想着有什么办法能快速完结这段如麻般的烦心事。他左思右想,除了逃离,竟别无他法。最后他不敢再想下去了,无可奈何地说:"看来这事也太复杂了,今天先休息吧,也许明天就有办法解决了。"

窦瑜玮回到房间,整理衣物时,才发现她存放在衣柜里的钱也不见了。她知道蓉蓉一定是去了远处,心里一下子又急了起来。

整理完自己的衣服,窦瑜玮又开始整理蓉蓉的东西,发现桌子上一本书下面压着一张纸,纸上画着一个大头像,用愤怒的笔触写着:

徐公平,你畜生! 我毙了你!

又一张纸上面写着:

恶心、卑鄙、无耻、下流,两只猪去死吧!

第三张纸上则草草写着一首诗:

别了,我可爱的校园

别了,我亲爱的同学们

曾经的一切是多么的甜美

如今却是这样的肮脏

令人痛恨

让人伤悲

我无法忍受这样的伤害

我要去远方

寻找那向往已久的大海

和那纯净的白云蓝天

……

窦瑜玮满脸涨红,她的好奇大增,赶紧查看女儿的东西,发现里面有一本带锁的日记。她也不顾念什么女儿的隐私了,用钳子拔下小铜锁,翻看了起来,里面的内容却让她大吃一惊：

A.新来的男老师叫徐公平，他真是帅极了！他有一双炯炯有神的眼睛，眼光很锐利。每天一进教室门，他用眼睛向教室中一扫，教室里立刻就会鸦雀无声了。他有那么渊博而新鲜的知识，他的课也讲得太好了。他真是才华横溢，又帅呆了的男神。我们班女生都喜欢他，都喜欢偷偷看他。虽然他什么也不说，但他的魅力足以震慑全班，因为男生和女生都崇拜他……

B.今天我和赵燕向他请教一道数学题。我们以为他要费很长时间，可他竟轻而易举地就解开了。我和他之间只有一点儿距离，不知怎么的，我的心怦怦直跳，脸也发红发烧。我嗅见了一种特殊的气味，那种气味怪怪的，但我感觉特别舒服……

C.真是好极了！妈妈竟然请他给我辅导课程。但我又有些害怕，害怕……那样的话，我的学习成绩一定会更糟！不，我不能胡思乱想，我必须得保证学习成绩好……反正我比别人幸福！

D.那种奇妙的感觉，在我心里越来越清晰。我看他的眼神被他发现了，但他一点反应也没有。他是真的不知道，还是故意装的？看他认真讲解的样子，倒不像是装的。看来他就根本不在乎我的心思，难道他是一个木头？难道我不能引起他的一点注意？

E.我无数次地提醒自己，我不能那样想，可上课就是爱思想抛锚，一天见不着他我就心慌意乱。虽然我深知，作为一个学生应该以学习为主，可我实在压不住这种想他的情思。我不知道这是什么原因，反正这种心理是越来越强烈，我根本管不住自己的心。

F.无论我用什么样的眼神看他，他对我都是无动于衷，一点反应也没有，难道他已喜欢上了别人？不过他有他的追求，他也不可能喜欢我，可我就是克制不住想他，想他。

G.这些天有种什么东西在我心中膨胀？啊，它是那样的甜蜜，真叫人心驰神往，魂不守舍……

H.非常幸运的是，我的考试成绩还不错，人们说谈恋爱会影响学习成绩，我看一点儿也不会，美好纯洁的爱情还会促进学习进步呢！

I.每天我都会和他单独相处一会儿，虽然在妈妈的眼里他是老师，我是学生,但我一点儿也不这样想。每天早晨,我都喜他给我们的那种柔和的眼光,我简直舍不得多看,这种心境弄得我一节课都不能安心。

J.赵燕想跟他套近乎,结果却扫兴而归。他是我的辅导老师,凭什么要给你们辅导? 我决不允许别人把他吸引走……

K.今天又没有给我辅导功课,你知不知道,我是多么喜欢和你在一起啊! 一天见不着你,我就心慌意乱。虽然我深知我不应该这样,可我实在是忍不住想你。你就像一个魔鬼钻进了我的大脑,我想撇都撇不掉。我向你暗示了多少次,可你竟一点回应也没有,你是真不懂还是假不懂? 难道你是一个老封建,不敢接受我的情意? 难道你真的没感觉到我的眼神? 你真是太狠心了! 我开始恨你了!

L.今天他竟然抱了我! 虽然是我主动跑进他的怀里,虽然仅有一秒钟,但我感觉幸福死了。

M.啊,我太幸福了! 我觉得世界太美好了,一切都是那么美妙而脉脉含情。阳光比往日温暖,空气也比以前清爽,就连天空中的云彩也开放着花朵,是那样的清新敏感。

N.在空中飞舞着两只蝴蝶,它们是那样的亲热,那样的美丽,也许那个大点的是他,小点的就是我……

O.何老师又让我给她传递信。前面那几封信,我遵照她的叮嘱,让妈妈转交给他。可我觉得不对呀,何老师怎么有这么多的信给他? 是不是何老师也喜欢他? 啊,一定是情书! 我给她传的是情书! 下次,我再也不给她传这种信了!

P.最近我妈妈老喜欢找他谈工作,我才不喜欢她去找他呢。他不在我身边,我就什么也不想学,我真想去找他。

Q.今天是圣诞节,妈妈去开会了,我的心里却焦躁不安。我请求他带我去玩,他竟答应了……也不知哪里来的勇气,我趁机亲了他,那一刻,我真快乐。

……反正我决不后悔,我才不会坐失良机呢? 爱一个人就要敢作敢为,而不必想太多。

看了这些心灵札记,窦瑜玮终于明白了事情的原委,原来女儿早已暗恋上了徐公平。她的脸上一阵一阵地发着烧:"这个小蹄子,我倒忽略了这一层!"

她暗暗责怪自己的粗心大意。女儿是情窦初开的花季,这个时期的女孩最易对身边的男人感兴趣。而女儿身边出现的男人，除了老师就是同学，和徐公平相比，别的同龄的男孩从学识到成熟度，都显得黯然失色。徐公平虽然是老师，但在蓉蓉眼里，却不单纯是师长，而无形中又是一个帅哥，一个朋友。加上每天辅导课程时可以单独相处，女儿难免会对他动情。

无疑，徐公平以他绝对的优势和男性特有的魅力，自然而然地征服了女儿的芳心。自己作为一个母亲又是为人师者，竟忽略了青春美少女的心理特征。她心想，学校里恐怕受青年男老师诱惑的不仅仅是蓉蓉一个女生，还有好多吧！自己一个成年的女人尚且无法抵挡优秀男性的诱惑，何况青春萌发期蠢蠢欲动的少男少女们呢？

那一夜，山镇的夜晚，静谧得如同一潭冰凉的水。深邃的天空透着丝丝寒意，繁杂的星星在天空中眨着冷冷的眼。

蓉蓉按要求做完了两套试卷去办公室找她母亲的时候，刚到窗外却听到一种怪异的声音。直觉能告诉她，这是男女做爱时发出的声息，而且做爱的女人是她的母亲。

霎时间她双腮发潮，气血上涌，感觉受到了莫大的羞辱。一个是她的母亲，一个是她的老师，这两个人曾经是她最亲最爱最崇敬的人。如今却是这样的卑鄙、无耻、下流、淫贱，做着令人作呕的勾当！她想把世界上最难听最污秽的话都骂出来，她想让他们滚，滚得远远的！她再也不想见到他们。

她想敲门，她想呼喊，她想阻止他们！可她又是那么的脆弱，那么的无能。她没有勇气大喊大叫，没有勇气踹门捉奸。

她悻悻地离开了那个淫秽的地方，生怕别人窥见了这个丑恶的秘密。回到房间，她坐卧不安，又羞又气。她甚至幻想着他们能自知羞耻，终止自己丑恶的行为，然后来给她道歉，请她原谅。如果真是那样的话，她也会哭着原谅他们的。她坐在桌子旁，写呀，画呀，哭呀，无论怎样就是不能压抑心中的那团怒火。

最后，蓉蓉彻底绝望了。她开始疯狂地破坏眼前的一切，把怨恨全撒在那个女人的身上。她以为肯定是那个女人勾引了自己心中的男神。她肆虐地践踏那个女人的衣物用品，认为那是世界上最肮脏最丑陋的东西。

人是世界上感情最丰富的动物，也是世界上感情最复杂的动物。此时的蓉蓉,早已不再认为窦瑜玮是自己的母亲,而把她当作一个邪恶的女人了。

等发泄完了,自虐完了,她也没辙了。无论如何她也无法原谅他们的这种行为,最终她选择了逃避。只有离开他们,离开这个肮脏的地方,她才能有一点点解脱。

蓉蓉一口气跑出了校园,疾步走出了牛毛镇,沿着大通河边的小路漫无目的地往前走去。

此刻,她的心情方才稍稍平静了些。回顾泛着寒光的河床和周围黑黢黢的山峦,一切在她的眼里是那么的面目狰狞,那么的丑陋龌龊!

那个女人,那个喘着娇气嗷嗷怪叫的女人,就是生她养她并与她相依相处的母亲吗?那个男人,那个道貌岸然儒雅斯文的男人,那个她心中的男神,竟然也会干出这样的勾当?

她曾非常崇拜这位老师,也曾好多次梦到他。梦中他还吻她,为此她兴奋了好多天,她甚至幻想有朝一日会嫁给他。不久前的圣诞之夜,她还大胆亲了他。现在,她后悔极了,幸亏没有说出那句"我爱你"的话来,不然的话,她自己都羞得无地自容了。

但无论如何,她是无法再和这两个人相处了。她想象不出,还有什么理由能和他们生活在一起。她只能逃离,躲得远远的,离开他们,离开这个丑恶的地方。

想着这些事,蓉蓉已经沿着河岸走了很远了。她感到有点冷,也有些害怕。她害怕路边会突然冒出一个坏人来,或者前面路口会堵着一只恶狼什么的。但她更没有勇气再走回去,只好横下心来硬着头皮壮着胆继续往前走去。

三十三　世事短如春

　　徐公平、康东方、杜小鹿登上了通往县城的中巴车。临走时窦瑜玮托他们一路继续打听打听蓉蓉的下落,如果恰巧遇上的话,烦请徐公平把她强行带回来。康东方非常爽快地答应了,徐公平也默然应允了。

　　窦瑜玮第三天继续寻找女儿蓉蓉,还是没有一点音讯,就到派出所去报案。但派出所民警说她女儿是自己离家出走,不符合立案条件,只做了个简单登记,并建议她先到电视台登个寻人启事。

　　次日,窦瑜玮又来到县电视台,办理了相关手续,登出了一则寻人启事:

　　　　窦蓉蓉:女,现年十六岁,于元月十七日晚离家出走,至今未归。走时上身穿蓝底白字校服,黑色健美裤,红色毛衣,白色运动鞋。亲人在家焦急万分,等她回来! 如有好心人发现或者知其下落者,请与牛毛县牛毛镇牛毛中学窦瑜玮联系。当面重谢!

　　至此,寻找女儿的事暂时告一段落。

　　再说徐公平他们三人到了县城,下了中巴车,又辗转换乘上了东去的火车。康东方和杜小鹿坐在一个座位上,徐公平坐在他们对面。康东方拿出一本精美的《读者》杂志,给杜小鹿轻声念着上面写的一个哲理故事,徐公平则看着窗外的景色,面色凝重,一脸茫然。

　　一个人要离开生活过的地方时,大概都会引起伤感。半年多的时间,他们从大学走向社会,从南方走向北方,从大城市走向小山镇,感觉反差很大,有些事物甚至是有着天壤之别的。想在当下这个纷繁芜杂的社会立足生存,并得心应手地去生活,他们竟感觉到有些不适应。徐公平忽然想起夏雯给他抄写在日记本扉页上的一首宋词来,不禁黯然神伤:

世事短如春,人情薄似云,无须计较苦劳心,万事原来由命。

幸遇三杯酒好,况逢一朵花新,片时欢笑且相亲,明日阴晴未定!

片时欢笑?徐公平苦笑了一下,这个世界上有多少原本思想道德高尚的人,在实际生活的驱使下却做着卑鄙庸俗污秽之事呀!要不是这片时欢笑,又有多少人可以抵挡得住感情世界寂寞无聊的侵袭呢?现实和理想之间太遥远了,当理想遥遥无期或者高不可及的时候,人们不得不放弃追求崇高理想而去迁就基于原始需求的现实给予。这就是生活,有着血肉之躯的平凡人的生活!

不同的人,生活的表现方式有所不同,但生活的实质内容都是一样的,那就是吃饭、穿衣、睡觉、运动,日月交替,周而复始。总统是这样,平民也是这样。也许,只有在上帝赐予人生存权利的一刹那,众生才是平等的。

虽然徐公平此行的主要目的是要与女友夏雯相聚,并且从空间上来说,他也的确在一点一点地靠近她。在他某种潜意识里,却感觉夏雯距离他越来越远了。他也不知道是什么原因,只是一种预感而已。

徐公平闭上眼,默默地回想着这段时间在牛毛镇经历的一些事情。窦瑜玮、何碧、杜小鹿、秦小苹还有蓉蓉,她们似乎都是在高原上一闪而过的一朵云彩,各自摇曳着身姿,近了又远了。而王震华、张继业、董红、杜大山,他们又像是高原上杂生的各种树木,枯死的、茂盛的、清高的、粗犷的,共同构成了一幅错综复杂的高原苍景图。

杜小鹿困了,她把头枕在康东方的肩膀上安详地睡着了。康东方小心翼翼地呵护着她,俩人像一对热恋中的青年男女。

康东方对杜小鹿的过分亲昵和关心,使得徐公平有了一丝嫉妒。他想到他俩在初来牛毛镇的列车上,是多么的天真无邪和踌躇满志。他始终不明白康东方为什么会迷上杜小鹿,而杜小鹿这样清清秀秀简简单单的山镇姑娘,为什么会让康东方服服帖帖地跟着她,而她似乎并不高兴也不领情。他心中暗暗好笑:康东方这小子,还真是个多情种呀!你这是中了哪门子邪呀?他转而又想:这个杜小鹿真有那么吸引人吗?莫非康东方这小子真中了人家什么圈套?

天色渐渐暗下来了,列车像一只猛兽,睁着怪眼向东疾驰。康东方半拥着杜小鹿睡着了。徐公平喝了一点饮料,也疲惫地闭上了眼睛,心里又揣摩着,这蓉蓉离家出走,她会到哪里去呢?

秦小苹姑娘目送徐公平他们三人上车后，禁不住一阵伤感。她知道这也许是自己这辈子最后一次看徐公平了。尽管她跟徐公平之间根本不可能谈情说爱，但她依旧非常珍惜这份无可奈何的好感。

爱可以分为眼爱、心爱、性爱。第一种是一看到就喜欢的爱，这是一种只停留于外表美的视觉享受，对影视明星的爱也应属于这一种。第二种是心里想着就很甜蜜的那种爱，也许某个人并不一定很美很俊，但他或她极温柔善良或者有别的什么闪光的地方，令人心驰神往，这种爱往往沉浸于感觉享受，所有暗恋或者心仪的对象应属此类。第三种爱就是以约束或占有对方为目的的肉欲享受，这种爱不求高雅的欣赏，也不求心有灵犀的那种感应，而只追求肉体淫欲的满足与发泄。爱的最高境界应是美、欲、灵三者结合的情爱统一体，而这种崇高的爱现实中很少有之。

秦小苹姑娘对于徐公平的爱，充其量不过是一种暗恋，而对于秦小苹来说却已很满足了，也足以刻骨铭心了。爱情这东西只要是真心的，哪怕是单相思，也是非常美好的。

除夕前十天，未婚夫送来了两万元彩礼，简单举行了仪式后，秦小苹踏上了西去乌鲁木齐的列车。她像许多牛毛镇的姑娘一样，为了飞出山沟沟，心甘情愿牺牲了自己追求美好爱情和美好生活的权利。

几天之后，秦小苹的哥哥也匆匆举行了婚礼。山镇人就是这样，出嫁姑娘收的彩礼又得用来给儿子娶媳妇，如果不这样做，秦小苹的哥哥可能一辈子也娶不上媳妇了。

何碧穿上了婚纱，阔阔气气地嫁给了教育局王局长的公子。高攀了这门贵亲，何碧的父母为此感到脸上很有光彩，见到窦瑜玮时老两口像对待贵人一样千恩万谢，倒弄得窦瑜玮非常不好意思。

窦瑜玮心里最清楚不过这桩婚姻潜在的风险，然而她又极力撮合了这门亲事。她只能顾及自己眼前的利益，没办法考虑何碧身后的苦楚。等到生米做成熟饭了，何碧也就认了。窦瑜玮甚至为了完成领导下达的"任务"，充当了一个极好的媒婆角色。在何碧家人那里，她海夸盛赞，把男方家说得天花乱坠。其实，她早就听说王局长的儿子有什么"羊癫疯"的病，起初安排在某厂当工人，因为不能正常参加劳动，便成了单位的重点保护对象，经常有两个人照顾他。后来王局长将某法院院长的干妹妹安排在某学校工作，那个院长为了回报王局长，又将王局长的公子调入法院保卫科工作。这样，王局长的公子也就体体面面成了司法机关的工作人员。但这件事的真相，只有她和那些与王局长较亲近的人才有可能掌握，对于在偏远山镇工作的人，他们无从知晓。

窦瑜玮作为证婚人，参与了何碧婚礼的全过程。王家为娶这个儿媳，可是花了不少钱。订了高档的酒店，点了上好的菜肴，配了名烟名酒，组织了多辆名车组成的气派车队，请来了外地有名的司仪乐队。红地毯，彩虹门，宾朋满座，琴瑟和悦。

婚礼在舒曼的萨克斯名曲《我心永恒》的伴奏中顺利地进行着。为了防止新郎突发癫痫病，家里人用白开水代替白酒。然而，怕什么就会来什么。新郎新娘喝交杯酒时，新郎手一哆嗦，盛着白开水的杯子打碎了，不明就里的主婚人，急忙重新给新郎斟上了一杯白酒。未及知情人阻止，在众人的热切关注之下，新郎将那杯白酒一饮而尽。几分钟之后，新郎新娘正拜高堂时，新郎突然手舞足蹈，尔后瘫倒在地，两眼外翻，口吐白沫，四肢抽搐，僵硬如弓。

这一切来得太突然了，婚礼乱成一团，当事人赶紧把新郎送往医院抢救。新娘何碧又哭又闹，如梦方醒。然而木已成舟，悔之已不及，新娘被新郎的亲友挟持入婚房，待新郎被抢救过来后，将二人强行入了洞房……

经过竭力寻找仍无女儿音讯后，蓉蓉的父母开始吵架，互揭伤疤，互相谩骂，互相攻击。蓉蓉的出走，给窦瑜玮本来就紧张的婚姻关系来了最后一击。蓉蓉的身世也被揭开，这个家庭迅速土崩瓦解。春节刚过，窦瑜玮两口子就办理了离婚手续。

H大学热情地接纳了支教回返的大学生，并举行了支教学子演讲专场会以激励在校学生。对于徐公平和康东方的演讲，学院领导和在校同学都给予了积极的响应。徐公平做了《立志教育，情系山区》的演讲。他讲述了支教半年来在牛毛镇的所见所闻和所作所为，最后他用一段散文诗作为这次演讲的结尾：

当你踏上那高高的山梁,当你面对那圣洁的白云蓝天,你会感觉到,你已不是从前的你,激情在燃烧,力量在增强,梦想在飞翔!

当你走进破旧的教室,当你拿起神圣的教鞭,面对那一双双渴求知识的眼睛,你的生命不再属于你,灵魂也早已飞进了孩子们的心田。

这是一片荒芜已久的土地,这是一片亟待开垦的丛林,青春之树在这里生根发芽,生命的价值在这里诠释升华。这里需要你我的辛勤耕耘,这里渴望大家的倾情付出。

虽然这里条件很艰苦,然而条件差算什么?生活苦又怎样?只要心中有梦想,再高的山我们也能翻越,再大的河我们也能蹚过。

亲爱的同学们,你想让自己的生命更有意义吗?你想让自己的梦想早日实现吗?你想与唯美的大自然亲密接触吗?那么,请跟我来!远离城市的喧嚣,脱离世俗的烦扰,去为自己的心灵疗伤,去追逐自己瑰丽的梦想!

康东方做了题为《有一种爱需要你的加入》的演讲,他也给大家讲述了自己支教的体会和心路历程,他的结尾是这样写的:

……可以说,我们都是带着激情带着梦想去的,然而实际情况却比我们想象的更糟。虽然同在一个国家的版图上,然而与大城市相比,这些小山镇需要的太多太多了!这里需要的不只是科学文化知识的普及,还有道德伦理、法律法规、科学技术的推广,甚至还有良知的唤醒。这个差距不是我们一两个人或者少数志愿者就能解决的,甚至,我们一代人不懈努力也未必就能很快改变它。

因此,我要说的是,振兴教育只是西部地区所要解决的问题之一,或者只是问题的一个方面。这些地区眼前最重要的恐怕还不仅仅是教育落后的问题,政治、经济体制改革的切实落实,社会治安管理的进步,区域经济的突出发展和均衡跟进,农民、农业、农村政策的落实执行等等,这些都应当是先于教育而解决的问题。若这些问题解决不了,相关配套措施跟不上,而去单纯提倡发展教育,恐怕只会是没有地基的空中楼阁，徒劳而无功，好听好看，但不好用。

最后我想告诉大家的是，教育不是一朝一夕的事，也不是一个人两个人的事，它是全社会的事。若你想对它表示关注表示支持，可以以多种方式参与赞助，而不一定亲自去支教。支教本身是广义的，你可以身体力行，也可以倾囊相助。我认为，后者比前者更切合实际，因为那些地方目前最需要的不是教育人才的加入，而是教育资金的投入。

同学们，请伸出你的手，献出你的爱心，放飞你的青春梦想，全身心投入到祖国建设的队伍中去吧！你所做的所有小贡献，都是对社会主义建设事业的大贡献！

徐公平和康东方忙于学校演说的这段时间，康东方把杜小鹿安顿在一处女生宿舍住下。每天，康东方都抽出一定时间来陪她，这使杜小鹿觉得非常开心。

短短几天过后，杜小鹿脸上开始洋溢出清新的光泽，她感觉太阳重新有了温度，世界充满了生机。这些天，她被大学浓厚的学术氛围所陶醉，她甚至羡慕那些和她同龄的女大学生。由于感到了自己和她们的差距，所以她对学习新知识发生了空前的兴趣。康东方见她出现了这种可喜的转变，趁机劝说她忘掉过去那些不愉快的事，以积极乐观的态度面对人生，把握美好的今天，创造幸福的明天。

康东方演说的那一场，杜小鹿执意要参加，于是康东方给她要了一个前排的座位号。她和大学生们一齐鼓掌，一齐喝彩。她独特的气质和纯真的笑脸甚至吸引了不少大学生的目光。于是整整一个星期，她像只小黄鹂一样紧跟在康东方身边，做着她名义上的女朋友。

无论是贫穷还是富有，只要是心智正常的人，都需要别人的关心和爱。康东方用他悉心的关怀和真诚的爱护，抚平了杜小鹿心灵上的创伤，融化了她心头的坚冰，当然这仅仅是初步的成功。他知道，要想彻底拯救杜小鹿，还需他付出更多的努力。

看到杜小鹿的回转，康东方觉得自己的关心和付出是值得的。杜小鹿本身是一个非常聪慧而善良的姑娘，如果不是出生地的限制，不是教育环境的局限，他相信杜小鹿一定是个优秀的大学生，她的命运也不会是现在这个样子。

但现实是非常残酷的,我们不得不承认一种事实,那就是并非所有具备大学生禀赋的人都能考上大学,有机会接受良好的教育。上帝给众生同样的生命,却没给他们平等竞争的机会。两个同样健康的孩子,如果一个出生在有钱人家,一个降生在穷苦人家,那么他们的命运相差可就大了。也许有一天,穷苦人家孩子的生命会完全掌握在有钱人家孩子的手里。毋庸置疑,出生起点的高低,直接会影响一个人生命的价值。

　　康东方为杜小鹿选择了颇有声望的"创美尔美容美发学校",为期六个月的学习。食宿等一切程序办理妥当后,杜小鹿不得不开始适应独在异乡的学习生活。杜小鹿的劣势是文化基础差,但她的优势则在于踏实勤恳,除专心致志地学习之外,杜小鹿很少涉猎其他活动,故而学习效果很理想。

　　安排好这些事情之后,康东方准备回一趟安徽老家去,看看年迈的父母。

三十四　他乡遇故知

徐公平多次打电话联系夏雯,电话总是无法接通。他感到有些纳闷,心中产生了一些疑惑与不安。等到学校里的演讲活动结束后,徐公平辗转到了夏雯以前所在的城市,找到夏雯曾经工作的单位询问她的情况,同事都说不知道她的去处。他很失望,心中越发苦闷,到了晚上,快快地住进了一家宾馆。

不到十分钟,就有电话打进来,徐公平窃喜,赶忙拿起电话,只听一个极柔美的女性声音问道:"先生,您好! 需要什么服务吗? "

徐公平以为是宾馆的服务员,很客气地说:"现在不需要,谢谢! "

刚挂了不到五分钟,电话又响起,徐公平又接起来,另一个极甜美的女性声音问:"先生,您好! 需要服务吗? "

徐公平有些不耐烦地说:"刚刚不是说了吗? 现在不需要! "

电话那头说:"先生,您啥时候需要呀? 要不我现在就过来。"

徐公平说:"给你说过了不要! 我这边暂时不需要什么服务。"

刚放下话筒,那铃声又起,徐公平懒得理它,电话却响个不停,他生气地拿起电话就说:"喂喂,请不要烦我,我现在不需要什么服务,要休息! "

只听电话那头说:"先生,不要烦嘛,等会儿我就到你房里来。"

徐公平正想阻止,那边却已挂断了电话。他刚放下电话不到两分钟,电话又响起来,这次他索性揭开话筒不理。他上了个厕所,洗了一把脸,刚躺在床上,就听到门铃又想起,他本来懒得去管,可门铃响个不停,弄得他心神不宁,根本无法休息。后来他想,是不是宾馆有什么重要的注意事项要对他讲,真的是服务员有事找他。

待他打开门一看,不禁大吃一惊,门口清一色地围着一群穿着花花绿绿的女子，老中青三代都有。她们说说笑笑，嬉皮笑脸，一齐朝他拥来。

　　徐公平急忙退进房间，那些女子却跟进房来，然后站成一排，让他挑选。徐公平哪敢细看，夺路逃出客房，跑到大厅总台，质问值班人员为什么不管这种现象。

　　美丽的大堂经理笑得前仰后合，反而责备他说："帅哥，她们又不吃你，如果你不需要服务，打发她们走就是了，何必大惊小怪。"说完盯着他嘿嘿笑。

　　这时候，那些女子又追过来围着他，有的对他狎笑挑逗，有的对他耸胸贴臀，有的对他抛来媚眼，有的对他频传飞吻，有的对他暗送秋波，有的对他嘟唇淫舌。

　　被众多女子围袭，徐公平一时不知如何应付，只三五秒时间，身上便着了七八招，只得"哎哎"地叫喊躲闪。

　　徐公平被撩得面红耳赤，左躲右闪，窘态百出，那些女子却更加放肆起来。她们见徐公平皮囊白皙，青春性感，有意加大调戏尺度，后来索性拧腿掐腰，一味献媚，将他紧紧围住。浓烈的脂粉气直熏得徐公平头晕目眩，昏昏厥厥，回不过气来。

　　正在此时，从电梯中走出来一位戴着墨镜女士，珠光宝气，雍容华贵。大厅中的这一尴尬场景，被她尽收眼底。她先是愣了一下，遂后微笑着走上前来，从皮夹子里摸出一沓百元大钞，给每个小姐发一张说："他是我的朋友，请各位姐妹不要为难他了！"众小姐一听，立刻都嘻嘻哈哈地散开去了。

　　那女士笑吟吟地对徐公平说："徐先生，请到楼上房中一坐。"徐公平望着眼前的这位女士，似曾相识，却又认不出来。但她帮自己解了围，又知道她的姓名，感觉她是出于好意，也就不再多想，随她上了楼。

　　待到楼上坐定，那女士脱下裘皮外套，露出猩红的内衣来，转身走到他跟前说："徐公平，你真认不出我来了？"徐公平在过去的记忆当中搜索着。那女士微笑着说："我是常思思啊！"说着她抑制不住兴奋，习惯性地冲过来，抱住徐公平亲了一下，然后紧靠着坐在徐公平的腿边。徐公平向外挪了一下身子说："嗯，嗯……你是常思思呀，多日不见，你的变化可太大了。若你不说，我真不敢认你了！"

　　常思思说："我真的变了吗？变得你都认不出了，有那么厉害吗？"

徐公平说："你是真的变了,变得比过去更加娇气了,也漂亮了许多。更重要的是你连一点学生气也没有了,一言一行更像一位贵妇人。而在我的记忆里,你还是充满学生气的那个样子,所以,根本想不到会是你。"

常思思噘起小嘴儿,仿佛要找出当学生时的那种感觉来,娇声嗲气地说:"你是说我变老了,不可爱了,是不是?"

徐公平见常思思那种爱做作的小性子还没改,半讽刺地说:"什么老了,你比以前更好看了。"

常思思一听徐公平赞美她,激情上翻,冲到徐公平怀里,搂住他的脖子就要亲。

徐公平连忙用手止住,说:"常思思,你现在怎么变得这么开放了?要注意影响啊!"

常思思飞红了脸,盯着他说:"什么叫注意影响呀?老古董,乡巴佬!女孩子见了面亲你一下表示对你喜欢,这已经是现在流行的礼节,偏偏到你这里,就躲躲闪闪,这也不行,那也不行。怪不得遭那么多小姐戏弄,还在那大叫呢!"

徐公平若有所悟地说:"原来是这样啊。噢,对了,常思思,你不是发了什么大财吧,出手咋那么阔绰?"

常思思说:"什么呀,那是规矩。你把人家小姐叫了来,即使不用,也得给小费。"

徐公平说:"可我并没有叫她们来呀!"

常思思说:"你骗鬼去吧你,当下社会单身男人住宾馆哪有不要小姐服务的?"

徐公平说:"我真的没有要,是她们自己打电话问要不要服务。"

常思思说:"你怎么说的?"

徐公平说:"我说现在不需要。"

常思思说:"对呀!现在不需要,这不明摆着说晚上需要吗!"

徐公平说:"我还以为是宾馆的服务员呢!再说,我根本就没说让她们来,她们是怎么知道我房间电话号码的呢?"

常思思说:"她们对宾馆里哪个房间住着什么客人了如指掌。早早过来,就怕别人抢了自己的生意。"

徐公平说:"原来如此呀,那这宾馆也管理得太乱了吧!"

常思思说:"乱了好呀,不乱生意能好吗?这都是这个行业的潜规则。不这样做,他们拿什么跟别的宾馆比呀?再说了,这些女人也挺可怜的,现在生存压力这么大,她们也需要有人来养活她们。"

徐公平哂笑说:"常思思,你这是什么逻辑啊?"

常思思见怪不怪,说:"这是人性的逻辑呀!男欢女爱,各取所需,人的本性,生活需要,生理需求!"

徐公平说:"常思思啊,你是真的变了,变得庸俗不堪,满身飘荡着浮华堕落的气息!"

常思思说:"嘿,你不说自己土鳖,反说我庸俗。我问你,这个年代,高尚纯情能当饭吃吗?能当钱使吗?如果刚才我不用钱给你解围,说不定你还在被她们调戏呢!"

徐公平的脸微微一热,改变话题说:"常思思,那你为什么那样花钱却不心疼?"

常思思轻叹了一声说:"为心爱的人花钱当然不心疼了!"顿了下她又说,"怎么,你怀疑我和她们一样?"

徐公平连忙说:"不是,不是。我只是对你的做法有些不理解。"

常思思离开他的怀抱说:"告诉你徐公平,本姑娘还没有沦落到那一步!在这里也是暂住几天掩人耳目而已。实话告诉你,我在这里还有一处房子,不知你去看了,又会怎么说。"

徐公平猜着说:"是你男朋友的?"

常思思说:"说男朋友吧不确切,反正是别人给我买的。不过,现在它已经是我的了。"

徐公平说:"怎么说?"

常思思说:"他出事了,现在正在监狱里。"

徐公平忽然对她的话题来了兴趣,好奇地问道:"你男人出什么事了?能告诉我吗?或许我能帮他的忙。"

常思思说:"你这是在窥探我的隐私。不过,我知道你不会是检察院的探子,就告诉你一点。我的这个他呢,其实就是我们单位的老爷子,我到交通厅里上班没几天,他就盯上我了。没过多久,我就成了他的文秘,他先是关心我的工作,后来就关心起我的生活了。再后来他给我买了车,买了房,还不断给我钱花,一出手就是十万八万,想起来,他对我还是挺好的。"

徐公平说:"你们同居了?"

常思思说:"我说你这人怎么这么古板,你认为现在领导跟秘书之间还流行纯洁的关系吗?如果没有那层意思,他凭什么对我这么好?还投入那么多!"

徐公平说:"他多大了?你想嫁给他吗?"

常思思扑哧冷笑一声,说:"我说徐公平,看来山沟沟里待了几个月,真把你变成傻子了。你以为我们之间有感情可言吗?你以为我是他的唯一吗?告诉你,他不但早有家室,而且像我这样的不知道还有几房呢。出事后,检察机关认定他收受贿赂八千多万元呢!他每月来我这里一次,都是很隐秘的。"

徐公平说:"那你准备等他?"

常思思说:"如果他不要出事,我当然愿意等他。可他现在已经被抓起来了,而且极有可能被判处重刑,他都快六十的人了,再判个无期徒刑什么的,我能等得起他吗?"

徐公平说:"那你准备怎么办?"

常思思说:"自从他出事后,我的生活无聊至极,现在我已正式向单位提出辞职。我想离开他,离开这座城市,或者到国外去。今天在这里遇到你,也许是老天有意做的安排,希望你能和我一起,到国外去创业。"

徐公平惊诧地说:"到国外去创业?那需要好多钱的。"

常思思说:"钱的事情,你不用管,我可以给你凑齐个一千万。"

徐公平惊奇地重复说:"一千万?一千万!是他留给你的?"

常思思说:"你别管,反正不是抢来的偷来的,不会有事的。你可以放心地用。"

徐公平吃惊地看着常思思,他几乎不相信自己的耳朵,又差点被她的这个设想说服。当年,他们在学校一起玩的时候,常思思作为夏雯的闺蜜,也曾向徐公平表露过爱意。但由于常思思过于娇气和花心,徐公平心底里不喜欢她这样的女孩,所以他最终被夏雯的高傲气质征服,毅然决然选择了夏雯做女友。如今,毕业仅数月,常思思俨然一位贵夫人的派头,有车有房而且出手不凡,张口千万,真是令人匪夷所思啊!

时势造英雄。当一个人的特殊"才能"被淋漓尽致地发挥时,往往会创造出巨大的奇迹。天生丽质、小鸟依人的常思思和一位手柄重权、色欲淫心的老头相合,各取所需,各尽所欢,难怪在短期内制造出一个中国式千万富婆!

徐公平微微思虑了一下,面露难色,说:"常思思,你是在开玩笑吧?"

常思思不屑地盯着他说:"你是在怀疑本姑娘的能力?"

徐公平心想,你以为你还是几年前纯洁的学生妹啊,张口本姑娘,你早已不是什么姑娘了!他又想到了夏雯,仿佛她就在看着他俩,看他的男友和闺蜜如何联合起来背叛自己。

想到这里,徐公平忽然变得严肃起来,说:"常思思,即使你说的都是真的,我又怎能答应你的这个要求!"

常思思说:"为什么?"

徐公平说:"你明知我和夏雯相爱,难道你存心要拆散我们?我今天就是特意来找夏雯的。"

常思思忽然用嘲笑的眼光看了他一眼,说:"那你找到她了吗?"

徐公平说:"还没有。"

常思思说:"幼稚!我还以为你早就知道被她蹬了呢,原来你还在痴情地等她呀!"

徐公平说:"你知道的,我工作的那个地方,手机信号根本就没有,所以对她的近况一概不知。"

常思思笑说:"怪不得呢!你还对她特痴情。告诉你吧,她现在早已不是你的雯妹妹了。三个月前,也就是我们离开牛毛镇的那些日子,她正式答应了公司少董事长的求婚,不久就去了美国斯坦福大学深造。我们常有 E-mail 来往的,再过不了多久,她就成为董事长太太了。她比你我幸福得多了去了,要不要看看她的近况?"

说完,她打开笔记本电脑,给夏雯发了一个邮件:"你好!雯雯,近来怎么样?过得好吗?我最近烦死了,也不知道以后怎么办?"

一会儿后就有邮件回了过来:"你好!思思,我的生活一切如意,学习很快乐,也很想念你。人在感情上遭遇些波折是在所难免的,重要的是要从容忘却过去的一切,请你不要被过去的感情纠葛所困,从生活的阴影中勇敢地走出来,也许有一份更好的感情在等着你呢!"

常思思又回了过去:"你还记得你的前男友徐公平吗? 你是怎样处理你们之间的感情的? 你和他真的没有来往了吗?"

对方又回了过来:"思思,你为什么要提起他? 不过也没关系,现在我可以坦率地告诉你,人在学生时代的爱情是不成熟的,它犹如一个青苹果,充满了诱惑,然而它又是酸的苦涩的,我和他之间的爱情正属于此类。然而,又有谁不承认金苹果的确比青苹果好呢? 说实话,有段时间,我也曾想过和他在一起,重温那种甜蜜。但是,思思,不知你感觉到没有,人一踏入社会,思想就会变得复杂起来。许多人都不再满足于青苹果的清纯酸涩而开始追逐金苹果的甘甜芳香。事实上,金苹果比起青苹果来,的确更有诱惑力,更有刺激感,不是吗?"

常思思又回说:"可是,也许那个徐公平还在痴痴地等你呢!"

那边又回复:"徐公平的确是一个很优秀的男生,可我现在需要的已不再是一个帅气的男朋友,而是一个能给我实实在在安全感幸福感的男人。当初徐公平执意要去那个偏僻的地方,追求所谓的梦想,本身就是个错,就意味着我们的爱情没有结果……"

徐公平再也看不下去了,回味着这些话,铿铿的键盘声仿佛敲击在他的心坎上。恼怒,惭愧,自责,悲怆,各种情绪纠结在一起,他实在说不出夏雯究竟有什么错。他像一只受了重伤的猫,颓然地一步一步走出了常思思的房间。

常思思看到徐公平情绪骤变,不再多言,穿上外套,默默地跟了出去。

三十五　情断不胜愁

美丽的夜色五彩斑斓,车如潮流,灯似霓虹,点点滴滴洋溢着现代都市的气息。过了半年的山乡生活,徐公平对这种城市气氛已有些陌生。山镇的夜晚是宁静的,星亮月白,云淡风轻,深邃而清明。相比之下,如此喧嚣的气氛反而使大城市比小山镇显得繁杂拥挤。如果走遍这座城市,你会发现每条街道都是相同的格调,一样脏乱差的路面,一样灰蒙蒙的天空,一样的嘈杂拥堵,一样的浮华俗气,整座城市显得空虚浮躁,像个没有灵魂的怪兽一样在没日没夜地疾速奔跑。

徐公平闷闷不乐地走了几分钟后,眼前出现了一座天桥,漂亮的小彩灯变换着节奏,闪烁出桥身明快的轮廓。徐公平再无心前行,遂拾阶而上登上天桥。到了桥顶,视野变得开阔了许多,周围琳琅满目的霓虹广告,鳞次栉比的高楼大厦,仿佛把人们囚禁在一片魔怪世界当中。他长舒了一口气,认真观察起天桥周围的景色来。

常思思安静地跟了过来,在他的身边站定。徐公平略略回了一下头,低声说:"思思,你也来了。"常思思点了点头,没再多说话。凭女人的细腻感觉,她知道此时徐公平的心里一定非常痛苦,她在努力体会着一个爱情失败的男人此时此刻的那种心情。

望着缥缈的天际,徐公平长舒一口气,忽然有一种顿悟的感觉:一座桥就是一个城市生活的活标本啊!看桥下这些大大小小的车,日日夜夜,年年岁岁,东东西西,南南北北,匆匆忙忙,来来往往,周而复始,去而复返。每辆车都像是一个鲜活的生命,在绕着某个神秘的轨道拼命地奔跑。再看那些长长短短的路,远近高低,横竖斜正,弯弯转转,坎坎坷坷,纵横交错,四通八达,有的路越走越宽,有的路却越走越窄。每个人的人生轨道又何尝不是一条条路呢?每个人的人生历程又何尝不是一场场奔走呢？

看着眼前的景象，常思思也有点感触地说："公平，我们所处的这个社会多像是一座桥啊！"

徐公平说："是啊！社会是这样，我们每个人的人生又何尝不是这样呢？"

常思思问："我们的人生也像是一座桥吗？"

徐公平说："虽然表面看起来每个人的人生都是不同的，可是谁又能逃过这命运立交桥上的交错和分离呢？"

常思思说："公平，今天为什么会有这样的想法？是因为夏雯还是因为你自己？"

徐公平说："并不是单纯因为谁而感慨。我觉得我们这些人正在陷入一种迷茫，陷入一种人生价值观颓废的迷茫，而且越陷越深，不能自拔！"

常思思也认同他的这个观点，她忽然打了一个寒战，说："公平，你说得太深奥了，我好像理解不透。我感觉有点冷了。"

徐公平说："那我们回宾馆去吧。"

常思思说："你想不想去看看我的房子？"

徐公平说："想去呀，思思，你有房子为什么要住宾馆？"

常思思说："他出事后，为了不引起别人的怀疑，我就说房子是我租的。偶尔去看一下，也不会引起人们的注意。"

他们叫停了一辆出租车，俩人钻了进去。在常思思的指引下，出租车驶入一新建的住宅区，俩人很快就到了常思思的房子。

徐公平走进房子，不禁吃了一惊，只见里面很宽敞，装修极为豪华，家具大多是进口货。房间整体风格既保持了东方的庄重典雅，又彰显了欧美的浪漫奔放，装潢设计很注重中西文化的和谐统一，比徐公平想象的要气派华丽多了。

徐公平大开了眼界，语带讥讽地说："放着这么舒适的豪宅不住，却要花钱去住宾馆，常思思，你真是人间奇葩呀！"

常思思辩解道："要是被当作赃物查出来，这房子我还能住吗？再说，我一个人，守着这么大的房子，还有什么意思？"

徐公平说："这么大一座豪宅，值不少钱吧？"

常思思说："具体多少钱我也不清楚，好像是三百多万，光装修就花了一百万呢！"

徐公平说:"看来人家在你身上可是花了大价钱呀！只可惜有些浪费。"

常思思说:"你是说我不配拥有这房子？"

徐公平说:"我是说这么豪华的房子也只有你们这些人才住得起呀！"

常思思较真地说:"可是现在这房子的主人是我呀！什么你们我们的。"

徐公平说:"可你和老头儿沆瀣一气,也算是他的帮凶。"

常思思说:"这你不能怪我！"

徐公平说:"不怪你怪谁？谁让你是最大的既得利益者。"

常思思说:"徐公平,请你不要把我跟罪犯扯到一块。告诉你,我也痛恨那些人贪污！但这与我利用自己的美貌追求我所需要的一切并不矛盾。我觉得,这与你去偏远山区以支教之名沽名钓誉,在本质上差不多！"

徐公平一听常思思把他俩相提并论,生气地说:"若论两种事情的性质,那可就差远了！我追求的是崇高清贫的精神生活,而你追求的却是庸俗奢侈的物质享受。这两者之间难道有可比性吗？"

常思思毫不示弱地说:"话可不能这么说。我俩谁崇高？谁低俗？你不能简单地用你那种陈旧古老的价值模式去判定！说实话,明天我若给希望工程捐款一千万,我就成了造福一方、名垂千古的慈善家。如果我把这一千万捐给你支教的那个山区,我就会成为大英雄、大名人,说不定你还得为我送匾立碑呢！而你呢？你只是一个平平庸庸的支教大学生,一个穷教书匠！即使你把自己最美的青春奉献给那个山沟沟,最终又能得到什么呢？若干年以后,也许你会贫困潦倒被人遗忘,谁管你的狗屁精神呢！"

徐公平说:"可是,你捐的这一千万来路不正,它是不干净的！"

常思思说:"请你不要诋毁我。这个世界上有多少钱是干净的？那些不付农民工丁点儿工资,自己却生活得穷奢极欲的老板的钱是干净的？那些拿几十万甚至上百万的'回扣'工程师的钱是干净的？那些欺下瞒上、鱼肉百姓的官员的钱是干净的？那些视法律为儿戏的恶势力的钱是干净的？徐公平,相比之下,我这是合情合法的收入。"

徐公平说:"难道说你不顾一切失去纯贞和青春,就是为了得到虚荣和金钱？"

常思思说:"这难道错了吗?庸俗了吗?就说现代的年轻人,谁又不是拿着青春赌明天呢? 只不过是每个人所采取的方式不同罢了!"

徐公平说:"我们难道就不能守住一点道德底线而去选择别的生活方式了吗?"

常思思说:"我认为我的选择挺好。我才不会像你一样,到那么一个花不会开鸟不拉屎的地方去浪费大好的青春时光呢!"

徐公平说:"问题是我也认为我的选择挺好。我对自己的选择从不后悔!"

常思思说:"徐公平,早点醒悟吧! 去什么地方不好,非要到那么一个地方去。再说,支教也不一定非要把自己的青春年华搭进去,你也可以在别的地方创业发展,然后以献爱心的方式支教呀,也许那样效果会更好!"

徐公平说:"你说得倒好听,你现在有钱了,那你愿意把你的钱支教吗?"

常思思没立刻回答徐公平,起身给他倒了一杯酒,沉思了一会儿说:"可以,但我是有条件的。"

徐公平问:"什么条件?"

常思思说:"第一,从今往后你得跟我在一起,再不去那个地方。第二,我要仔细考察投资环境,我不能盲目地把钱掏给别人,让别人去糟蹋。"

徐公平说:"你认为支教也是一种投资吗?"

常思思说:"当然。同样一笔钱,用好了可以起到事半功倍的作用,可以解决许多问题。如若使用不当,非但起不到正面作用,反而会滋生出其他问题来。你难道没听说过救灾款被人贪污挪用的事吗? 说不定你省吃俭用捐给希望工程的款,却被人家一夜花天酒地给挥霍光了。同样的道理,你'泥巴裹着裤腿,汗水湿透衣背'追求你的支教梦,想为祖国教育贡献点力量,说不定在某些人眼里,你是个十足的傻瓜呢!"

在这场辩论之中,徐公平感到自己似乎已处于下风,有点气馁地说:"你也不能一概而论吧! 在我看来,那些山镇人憨厚朴实,那里确实需要我们的帮助。"

常思思说:"凡可怜之人,必有可恨之处。那些山镇的人,自己守着那穷乡僻壤,不想方设法走出去赚钱,却让别人牺牲青春理想去支援他们,这种思想本身就是很自私的。我们也是爹妈养的,也是经过十年寒窗勤学苦读才考上了大学,凭什么让我们一出校门就去支援他们? 想想我们刚踏入社会,身无分文,又没有背景,我们的学业经不起荒废,我们需要奋斗,需要创造美好的未来,我们正需要别人的帮助,而不是牺牲美好的青春年华去帮助别人!"

徐公平惊讶于常思思这种谬论,但他又无反驳之词,只得说:"绕来绕去,你是舍不得拿钱出来吧?"

常思思说:"要我拿钱出来,可以。但我先要做个调查,我必须知道我所帮助的人是善良的,是可信赖的,是真正值得帮助的。设想你面前有一个乞丐,你要施舍,但他是一个为非作歹的恶人,一个好吃懒做的人,你还会掏钱给他吗?"

徐公平说:"给乞丐施舍,还要调查他的历史吗?"

常思思说:"当然! 假如你遇上了逃亡的马加爵,他是个十恶不赦的杀人犯,而他正在垃圾堆里捡食物吃,你也想慷慨解囊吗? 不要以为自己有点同情心就永远是对的,会帮助别人就了不起了!"

徐公平几乎被她说服了。他突然发现常思思比以前更成熟了。而且他不得不承认常思思的社会阅历比自己的丰富多了。但他想,姑且忽略常思思拥有的巨额资金是否真有问题,能说服常思思为山区投资修建一所学校,也不失为一件好事,也算是尽了自己情系山区教育的一点心愿。

想着这些,徐公平顺着她的意思说:"那你要做个什么调查呢?"

常思思说:"这个先不告诉你,现在该你回答我的问题了。"

徐公平说:"什么问题?"

常思思色迷迷地说:"你得嫁给我。"

徐公平怔了一下,说:"你决定要娶我?"

常思思说:"决定。"

徐公平说:"什么时候?"

常思思说:"就现在。"

徐公平说:"现在不行,我得回去想想。"

常思思说:"不行,要想也在这儿想。今晚你必须陪我。"

徐公平说:"那不可以,我有个毛病,一见有夫之妇,就怕得要命。"

常思思说:"好呀,徐公平,你把本姑娘当作有夫之妇了呀? 告诉我,你跟有夫之妇好过没?"

徐公平已知自己失了言,脸立刻红了起来。没等他回答,常思思已奔过来,扑在他身上脱他衣服，一边在他身上乱摸，扬言说："我看你是不是真的有毛病！"

徐公平没想到常思思会如此泼辣疯狂，用手擒拿住了她的双手，但无法抵挡她狂乱的吻。当常思思趴在他的胯腹上，引诱得他周身热血沸腾，他的下体也禁不住刺激，抖擞威风坚挺了起来。

常思思像一团火一样依偎在他的怀里，她的脸羞涩得像火烧云，眼里发出灼人的光。

徐公平感觉下体胀得难受，他翻身压在常思思的身上，俩人心领神会地狂乱吻吮起来。

常思思用双臂紧紧缠住徐公平的脖颈，任凭徐公平探知她身体的全部。

徐公平终于无法忍耐身体的颤抖，他像一头雄狮一样，抖动下体，威猛刚劲地插入常思思的宝谷湿地。常思思闷哼一声，双臂像铁钳般裹住徐公平的后背，怪叫着扭动着身子……

一阵激情宣泄之后，常思思像久旱的春草吮吸了雨露，紧紧偎着徐公平睡去。

在短暂的昏睡后，徐公平先醒了过来。他仰望着屋顶的水晶吊灯，回想着刚刚发生的一切，再看着怀中的常思思，不由感慨万千。

"世事短如春，人情薄似云！……片时欢笑且相亲，明日阴晴未定。"古人这短短数语，可不就是他此时的真切写照吗？想不到那么纯真的夏雯，在短短的几个月内，竟然会抛下五年来朝朝暮暮相思的他，而跟别人远赴海外去了。

"执子之手，与子偕老。"他想起初吻后，夏雯留给他的海誓山盟。如今，她却背叛了誓言，抛弃了神圣的爱情。他忽然忆起一段旧诗来，正能表达自己此刻的情怀：

春夜像诗一样静美
一切真实的情感已不复存在
当销魂的激情已经过去
温柔和信任能否依然长存
倘若我漆黑的眼睛

足以震撼你含情的双眸

倘若你的纤纤玉指

愿意扣动我火热的心门

那个执着的青年

还会像过去一般痴情地等待

风声依旧

冰雪消融

经过一个季节的沉默

当万物复苏于依稀的杏林

那五彩缤纷的落英

又重新洒落在老地方

恋人心中的温馨尚存

爱情却一去不回

徐公平看着怀中小鸟依人的常思思，忽然觉得她很可爱。他之所以被常思思轻易说服，然后产生莫名的冲动，不顾一切地与她翻云覆雨，一是出于对夏雯背叛爱情的愤怒和报复，二是出于对这种富裕生活的尝艳心理。他觉得感情的寄托必须要转移了，而这个接受者可能就是常思思。

徐公平看着常思思满足而安娴的表情，忽然觉得她很可怜。再美再好的女人，如果没有男人的呵护，也会像秋日的花草一样，一天天枯萎凋零。

第二天一大早，当徐公平从沉睡中醒来时，常思思已为他准备好了早餐，像老公一样对待他。这让徐公平感到一种从未有过的幸福和甜蜜。原来舒适的生活竟然这样诱人，他真想这样的幸福能一直持续下去。

用过早餐后，徐公平开始学着适应这种浪漫舒适的生活。常思思为他弹钢琴，他为常思思朗诵诗，俩人卿卿我我、缠缠绵绵，然后一起醉生梦死，享受情欲之欢……

第三天早晨，徐公平给康东方打了个电话，告诉康东方因自己临时有点事，还需要在这儿逗留几日。

任何人都能很快适应锦衣玉食安逸清闲的生活。几日来和常思思的亲密接触,缠绵悱恻,使徐公平开始对爱情产生动摇,而对女人的肉体产生了迷恋。每天,常思思都驱车陪他去看风景,他则陪她去逛街购物。香车,美女,豪宅,洋酒,情色,肉欲,使徐公平暂时忘却了烦恼和痛苦,也失去了追求理想的雄心壮志。他像一只受伤的雁,找到了可以休养生息的水滩。

互补性是事物之间能融洽共存的重要因素。在与常思思默契交合的日子里,徐公平发现了一点,那就是他和常思思竟然有惊人的互补性。他儒雅刚健,常思思泼辣纤秀;他倔强执着,常思思随和易变;他清高孤傲,常思思则乖巧任性。这样的两个人如果能在一起生活才是最完美的结合。

然而,这样的生活,也容易使人产生空虚和落寞。

在一次又一次的相互满足后,徐公平和常思思之间竟然产生了一些感情,仿佛各自进入了角色,知道了怎样去体贴爱护对方。温存之余,徐公平会不由自主地想起牛毛镇的生活来,那里终究有他未竟的事业。终于有一天,徐公平向常思思吐露了心中一直不甘放弃的那个梦想。

一次晚餐过后,徐公平拥着常思思说:"思思,这几天跟你在一起,真是太开心了!不过,这样下去也不是个办法,你说的那个调查,到底什么时候去呀?"

常思思说:"嘿,你还真把那天说的当回事了!咱们这样过不也挺好吗?"

徐公平说:"你莫非是想抵赖?"

常思思说:"本姑娘才不会耍赖呢!区区几个小钱,本也不算什么,只是我对你的感情可是认真的,你必须遵守诺言跟我在一起,我才会答应你的要求。"

徐公平说:"但你要想清楚,我终究是不会娶你的!"

常思思说:"我知道你会嫌弃我,但我也不奢求你正式娶我。因为我知道你是不会忘记夏雯的!我只要你能一直陪我就满足了,我们可以一起创业,一起艰苦奋斗,一起享受幸福生活。等过上若干年,你赚足了钱,那时我就离开你,过单身生活。"

徐公平说:"那时候我怎么办呢?"

常思思说:"到那个时候,你也许就是身价过亿的人物了,身边还缺少美女吗?"

徐公平说:"你想得挺美呀!你想在年轻时窃取我的青春,到年老了却又抛弃我，再让我孤独终老吗？"

常思思说："那要我怎么办才好呢？我想嫁给你，你不愿意娶我。你想跟夏雯在一起，她又不愿意嫁给你。爱情这东西，本来就很奇妙！再说了未来命运的事，有谁能说得清呢？"

徐公平说："是呀，人类的爱情的确是一种很神奇的东西。但我总觉得我们的生活并不是什么命运在安排，而是有一只幕后黑手在操纵着它。"

常思思说："那还有什么？就是钱呗！你看现今社会，钱让多少相爱的人不能在一起，又让多少不相爱的人睡在了一起。"

三十六　意迷难自持

徐公平拉着常思思的手从一个叫玲珑阁的保龄球馆走出来,二人脸上洋溢着开心的笑容。

突然,一个蓬头垢面衣衫不整的人冲到他们的面前,把二人吓了一跳。常思思想夺路逃开,徐公平却强拉着她停了下来。这是一个三十多岁的女人,脸上污秽不堪,两眼泪迹斑斑,头发散乱,目光痴呆,身上裹着一件破旧的黑色棉袄。

徐公平以为是个乞丐,赶忙摸出一张票子递给她,想施以爱心。不料,那女人并不接钱,却一把拽住他的胳膊,大喊"骗子",徐公平大吃一惊,慌忙将钱塞到那女人怀里,急欲脱身。那女人却伸出另一只手来,抓住票子,向着票面啐了几口唾沫,狠狠地扔向了地面,用脚踩着。

徐公平觉得莫名其妙,正欲问那乞丐为什么不要钱。常思思猛拉他一把,他便顺势逃开了。只听身后那女人用凄厉的声音喊着:"还我孩子,你还我孩子!"

徐公平被常思思牵引着,一路茫茫然小跑着回到了住处。常思思"砰"的一声将门关上,徐公平方才从迷惑中回过神来。本来,常思思教他打保龄球,他们玩得很惬意。可这种快乐仅仅延续了几分钟,就被这件事情冲散了。

他回忆着刚才的情景,对那妇人的行为百思不得其解。世上还有不要钱的乞丐吗?看她样子很可怜,但她对钱似乎深恶痛绝。这是为什么呢?这个女人到底经历了什么?这几个问题一直在徐公平的脑海里萦绕。

这时常思思已冲完澡,娇柔的身姿显得尤其性感,可徐公平一点也不为所动。他自言自语地说:"真没想到,这世界上还有不要钱的乞丐!"

常思思一边招呼他去冲澡,一边说:"什么乞丐呀?那是个疯女人,自己下岗了,丈夫遗弃了她,孩子又被人拐卖了,所以就疯了,满大街到处跑,见到政府小轿车就拦在前面,又哭又闹,又笑又骂。今天你没挨她耳光,算是幸运的。若你对她态度不好,或许她早用一记耳光或一口痰对付你了。这个城市不知有多少人吃过她的亏,人们都怕她躲着她。"

徐公平说:"原来是这样,那女人真够可怜的!"

常思思说:"这世界上可怜的人多了去了,岂是我们一个寻常百姓所能管得了的。"

徐公平感慨地说:"同样也是人,我们虽然也有自己的不幸和不如意,但较之这些人却是幸运得多了!"

常思思说:"所以说,趁我们还没疯,管好自己吧。你空发多少感叹又有什么用?"

徐公平一边走进洗漱间,一边说:"古人云,民不患寡而患不均,不患贫而患不公。这世上怎么这么多可怜人啊!"

徐公平进去洗澡的时候,常思思倒了两杯红酒,自己口服了避孕药,又将两粒性兴奋药融入另一杯酒中。徐公平洗完澡时,常思思已半卧在床上,粉红的脸颊上洋溢着无限的期待,性感的身体散发着动人的诱惑。

徐公平坐在床边,习惯性地将那杯红酒一饮而尽,然后装着毫无兴致的样子背对着常思思躺下。

常思思扳过他的身子来问:"你还在想那件事呀?"

徐公平说:"女人离开丈夫和孩子就会发疯吗?"

常思思说:"因为丈夫和孩子是那个女人的全部。没有了丈夫和孩子,也就没有了希望,也就失去了继续生活下去的理由。女人若到了那个地步,不疯也由不得自己。"

徐公平忽然想到了窦瑜玮,蓉蓉走失后,她会不会也发疯了呢?

正在他思想抛锚的当儿,常思思紧挨着他的身体说:"亲爱的,不要想那些不愉快的事了,咱们还是珍惜眼前所拥有的幸福吧!"

徐公平勉强吻了她一下,又停下来,似乎还在想着乞丐那件事。常思思像一只猫一样蜷伏在徐公平胸前,并用迷乱的眼睛深情地注视着他。

徐公平忽然觉得一股奇异的冲动充斥全身,他再也控制不住自己的感情,在常思思熟练的配合下,将强弓一样的下体轻而易举地进入了常思思的宝谷。

常思思有节奏地轻哼着,这更激起了徐公平强烈的征服欲。这一夜,徐公平竟多次使常思思达到了高潮。到后来,常思思只得向他求饶,悄声说自己的私处有点疼。

然而,徐公平的情欲已然被撩拨了起来,他不愿从那个极乐之谷中退出来。一阵高频抽动之后,那满腔冲劲的高压水枪终于激情喷射了出来。徐公平攥着常思思的双肩,将她压在身下,狠命将那一股热浪全部注入了她的体内。常思思感觉徐公平像头公牛一样强劲,接着就有一股热乎乎的浪潮喷入她的体内。巨浪到处,她猛地抓紧徐公平的后背,怪叫着扭动身体,愉快地挣扎着。几分钟之后,徐公平像一只斗败的鸡,疲软地瘫在常思思的身上,昏睡了过去。常思思一侧身,将身子从徐公平身下抽了出来,并伸手为他盖好了被子。尔后,她也带着甜美的微笑睡着了。

杜小鹿对高水平的美容美发培训教育发生了浓厚的兴趣,她的勤奋刻苦弥补了文化基础的薄弱,反而成为众多学生中的佼佼者。

老师和学员们对这个来自山镇的美丽姑娘关爱有加,她很快就跟大家打成一团。课外时间,杜小鹿把大山美丽的景色和动人的传说讲给他们听。甘甜的山泉水,火红的山丹花,漂亮的蝴蝶,可爱的山鸟,玲珑精致的松塔,活蹦乱跳的松鼠,蟋蟀、蚂蚱、野葱、野蒜、野草霉,甚至大牦牛、小毛驴这些山里人司空见惯的东西,在她的同学眼中都是那么美好和神奇。城里长大的人把大山想象得跟杜小鹿一样恬静美丽,仿佛整个大山就是一只矫健的神鹿,是那么令人心驰神往。

康东方见杜小鹿已完全适应了美容美发学校的生活,似乎已经忘记了以前生活中的烦恼和不快,也就有意减少了去看她的次数。他想腾出更多的时间,在母校做一些有意义的事情。

适逢某节目组走进大学校园,康东方作为支教大学生的代表,得到了一个分享支教心得的机会。上台后,他先是满怀激情地唱了一曲《爱的奉献》,在主持人采访他对大学生支教的感触时,对着台下数千名师生,声情并茂地说:

"到贫困山区去支教,我从未感到后悔过。尽管生活很苦也很寂寞,然而,当每天看到自己的付出,给那一群孩子带去了知识,带去了欢笑,我感到自己是快乐的,充实的!我希望有更多的即将毕业的大学生加入到我们这个行列中来,也希望社会各界人士能伸出自己的援助之手，以各种方式支援支持教育，但我更希望我国的教育能真正进行一次改革，从根本上消除教育的地域差别和人为差别，改变教育的不均衡！"

之后，他又在母校参加了一些有益的社会活动，许多校友、老乡都向他打听在山区小镇支教的轶事。他的事迹感动了许多同学，好多热血青年都表示毕业后愿意到边远地区去支教。这使他觉得有了战友、有了支撑，心灵不再感到孤寂，也更坚定了他将这项事业进行到底的信念。

开学的日期到了，康东方毅然告别了母校，告别了灯红酒绿的城市。他让杜小鹿安心完成自己的学业，自己则如期到牛毛镇来继续他的工作。

再次来到牛毛镇，康东方对这个偏远的山野小镇有了更新的认识，对自己做过的事以及这份工作也有了更为深刻的理解。

每每踏上这片土地，他的心中就会涌出无限的感慨以及那种令人无法言说的情感。

这是一片神奇的土地，虽然地域不大，但这片土地承载的东西太多太多了。它不是分散的而是完整的，不是荒芜的而是深邃的。这里的每一个生命，似乎都散发着不羁的野性，喷发着古老而又雄浑的气质。这片土地，它传奇般为世人呈现出光辉和苍茫，同时也宣泄着原始的粗犷和野性的光泽。

望着高原上皑皑的白雪，康东方感慨万千。想到杜小鹿多舛的命运和自己的遭遇，他的心在隐隐作痛。寒暑易节，岁月更迭，人类在征服大自然的过程中，不知经历了多少痛苦。在伟大的自然面前，一个人的得与失、乐与悲是何等的渺小啊！

三十七　突来的变故

　　却说牛毛镇大石头小学是全镇条件最艰苦的地方，学校坐落在一个小山洼，全校有一至四年级共三十七名学生。四年级以上稍大一些的学生，就跟着他们的哥姐翻山越岭到十几里外的戴帽小学去住校上学了。戴帽小学即一所完全小学外加初一、初二两个初中班，是山区教育的特殊产物。

　　大石头小学只配有两个老师，都是临时代课教师。男的代课老师叫郑学礼，八十年代的高考落榜生，女代课老师叫郑雪莲，一个十七岁的姑娘，新世纪的初中毕业生。两位老师都是村民自荐的代课老师。

　　大石头小学从诞生起没有派来过公办教师。以前也是两个老师任教，一个老民办老师和一个代课教师郑学礼。去年老民办教师病故，乡亲们埋葬了他的尸骨后，村上再没有合适的人选，正好村书记郑学仁的小女儿郑雪莲刚初中毕业，就成了学校代课老师的不二人选。代课老师每月八十五元钱的工资，不够姑娘买一件像样的衣服。郑雪莲开始并不愿意干这份工作，由于再找不到合适的工作，又有人上门来保媒提亲，把个雪莲姑娘唬得赶紧答应去学校当孩子王了。

　　在这里，山村的姑娘，初中毕业证已是很高的文凭了。大多数姑娘都是小学一、二年级学生，或者只上了扫盲班，只认得个阿拉伯数字，会写自己的名字。而这也算幸运的了，还有一部分连一天校门也没进过，东南西北也辨不清，向左转向右转也不会做。

　　郑雪莲跟着郑学礼老师教了一段时间后，竟对教学生念书发生了兴趣。因为每当她教给那些孩子一些知识后，就觉得有一种成就感，她隐约觉得这就是知识的力量吧。每当学生的家长亲热地称她为"雪莲老师"时，她就会沉浸在甜美的自豪中。开始的时候，她的脸颊还会微微泛红，她觉得自己真的长大了，竟然当了老师！而在多少次的梦中，她还在校园中奔跑，坐在教室里上课。而如今，喜欢穿学生服的她，竟然主宰着整个课堂。学校虽然不大，每每只她一个人在校的时候，她觉得自己就是这所学校的主人，那种自豪感和主人翁的责任感竟然奇妙地占领了她的芳心。

与郑雪莲在校任教的是她的堂叔郑学礼，他清秀的鼻梁上挑着一副黑边近视眼镜。因为每月八十五元的工资，实在难以维持一家五口的生计，寒假里，郑学礼禁不住几个朋友的诱惑，到山那边的煤矿去挖煤打零工。在一次小夜班下井时，郑老师失手跌落于十几丈的深井，当场摔得粉身碎骨。郑学礼家一贫如洗，噩耗传来时，他的老母亲哭得晕死了过去，妻子和两个孩子伤心欲绝，呼天跄地，哭得死去活来。他们叫天天不应，叫地地不灵，整个家庭如同天塌了一般。由于矿主是私人开采，无证经营，一时又没钱赔偿，人命关天的大事竟被一拖再拖，几个月过去了却没有处理结果。

这一突发事件，又在牛毛镇引起了不少的风波。有人说郑学礼好好的老师不当，到煤矿打什么工？真是自寻死路！有人说郑老师命苦，活该没有发财的命！也有人为郑老师惋惜，说他挣的那几个钱，还不够养只肥猪的饲料钱，也是生活所迫，是被生活逼上绝路的。

尽管众说纷纭，最终结果却是牛毛镇大石头小学缺了一名教师，急需从别的学校抽调补充。

康东方之所以被列入抽调候选人，是因为他在上学期被关进过看守所，曾给学校造成了非常不好的影响。

窦瑜玮校长在镇政府下调令之前找康东方谈了话。她委婉地说："康老师，这学期开学你可真积极呀！你看徐公平，到今天还不见个人影。"

康东方说："他给我打过电话，说有事耽搁，要迟两天才能来。"

窦瑜玮说："大石头小学的郑老师在假期里到煤矿去打工，摔死了。这件事你听到了吧？"

康东方一边整理书籍一边说："没有听说过，这与我有关系吗？"

窦瑜玮校长说："这事倒和你无关，只是大石头小学现在缺了一个老师，镇政府教育会议决定从我们中学抽调一名老师去解决这个实际困难，这件事令我很头痛。"

康东方反应过来了,说:"校长,你是说,想让我去?"

窦瑜玮校长说:"我是有这个打算。你看,我们学校别的老师都是本地人,尽管本事谁也比不上你们大学生,可他们的臭讲究却不少,他们谁都忌讳去那个地方。"

康东方打断窦校长的话说:"校长,我知道了,我情愿到大石头小学去。"

窦瑜玮校长满脸堆笑地说:"呵呵,你们大学生就是不一样,思想觉悟挺高的。话又说回来,年轻人嘛,既然吃苦来了,到那里去锻炼锻炼也是好事,改天我再欢送你吧! 你就收拾收拾行李,赶快去那里报个到,那个小学校的几十个学生正等着你呢! "

大石头村郑学仁书记得知给小学校调来了一个大学生老师, 高兴得不得了,专门带了几个乡亲,赶着毛驴到山脚下去迎接这位贵客。

康东方被乡亲的热情感动得差点流下泪来。这些朴实的汉子,穿着因长年风吹日晒而掉色发白的衣裤和手工纳的千层底布鞋,黢黑的脸上透着山石般的憨厚朴实。他们七手八脚地把康东方扶上了毛驴,然后你一样我一件地背上了康老师的行李物品,簇拥着他,队伍三吆五喝地就出发了。

郑书记发现了康老师不会骑驴,他小心地拽着驴笼头,怕毛驴受惊尥蹶而摔了康老师。一路上,众人看着康老师被颠得左摇右晃,都在偷偷地笑。

早春的气温虽然不高,天气还有些寒冷,但康东方被颠了一身汗。他面色潮红,而且有呕吐的感觉,只得对郑书记说:"老伯,停一会儿,停一会儿,放我下来吧。"

郑书记吆停了毛驴,说:"你就骑着毛驴走吧,看你这皮鞋新的,如若下来走,这双鞋今天肯定报废了。再说,你的脚也会疼好几天哩! "

康东方说:"老伯,我骑不惯毛驴,鞋报废了没关系,我在上面真的受不了了。"

众人听了都停了脚步,望着他笑开了。郑书记扶着康东方小心地从驴背上下来。康东方脚一着地,双腿一麻,一下子跌坐在地上,引得众人哈哈大笑起来。其中一人笑着说:"真是新一代的知识青年呀! "

康东方平生第一次骑驴,因过于紧张,所以把身体绷得紧紧的,生怕一不小心摔下去。可骑驴不像骑马,驴脊背僵硬如弓,前行时一颠一颠的,须把身体整个重心稍后移一点,方能稳得住。另外,骑驴时,得用双膝夹住驴胁,身体有节奏地和驴的颠颤保持协调一致,才不至于别扭、难受。

康东方腿脚的感觉恢复正常后,立刻活跃了起来。但山路上满地的角砾,确实对他的皮鞋进行了严重摧残。刚走了几步,他笨笨瘸瘸的样子,倒是令大家有些担忧。

郑书记见状说:"康老师,看你走路让人心里不安定,主要是你那鞋的问题。来,你穿上我的球鞋。"

康东方说:"老人家,这怎么行,我穿你的鞋你怎么走?"

郑书记说:"我骑驴。"不由分说,他已脱了鞋,把鞋提了过来。康东方只好脱了鞋,试着穿了一下。球鞋里面虽然有些脏,但大小刚好适合。其实,郑书记早已用眼睛量好了他的鞋码,他们的脚都是四十二码的,康东方穿上后自然会合合适适的。

郑书记见康东方穿了自己的鞋,走路比先前稳当了许多,再不担心他会摔倒。于是他光着脚丫子把康东方的皮鞋往行李包里面一塞,然后回身奔到毛驴跟前,只轻轻一跃,就稳稳当当地骑在了毛驴背上。他双膝一夹,左手拽着缰绳,右手在驴背上一拍,那毛驴便顺顺当当地往前奔开了。

众乡亲见郑书记骑驴走在了前面,也放开脚步撵了上去。康东方轻身追他们,也觉得不太费劲。只听一个老乡说:"你们听过知识青年骑驴的故事吗?"大家说:"你给我们讲一个。"那老乡便操着浓重的方言讲开了:"那是在人民公社生产队的时候,知识青年上山下乡接受贫下中农再教育,有个知识青年,初来到农村,不会骑驴。有一天,他得到队长命令,要把一头草驴赶到另一个村子去驮东西,他就想借这个机会偷偷学学骑驴。于是他就拉住毛驴,想爬到驴背上去。可那头草驴又高又大,他刚爬上去,就溜了下来。几次失败后,他心想,是不是他骑驴的方法不对呀,后来,他就观察驴,发现驴后腿上有两个向外拐的地方,可以用来踩脚。知识青年心想,别人是不是从这里踩着上去的,于是他就试着用脚踩在驴后腿上。可他刚一踩上去,驴就向前走一步,再一踩,驴又向前走一步。就这样折腾了好多次,连个驴屁股也没沾着。最后,实在没办法了,他就说,驴呀,你就站稳了,让我骑一回吧!听了这话,那草驴果然停了下来。那个知识青年俯身蹲到驴后面,猛地往驴屁股上一跃,那驴一惊,突然往前奔开了,那个知识青年一个狗吃屎,嘴刚好扑倒在驴的肛门上……"听到这里,众乡亲早已笑得前仰后合了。

穿过崎岖不平的山间小路,两个小时后,他们终于到达了大石头小学。

说是一个小学,其实不过是三间半低矮的土房而已。两个大单间用作教室,一个小单间用作寝室,半间矮房成了伙房。

郑书记杀鸡宰羊,村领导张罗着为新来的大学生老师接风洗尘,安家落灶。往日宁静的大石头村变得沸腾起来了,小学校则成了这里的沸点。

郑雪莲老师心情非常畅快,在这些叔伯面前,她依旧扮演着一个娃娃的角色。她偶尔也会偷偷睁着大眼睛瞅瞅康东方那朝气蓬勃的脸,然后双颊绯红,赶紧扭头去做一些零碎的活儿。

在雪莲老师心中,已悄悄把康东方跟自己的老师相比,也和自己的同学相比,她真不知道把这个即将成为自己同事的异性放在哪个位置。是像老师一样尊敬他,还是像同学一样和他亲近,或者该像同事一样和他平起平坐、谈笑自如?她真不知道。

一个出自山沟沟里的初中女生,同一个来自外面世界的大学生要成为同事,最大的问题不是看到的外在表象的差别,而是内心深处想法的反差。雪莲姑娘就是在这样的极度反差里,艰难地度过了第一天。

熊熊燃烧的劈柴大火,很快就把小学校土炉子上搭着的大铁锅里的山羊肉煮得烂熟。大家众星捧月一样,把新来的康东方老师围在中央,又是给他敬酒,又是给他撺肉。

康东方不胜感激,初来乍到时的那种拘谨早已被乡亲们的热情冲得荡然无存。大家高声划拳,大碗喝酒,像过节一样肆意奔放,尽情欢畅。

身为大石头村的书记,郑学仁更是感到格外自豪,心情非常爽。在酒酣耳热之后,他豪气大开,唱起了当地濒临散佚的一首大山之歌:

太阳爷出来,头一点点红,照在那个南山上金波一条龙,哎嗨,金波一条龙。南山上住着个南山神,是咱山里人的保命神。神灵保佑为黎民,一心为了咱山里人。哎嗨,为咱山里人!

月亮爷上来，第二点点红，照在那个房顶上金波一条龙，哎嗨，金波一条龙。廊檐上挂着个大红灯笼，房里住着咱穷苦人。穷山穷水穷断根，天天盼着个好营生。哎嗨，盼着好营生！

星星爷上来，第三点点红，照在那个头顶上金波一条龙，哎嗨，金波一条龙。共产党领导咱翻了身，毛主席是咱大恩人。吃水不忘挖井人，下定决心跟党走。哎嗨，永远跟党走！

黄河的水呀，它向东啊流，啥时候才能流到我家门？哎嗨，流到我家门……

吼着吼着，郑书记竟哭了，哭得肝肠寸断。在座的好多人，见郑书记哭声凄烈，都跟着哭了。

康东方不知啥原因，满脸疑惑地望着他们。

年轻的村主任揉着红红的鼻子，走过来劝郑书记说："书记爷，今天是个好日子，你就开心些好吗？你看，咱们村不也来了大学生老师吗？这可是天大的喜事，我们应该高兴呀！"

郑书记抹干眼泪说："娃啊，我心苦呀，心酸哪，想想我们祖祖辈辈，在这个山旮旯里待了几百年了，靠天吃饭，饥一顿，饱一顿，连做梦都想走出去呀！可这个梦我们却没有做成。过去，我们国家穷，心里还能想得开，如今我看到别的地方都发生了变化，都富起来了，可咱们还就在这个穷窝窝里，一点动静也没有，我心里急呀！可我又生不出个翅膀来，带着大伙儿飞出去。你们看这里，穷山恶水的，天生就不是个养人的地方。过去咱祖先为了躲避战乱逃到了这里，可如今政策好了，我们也不能一条道走到黑，得想想办法了。"

大伙七嘴八舌地说："对，书记爷，咱们也不能在一棵树上吊死，这地方就这个样子了，我们仅靠两只手也弄不出个啥名堂来，可我们活人总不能让尿憋死吧！大伙都愿意跟着您干，到外面去闯出我们自己的一片天地吧！"

康东方静静地听着这些山里人思变图新的美好愿望，也挺感动的，就插言说："乡亲们，你们想离开这里是吗？我觉得那也不是唯一的办法。你们应该鼓足信心，把自己的家乡建设得更美好！谁不想过上幸福的生活？谁不想自己的家乡富起来？现在国家政策这么好，西部大开发，加强基础设施建设，退耕还林，这些政策已经给大家指明了方向。你们应该鼓足干劲，改变家乡贫穷落后的面貌，不应该灰心丧气呀！"

郑书记说："小康老师，不是我们灰心丧气，我们也想甩开膀子大干一场。可这块土地太缺地气了，没水、没电，没路又没钱，自然灾害又严重，你让我们怎么搞？把家乡建设得更加美好，是我们祖祖辈辈的梦想啊！可我们只是一个小山村，即便使出我们全部的力量，又能搞出个什么名堂来？我们渴望国家的政策啊，渴望党和政府能过问过问我们农民的实际困难啊！"

康东方说："郑书记，你看，党和政府不是已经派我们来支援你们的教育了吗？相信政府会很快考虑到你们的困境的！"

郑书记说："小康老师，对于你的到来，我们当然非常欢迎。可你想过没有，中国这么大，单靠你们这一批热血青年来支援我们，能起多少作用？要想从根本上改变这个状况，还得靠全社会的共同努力呀！众人拾柴火焰高，大家一起出力，才能顶个用场。我们农民不图形式，就图个实惠，想实实在在地做点事，过个安安稳稳的日子呀！"

康东方说："乡亲们别急，我们国家国务院正在研究对农业、农村、农民切实有效的'三农'政策呢，相信你们很快就会得到实惠的。"

郑书记说："小康老师，谢谢你的美好祝福。今天咱们不谈这些烦心事了，就以喝酒为乐吧。你就尝一碗咱们自酿的青稞酒吧！"

此时，有了共同语言，康东方也被他们的豪气粗犷所感染，他端起酒碗，想一饮而尽，可刚喝一口，就被呛得脸红脖子粗了。

于是郑书记又教他如何喝大碗酒的诀窍，场上气氛重新变得热闹起来。乡亲们频频给小康老师敬酒，康东方盛情难却，只得硬着头皮喝了。不一会儿，康东方就被乡亲们灌得酩酊大醉。其实，他只喝了不到半斤酒，比起那些粗犷的汉子，他喝的酒还不到他们的一半。只是那酒太烈了，康东方受不了那冲劲，三下五除二就被灌过去了。

郑书记也喝了不少酒，他临走时将烂醉如泥的康老师安睡在了热烘烘的土炕上，并叮嘱雪莲说："你看着，别让他受凉，也别让煤烟子打着了，注意他的安全。"

对于学校的情况，郑雪莲再熟悉不过了，但让她照顾一个醉酒的人，还是第一次。

乡亲们走了之后，学校里立刻安静了下来，看着沉睡的康老师，雪莲忽然觉得很孤寂,她想起了郑学礼老师。

　　那时候,郑学礼老师几乎把学校当成了自己的家。每天下午放学以后,雪莲老师便护着其他学生一齐回家去了,学校里只剩下郑学礼老师一个人。他静静地在那间矮小的房间里批改作业,备课写教案。郑学礼老师喜欢拉二胡,他拉的二胡名曲《赛马》美妙极了,听的人仿佛驰骋在赛马场上,能够给人以美好的享受和回忆。也许是怕寂寞吧,郑学礼老师后来把他的儿子郑峻峰也留下来,父子俩一同留守在学校。受父亲的熏陶,郑峻峰小小年纪就拉得一手好二胡。

　　想着这一切,雪莲眼中闪动着晶莹的泪花。郑老师,她的堂叔,她的同事,匆匆走了,且是永远地走了,她不知道该如何应对学校往后的事情。虽然康老师的到来,给学校带来新的生机,但她深深知道,学校的事尽管没什么大事,也绝不是上两堂课那么简单。

　　过去,郑老师始终把她当作孩子一样看待,她确实没感到工作有什么压力。然而,郑老师每天都干些什么,她都看在眼里,记在心头。

　　每当开学时,郑老师都显得特别兴奋,他总是把小小的校园扫得干干净净,校园中没有一颗乱扔的小石头。校门到教室之间有一条二三十米长的小路,他用石头砌得平平整整。他还在教室前面开辟了一个小小的操场,作为孩子们活动的天地。教室的一侧有几棵柳树,其中一棵树上挂着一口破锅,上下课时,敲击它就会发出"咣咣"的响声。每天下午,学生课外活动时间,由她照看孩子们,而郑老师则赶上毛驴到十几里外的泉眼去驮水。两只塑料桶,可盛一百斤水。每次驮水回来,郑老师都是满身疲惫。可一走进校园,看到孩子们,郑老师就立刻来了精神,脸上绽放出和蔼的笑容。他把水箱卸下来的时候,总会吆喝一声:"来呀,娃们想喝水的过来,新灌来的泉水啊!"听到他的喊声,孩子们都会围拢过来,抢着喝。清冽的泉水沁人心脾,孩子们一个个地把木勺往下传,喝完的都会发出痛快的扑气声。而这个时候的郑老师是最开心的……

　　如今,她不知道,康老师又将如何面对这样的生活。

　　康东方翻了一下身,把被子蹬在了一边,显得很难受,他挣扎着向前爬了一下,然后一阵呕吐。

　　雪莲赶紧冲上去,抓着他的衣服,不让他从土炕上摔下来。吐完后,他的脑袋耷拉在炕边上,手臂伸得长长的,好像舒服了一些。

雪莲学着她妈伺候她爸一样,给康东方擦干净了嘴角,让他喝了两口开水,然后摆正了他的身子,让他重新睡好。她迅速用土掩盖了呕吐物,又在炕中煨了些火,在炉中加了些煤,倒顶上房门,趴在书桌旁睡着了。

　　二月的大西北春寒料峭,空旷的黄土高原上吹拂着清冷的风。牛毛镇就坐卧在祁连山一隅。这祁连山与古道河西走廊一路相邻,宛若一条巨龙横亘在大漠之畔。它那雄奇的峰姿具有超凡脱俗的气质,仿佛是大自然敛聚灵气凝结而成的一道巧夺天工的天然屏障。

　　举目远眺,祁连山峰峦叠嶂,嵯峨如海,座座山峰像巨浪一样层层向天际推去,云气茫茫,雾霭沉沉。近观之,每座山峰亦凸亦凹,亦空亦灵,多情的天公用神工鬼斧把她镌刻得是那样美轮美奂,又是那样充满诗情画意。每一个曾经来到她怀抱的人,无论愿意或者不愿意,她都一样攫取了你的目光,令你流连忘返,浮想联翩。

三十八　风流惹孽缘

　　徐公平正欲携手常思思去牛毛镇考察，以敲定修建希望小学一事时，常思思突然接到一个从监狱打来的神秘电话，说她的老相好在狱中病了，需要她的帮助，让她火速去探望。

　　常思思谎称她原来工作的单位有些事务，要她回去处理。她让徐公平先到牛毛镇去上班，待她处理完单位的事务后再到那里去考察投资建学的事。

　　其时，历时数年的青藏铁路线即将竣工，参建单位正忙于通车前的诸多准备工作，有关青藏铁路工程建设过程中的许多轶事也在老百姓当中传诵。

　　徐公平坐在西行列车上，听着旅客种种美好的憧憬，看着人们的喜悦表情，感觉到青藏铁路线确实是一件技术含量很高的伟大工程，是足以跟万里长城媲美的中华瑰宝。他的内心涌起一种强烈的民族自豪感，为能生长在这样一个不断发展的国度而庆幸自喜。

　　当再一次踏上牛毛镇这片土地时，徐公平的感觉和以前却大不一样。在他的眼中，牛毛镇已不再是那么单纯、质朴了，反而是有点鄙俗了。

　　虽然迟到了一周，但窦校长还是热情地接待了他，嘘寒问暖。当再一次见到张继业、董红等这些默默无闻坚守在工作岗位上的同事时，他又对教师这个职业重生起敬意来。

　　张继业主任眼里闪着惊奇的光，殷切地说：“徐老师，你怎么才来呀？你没来的这些天，可把我忙坏了！学校需要你啊！你不来，你那班上的学生们等急了，我都收拾不住了！”

　　徐公平略带歉疚地说：“有件私事耽搁了几天，我处理完后，就匆匆赶来了。”

窦瑜玮说:"来了就好,家里的事处理不好,来了也不能安心工作。张主任,康东方老师已为徐老师请了假。"

徐公平说:"对了,康东方呢? 怎么不见他的影子。"

窦瑜玮说:"他被调到大石头小学去了,自己主动要求去的。"

张继业说:"那大石头小学是全镇条件最差的学校,由于学校的代课老师在寒假里遭遇矿难死了。学校缺老师,康老师主动要求到最艰苦的地方去锻炼自己。"

徐公平说:"那,把我也调到那里去吧!"

窦瑜玮说:"这可不行,现在中学的许多工作正靠你呢! 再说,大石头小学还有一个代课老师,那里再不需要老师了。"

徐公平说:"不行,我一定要去看看康东方。"

窦瑜玮说:"过些日子再去吧,你先把眼下紧要的工作处理一下。张主任,今天我们就为小徐老师接风洗尘,去馆子里撮一顿好不好? "

张继业说:"好啊,一来为徐老师收收心,二来也为他鼓鼓劲。"

于是,下午放学之后,张继业通知学校一些重要岗位老师到小饭馆聚餐。饭桌上,窦校长、张主任几次要徐公平讲讲假期在大城市见闻的新鲜事儿。徐公平无心猎奇,只讲了讲某电视台去母校的情景。在座的人惊羡之余,也讲了一些山镇趣闻,自然,也提到郑学礼老师在煤矿遇难之事。

有人慨叹道:"那个郑学礼老师可是个很敬业的老师, 没想到是这么个命运,真可惜呀! 都说现在农民工的日子不好过,其实我们教师的日子也好不到哪里去。现如今我们公派教师都对工作失去信心了,他们那些民办教师的生活可想而知。"

有人接着说:"其实发给民办教师的那几个工资,连个最差的农民工的收入都不如! 每个月就那么几十块钱的工资,哪够家里开支呀! 也难怪郑学礼老师冒着生命危险去煤矿背煤!"

有人说:"算了,算了,你就别再提这些伤心的事了。"

窦瑜玮校长听着大家谈论的话题已偏离了今天聚餐的主题, 就不悦地说:"提醒一下大家呵,'喝酒就喝酒,莫可论荆州'。我们今天在这里聚一聚,目的是欢迎徐公平老师再次来到我们学校,可不是让你们来胡乱嚼舌头根的。要是大家吃饱喝足了撑得慌，咱们就立刻回去。"

徐公平因见不着康东方，心情郁闷，喝了一点酒，心不在焉地听着大家七嘴八舌议论。听窦校长说要回去，张继业主任第一个积极响应，徐公平也跟着他们回到了学校。

窦瑜玮招呼徐公平说："徐老师，到我办公室来一下，有一大堆事正等着你做呢。"徐公平闷闷不乐，只得勉强跟着窦瑜玮走进了校长办公室。

一进入办公室，窦瑜玮顺手把门关上，然后迫不及待地投向徐公平的怀抱说："公平，假期过得怎么样？你想我了吗？我可想死你了。"

徐公平推开她，闪在一边说："校长，有啥事快点说吧，别一见面就这样。我还有别的事要处理呢！"

窦瑜玮依旧不依不饶地说："啥事也没有这件事重要，我就想抱抱你，跟你单独说说话。"

徐公平呆呆地站在那里，看着她像个风尘女子一样献媚，提出这个最基本的要求，竟不知说啥好，也不知做啥反应才合适。

见徐公平不再躲闪，窦瑜玮突然搂住他的脖子，一顿狂吻，见徐公平还是没有反应，就停住动作说："怎么？短短一个假期，你真的忘了我吗？"

徐公平冷冷地说："别这样了，说正事吧。蓉蓉找到了吗？"

窦瑜玮说："还没呢，别提那个小蹄子了，整整一个假期，我都在找她，都没过上个安稳年。"

徐公平说："都是我们俩的这种关系，才害蓉蓉离家出走的。"

窦瑜玮说："我不管她了，只要她不死掉，在外面闯闯也不失为一件好事。"

徐公平说："外面的世界是很危险的，尤其她一个女孩子，是很容易学坏的。你就不担心吗？"

窦瑜玮说："我也很担心呀！年前听人说在县城一个网吧里看到过蓉蓉，我立即去找了，可就是没找到。唉，管她呢，是她自己要走的，拦也拦不住。"

徐公平不解地说："校长，蓉蓉是你的亲生女儿呀，她还没成年呢，你这样做会毁了她一生的！"

窦瑜玮说："那叫我怎么办？活不见人，死不见尸的。现在这些孩子，动不动就和父母闹别扭，好像我们父母亲是他们的仇人似的！家里没钱也不行，管不严也不行,管严了更不行!现在这个社会,黄、毒、赌到处泛滥,网吧游戏厅遍地都是,你让我们家长操心操到哪里去?现在的孩子,毛病又多,发育又早,千奇百怪的青春心理,让你捉摸不定,防不胜防。书上说内因是决定性的因素,我看呀,关键在于孩子自身的社会免疫力。就拿蓉蓉来说吧,一个中学生,心思不放在学习上,却管起我们大人的感情问题了。你说这孩子,动不动就离家出走了,也不想想后果,也不想想给我这个当妈的带来了多少麻烦?我含辛茹苦地把她养大,自己都快老得没人要了,她却一点儿也不理解。"

徐公平说:"即使现在孩子身上的问题多,那也不能怪孩子们呀!这是我们家庭教育、学校教育的失败造成的。蓉蓉出走,这责任完全在我们,是我们自己做错了事,才导致这样的后果的。你这样想也太自私了吧?"

窦瑜玮说:"是,我是有些自私。可那又怎么样?我们这一代人,要爱情没爱情,干事业没法干,没享上什么福,却吃了好多苦。以前我没有遇到真正值得我爱的男人,现在老天爷把你赐给了我,我是小心翼翼地爱护着你,时刻珍惜着你。我知道这是一份难得的福分,作为一个女人,我能轻易舍得放弃这种幸福吗?其实我也很明白,这种爱是一种并不长久的幸福,但哪怕只有一天,我都会加倍珍惜的!"

徐公平没想到,窦瑜玮会这样想问题。但她的话外之音是不会轻易放过他的,他的内心隐隐感到一种压迫与不快。于是,他生硬地推开她,说:"校长,早点醒悟吧!我们之间以前发生的那些事情本来就是个错误。说实话,我就不该靠近你。现在事情既然成了这样,我们就要正确面对它、改正它,再不能将错就错了!我们都是成年人了,不能因为自己的一时贪欢,而不顾孩子的未来甚至生命安全。相反我们应该尽到自己的责任,珍惜自己的名誉,正确地理顺个人感情与家庭责任之间的关系。蓉蓉是对的,而我们的行为是错误的,是极端自私的!"

窦瑜玮听出了徐公平的话中之意,自己仿佛已被他推到了十万八千里之外。她已预感到这个乖乖的男人企图从她的怀中挣脱而去,但她岂能就此罢手!

窦瑜玮越发紧紧箍住他的腰,用自己绵软的乳峰抵住徐公平的躯体,焦急地说:"你想和我断绝关系呀?不行,坚决不行!为了你,我可以放弃一切,我真的很爱你!哪怕再爱一天,我也心甘情愿。这么多天没在一起,你真的不理我了吗?"说完,她习惯性地蹭他的敏感部位,企图挑起徐公平的性欲。

一种被羞辱感弥漫于徐公平的周身。他想,再这样下去,这个寡廉鲜耻的女人也许会为了维持他们这种苟且的关系而不顾后果,也不知道她还会做出什么举动来,他必须得和她断开这种关系。徐公平冷静思考着下一步该如何行动。过了一会儿,他猛地推开她说:"校长,我们真的再不能这样乱来了,我们应该冷静下来,先处理好眼前的这些事情。"

窦瑜玮的一腔热情似被冻僵在了冰天雪地,突然生气地说:"你变了,短短的一个多月,你已经变了,你开始讨厌我了。不对呀,一定还有什么原因,你是不是染上别的女人了?"

徐公平的脑海中立刻闪现出了常思思的影子,但他故作镇定冷冷地说:"你别瞎猜了,我只是感觉有些过分了。我们怎么能不顾一切去做这种事呢?你看现在蓉蓉离家出走了,康东方也调走了,何碧也嫁人了,如果我们再过于亲密,保持这种暧昧关系,会出问题的。"

窦瑜玮说:"正是由于只剩我们俩了,才应该纵情享受爱的欢愉。你以为别人都在正儿八经地过日子,就我们俩在偷偷摸摸干这种事情吗?不是的,在这个社会中,谁有谁的生活方式,谁有谁的欢乐秘密。有的人好酒,有的人好色,有的人好赌,有的人好钱。人们都骂西门庆无耻,可哪个男人见了如花似玉的潘金莲腿不软?哪个女人见了有钱有势的西门庆心不痒?旧社会人们把这些事情当作丑事来传播,那是封建思想在作怪;现在还拿这些事来指指点点,那简直是跟不上时代观念,闲得无聊!"

徐公平被她的这种超前卫的两性观给怔住了,欲发觉得窦瑜玮变态。他带着鄙视的神情说:"那我们总得在工作的时候注意影响吧?"

窦瑜玮鼻子里冷哼一声,说:"还注意什么影响?我们的关系早已是公开的秘密。何况我们现在都是单身,谈情说爱犯得着理会别人的眼光吗?我们这样又碍了谁的事了?"

徐公平看着她那种天不怕地不怕的神情,忽然明白了一个道理:女人要是不要脸了,比什么都可怕。他突然对她以前的好感荡然无存。

然而,他哪里知道,他的青春躯体焕发出的无穷魅力已使窦瑜玮神魂颠倒,不能自已。与其说是窦瑜玮占有了他的身体,不如说是他征服了窦瑜玮的灵魂。他让她刻骨铭心、欲罢不能,亦使她欲令智昏、恬不知耻了。

在短短的时间里,几个女人的影子在徐公平的脑海中盘旋。他又想起和常思思在一起的日子以及她那番关于爱的理论。再往深处想,夏雯的影子突然就跃了出来。虽然随着他身边的女人越来越多,夏雯已离他越来越遥远,但夏雯无疑是他心中永远的痛。她是那样的遥不可及,又无时无刻不占据着他心灵深处的每一寸空间,似乎永远不愿消逝。这些天,几乎每个夜晚,他都会梦到夏雯。在大学校园里,在他们走过次数最多的那条小路上,夏雯婷婷娉娉向他走来,他总是在这个时候从梦中惊醒。

徐公平觉得自己可怜极了。心爱的女人离他越来越远,身边的这些女人又对他频频献殷勤,他几乎不费吹灰之力就会轻易得到她们,而且她们还会像膏药一样,贴在他的身上很难扯下来了。

有时候,徐公平看着窦瑜玮对性爱无限渴望的样子,很想满足她的欲望。但在潜意识里,他又觉得窦瑜玮好比是一个深不可测的烂泥潭,如果继续和她纠缠,势必会越陷越深,不能自拔。现在不如立刻和她一刀两断,免得以后彼此痛苦万分。

然而,要想和她彻底断开,谈何容易? 她口口声声说第一次是他强奸了她,如果她要撕破脸皮把这事公开出去,他又该怎么办?

想着这些,徐公平觉得无论如何也再不能接受眼前这个风姿绰约的女人了,便依旧用冰冷的语气说:"校长,也许你说得有道理,但我总觉得不应该。我们这样做对不起蓉蓉,对不起身边这些信任我们的人。我们再不能错下去了,也许我们分开后,蓉蓉就回来了。但如果你再逼我,我就只能离开这里了。"

窦瑜玮气恼地说:"你口口声声想离开这里,徐公平,我哪儿对不住你了,你非要离开我? 我只是真心真意地喜欢你,又没强迫你,也没想让你娶我。我只想你对我付出一点爱,一点点就足够了,哪怕是逢场作戏我也认了。我都这样求你了,你却千方百计地想逃避我,我到底哪里对你不好了? "

徐公平语带愧疚地说:"校长,你对我的确很好,但你为什么非要我用这种方式来回报呢?实话对你说吧,我交了个女朋友,她有很多钱。我对她说,这里的孩子们需要帮助,这里的条件非常艰苦,她愿意出资在这里建一所希望小学。过两天她就会来这里考察。"

窦瑜玮愤怒地说:"原来你是傍了一个阔小姐呀! 怪不得不理我了。不过,徐公平，我可是没贪图你什么呀，就爱你这个人。现在，你想无缘无故就把我撇了，没那么容易。你忘了当初那个夜晚的事了吗？是你喝醉酒强行把我压在了床上，后来，搞得我神魂颠倒，我才迷恋上了你。为了你，我和丈夫离了婚，女儿蓉蓉又离家出走，这些我都不在乎。我只希望能和你在一起，因为和你在一起，我才能真正感受到自己是一个女人。"

徐公平苦着脸说："可我们这种关系，迟早总要分开吧。给你说实话吧，我决定不教书了，等把修建希望小学的事搞定后，我就和这个女朋友一起去国外发展。"

窦瑜玮吃惊不小，睁大眼睛说："你想一走了之呀！真狠心啊你！撇开你我这层私人关系先不说，就学校现在这个状况，你甩下个烂摊子谁又能胜任？我个人感情的事再不纠缠你了，你就坚持一个学期，等把这届学生带出去再走吧！"

一想到学生，想到那个令他魂牵梦绕的三尺讲台，徐公平就会觉得自己从事的确是一项神圣而光辉的事业。想到学生们那些明澈的眸子，那些渴求知识的眼睛，徐公平的心灵不禁一阵阵震颤，他开始动摇了，又有些于心不忍犹豫不决了。

徐公平沉思了一会说："让我想想再说吧。"

窦瑜玮真的没有再纠缠他，放他走了。

三十九　清贫不移志

第二天,徐公平没有立刻投入到学校的工作中去,他决定去看看康东方。

到大石头小学的路并不轻松,徐公平走一段路停下来歇息一会,再向老乡问一下路,整整走了半天,好不容易才到了大石头村。大石头小学已经开课,远处就能听到校园里传出的琅琅读书声。

当徐公平踏进康东方住的小房子时,已是精疲力竭,口干舌燥,连话也懒得说一句了。他的皮鞋已严重变形,袜子磨破了好几个洞,脚趾上全是血泡,疼得他龇牙咧嘴,嗷嗷叫喊。

康东方没想到徐公平会来看他,更没想到他会弄成这样。他心疼地把徐公平扶坐在坑沿上,由于这儿没有什么药物,只好用开水烫了毛巾,给他擦洗。

看着曾经的好友在这样艰苦的地方工作生活,徐公平心中极不是滋味,自己来一趟尚且这样艰难,康东方却要在这里长年累月地待下去,真不敢想象他是怎么生活的。

这里没有电,康东方是用一盏马灯照明的。四周的墙壁被煤烟熏得黑黢黢的,屋顶上挂着黑黢黢的蜘蛛网。屋子的一角盘着一张双人床大小的土炕,炕的周围糊着报纸墙裙。靠门一端摆着一个铁皮炉子,炉子上搭着一把漆黑的铝壶。屋子的另一角支着一个暗红漆的写字桌,边上有一把旧木椅。写字桌的上方墙壁上贴着一幅用绘图纸书写的魏碑体书法作品"高风亮节",那纸已泛黄,苍劲的四个大字中透出隐隐的古朴风格。在横幅字的左上方,斜挂着一把二胡,似乎诉说着它的主人曾经是一个有知识有才气的人。

康东方初来这里,因各种物资严重匮乏短缺,所以未对宿舍做大的修饰改变,只清扫了一下室内外卫生,整理了一下自己要用的物品,其他基本上保持原样，以表达对曾经的小屋主人的敬重与缅怀。

徐公平喝了大量的开水，缓了一口气，稍事休息之后，想小解一下，问康东方厕所在哪里。

康东方用手指了指校园的一角。徐公平循着他手指的方向望去，只有一截矮墙，于是他一瘸一拐地走过去。却见一个露天土圈，中间只用一堵矮墙隔开，旁边写着男厕和女厕，徐公平不禁哑然失笑。小解完后，徐公平慢慢地走回来，只见一棵枯柳上系着一口破锅，旁边树杈中别着一把石锤，想来是学校的课钟。另有两棵矮柳树的树杈间平搭着一根粗重的钢筋棍，想来是作单杠用的。

康东方想好好招待一下徐公平，可他能拿出的只有土豆和面粉，还有一瓣干白菜，一袋干豆角，一串干辣椒，别的便什么也没有了。在这个极其荒僻的山旮旯儿，即使你兜里揣有大把的钱，也只能干着急。这里生活所需物资极度匮乏，买一包蜡烛要到二十多里外的小卖部跑一趟，人们基本上过着自给自足的生活。许多人家只有在过年时，才到镇上的集市买两斤酒，割几斤肉，买一挂鞭炮，简单置办些年货，用牲口驮上山。

做饭的时候，郑雪莲是主厨，康东方则在一旁搭下手，往往是越帮越忙。在打理锅碗瓢盆方面，康东方几乎没什么手艺，做面食更是一窍不通。平时这些事，全由郑雪莲教他，许多时候都是郑雪莲帮着照顾他的生活。晚上，康东方一个人不敢睡，懂事的郑俊峰拉着他的小土藏獒给他做伴。这些天，康东方刚刚适应了这里的生活。

徐公平的突然造访，让康东方觉得既惊喜又欣慰。毕竟老朋友远道而来，康东方感觉实在太寒碜，就在一边悄悄对雪莲说："这是我最铁的哥们，大老远地来看我，给他弄这些吃的是不是太那个了，起码得热情点吧。你去给你爸说一声，麻烦他老人家想办法给我弄点肉，再弄一瓶酒来，花多少钱都行，拜托了！"

雪莲看着康东方求她时着急的样子，俏脸儿微微一红，顺从地去了。

康东方把火整得旺旺的，烧足了开水。不一会儿，郑书记手提一只土鸡，怀揣两瓶青稞酒，急匆匆地赶来了。

一进门，他就乐哈哈地招呼说："康老师，听说你朋友来了也不早说一声，我也好有个照应啊。"

康东方介绍说："郑书记，这是徐老师，和我一起来你们这里工作的，他在中学教高中。"

郑书记伸出粗大的手和徐公平紧紧握在了一起说:"我叫郑学仁,是这个村的书记,雪莲是我的女娃子。"

三人客气寒暄之后,一起坐到了土炕上,边喝酒边扯趣话。徐公平向老书记询问大石头村的一些情况,郑书记则询问徐公平是哪里人,家里父母是否安康,身体是否硬朗,在城市还是农村。

郑雪莲虽然年龄不大,却心灵手巧,颇为能干。不一会儿,她便把一盆爆炒的鸡块做好端了上来。郑书记主动做东家,徐公平康东方却做了客人。三人围坐在土炕上,就着烈酒,啃着鸡块,酒肉飘香,觥筹交错,猜拳行令,毫不热闹。小屋内顿时弥散着欢乐和美的气氛。酒酣耳热之际,雪莲又做好了她最拿手的皮条面,徐公平尝着热气腾腾的手工长面,觉得别有一番风味。

夜幕悄悄降临,小学校像一块大石头似的横卧在山湾里。学校三面是黑黝黝的荒山秃岭,只有东面对临着一片常年干涸的河滩。此时,大石头小学早已从白天的兴奋中褪了出来,沉浸在一片死寂的夜色里。校园里尚未发出新芽的老柳树和沙枣树,像一个个守夜的幽灵,把那条条扭曲的手臂伸向夜空,仿佛在向苍穹展示着它的坚忍与不屈不挠。

一阵山风呼啸而来,发出"嘘嘘"的怪鸣。

在小学校东北角的小矮房内,透出一丝微弱的灯光。那灯光缥缥缈缈,在茫茫的夜色中飘动着,闪耀着。

徐公平和康东方躺在土炕上,桌上的马灯发出黄幽幽的光。

徐公平说:"东方,这小学校这么差个条件,你能待得住吗?"

康东方说:"待的时间长了,就适应了。既来之则安之嘛!"

徐公平说:"可这里也太差了吧,连最起码的生活条件都没有,还怎么让人工作?"

康东方说:"自力更生,艰苦奋斗嘛!你不看郑书记他们已经生活了几十年甚至上百年,他们能,我为什么就不能生活呢?"

徐公平说:"他们是山里人,过一天算一天。可你是有知识有理想的大学生,怎么能把自己的青春白白消耗在这山旮旯儿里呢?待在这里,你连吃饭问题都解决不了,还能做啥?"

康东方说："呵呵，当年毛主席在陕北，住窑洞，吃红薯饭喝南瓜汤，照样闹革命，比起他老人家，我可好多了。"

徐公平说："你别胡说了好不好，现在是什么时代了，神舟六号的宇航员都在太空里吃大餐了，你还这么乐观？"

康东方说："我们这一代人就应该体验一下这种生活，人家说'不见毛主席，不知道伟人有多神奇！不见周总理，不知道工作有多辛苦！'我们年轻人就是要过过这种苦日子，才懂得珍惜美好的生活。"

徐公平说："你不是想考研读博吗？这样的环境下连学习的心情都没有，整天得为生存折腾，你还怎么实现你的鸿鹄之志？"

康东方说："天将降大任于斯人也，必先苦其心志，劳其筋骨，饿其体肤，困乏其身……"

徐公平说："行了行了，那是孟老夫子骗人的。他要求人们固守清贫，追求零欲望的境界，自己却'舍鱼而取熊掌者也'。说不定他也梦想着要住住总统套房呢！"

康东方说："公平，你不要污蔑圣人！他们的精神世界崇高无上，他们的道德境界宁静致远，岂是我们曲解他的一两句言辞就可否定的？你不能为了说服我，而连咱们老祖宗也贬得一塌糊涂！要知道，中华民族五千年的文明，可全靠这些东西支撑着的！"

徐公平说："我也不是为了说服你就胡说八道，我只是想说明一点，把大好青春年华浪费在这种地方毫无意义。你待在这里，就好比拿上金刚石钻那烂泥巴毫无价值。"

康东方说："公平，你今天这是怎么了？当初咱们来这里时，你可是信誓旦旦，说得比谁都响亮，怎么这么快就开始打退堂鼓了？是不是受了什么资本主义自由化思潮的影响，所以就来了个一百八十度大转弯。我可是下定决心，要完成对自己的许诺。无论这里多么艰难，我都会坚持下来，完成我的夙愿。"

徐公平说："我原来也是铁了心想要在这里苦干两年的。前些日子，我遇到了常思思，她劝我放弃这种想法，先谋求自己发展，再来奉献社会，我觉得她的话很有道理。她有很多钱，我已说服她来这贫困山区投资教育。她答应捐钱建一所希望小学，过两天她会来这里一趟进行先期考察。"

康东方说:"毕业才短短的几个月,常思思她怎么会有这么多钱,一定是有什么问题吧?"

徐公平说:"问题是有一点。她傍了个老头儿,献出了自己的青春身体,得到了梦想的荣华财富。"

康东方说:"原来她做了二奶呀!她来这里投资办学的事,那老头儿知道吗?"

徐公平说:"老头儿已被判刑入狱了,这笔钱是他秘密留给她的。"

康东方说:"这种钱,能不能花呀?"

徐公平说:"我也是这种想法,所以好说歹说,说服她为贫困山区做些善事。可常思思狡猾得很,她要求先到这里看看再定,还要求我跟她去别处投资闯一番事业。"

康东方说:"所以你就答应了她的要求,又来这里蛊惑我?"

徐公平说:"蛊惑倒谈不上。不过我倒觉得,与其在这里碌碌无为,不如真去闯闯事业。我们可以共同开一家公司,充分展示一下我们的才华,也不至于荒废了学业。"

康东方说:"人各有志。徐公平,你和她去干什么事业,我不羡慕。我还是想留在这里,因为这个小学校需要我。这些孩子,他们把烤得最好的土豆和煮鸡蛋悄悄放在我的书桌上,他们的家长还主动为我去十几里外的地方驮泉水。这里有蛇,还有怪叫的猫头鹰、吓人的蝙蝠,晚上我一个人不敢在学校睡,郑雪莲老师就叫他的弟弟郑峻峰拉着小黑獒为我做伴。过些日子,雪莲还想把她家的奶羊牵到学校来,让我早上喝羊奶呢!这些人真是太憨厚了,我怎能一走了之呢?刚来这里时,我什么都不会弄,那个郑书记就叫他女儿雪莲照顾我的生活。雪莲教我生火做饭,煨炕取暖,打扫卫生,甚至为我洗衣服缝补袜子,弄得我挺不好意思。十来岁的女孩子,在家里还让她妈妈宠着呢!这些活本来她也不会做,可为了我,她先从她妈妈那里学,然后再给我做。有时候看着她为我做饭、煨炕,我就会想到那句'老婆孩子热炕头'的话来。你说,要是我娶了雪莲,再生个儿子,在这里过上一辈子,也不失为一件美好的事情。我倒希望你也能安心留在中学教书,只为我们一起完成当初的宏愿。"

徐公平说:"我才不想把自己的青春年华无谓地消耗在这样一个地方。平庸的生活是我们人生中致命的伤，要是你硬想往这个坟墓里钻，别人也没办法。前段时间我想清楚了，相比之下，追求时尚的生活比支教更有意义。以前你和杜小鹿那么亲近，死磨硬缠，几乎把我这个老搭档忘了。现在见了个郑雪莲，又丢了杜小鹿，你感情倒是挺丰富的呀，见个女孩就想娶！"

康东方说："我只是产生过这个想法罢了。那郑雪莲可真是个非常纯洁的姑娘，一见我就脸红，至今不敢主动跟我搭话呢！我感觉她真就像一朵纯洁的雪莲花，默默地开放在雪域高原上，冰清玉洁的，心灵中没有一丝一毫的污浊之气。你看着她给孩子们上课，那纯净无私的笑容，简直就是一种享受。"

徐公平说："郑雪莲的确很美，这个工作也的确令人钦佩，但眼下已不流行这种纯洁之美了。现在都是啥年代了！"

康东方说："那只是部分人的观点，你就拿来当成了真理。我以为这些狭隘的东西，它永远引领不了时代主流。正如历史上有奸臣当道，现在社会的贪官横行，虽可猖獗一时，然而终究会变为历史的沉渣。"

徐公平说："你讲的是大道理，我说的是小思想。虽然这些祸害终究会烟消云散，但看那些贪官整日花天酒地、纸醉金迷，甚至有人一掷万金，享受着极其优裕的生活，我们还能心甘情愿地在这里为人民服务吗？"

康东方说："贪腐是人人痛恨的事。中国历朝历代有，当代世界各国都有。可能现阶段我们国家的这种现象严重了些，但我国政府查处贪腐的决心非常坚定，贪腐一定会被查绝！"

徐公平说："老百姓心中自然有杆秤，人民永远是最好的评判者。如果国家把那些贪官的财产都罚没了，而投资到穷困地区教育上，也不需要我们来这里支教了。"

康东方说："这是两码事，贪腐不是教育落后的直接原因。目前，基层教育需要人才，需要我们这些年轻人注入活力。公平，我呢，就想好好完成当初的愿望，不再去想别的。"

徐公平说："那你是铁了心要待在这里吗？丝毫也不顾念咱哥们的情分了？"

康东方说："要说情份，我还真得好好感谢感谢郑雪莲。她纯洁善良、质朴无邪，在生活上给了我很大的帮助。我也想帮她补习功课，让她参加高考。如果她能考上个什么大学，我也就心满意足了。"

徐公平说:"你真对这个小姑娘感兴趣了？"

康东方说:"这不是对她感兴趣的事,我是对她负责,也为这个学校负责。我觉得要想从根本上解决贫困地区的落后问题,关键是要合理开发资源,而其中人才资源是最重要的方面。如果单靠我们这些外来人才,想让它改头换面、起死回生,恐怕是杯水车薪,解决不了根本问题的。如果能因地制宜,培养出一批或者更多实用人才出来,那可就不一样了。我目前所能做到的,只有帮助她考上大学,这对雪莲姑娘来说也是一件极好的事情。"

二人说着话时,忽觉得室内气温越来越低,阵阵寒意侵入被子。康东方起身在炉中加了煤,想把炉火烧得再旺一点。他隔着小窗望去,才发现校园里已是白雪皑皑,小小的屋子已被厚厚的一层积雪包围。

原来,二人说得兴奋,却未察觉外面早已下起了大雪。此时已近凌晨三点,寒风从门缝里肆无忌惮地钻进来,小房子里越发寒气袭人。俩人已很困倦,便蜷缩在被窝里,昏昏沉沉睡去了。

第二日早上,徐公平推开门一看,那羽绒似的春雪已积了半尺厚,天地之间白茫茫一片。

由于积雪覆盖了所有的山路,远远近近的学生们无法来上学,只好停课。徐公平也无法下山,只能乖乖地待在这个小学校。

无奈之际,徐公平只好和康东方琢磨着学拉二胡。郑雪莲知道客人走不了,就穿着高高的毡靴过来,为他们做饭煨炕。

第三天又缺了水和木柴,于是康东方在雪地里架起了一口大铁锅,取上表层干净的积雪盛满锅,加热融雪得水。徐公平则学习用斧子劈柴,尽管累得浑身冒汗,手上磨出了血泡,但他觉得很是开心舒畅。

徐公平在小学校里待了三天。在这些日子里,徐公平切身体验了一番康东方的生活,从各个方面了解了一下他的衣食住行情况。这里的条件真是太差了,住的小房间四面漏风,三月的天气,屋内架着火炉,人在里面依然冷得发抖。不但如此,天晴的时候,这里又经常遭遇扬沙天气或者沙尘暴。

沙尘暴到来的时候,天地间昏昏沉沉,狂风肆虐,尘土飞扬,人们疾走呼叫,能见度只有几十米甚至几米。每当吃饭的时候,常会感觉嘴里有灰尘的味道。一顿饭吃完,碗底会沉积一撮细细的黑色尘泥。这里一年四季没有新鲜蔬菜,人们大多用晾干的白菜或者腌制的酸菜下饭。遇上雨雪天气,无法去远处驮来泉水,只得用积雪融化成水或用脸盆接来雨水做饭充饥。

康东方在这里一天要上七节课,每天讲课的时间有六个小时。他负责三、四年级的所有课程,郑雪莲老师则负责一、二年级的所有课程。由于没有多余的教室,老师也只有他们两个,所以教学采用的是复式教学。教室里左边两列坐的是一个年级的学生,右边是另一个年级的学生。课堂上,老师先讲完一个年级的语文课,让学生做作业,再利用这些时间讲另一个年级的数学课,这样循环往复。

刚开始上课的时候,康东方感觉非常吃力,因为这里的学生基础实在太差了。课间,他和学生交流,三、四年级共十九个学生,只有一个学生知道毛泽东是中华人民共和国的第一任主席,有四个学生知道我们国家的首都是北京,有许多学生没见过五星红旗是什么样,不知道天安门在哪里,全校没有一个学生会唱一句国歌。

学校的硬件也是差得离谱。这里的课桌都是用水泥板做的,固定在教室里。每个教室里有个泥炉子,冬天取暖时燃着煤块。由于这里缺水、无电,全村只有一条崎岖的山路,通向二十几里外的小镇。孩子们根本无法了解外面的世界,有许多孩子至今未走出山沟沟到小镇上去过……

雪后第四天,山路上终于可以走人了。孩子们三三两两来到了学校,有些还是家长背着来到学校的。由于停了几天课,康东方得赶紧组织学生上课,徐公平再无心逗留,只得告别。

校门口,一条弯弯曲曲的小路通向远方。放眼望去,原野中仍是白茫茫一片。

临别时,望着巍巍山梁,皑皑白雪,俩人相对无语。

徐公平脑中思绪纷飞,也说不清是敬仰还是同情,长吁一声,说:"东方,你决心要守在这里,我也没办法。看得出,你的心已系在这个小学校,系在这些孩子们身上。如果什么时候真的坚持不下去了,就回来吧,我会永远支持你的!"

康东方轻松地笑笑说:"既来之,则安之,坚持就是胜利。公平,我倒希望你也留下来,中学那里的条件要比这里好得多,再说窦校长待你也不错,你难道就忍心这样一走了之? 看在那些天真无邪的学生的情分上,你就留下来吧!"

徐公平说:"人往高处走,水往低处流,凡事要往好处想。我们每个人都应该不断寻求最适合自己生存和发展的空间。初来时,我想把自己的青春和热血奉献给这片土地,以为自己的付出会给这里带来点什么。现在我终于明白,这种想法是错误的、幼稚的,因为这个地方的环境太恶劣太贫瘠了。何况这里人的思想也太落后了,人际关系还很复杂。我觉得这个地方不仅仅是教育有问题,还缺钱缺物,缺乏良好的社会人文环境。而要想从根本上改变这种状况,绝非你我个人的力量所能解决的。这需要我们国家的政策支撑,还需要全社会的关注支持。因此,我还是决定要走,不会再犹豫了。"

康东方失望地说:"不忘初心,方得始终。你这样半途而废算什么?当初我们在大学时的豪言壮语都抛到脑后去了吗?可见你也不是真心来这里做事的。不过,公平,人各有志,条条大路通罗马,自己的事自己做主,或许你今天的决定是对的。作为哥们儿,我只能给你提个建议,不论做什么,既然决定要做了,就不要后悔。"

徐公平非常难过地握别康东方,说:"好兄弟,在这里生活,要照顾好自己,多保重! 适当的时候,我会给你打个邮包过来的。另外,我要把你的事迹发布在互联网上,让全社会都知道这里是怎么一回事。"

康东方连忙阻止他说:"公平,你可千万不要那样做。那样做会给我带来许多麻烦的。你想害得我不能在这里安稳地工作吗?你若真想帮助我,就给我寄一面五星红旗来,我想在这里举行升旗仪式,让五星红旗飘扬在这个山村小学校的上空,让每一个孩子都会唱国歌。"说完,他注视着学校上空,脸上露出一种坚毅的神情。

徐公平回过头来,最后注视了一下这座伫立在山湾中的小学校,顺着弯弯曲曲的小路从容地走下山去。

康东方望着他的背影渐渐凝缩为一个黑点,最终消逝在茫茫的雪野。他的眉宇间掠过一丝迷茫,但瞬间又被坚毅代替,他默默地为远去的兄弟吟出一首诗来:

悲秋已死

傲冬亦亡

暖春复回大地

放眼千里莽野

依旧一片清冷

虽然是冰天雪地

可我

却对这个世界充满了希冀

为崇高而奋斗

如同移山逐日

但它仅存于这颓废的雪漠

如我内心一样荒凉

自然万象变幻更替

唯有季节守着规矩

雪地下的青草

为遭遇虚伪的掩蔽而悲凄

而我却哭泣着呼吸

我向往

向往一个平凡人的生活

却并不如你所说的那么轻易

不管我表达什么样的情感

都是一种朴素的理解

我不知道

怎样才能使卑微变得神圣

我敬重你的从容

但不屑于你的退缩

即使阳光没有照着我的身体

我也会信心十足

长谈健壮与美丽

因为最甜美的歌声

已经征服了我的心灵

康东方回身之际,却发现郑雪莲在他身后不远处默默地注视着这一切。见他回转,姑娘红了脸,低下头,慌乱地跑进学校去了。

当康东方慢慢地踱着步子回到学校时,雪莲正在为他煨炕,像她妈妈为他爸煨炕那样用心。

康东方默默地走到她身后,轻声问道:"雪莲,如果有一天我也像徐老师那样走了,你会怎么样?"

雪莲并未正面回答他,而是羞涩地说:"你不会走的!"

康东方继续问道:"要是有一天我真的走了呢?"

雪莲说:"如果真那样,孩子们和我都会哭的……"

四十　泣血小讲台

徐公平回到学校的时候,发现自己的皮鞋已经报废了,好几处脱胶不说,整双鞋已严重变形,简直惨不忍睹。待他将磨破的袜子脱下,发现两只脚也是不堪入目,脚趾上已有几个亮晶晶的血泡。

经过这样一次遭遇,徐公平更深刻地理解了为什么那么多人都向往大城市的生活而不愿意去到艰苦地方工作的真正原因。因为经历过的人都明白,要是选择到艰苦的地方工作,就意味着付出的要比别人多得多,而得到的却少得可怜,而且累死了还没人会理解,渐渐地它会颠覆人的价值观,摧毁人的人生观。

徐公平掺好了半盆热水,小心翼翼地把脚探了进去,尽管事先有充分的心理准备,但针刺一般的疼痛使他触电似的将脚退缩了出来,并龇牙咧嘴地闭目抗痛。

过了一会,他又鼓足勇气将脚放了进去,任凭怎么个疼法,他咬牙切齿,硬将脚泡在水里。这样的剧痛过了之后,浑身开始慢慢舒服起来。他觉得疲惫到了极点,于是微闭双眼,将全身放松靠在椅背上昏睡了过去。

此次大石头小学之行,简直使徐公平大开了眼界,同时也给他留下了难忘的印象。许多时候,我们自认为沉受着巨大的痛苦,殊不知世上还有人受着更深更重的苦难,比他受的苦要多一千倍一万倍。

徐公平此行的另一收获是更加坚定了他离开这个地方的决心。跟康东方相比,他宁愿在精神世界受折磨,而决不学颜回、陶渊明之辈在物质上受穷。自从和常思思在一起后,他觉得这些先贤宁愿饿死也不为五斗米折腰,固守清贫却让自己身体受煎熬的做法简直太傻了。人生有很多方法可以去改变世界,为什么要选那种最笨最傻的呢?

刚眯了几分钟，张继业主任风风火火地冲了进来，一见他就喊："啊呀，徐老师，你可来了！什么时候来的呀？"

　　徐公平从沉睡中惊醒来，隐约听到他最后那句话，答道："刚来。"

　　张继业说："幸亏你来了。你知不知道这几天学校里发生了什么事？"

　　徐公平坐起身子，恍恍地看着他问："发生什么事了？"

　　张主任说："董老师因过度劳累，突发了脑出血，倒在了讲台上，可能你还不知道吧？这些日子，你的工作都是董老师替你干的。这两个礼拜下来，倒把董老师累过去了。你看，我这工作能力本来就一般，全靠你和窦校长撑着。你这一走，我这里就乱了套，把校长也忙得够呛。我说这镇党委也真是的，根本就不懂什么教育，还在那里胡指挥瞎折腾。你说这一学年当中搞什么人事调动吗？把全镇教师弄得人心惶惶。你看这些年，好教师一个也留不住，要么给调到偏僻山沟沟里去了，要么人家自个儿干脆远走高飞了。倒是尽调些领导的关系户来，教书没本事，育人没品行，还他妈的浑身是脾气。让我这个一线教导主任也太难当了呀！远的不说，就说康东方老师吧，挺正派的一个年轻人，可领导说他进过监狱，作风不正，影响不好，硬是要把他调到那么远的地方去，我也是没办法呀！这几天你去大石头小学也看过了，那是人待的地方吗？家在本地的教师都不愿到那里去，你说让一个刚出校门的年轻人去，能守得住吗？"

　　徐公平原以为康东方是自己要求去大石头小学的，没想到张主任却有另一种说法。再联想到康东方在大石头小学的生活境况，便没好气地对他说："能呀，谁说待不住？康东方能守得住，他在那里工作生活得很好！"

　　张主任听他说话的语气不对头，忙带着歉意说："徐老师，你可别生我的气呀！我这个人向来还是很重视人才的。你看，窦校长也非常看重你，特别希望你能和我们一起工作。我早已想好了，两年之后，我们向教育局打个报告，申请局里把你正式分配到我们这里来工作。"

　　徐公平义愤填膺，有些忍耐不住了，就打断他的话说："张主任，谢谢你的好意。不过两年后，还不知道我在哪里呢！先说说眼前的事吧，董老师怎么样了？"

　　张主任犹豫了一下，终于把真相告诉了他，董老师被送到医院抢救无效已经去世了。

　　徐公平心里咯噔一下，一定是董老师脑出血发作后，众人手忙脚乱，施救不当，导致他直接死亡。脑出血病人如果抢救者不专业而盲目施用搀扶、背负或拖拽、抱头、抬脚等方法抢救，极易加速病人死亡。张主任说，事发后，学校这边的工作就暂时由他来主持，窦校长则去善后了。

徐公平听到这个消息，疲倦早已飞到九霄云外去了。他连忙换上鞋袜，赶到镇医院去，想看个究竟，见见董老师的遗容。

牛毛镇医院是一个医生护士不足十人的小型镇医院。这里只有几张床位，是用来给病人打针输液包扎伤口用的。20世纪七八十年代，这里还能做切除阑尾等简单易行的手术。如今，连生小孩这样的基本医护工作也不能开张了。镇上如果有人得了比感冒伤风略重一些的疾病，要么到几十里外的县医院去就诊，要么请个乡村医生诊断一下，能治则治，治不了的话，就躺在家里熬着。

徐公平到镇医院的时候，见到里面有好多人，猜想可能是董老师的亲朋好友，闻讯来看望的，便凑上前去想问个究竟。待他凑到近前看时，却见一位中年妇女躺在病床上，一个年轻的医生正在为她洗胃。污秽的泡沫不断从那妇女嘴里溢出来，令周围人呃呃作呕。

徐公平随口问说："这是怎么回事？"

旁边早有一个老婆婆唠叨说："唉，这年头，简直让人没法活了。你看她年纪轻轻的，动不动就寻死觅活的。我们年轻的时候，什么苦没吃过，哪能像她们这样，一有个挫折就要自寻短见。"

另一个老太婆接过话茬说："男人外出打工，没算上工钱，孩子上学又没钱交学费，就寻思着不想活了。喝了农药了，差一点就没救了。这村里让我们退耕还林，我们把好多地都种树了。还了林，可就是拿不到那几个补贴，一拖再拖的。你看，要是把那几个辛苦钱按时给到手，这家人也不至于穷困到这个地步，平时就缺吃少穿的，孩子上学又没有学费，生了病也没钱治。你看看么，今儿个媳妇喝了农药送医院，这男的连一分钱也拿不出，亏了有几个乡亲帮凑出了四百块的押金，要不然，这医院还不救人呢！"

徐公平听着这些乡亲有一肚子的话，似乎把他当作一个可信赖的人，要借机说给他听。但他心念董老师之事，无心再听他们诉说，就急急地问："有没有董老师家的人？"

一个中年男人走过来对他说："你是来看董老师的呀？听说董老师突发脑出

血昨天就没救过来，亲属肯定是连夜送回家去发丧了。你说那个董老师，多好的人哪，当了一辈子的先生，教出去的学生不知有多少。人家是城里人，一直守在我们这个山沟沟里，一点文化人的架子也没有。我都听过他的课呢……"

徐公平无心再听他说下去，点头表示感谢，回过身，低垂着脑袋，眼里噙着泪花，默默地向学校走去……

出于对董红老师的敬仰和愧疚，徐公平暂时打消了离开这里的念头，主动挑起了董老师的课业担子。两个人的工作加给一个人干，将徐公平这样年轻力壮的小伙子也累得够呛，一天忙下来，头晕目眩，浑身疲乏至极，连说话的力气都没。这种超极限的脑力劳动，本来要比极限体力劳动更危险。

在和董老师的学生交流的过程中，徐公平知道了许多关于董老师的故事。治学严谨和敬业爱生是他的两大作风。董老师多才多艺，但一生勤俭节约，每年他都要从微薄的薪水中拿出一部分来，救济家庭特困的学生，给他们代缴学杂费，帮他们买一些必需的学习用品。多年来，董老师帮助过的学生已有三百多人。

窦瑜玮在处理董老师的后事时，却遇到了一个难题。按照国家的规定，公职人员一律要实行火葬。但董老师的老伴一定要把他埋葬在牛毛山麓的一块坟地上。

但这样一来，董老师将无资格享受国家干部的丧葬费及有关抚恤金待遇。这也就意味着他干了一辈子的教育工作，从他倒在讲台上的那一刻起，国家将停发对他的一切待遇。而如果执意要选择就近土葬的话，他的家属连几千元的丧葬费也得不到。

可是不论别人怎么动员劝说，董老师的老伴莽花就是不同意火化丈夫的遗体。她不想为了那区区几千元而破坏丈夫的遗体，那样做她心里不踏实，老伴的灵魂也不会安宁。她要把他埋在这片曾经工作了几十年的土地上，活着为他上坟祭奠，死后和他同眠。

董老师的葬礼极为简单却很壮观，十里八乡男女老少上千人来观看。学校为董老师送了一个硕大的花圈，董老师的学生自发前去敬献了花圈，并集体向董老师的遗体下跪谢恩。徐公平则怀着沉痛的心情为董老师献上一副挽幛，并撰写挽联于其上曰：

春蚕丝憾尽，三尺讲台园丁销魂。

蜡炬泪何干？二寸粉笔桃李梦断！

　　处理完董老师的丧事，牛毛镇中学暂时回复了平静。窦校长又回到了学校重新主持工作。她看到徐公平附带着董老师生前的课业，全身心地投入到工作中去了，心中暗暗欣喜。

四十一　红帐欢情薄

随着年龄的增长,窦瑜玮体内分泌的雌性荷尔蒙达到鼎盛阶段,她需要大量的雄性激素来平衡。四十岁的女人才意识到男人对女人有多重要。女人的青春像花,在凋谢枯萎的前夕,是渴望大量的雨露滋润的。

这段时间,窦瑜玮的感情世界一直处于纠结状态。一方面,她希望徐公平能像往常一样,每天勤勤恳恳地工作,常伴她左右;另一方面,她又不甘心独守空房,每当深夜来临,她强烈需要男人抚慰那颗寂寥难耐的心开始躁动。

而当此时,徐公平却不像当初那样幼稚和容易诱骗了。过去,由于他俩之间有蓉蓉这个纽带,徐公平也不好拒绝,才给她更多发泄情欲的机会。如今,蓉蓉出走了,何碧出嫁了,康东方调走了,董红老师也死了。学校这一系列的变故,使徐公平的内心极度落寞和伤感,他不想再和窦瑜玮纠缠不清,所以有意识地提防着她。

而窦瑜玮的想法则不一样了,她新任校长之时,什么都不懂,处处需要别人鞍前马后地辅佐。如今所做的事情基本理顺,学校的工作已能正常运转,只要上级领导不发难,下级同志不出事,说得过去就行。再说,由于她促成了教育局长的傻儿子与何碧的婚事,又多了一层保住小小乌纱帽的屏障。所以,一有闲暇时间,她就琢磨着怎么修补与徐公平之间的感情罅隙。

妇女节那天,学校要为女同志放半天假。通常男同志也跟着一起去凑热闹,为她们庆祝"半边天"的节日。

因学校刚经历了董红老师的事,大家都没兴趣搞娱乐活动。一场茶话会后,窦瑜玮带领几个女教师一起去会餐,喝了不少酒,大家便郁郁寡欢地散场了。

回房以后,窦瑜玮躺在床上辗转反侧,无法入眠。

作为女人,尽管她在过去的青春里,亦经历过几番风情,几度风流,但那些如浮云烟雾般的琐屑往事,如今却离她是那么遥远。

由于婚姻不幸,在女人十几年的黄金年华,她只能忍守空房,任凭韶华流逝,容颜凋谢。就因为她是一个不能坚守贞操的女强人,比起有丈夫呵护的温柔小女人,她的生活中却少有男人的爱抚。

她不适合做一个贤妻良母,这一点,窦瑜玮自己心里最清楚。但她不甘心就此放弃对男人的兴趣,她甚至有玩弄男人的心思。

在染过她的所有男人中,别人都是主动和她勾搭,只有徐公平是她主动勾引并占有了他。这一点她一直觉得有些内疚,总想找个机会补偿这个年轻人。但她又能给他怎样的补偿呢?她能给他纯真的感情吗?能给他幸福的婚姻吗?都不能!恰恰相反,她还想独占他。她决不允许哪个女人从她怀里轻易夺去这个优秀的男人。

窦瑜玮慢慢回忆着徐公平和她动情缠绵的情景,不由得心驰神往。和他在一起的时光,简直跟情侣一样的甜美。跟他肉体接触的时刻,简直比神仙还要快乐。他的青春活力和他的刚劲威猛早已征服了她的肉体,使她刻骨铭心、欲罢不能。庆幸的是,她已经完全占有了他,但她还要尽可能长久地把他揽在自己的怀抱。如此想入非非,她的全身又骚动了起来,再也控制不住涌动的春潮,翻身下床快速向徐公平的房间走去。

徐公平正在熟悉教案的内容,用心准备着第二天的授课内容。这几天,徐公平工作干得特别认真起劲,除了吃饭、睡觉,课余时间他都泡在了作业堆里。他想借机体会一下超强负荷下辛苦工作的滋味,他甚至乐意让工作累趴下。所以,面对繁杂的课业任务,他干得既细致认真,又起劲卖力,俨然要把自己变成一个工作狂。

窦瑜玮一改往日温柔的叫门法,故意装出粗犷的敲门声。徐公平以为是哪个男教师,顺口说了一声:"请进!"

窦瑜玮狡黠地扫了一眼周围的动静,然后推门进了房间。见只有徐公平一个人,窦瑜玮顿时装出酩酊大醉的样子,东倒西歪,摇摇摆摆。

徐公平闻到她一身酒气,以为她真喝多了,赶紧过来扶她,她顺势一软,瘫倒在徐公平的怀里。刹那间,她嗅到了一股渴望已久的男人的气味,一种幸福的感觉顿时传遍全身。

而徐公平闻到的却是难闻的酒气。在内心深处他是讨厌女人喝酒的。但他并没有把这种讨厌表露出来,而是推开她的双肩说:"校长,你先坐这里,我给你倒杯水。"

窦瑜玮装出一副醉醺醺的样子,含混不清地说:"我不喝水,我要喝酒。"

徐公平说:"你不能再喝了,都喝醉了!"

窦瑜玮说:"不行,我还要喝。你拿酒来,为什么不给我庆祝节日?"

徐公平说:"你们女同志的节日,我们男同志瞎掺和什么?"

窦瑜玮说:"不行,你不一样,你得给我庆祝节日。"

徐公平说:"怎么不一样?"

窦瑜玮说:"因为你是我的男人,是我心爱的男人。"

徐公平听她这样一说,心中大惊,说:"校长,你真的喝醉了,我怎么能是你的男人呢?你永远是我的瑜姐。"

窦瑜玮也感到自己的话有些急躁和不对头,于是仰起头,两只眼睛含情脉脉地看着徐公平说:"我也想永远做你的瑜姐,可你却不想,你的心已经变了。"

徐公平说:"我只想让你做一个热情大方且令人尊敬的瑜姐,却不是现在这种关系的瑜姐。"

窦瑜玮说:"傻瓜,世界在变,人心每天都在变。尤其是当今社会,那个瑜姐还能回来吗?想想那个时候,你对我多投入,现在你却躲避我,故意不见我。我多希望和你永远在一起,哪怕就这样一直做你的瑜姐,在我需要你的时候,你不要躲着我好吗?"

徐公平一听说要继续和她保持现在这种关系,这正是他最怕的事情。于是,他坚定地说:"那不行!过去我们已经错了,难道还要再错下去吗?瑜姐,你就及时改正吧!不然,会出大问题的。"

窦瑜玮听徐公平态度这么坚决,忽然眼泪汪汪地说:"徐公平,你就可怜可怜我吧!你看我过得多辛苦,多可怜!十几年了,一个人带着孩子过,如今把她拉扯大了,她又离家出走了,连个音信也没有。现在我一个人形单影只的,有时候心里寂寞得要死。求你了,你就对我好点,多陪陪我,等蓉蓉回来了,我就不强迫你了。"

窦瑜玮使出这一招，徐公平一听傻眼了。当初蓉蓉出走，正是发现了他们俩的不正当关系，所以才一气之下离家出走了。现在这个女人反倒以蓉蓉出走为理由要求和他继续保持不正当关系，真是可笑至极。

他郑重地说："瑜姐，如果我们再纠缠不清，就太对不起蓉蓉了。"

窦瑜玮一听，心中生出一丝不快来。就在五天前，她收到了一封县劳教所寄来的信，得知蓉蓉已经被判了两年劳动教养。第二天，她偷偷去了趟劳教所，想见见女儿，可蓉蓉拒绝见她。

从管教员那里，她了解到蓉蓉是因吸毒而被劳教的，和蓉蓉一起被判劳教的还有杜大山的儿子杜小虎。

原来，蓉蓉那天离家出走后，在县城流浪，恰巧在车站遇上了杜小虎。杜小虎被学校开除后，闲待在家里，杜大山管束不住，便花钱托人让儿子上了职业中专。但杜小虎依然顽劣不改，经常逃课混迹于网吧迪厅。蓉蓉赌气不想回家，也跟上杜小虎鬼混于迪厅网吧。由于俩人身上都有大量现金，后来竟经不住诱惑尝试吸食毒品，被警方清查黑网吧时抓获，又被送到戒毒所，再后来就被判接受政府劳动教养了。

蓉蓉拒绝见她，她气得差点晕了过去，只得悻悻地回来。她知道女儿是不会轻易原谅她的。如今只有徐公平这里是她可以依靠的地方。她想在他的身上得到某种慰藉，没想到徐公平是软硬不吃，下定决心要和她决裂。

人因为单纯而可爱，也正因为单纯而很容易对付。窦瑜玮知道自己虽然徐娘半老，但还没有到人老珠黄人见人烦的地步。凭一个女人的直觉，她清楚自己的容貌和气质还足以令一个男人倾倒。

徐公平已经成了她的猎物，她熟悉他的弱点在哪里，于是她决定故伎重演。她故意向前跟跄了一步，然后拽住徐公平的胳膊说："好吧，既然你不乐意陪我，我也不勉强你。现在你送我回去，我心里难受极了，想去睡觉。"说完，她故意干呕了几声。

徐公平犹豫了一下，然后还是搀扶着她，向她的房间走去。窦瑜玮装着烂醉如泥的样子，两腿一点劲也不使，徐公平只得背着她到了她的房间。

一走进自己的房间，窦瑜玮立刻浑身来了劲。她清醒地意识到女人的幸福要靠自己捕捉，人生的快乐需要自己掌握。就在徐公平抱她上床的当儿，她迅速地搂住徐公平的脖颈,把他拉到自己的身上说:"今晚,你必须得陪我。"

徐公平两颊通红,急忙挣脱说:"不行,坚决不行!"

窦瑜玮可不是一般的女人,她眼中喷着欲火,用几乎命令的口气说:"那我也不行!今晚是我的节日,你必须好好满足我的要求。"

徐公平固执地说:"你不要强迫我做不愿意做的事!"

窦瑜玮用淫邪而渴求的眼神盯着他说:"这是人生最快乐的事,你为什么不愿意?难道你对我一点兴趣也没有了吗?"

徐公平避开她的眼睛,理智地说:"我们这样做是错的!难道你对蓉蓉就一点愧疚心也没有吗?我不想每天在内疚不安中生活,也不想继续错下去!"

窦瑜玮显然觉得他的这个理由很苍白,她压根儿就没认为这件事有丝毫的错处。男欢女悦,各取所需,有什么错的?但她是不达目的誓不罢休的女人,她不想在这件事情上以自己失败而告终。尤其在今天晚上,如果她让徐公平走脱了,那将意味着她此前的努力都白费了,他俩的关系也该彻底画上句号了。

此时徐公平正是青春激荡的雄壮年代,可窦瑜玮明显有了青春易逝的危机感,所以她小心翼翼地守护着他。他越是想逃出她的手掌心,她越把他抓得紧紧的。不到万不得已,她是绝对不会放手的。

强烈的欲火被冷漠浇灭,一种极度落寞和即将被遗弃的感觉充斥着窦瑜玮的全身。

窦瑜玮暗暗提醒自己:今晚决不能失败,如果失败了,那将是永远的失败。她用强硬的口吻说:"现在你知道错了是吗?当初你在我身上寻欢作乐的时候怎么没想到错?你看我现在多可怜,低三下四地求你,你反倒正经起来了。我真的那么贱吗?让你这么烦我?"

徐公平本想竭力挣脱后逃跑,听她这么一说,便又停下来说:"你就放过我吧!当初我喝醉了,在不知不觉中做了错事,所以现在想改正此前的错误。瑜姐,你真的很好,对我也很好。我不是烦你,而是想和你正常地相处,你就原谅我吧!"

窦瑜玮听他这么一说,心中舒服了些,转而温和地说:"我也不怪你。但你要知道,在感情这一块,女人和男人的感觉是不一样的。自从我和你有了第一次,我就特别渴望第二次,有时候甚至想就此嫁给你,一辈子做你的女人。很多时候,我都在努力克制自己的这种欲望。有时候也想横下心来和你断,可就是断不了。我知道,我和你的这种关系不可能太长久,但是哪怕能再多维持几天,我都愿意。我希望你不要这样对我,不要拒绝我对你的爱,否则,我会发疯的!"

徐公平再想辩解,但面对她的这一番歪理邪说,竟然觉得无话可说了。他想溜之大吉,可窦瑜玮已关了门,堵住了他的去路。徐公平感觉自己就是一个被别人操纵的欲望机器。他只好痛苦地闭上了眼睛,任由窦瑜玮摆布。

窦瑜玮见有机可乘,欲望再一次升腾了起来。她在他的脸上狂吻,用双乳蹭他的前胸,用手在他的胸脯和大腿间乱摸,极尽骚情。尽管窦瑜玮春情勃发,徐公平却坚持着不动情,妄想用冷战打败她。但面对徐公平极富弹性美的身体和浑身散发出的男人气息,窦瑜玮竟如饮甘醇,如痴如醉。她像蚂蟥一般贪婪地吸附在徐公平身上,一副极度饥渴的样子。

窦瑜玮身体上散发出的女性催情气味不断刺激,加上她极尽能事的挑逗,使徐公平无法抗拒,最后终于顶不住诱惑,下体刚劲威猛地抖擞了起来。见时机成熟,窦瑜玮便极快地扒光自己的衣服,迅即扯下徐公平的裤子,见那火箭炮已然直竖了起来,便像只粘住美餐的母蜘蛛,毫不羞耻地扑了上去……

除了隐隐感到有一种罪恶感之外,徐公平也能从窦瑜玮的身上得到发泄和满足。但每次和她偷欢完毕后,徐公平总像失去了什么似的,心中并不快乐,而且罪恶感越来越强烈。看着窦瑜玮紧拥着他睡着的样子,他觉得这个女人又可怜又可恨,自己想要离开她的魔掌,似乎只有潜逃了。

四十二　迟来的曙光

老相好那边的事务处理完了之后,常思思惦记着对徐公平的承诺,便匆匆忙忙地赶到牛毛镇来了。

高原的春天依然很冷,空旷的原野上吹着袭人的风。踏上这片土地后,常思思便感到有些作呕恶心,头晕目眩。在沿海城市过惯了舒适生活的她,对这里的高原气候很不适应。

望着满目萧条的北国旷野,她有些后悔自己为何要到这么偏僻的地方来。她在内心甚至暗暗嘲笑起徐公平来,好好地不在美丽的沿海城市工作,心血来潮偏要来这贫穷闭塞的山村体验艰苦朴素的生活!

有了这种想法之后,她的内心偶尔也会对徐公平生出一种敬佩来,觉得他似乎比之前更崇高更伟岸了。说实话,她不敢小瞧他,毕竟他是为追求伟大的人生梦想而来。若论精神境界她是没有资格嘲笑徐公平的,反而从内心深处觉得这样的男人才更有气魄,更有魅力,值得自己一生去爱。

搭乘着中巴车到达牛毛镇后,常思思径直到牛毛中学找到徐公平。徐公平想让她在镇上小旅馆住宿,但小旅馆条件实在太简陋,常思思十分不乐意,加上她身体不适,徐公平只得带她到了学校自己的宿舍。

一进徐公平的房间,常思思仿佛回到家里一样,像只小鸟似的缠着徐公平问这问那,又要徐公平陪她去吃饭。徐公平只得请了假,陪了她半天。到校外吃了饭,又在牛毛镇上到处乱转了几个小时。

到了晚上,徐公平让常思思一个人在宿舍睡,自己则到办公室去凑合。可常思思哪里能答应,他走到哪,她跟到哪,如影随形。无可奈何之下,徐公平只能硬着头皮陪她睡。要知道,这种在城市司空见惯的事,在牛毛镇上可是极抢眼的大新闻。

于是,第二天牛毛中学师生中就有一则桃色新闻在偷偷传播了,那便是徐公平不知从哪里领回来一个女的并且跟她"非法同居"了。

校长窦瑜玮听到这个传闻后,表面上装作很平淡,她甚至嘲笑山里人没见过大世面,要求别的老师们别乱嚼舌头根,安心干好自己的本职工作。但她的内心里,却像是打翻了一车间的醋,恨得咬牙切齿。

从常思思来到牛毛镇的第一秒钟起,她就立刻成了小镇的一个亮点。她的衣着打扮、言行举止,处处透着城市阔小姐的气质,与山镇的人格格不入。她和徐公平勾肩搭背走在古街上,立刻成为全镇最抢眼的看点。人们对着他们的背影议论纷纷,都说徐老师找了个漂亮而有钱的女朋友。

徐公平为了不暴露他跟窦瑜玮之间的暧昧关系,只得和常思思出双入对,俨然一对亲密恋人。而常思思也以徐公平女朋友的身份自居,毫无忌讳地和他黏在一起。

经过一个星期的考察,常思思发现这里的环境条件实在是太差了,山大沟深不说,还缺水无电少路,要想修一座学校,这一系列的基础设施都得同时投入修建。

看到牛毛镇周围的一切,常思思终于明白为什么徐公平要竭力说服她在这里建希望学校,因为这里确实太需要发展了,也太需要援助了。

起初,他们想把希望学校修建在大石头小学,镇政府有关领导却不同意这个方案。因为大石头小学太偏远了,自然条件非常恶劣且生源也很少,加上希望小学是形象工程,必须考虑实用性和宣传需要,所以最终她决定把希望小学建在人口相对密集、交通相对靠谱的喜鹊沟,并向牛毛镇政府提交了一份要在喜鹊沟投资一百万元兴建希望小学的意向书。

完成考察后,常思思如约履行了意向书上的承诺。牛毛镇政府立即组织相关人员进行了前期预算与施工设计,牛镇长亲自主持了隆重的捐赠仪式和教学楼奠基仪式。主体结构为一栋三层教学楼的喜鹊沟希望小学开始动工了。

此举在牛毛镇乃至县教育局引起了广泛的好评,各种报纸媒体争先报道这一先进事迹。常思思一下子成了牛毛镇家喻户晓的爱心人士。牛毛镇政府视她为特别嘉宾,并在凯枫山庄为她专门订了包间,以便于她随时来学校工地督察。

可是常思思并不喜欢住在凯枫山庄，她心里记挂着徐公平，晚上便到他的宿舍住宿。这使徐公平感到非常为难，但也没有办法拒绝，毕竟人是他请来的，又是他的女朋友，他没有理由拒绝常思思向他靠近。

天气一天天转暖，希望工程也在一天天向前推进。有几次常思思满怀憧憬地提醒徐公平，一旦希望学校工程完工，徐公平就要履行他的诺言，跟她一起去南方创业。徐公平的心中却另有打算。他向她讲述了董红老师的事迹，并说学校眼下师资力量短缺，他要再坚持一段时间，等学校调来合适的老师，他一定遵守诺言，跟她去哪里发展都行。

常思思感到徐公平的态度有了变化，想反悔当初给她的承诺，她很不高兴。徐公平过来哄她开心，她装着很生气的样子，说："徐公平，想不到你是一个做事黏黏乎乎说话不守信用的人。告诉你，之所以我要跟你到这个鬼地方来，我唯一的目的就是要你跟我在一起。我这样迁就你，帮你完成心愿，是想花钱买你高兴，你以为我的钱是树叶变成的呀？唉，我们女人可真傻真可怜啊！没钱吧，男人会看不起你，嫌你累，嫌你土，嫌你烦。有钱了，男人还是看不起你，嫌你泼辣，嫌你开放，嫌你轻贱。譬如我吧，我虽然用钱办成了这件常人看来不可想象的事，但我心里明白，你是不会把我看高的。因为你认为我的钱来路不正当、不干净。如果直到今天，你还认为你的钱与我的钱里面包含的劳动价值有所不同的话，那么你可真是个老古董了！"

徐公平说："每个人都有选择自己的追求目标和价值取向的自由，我理解你的选择。"

常思思说："你是不会理解我的。你认为自己很高尚很了不起，与众不同，做了一份伟大的事业，但其实你很迂腐甚至近乎愚昧。同样都是年轻一代，你的青春就那么不值钱吗？为什么要把美好的青春才华埋没在这里？离开这些一穷二白的地方，我们完全可以做更有价值的事。现在又不是饥荒年代，我们为什么还要过苦日子？为什么还要上山下乡到贫困地区来接受这种再教育磨难？"

徐公平说："也没有人强迫我们呀，只是当初刚毕业工作不好找，想增加自己的历练罢了。"

常思思说："我说你虽然年轻但近乎迂腐。我们这一代人身上，就是缺乏一种吃苦耐劳的精神，一种求实创新的魄力。像我，虽然高价出卖了自己的青春，但得到了丰厚的回报。我现在来反哺这些贫困地区,从本质上改变它的面孔,而不是把自己无端地泡在这里,消磨了大好青春,却看不到一丝回报。如果我捐款修建的希望小学成功了,难道说我对牛毛镇教育的贡献比你在这里做出的奉献小吗? 至少在绝大多数人的眼中我是功臣是英雄是劳模。这是看得见摸得着数得清的事实,而不是你在这里多教一年书两年书就能抵得上的!"

徐公平说:"那是因为人们不知道你捐款的来历,如果知道你这钱的来路,不知道这些人又怎么说呢!"

常思思说:"那只能说明这些人还很愚昧!"

在此番辩论中,徐公平一丁点便宜也没占着,所以他甘拜下风,转变话题说:"也许你的逻辑是对的,但解决不了实际问题。现在的实际问题是学校缺少合适的教师,如果我走了,将有一百多名学生没有语文老师。"

常思思冷冷地说:"你也真是的! 你以为缺了你地球就不转了吗? 少了你一个,社会主义建设事业就会停滞不前了吗? 也许,你的那位董老师在生前就和你是同一种想法,可是他现在永远倒下去了,牛毛中学倒闭了吗? 难道你忘了你的同学康东方了吗? 他堂堂一个正派大学毕业生,现在不是正在大石头小学默默无闻地教书吗? 你不觉得可惜又可笑吗? "

徐公平说:"有啥可笑的,只要是自己喜欢的,到哪里做什么工作都是快乐的。"

常思思说:"让一个风华正茂的大学生,带领一群孩子去捡石头,却不派当地的高中毕业的民办老师到那个地方去,这是什么? 这是教育人才资源的极大浪费! 你竟说不可笑,四年的大学呀,国家白培养你们了,怪不得我们国家的教育水平越来越不行了! 原来正是你们的这种落后思想造成的。徐公平,你知道吗? 前不久我刚踏上这个地方时,我甚至觉得你们很可怜,是那种建立在崇高名义上的可悲的可怜!"

常思思的这一顿数落,将平日里文质彬彬的徐公平彻底激怒了,这是常思思始料未及的。

事实上,清贫是不应该被浮华嘲笑的。要知道,任何有志气的男人都是不愿意被别人小瞧的! 何况,在徐公平看来,常思思之所以可以大把大把地花钱,可以过上富人衣食丰裕的生活,并不是她自身劳动的所得,更不应该成为她炫耀的资本,而只不过是这个社会畸形价值取向生发出来的怪胎罢了。如今,常思思却自以为了不起,口口声声说对社会的贡献超过了他,这令徐公平大为反感。

但徐公平并没有发作,而是把这股火强行逼进了肚里。毕竟是自己求她过来办事的,他不想戳穿常思思那种扭曲价值观背后可悲的虚荣心,也不想否定她捐款的实际价值。因为不论是哪种方式取得的金钱,在使用价值上它们是一样的,那就是它可以办到许多你想办却办不到的事!

然而,徐公平的沉默反而令常思思摸不着头脑,她冲上前来扳着他的胳臂说:"你倒是说话呀!是不是我说了这些你不爱听的话,你不想理我了?"

徐公平闷头说:"没有呀,你刚才提到董老师和康东方,我忽然觉得有些伤感!"

常思思安慰他说:"对不起,徐公平,我惹你伤心了。其实,想不想离开这里,什么时候离开这里,一切都由你决定。我应该尊重你的选择,不过,我永远都希望你来到我身边。"

这番话使徐公平心中生出一丝感激,他拉着常思思的手,默默地放在自己的手掌心,似乎遇到了知音,一种被理解的温暖传遍了俩人的全身。

康东方在大石头小学的生活清贫极了,多亏了有雪莲照顾,他才不至于忍饥挨饿。这里的孩子文化基础很差,一个简单的常识性的问题,往往要花费九牛二虎之力才让他们能明白。单教会孩子们唱国歌,就让他大费周折。

随着季节的更替,山村的景色变得越来越好了。野草在田野上疯长,各种小虫在草丛中嘶鸣。夏风变得柔和了起来,布谷鸟的和唱代替了秋冬季节猫头鹰凄厉的怪叫,传递着山坡上庄稼成长的信息。

雪莲在校园的一角开辟出了一小块地,种上了白菜、小葱和刀豆。那些种子没多久便发出了嫩嫩的小芽,为校园平添了许多绿色的生机。

康东方的到来,为这个平凡的山村小学校带来了无限生气。雪莲姑娘也充分发挥出了女孩子特有的天性,带孩子们跳舞,教孩子们唱歌,做趣味游戏,使孩子们课内课外的活动充满了乐趣。大石头小学像山腰上一朵盛开的小花,充满了生机与希望。

郑峻峰的家境十分贫寒,自从郑学礼老师离去以后,这个家就陷入了极度窘困和凄寒之中。家里的粮食不够吃，除了屋角堆积的几袋山芋蛋和青稞之外，便没有一样能代表希望的东西。雪莲很同情这个孩子，在完成学习任务之余，还教郑峻峰学习拉二胡，康东方也给了他许多乐理方面的帮助。

往往在这样艰苦的条件下，能给人创造非常好的学习环境，也能激发人们巨大的学习激情。康东方在课余时间专心复习考研课程，受他的感染，雪莲学习也很勤奋。在康东方的辅导下，她刻苦自学了高中所有课程，取得了非常好的学习效果。

一个礼拜天下午，康东方收到了一个邮包，里面是一面带升降滑轮的五星红旗和一双旅游鞋。康东方非常感激，他知道是徐公平邮寄的。

在郑书记的帮助下，康东方找了一根九米高的树干做成了旗杆，他自己设计安装了滑轮，用石头砌成了一个旗台，并训练了几个大一点的学生做升旗手。

六一儿童节那天早晨，大石头小学举行了隆重的升旗仪式。全校学生排成了整齐的队列，仰望着五星红旗冉冉升起，高唱着国歌。学生们笑了，乡亲们笑了，大石头小学沸腾了，可是郑书记哭了。在目送鲜艳的五星红旗升起的一刹那，郑书记老泪纵横，这位守着这个穷窝窝过了一辈子的老支书，激动得说不出话来。他觉得大石头村的明天有望了。虽然没有电，虽然没有音乐，虽然没有豪言壮语和宏大的场面，但这亘古以来第一次的升旗仪式，无疑是这所山村小学校姗姗来迟的第一道曙光。

四十三　唯情最易殇

正在喜鹊沟希望小学教学楼即将拔地而起的时候,牛毛镇上来了一位特殊的客人———一个极其精干的美国小伙子。

牛毛镇上的人像见到外星人一样的好奇。大概这是牛毛镇上第一次有外国人的身影。

美国小伙手里拿着地图找到了牛毛镇中学校门口,用生硬的中文表明要找一位叫徐公平的老师,在场的人们几乎都惊呆了。

一位年轻老师叫来了徐公平。外国人莫名其妙的来访,使徐公平也很惊奇,他用惊诧的眼光打量着眼前这个美国帅小伙。

美国小伙说:"你好,我叫凯特。你是徐公平吗?"

徐公平说:"是的,我是徐公平。可我似乎不认识你。"

凯特说:"我们的确没见过面,但我认得你。因为夏雯经常提起你,说你是她的初恋男友。"

徐公平说:"你见过夏雯?"

凯特说:"我们一起在斯坦福大学学习,是很要好的朋友。"

徐公平说:"哦,你是夏雯的同窗好友,对吗?那么,你是她的现男友了?"

凯特说:"不,不是。我仅仅是他的同窗好友而已。"

徐公平说:"她不是有个台湾男朋友吗?"

凯特说:"对不起,很遗憾,我不能告诉你更多。由于夏雯不能亲自来找你,她托我来中国,向你表示歉意,并把这个小盒子带给你!"

徐公平吃惊地问:"夏雯她怎么了?"

凯特说:"夏雯得了严重的尿毒症,她那个台湾男友弃她而去。夏雯在生命垂危的时刻,说她有个心愿,要我替她完成。她把一个小盒子交给我,说一定要亲手交给你。"

凯特从背包内掏出一个小盒子递过来,徐公平接过盒子的一刹那,黯然神伤了。

凯特看着徐公平一脸颓然的样子,摇摇头,耸耸肩,慨叹道:"徐先生,夏雯交给我盒子的时候很痛苦,看得出你们之间有很深的情感。然而,令我感到不解的是,你们彼此爱对方,可为什么最终没能在一起? 不过,更令我感到不解的是,在当今中国还有如此闭塞的小镇,没有因特网,没有电话,更没有像样的公路,交通极不方便! 我看到这里的人们仍在一种极端封闭的状态下生活。我想说的是保守落后不属于当今中国,艰苦奋斗也并不意味着永远崇高!"说完,凯特挥挥手,头也不回地走了。

徐公平感到周围的一切都变得恍惚起来,一下子陷入了极度痛苦之中。

尽管夏雯已弃他而去,但初恋的感情往往会笼罩人的一生。

徐公平捧着那个小盒子,仿佛捧着夏雯的骨灰盒,拖着沉重的步子,蹒跚着向自己的宿舍走去。此时此刻,悠悠往事似乎凝缩为一首惆怅的情歌,久久在他的耳边回荡:

> 婆娑树影里,你美丽眼眸,如暖暖春风。虽然只有短短一瞬,却将我心深深打动。多想与你卿卿我我,多想携你天长地久,心上的人啊,你可知否,窈窕淑女,君子好逑!
>
> 皎洁月光下,你温柔眼眸,如凉凉秋风。也许只是重温旧梦,却将我情深深交融。相爱的人不能牵手,相逢时刻愁绪更浓。心爱的人啊,你曾记否,执子之手,与子偕老!
>
> 怕再见,初恋情人,将相思酿成苦酒。忆往昔,离情别恨,惆怅在心头涌动。
>
> 常相依,知心爱人,有情人终成伉俪。长相思,生死不休,祝福真爱永恒。

美好的回忆往往很短暂,而痛苦的记忆却总是那么漫长。徐公平瘫坐在椅子上,一幕幕往事浮现在眼前。那是他和夏雯如胶似漆热恋的时候,一个阳光明媚的春日,两人相携登上了天下奇险华山之巅。在华山南天门的长空栈道上,他们曾倾心相许,锁定终身。

当时夏雯缠着他,要他发誓一生一世永远只爱她一个人。于是徐公平凌空长吼,对天发誓道:"今生今世,我徐公平只爱夏雯一个女孩,如果有违此誓,愿遭老天惩罚,痛苦而死。"他们俩又在立誓卡上一齐写下誓言:"我徐公平夏雯二人真心相爱,一生一世,同呼吸,共命运,同欢乐,共患难,生死与共,永不相弃。"

尔后,他们将一把铜锁打开锁定在长空栈道的铁索上,然后把钥匙和立誓卡用一方红丝巾包好,放置于一个小盒子里,郑重地保存起来。目睹着那金黄色的小铜锁犹如一个精灵从此以后便会赋予特殊的内涵永远守候在那里见证他们的爱情,两人紧紧地拥吻在一起……

没想到短短几年,世事竟如此多变!

徐公平打开盒子,见里面依然如故:红丝巾包裹着金钥匙,静静地放在里面,述说着依稀的爱情往事。他感到夏雯正在对面用血红的眼睛注视着这一切,仿佛在忏悔着对爱情的背弃,又仿佛怨恨他背叛盟誓。一阵心血热涌,徐公平忽然难抑悲恸,俯身搔头痛哭道:"雯雯,你说,怎么会弄成这样啊? 这到底是谁的错呀? 天哪,你为什么要这样惩罚一个年轻的生命啊……"

看着希望小学教学楼工程即将竣工,常思思的心里美滋滋的,仿佛自己用心血孕育的婴儿即将出世一样富有成就感。每天能够和心爱的男人在一起,看着自己的小小梦想即将变为现实,她的脸上挂满了愉悦的笑容。她想把这个好消息早些传递给徐公平。

常思思兴致勃勃地来到徐公平的宿舍时,看到的却是和希望工程施工现场截然不同的另一番情景。

屋子里一片灰暗,物什狼藉,徐公平病恹恹地躺在椅背上,面前的桌子上放着一个精致的小盒子,他的脸上还残留着泪痕。

常思思静静地拿过小盒子,打开红丝巾,发现里面除了钥匙和立誓卡外,还多了一张卡片,上面记有一首新诗:

有一个字眼被人亵渎得太多

我岂能再度辱没
有一种情感被人糟践得太狠
我岂能再添鄙薄
有一种希望太过渺茫
使我无法看懂未来的天空

这是萤火对星辰的情怀
这是银河两岸的迢迢相对
这是悲哀的世界
仅存的一点泪光
我不想乞求原谅
也不必听到宽恕
唯有忏悔
连同死神来临之前的最后表白

无须从你眼中看到怜悯
亦无须质问孰是孰非
生命无常
灾难如湃
唯情易殇
唯爱难忘
那守候在凄风苦雨中的心灵之锁
连同真正的爱情
将变成血红的追忆
跌落尘埃

徐公平从痛苦中回过神来,面向常思思说:"思思,你不会笑我吧?"

常思思眼里噙着泪花说:"不会,我还会替夏雯感到高兴呢!你是个重情重义的好男人,我都被你的痴情打动了。"

徐公平说:"夏雯是我的初恋,一直是我的一个瑰丽的梦。当时我们在华山长空栈道拴爱情锁的时候,曾经一起发誓,不论遇到什么困难,都要勇敢地活下去,相爱一生,永不离弃。后来她弃我而去,我曾恨过她。可是如今,她身患重病,生命垂危,我却在万里之外束手无策。世事苦短,人一生的爱恨情仇,谁又能说得清呢?"

常思思说:"夏雯,我真羡慕你!虽然你和心爱的人最终没能在一起,但那颗心永远属于你!公平,我们生活在这个社会本来就矛盾重重,很多事都身不由己。许多人想得到自己想要的东西,反而失去了更多,这就是人生。夏雯、你、我都是这样,我们为美好的青春而抗争,付出了很多,结果却迎来了凄惨的命运。所以说我们应该珍惜现在,珍惜当下拥有的一切,珍惜眼前人。"

徐公平说:"是啊,我们想收获美好的将来,却失落了平凡的现在。我们应该勇敢地面对生活中的苦难,我想夏雯她也会原谅我的!"

常思思说:"公平,其实夏雯自始至终都是很爱你的,只不过现实迫使她放弃了最美最纯真的爱情,而去追求虚伪的物质享受。初恋是最美好的情缘,没有人对初恋很快忘记的。只要是真心相爱过的人,都希望对方好,哪怕是不能在一起。"

徐公平说:"思思,你会祝福背弃你的初恋情人吗?"

常思思不假思索地说:"会的!曾经有个男生疯狂地追求我,我也对他有好感。后来我嫌他穷,故意逃避他。他知道后,很苦恼,恨自己没有生在一个富裕的家庭。他开始胡闹,怨恨自己的父母没有本事,甚至对自己的父母大吵大闹。他丧失了理智,竟然写下留言说要与父母断绝关系,后来就离家出走了。再后来我们就分手了。这也就是我的初恋吧!"

徐公平说:"那他现在呢?"

常思思说:"听说他现在混得不错,找了一个银行行长的千金做老婆,生活很富足。"

徐公平说:"你不是嫌他穷吗?现在他有钱了,你也有钱了,可两个相爱的人却不能在一起了,你不后悔吗?"

常思思说:"后悔又有什么用?生活本来就是这样,你要图这头,就得失掉那头,哪有十全十美的事?"

徐公平说:"我们在年少的时候,总把这世界想得非常美好,总想把事情做得完美无缺。可当真正接触这个社会的实质时,却发现要保留一份纯真的感情是多么的不易呀!"

常思思说:"徐公平,我知道你一时半会也忘不了夏雯。你还是跟我到南方或者出国创业吧,到那边我就代替夏雯照顾你,你也要像对待夏雯一样爱我。"

徐公平说:"夏雯不惜一切代价去了国外,结果如何呢?即使我们真的创业成功挣了好多钱,那又能说明什么呢?"

常思思说:"至少说明我们实现了自己的人生价值,我们的青春没有虚度!"

徐公平说:"难道说挣钱多少真能衡量一个人的人生价值吗?"

常思思说:"在这个物欲横流的社会,除了钱还有什么能说明你的价值呢?挣钱的过程不就是一个实现自我价值的过程吗?你可以把这段经历记录下来呀,等我们老了,翻阅日记时,我们就会这样说,噢,那个年代,我们是这样走过来的!"

常思思的话让徐公平又一次对人生的价值观发生了质疑,他不知道一个人应该怎样活着才更有意义。

徐公平感到自己已不知不觉陷入一种黑暗的泥淖。他不想走祖辈们的老路,不想默默无闻地活着,可又无法面对残酷的现实。此前他也想吃些苦,创一番事业,可实际又吃不了什么苦,他把生活想得太简单,把人生之路想象得过于平坦。当他踏入这个多变的社会后,一切的一切又使他那么的惊奇与失望。

每当窦瑜玮来骚扰他的时候,他都会非常难堪,可他又着了她的道,一时竟不知如何对付。他承认自己是懦弱的。面对周遭的逼迫,面对现实的考验,他甚至用世间太阴暗来掩盖自己的卑怯、无知、贪婪和软弱。

只有当他走进教室,面对学生那些渴求知识的明亮眼睛的时候,徐公平才能感觉到自己的价值所在,世界的美好所在。随着下课铃声的响起,他的精神寄托和信心源泉也就宣告消失殆尽了。说实话,现在他已不觉得教书育人的工作有多么的神圣伟大了。

由于毫无刺激性和成就感,加上难以创新,许多奇才都被埋没在教育这个行业。像一块美玉被埋没在河床上的卵石中间,随着光阴的流逝,逐渐被磨砺、风化、冲刷,最终被磨得无棱无角、平庸无奇。

这段时间,窦瑜玮也是郁郁寡欢。每次见到常思思,她都会感到心里不自在。常思思的到来,给她与徐公平之间的秘密交往造成了很大的障碍。但为了顾全大局,她只能忍气吞声。可她依旧不甘心输给这个跟自己相比既年轻又漂亮的小姑娘,她要抗争,她要夺回已经属于自己的东西。

在多次向徐公平示爱而依旧遭到拒绝时,窦瑜玮震怒了。她决心诈唬一下他,就说:"徐公平,我早就预料到你会喜新厌旧。所以,在我们上一次交欢之前我已偷偷去了结育环。现在我已经怀上了你的孩子。如果你再不理我,我就把这个孩子生下来,然后和你结婚。"

徐公平一听吓得惊慌失措,结结巴巴地说:"这怎么可能呢?你怎么会怀孕呢?"

窦瑜玮说:"信不信由你。这件事如果传出去,可是牛毛镇最大的新闻。我一个四十多岁的女人,名誉问题已不重要了。你年纪轻轻,看你怎么处理!到那时候,不要我也由不得你了!"

徐公平说:"你,你也太卑鄙了吧!我把你当作最可信赖的人,却万万没想到会上你的当。"

窦瑜玮说:"什么卑鄙?都是你狠心造成的。只要你乖乖地做我的男人,满足我的需要,我是不会逼你的。"

徐公平说:"你只顾自己膨胀的私欲,有没有想过别人的感受?作为一个上级领导、一个长辈,你可曾想过你这种做法会给我的一生造成怎样的影响?难道你就不怕遭天谴吗?"

窦瑜玮强辩道:"你不要诅咒我了。自始至终,我可没有毁你的前程。相反还千方百计给你创造最好的工作环境。作为一个女人,我只关心自己的小幸福。我只希望你不要和我断绝关系,不要喜新厌旧!"

徐公平说:"我为什么要继续和你保持这种不正当的关系?如果我当初没和你发生那种暧昧关系,是不是我也跟何碧、康东方一样,早被你弄出这个学校大门了?你一个小小的中学校长,竟然这样无耻地摧残、蹂躏和扼杀你的同事、你的下属,不以为耻反以为荣,你和刽子手有什么区别吗?"

窦瑜玮淡淡地说:"别说得那么难听嘛!这是正常的需要。男欢女爱,人之常情,有什么大惊小怪的!"

徐公平说:"人之常情,你说得倒是很轻巧。违背道德伦理,乱搞男女关系,这是人之常情吗?你仗着手中的一点点权力,把一个个热血青年的理想信念消耗殆尽使他丢弃尊严,这正常吗?为了一份工作,他忍辱负重,忍气吞声,人格和尊严被肆意践踏,明知在造孽还要接受被骚扰,这正常吗?"

窦瑜玮见他说得义愤填膺,知道徐公平已经不是当初那个随便一逼就能就犯的小伙子了,她必须出狠招了。于是,她苦着脸对徐公平说:"我是个可怜的女人,你却把我想象成一个扼杀你青春的刽子手了。我没想到会将你伤得这么深!现在你带那个小骚货来,天天在我眼皮子底下鬼混,已经让我忍无可忍了,我真想狠狠教训她一顿!总之,你赶快让那个狐狸精离开,你若喜嫩厌老,想无情地抛弃我,就别怪我做出什么绝情的事来!"

徐公平虽然心里有些忌惮,但他表现出了前所未有的果断,坚定地说:"她现在是我的女朋友,你如果敢动她,我决不轻饶你!"

四十四　不倒的旗杆

康东方在大石头小学的日子过得平淡而充实。与外面纷繁芜杂的世界相比，这里简直是真空环保地带。

转眼间到了六月，干旱了三十年的牛毛山接连下了几场大雨，大地一片生机，漫山遍野的植物都在疯狂地生长，似乎临幸牛毛山几十年的旱神从此要离开这片干涸的土地了。

六月是每年中最难熬的日子，因为这几天不光是天气格外炎热，素有"天下第一考"的全国普通高考，将决定所有考子的命运。

雪莲作为高考大军中的一员，也报名去参加了高考。当然，她知道自己不会考很高的分数，所以第一志愿报考了高等教育师范专科学校。

在雪莲前去参加高考的这些天里，康东方则带领全校学生参加了全镇学校的统一考试。结果，大石头小学各班成绩都名列前茅，而雪莲所带班还考了全镇第一名。成绩公布出来之后，康东方和雪莲都非常高兴，俩人兴奋得像两只小鸟，想急于把这个好消息告诉那些可爱的学生们。

接到通知后，学生们都按时到达了学校，端坐在教室里，等候老师宣布成绩。康东方、郑雪莲也兴冲冲地做好了一切准备工作。他们想象着孩子们听到好消息后的兴奋和欢笑。

一阵猛烈的北风突然侵袭而来，打破了牛毛镇炎炎晴空的宁静。一大片乌云魔鬼似的笼罩在大石头小学上空。

一阵妖风吹过，几声沉闷的雷声炸响之后，牛毛镇方圆几十里便下起了倾盆大雨。

大石头村周边的风雨格外猛，雨中还夹着冰雹。已经上地收拾庄稼的人们，慌忙从山地撤下来往家里跑,牛羊驴骡马等牲畜来不及赶回家,便在山地上乱窜乱叫。

十分钟之后,地上的积水已没过鞋口,蛋大的冰雹从空中砸下来,在地面上乱窜,然后一头钻进雨水里,渐渐融为冰泥。

二十分钟以后,地上的积水已超过十厘米。雨水从山坡上倾泻而下,像千军万马一般一齐向山下冲去,山谷里立刻汇成了一股股浑浊的溪流,像一只只巨蟒冲向谷底。

三十分钟以后,雨势没有减小的征兆。山洪暴发奔腾齐下,一米多高的洪水像一头头猛兽扑向沟渠、田地、村庄。

凭借经验,郑书记知道,如果大雨继续下个不停的话,牛毛山高峰聚积的洪水,就会以更猛更狠的气势冲下来。这是一场百年不遇的大暴雨,如果村里的人们不及时转移到高处,后果将不堪设想。

郑书记意识到了这一点,于是他急忙挨家挨户地通知,动员人们赶快转移到高处去。于是村里的人拖男带女、扶老携幼,一步一滑地向山坡上转移。因为路滑泥泞,他们前面有人用铁锹开路,后面的人紧紧跟上。

与此同时,大石头小学校里却是另一番情景。由于这样突如其来的特大暴雨,康东方和雪莲老师从未曾经历过,所以他们把学生都安置在教室里,只他们两个老师在雨中用铁锹疏通排水沟。学校外的西北方向有一条较大的泄洪沟,四面八方的雨水汇集在泄洪沟中像一条巨蟒奔流而下。

尽管如此,校园里还是积了一尺多高的水。水面淹没过门槛,倏地直往教室里乱窜。小学校的教室是土坯房,下面有两层石头砌成的墙基。积水从墙基浸渗上来蔓延进土坯墙体,土墙上的泥皮扑扑地往水里掉。学生们都吓得站在板凳上或者趴在课桌上。康东方和雪莲见此情景,预感到学生待在教室里已十分危险。

雪莲说:"康老师,我们赶快往后山转移吧,不然,教室会塌的。"

康东方说:"外面雨下得这么大,怎么转移?"

雪莲说:"我们用铁锹在前面铲路,个子高一些的学生跟在我后面,其他学生我们背过去!"

康东方说:"好,马上行动!"

于是雪莲迅速卷起裤管，拿着铁锹，在前边开路。康东方不会使铁锹，负责其他学生的安全。郑峻峰也拿着铁锹在一边帮忙开道。他们蹚过校园中没膝的雨水，摸到后山坡，然后铲开一锹锹厚厚的湿漉漉的泥皮，在山坡上铲出无数踩脚的平台，一步一步向后山前行。康东方则将十多个小小的学生，一个一个背出被水围困的校园，转移到了山坡上。

雨一点停的意思都没有，当康东方把最后一个小学生背上山坡的时候，已是精疲力尽。这时，雪莲、峻峰他们已在半山腰铲出一块平地，她把康东方背到山坡的学生，又一个接一个地转移到这个比较安全的山坡。

校园中的积水越来越多，那些低矮的校舍仿佛得了佝偻病似的趴在浑浊的雨水中，显得特别可怜。土石结构的墙体，在洪水的浸泡下痛苦地呻吟着，随时都有散架的可能。整个小学校被危险煎熬着，随时都有可能坍塌，最终化为一摊泥浆随洪水奔走。

大雨仍在继续着。郑书记通知并动员全村百姓撤离村落的时候，忽然想到了小学校，他命令村主任带领大家往高处转移，自己则深一脚浅一脚地匆匆往学校赶来。

在小学校这边，三十七名小学生虽然暂时脱离了危险，但他们在大雨中凄惨地叫着、哭着，眼睁睁地看着自己的校园被洪水吞噬。由于逃得匆忙，他们的书包都落在课桌上，有几个学生连哭带喊："我的书包！我的书包！"

突然，郑峻峰冲出人群，向着那间即将倒塌的小房子奔去。

雪莲连忙叫他："峻峰，你要干什么去？"

郑峻峰回头说："二胡，我爹的二胡！"然后从容地向校园跑去。原来郑峻峰忽然想起了挂在老师房间墙上的二胡，那是他爹留给他唯一的遗物，他不想失去它。

康东方、雪莲再想叫住他，但峻峰已跳进了洪水中，向着教室旁的小房子摸去。此时，积水已到了他的大腿，暴风雨中的校舍已岌岌可危，随时有倒塌的危险。

就在郑峻峰摸进房间的时候，校园西北方的山体轰隆一声巨响滑落下来，把山坡下的泄洪沟拦腰截断。山谷中冲下的洪水转而像一头魔兽一般冲向校园。霎时间，校园中的积水猛涨至一米多高，形势万分危险。

雪莲急得大叫："峻峰，峻峰，快回来！"康东方见情势恶劣，一个箭步，冲向校园，积水已漫到了他的腰部。这时他看到郑峻峰从房间里出来，手里高举着那把漆黑的二胡，水面已漫到了他的胸部。

郑峻峰移动的速度很慢，因为脚下是泥浆，如果他一脚踩空，顷刻将有生命危险。

康东方移动的速度较快，他向着峻峰迎了上去，准备带他出来。

水面仍在急速上升，教室的后墙开始摇摇晃晃，大片的泥浆瘫倒在浑浊的泥水中。

山坡上的孩子们，都哭了起来。雪莲急得大喊："峻峰——康老师——危险！"

康东方感觉一股强有力的水波涌了过来，水已到了他的胸部。他再看身边的峻峰，已发现水面已够到了他下巴。峻峰被泥水呛了两口，在水中扑通扑通地上跳。他一把扯过峻峰，将他奋力举起，但他自己的脚插在泥浆里不能行走。

就在这万分危急的关头，郑书记手里握着一把铁锹抄小路赶到了校园的一隅。他看到情况非常危急，没做任何犹豫，直接跳到了洪水中，借着铁锹的助力，向康东方他们游过来。

此时的康东方已是精疲力竭，他把郑峻峰交给郑书记时已经没有一点力气了。而郑书记也已在暴雨泥泞中奔走了半天，浑身被泥水浇透，亦是疲惫不堪。郑书记凭着经验，同康东方把郑峻峰拖到了山坡边，又奋力将他们两个推出了洪水。

坡上的雪莲赶快将他们拉住，两个人都变成了泥糊的人。郑峻峰的手里还抓着那把二胡，趴在泥地里哭泣着。

雪莲和康东方正想合力把郑书记拉上来。就在这时，屹立在校园中的旗台开始下陷，旗杆倾倒。五星红旗在暴雨中无奈地低垂着，并慢慢地向污浊的泥水靠近。

本来，举行本学期最后的升降旗仪式后，五星红旗就要存放起来。郑书记回头看到这一幕，刚想爬上山坡的他又折回头说："啊呀，不能让红旗倒在污泥里。"说着，他转身奋不顾身向红旗冲去。

此时，水面已漫过郑书记的胸部，情况十分危险。但他一点也没顾上多想，迅速靠近旗台,伸手抓住了旗杆。紧接着身体向上一蹿,迅速地把旗杆压下来。他想解下红旗,可是绳扣陷在污泥里,却解不下来。最后他竟神奇地把旗杆从旗台里拔出来,扛着红旗往回走。

就在这时,紧挨学校的陡峭的山体出现滑坡,巨大的泥石流瞬间倾泻而下,校园中的所有校舍像一匹受伤的战马,散了架似的,颓然卧倒在了茫茫的泥水之中。

浑浊的水面骤涨,没过了郑书记的下巴。泥石流不断向前蠕行,泥浆向他直冲过来,填没了他的嘴、鼻子、眼睛。郑书记使出最后的力气,用旗杆支撑住身体,把头探出水面,望着康东方和雪莲说:"照顾好孩子们!"然后他尽力把旗杆直立起来,让红旗不倒下去,他的身体则慢慢地顺着旗杆滑了下去⋯⋯

雪莲凄厉地喊着:"爹,爹⋯⋯"不顾一切地想扑向郑书记。康东方失声恸哭,两只手紧紧拽住雪莲的胳膊。孩子们哭成一片,几十双眼睛盯着那血红的旗帜,那旗杆在泥水中摇摆了几下,居然奇迹般的矗立在泥浆中没能倒下去⋯⋯

第二天省报刊登了一篇通讯报道:昨日上午 11 时,牛毛县牛毛镇突降特大暴雨,暴雨持续下了三个多小时。这是牛毛镇百年不遇的一场强暴雨,降雨量达340 毫米, 并引发多处山洪泥石流。此次暴雨引发的特大山洪泥石流冲走民房130 余间,造成 4 人死亡,7 人失踪,2 人重伤,无数牲畜溺亡,大量庄稼被毁。牛毛镇大石头村村支书郑学仁在组织人民群众转移和抢救学校财产的过程中不幸牺牲⋯⋯

洪水退走了,人们发现郑书记坐倒在污泥里,怀中紧紧抱着那个旗杆,安详地闭着眼睛,像是在思考着什么。

河水在呜咽,山草在抽泣。雨后的大石头村像一堆烂泥瘫倒在山坡下,小学校也面目全非。校园的中央依然插着那杆红旗,被暴风雨洗礼过的旗帜显得更加鲜艳,在晨风口猎猎飘扬。大石头村的上空仿佛有阵阵声音传来,追溯着那个惊心动魄的奇迹。

由于灾情极其严重,许多受灾的群众都无家可归,政府把人们安置在临时搭建的帐篷里。灾民只能靠政府发放的救灾物资暂时渡过难关。

乡亲们草草为郑书记举行了葬礼。由于各种物资的严重匮乏,葬礼几乎是在极其简陋不堪的情况下完成的。乡亲们用帐篷为书记搭设了一个简单的灵堂,全村所有的村民都来为书记敬献花圈或磕头祭奠。出殡那天,全村上下男女老少齐聚在一起,为郑书记的遗体送行。人们泣不成声,挥泪成雨。十几个年轻力壮的小伙子,眼含热泪,抬着灵柩,走了两里地,把这位老党员安葬在大石头村东的一块山坡上。

这场大雨引发的山体滑坡几乎摧毁了大石头村。暴雨过后,大石头村已无法在原址重建,后来在有关部门的调整下,大石头村被整体迁移到外省某地。此后,大石头村在牛毛镇慢慢被人遗忘了,小学校也从人们的记忆中渐渐消失了。

这场暴雨之后的第二天,康东方突觉浑身乏力,腰腿疲软并伴有疼痛,晕倒在帐篷里。乡亲们把他送到了镇医院。镇医院查不清他得了什么病状,建议把他送到县医院就诊。到县医院住院后,虽然疼痛有所缓解,但他的病情继续,依然不能确诊。县医院又建议把他转送到省医院就诊。经省医院专家会诊,终于确诊他得了"脊髓灰质炎",一种成人身上极罕见的疾病。病情很严重,必须得住院治疗。

含着眼泪办完父亲的葬礼,郑雪莲默默地陪伴着年老孱弱的母亲,希望能给母亲多带去一点安慰。然而,听说康老师病得很厉害,她又整日心神不宁。

母亲知道了女儿的心事,立即坚强地支撑起了身体,强烈要求雪莲去照顾康老师。郑雪莲依依不舍地离开母亲,赶到省医院,承担起了康东方的陪护工作。

然而,巨额的住院费用使郑雪莲很犯愁,尽管她已劝说母亲拿出了老书记所有的积蓄,但跟医院的医疗费相比仅仅是杯水车薪。

病危中的康东方也是一筹莫展,他甚至想到给年迈的父母打电话。然而,雪莲死活不愿意,她说那样会吓坏老人家的,她坚决反对康东方那样做。她心里盘算着怎样向亲戚们借钱为康东方治病,但这件事对于她一个小姑娘来说,实在是太难了。

正在康东方为住院费发愁的时候,医院病房窗外来了一位特别之客。她齐耳的卷发,姣美的脸庞,杏色的衬衫搭配着黑色的飘逸长裙,脚蹬白色的健步高跟皮鞋,领口扎着紫色的蝴蝶结。

这位天使般美丽的女郎一出现,立刻引起了郑雪莲的注意。

原来,杜小鹿从美容学校毕业后,回来第一件事就是去找康东方,得知康东方在省医院住院后,就忙不停歇地赶过来了。

雪莲将杜小鹿引进了康东方的病房里,俩人在这样的情况下相见,却一时缄默无语。雪莲发现俩人表情有些古怪,便装作去打开水匆匆地避开了。

杜小鹿无限深情地望着康东方憔悴的脸,似有千言万语,却不知说啥合适。为了摆脱尴尬的情绪,康东方首先说:"小鹿,你怎么来了?从学校毕业了吗?"

杜小鹿点点头,两眼噙着激动的泪花,猛地上前拉住康东方的手说:"东方哥,你怎么这么不爱护自己,还住院了?"

康东方也很激动,反而安慰她说:"不要紧,小病,过几天就好了。"

之后,康东方讲述了病前大石头小学遭遇暴雨的大致经过,杜小鹿把头埋在他的臂弯里,静静地听着,眼里含着晶莹的泪花。

护士又来催缴住院费,雪莲只得把真相告诉杜小鹿。得知他们为住院费发愁,小鹿立刻为康东方预交了住院费,并决心留下来和雪莲一起陪伴在康东方身边。

由于治疗及时,用了最好的药,加之郑雪莲和杜小鹿精心陪护,康东方顺利度过了危险期,但尚需一段时间的治疗才能出院。

这段时间,康东方和杜小鹿彼此都小心翼翼地相处着,谁也不敢碰触心底那根脆弱的神经。康东方带着强烈的感激之情,而杜小鹿却有一种说不出的忧伤。康东方建议杜小鹿在省城开一家美容院,想让她借助事业的成就进一步化解感情深处的郁结,但小鹿始终摆脱不了心底的阴影。

每当夜幕降临,杜小鹿都会想起以前和康东方在一起的美好时光。她愿意为他做任何事情,可就是不愿意嫁给他。

她和康东方在一起的时候,有时也很冲动,她希望康东方能突然抓住她的手亲吻她,她也想扑倒在他的怀中,让他亲个够,给予他一个女人的全部。

但那是怎样的一个全部呀?一想到自己曾受辱被玷污的身体,她就一点激情也没有了,什么欲念也消失了。她恨那些禽兽,恨那次出游,也恨自己。

往往一次小小的意外,就会酿成一个很大的不幸,足以改变一个人一生的命运。尤其人在年轻不谙世事的时候,更要谨慎对待遭遇的每一件事。

杜小鹿尽管勉强答应着康东方的要求,内心深处却有许多难以释怀的困惑。她多么希望和康东方一起,做一次愉快的旅行,共同品尝爱情的甜蜜,共同创造美好的明天。

但每每想起那个凄凉的夜晚,她的心便会坠入万丈深渊。有一种莫名的愤恨像一颗原子弹一样深深埋于她的心底。无论怎样自我宽慰,无论康东方怎样打开心扉的表白,在感情上她都无法接受他。她拒绝一切男人的示爱,她没有勇气重新来过。于是这段时间里,东方和杜小鹿、郑雪莲心照不宣地保持着距离。

雪莲的高考成绩出来了,她收到了某师范专科学校的录取通知书。当她把这个消息说给康东方时,康东方也喜出望外,差点从病床上跳起来。杜小鹿也为雪莲取得的成绩感到高兴。接下来的日子里,康东方的状态很好,一天天恢复了健康,不久就办理了出院手续。

四十五　空叹情缘灭

　　特大暴雨洗礼牛毛镇之后不久，喜鹊沟希望小学的主体工程终于竣工了。如果后续配套工作能够紧锣密鼓完成的话，希望小学计划在秋季开学即投入使用的宏远目标将稳步实现。

　　常思思整日如沐春风般在喜鹊沟希望小学和牛毛镇中学之间飘来飘去。短短两个多月，她已红遍牛毛镇四野八乡。美女企业家捐资百万为贫困山区修建希望工程的英勇壮举，使得常思思成了牛毛镇家喻户晓的风云人物。

　　相反，这两个月对窦瑜玮来说，却犹如在油锅中煎熬。每每听到人们对常思思的赞美，她的心里就会燃起一堆无名的妒火，胃里比喝下某种强酸还要难受。每每瞥见常思思那风姿绰约的身影，她就会感到浑身不舒服，眼睛里像喷了辣椒水一样难受。

　　而徐公平这边却有着另一番天地。每每看着常思思脸上的自豪与喜悦，他也由衷感到高兴。作为年轻人，自己能说服常思思为社会做点有益的事，心里有那么一点成就感，毕竟向自己的人生目标迈进了一小步。

　　两个人在一起的时候，常思思总是喜欢描绘他们离开牛毛镇后崭新的生活，徐公平却有一丝遗憾与困惑。他想象不出做着自己不喜欢的工作会有多么快乐。他也无法从痛失夏雯的低落情绪中洒脱地走出来，所以总是敷衍着常思思的热情奔放和甜美憧憬。

　　尽管跟常思思在一起，也是不错的选择。但真要离开工作和生活了一年的牛毛镇，彻底放弃教书育人这个行业，舍弃那些稚气未脱的孩子们，徐公平内心深处确有诸多不甘。每每闲暇，那些人那些事，总是萦绕在他的脑海。

　　徐公平忽然产生了一个想法，他想在离开之前先到董红前辈的墓地去看看,向这位高山仰止的人生导师道个别。

一个风和日丽的周末,徐公平和常思思带着祭品和花束,来到了董红老师的墓地。徐公平跪在董红老师的墓前,为他献上白色康乃馨和菊花,默默为英灵祷告。虽然共事了不到一年的时间,董老师那质朴的高风亮节却深深打动了他的心。学高为师,身正为范,作为一名园丁,在现今这块弥漫着铜臭和腐败之气的肮脏土地上,像董红老师这样纯洁高尚的灵魂确实是少之又少了。

徐公平想象着躺在墓中的董老师的音容笑貌,一时竟黯然神伤。他在心里默默念叨:"敬爱的董老师,我非常钦佩你的崇高人格,但请你原谅我,原谅我不能像你一样固守清贫,把自己的青春奉献在这片土地上,也不能像你一样做一个纯粹的无产阶级知识分子,坚守高风亮节,一生矢志不渝。董老师,也许你早已明白,只有在纯净的冰峰上,才能长出圣洁的雪莲。但眼前这块土壤太恶劣了,我不能在这荆棘丛生的土地上苟活,所以只能选择逃避,远离这粗鄙的地方。"

常思思在一旁默默注视着徐公平那悲哀的神情,忽然很有感触地说:"青山处处埋忠骨! 董老师也算是一生都忠诚于自己的人生信仰了! "

徐公平感慨系之,颇为激动地说:"是呀,现在的我们都缺乏人生信仰。董老师把自己的一生都奉献给贫困山区的教育事业, 最后还是默默倒在了讲台上,捧着一颗心来,未带半根草去。他们那一代人吃尽了苦中苦,却始终坚持自己的信仰,多么美好的东西,却让我们这些人给弄丢了,真是荒草年年没英才呀! "

常思思看着漫山遍野的野花绿草,说:"公平,过些日子我们就要离开这里了,我看这附近的风景很美,趁着今天有空,我们就顺道儿欣赏一下这大自然美景吧。"

虽然已是夏天,山镇原野上依然刮着清冷的风,偶尔可发现山坡上绿草丛中有野花露出一张张微微的小脸。尽管没有茂密的花草树木,没有雅致的小桥流水,也没有山清水秀的和谐美感,但山川中粗重的石头、田野上突兀的墒埂、大大小小的土疙瘩和一直延伸向远方的蜿蜒崎岖小路,加上远处缥缈可见的山村轮廓,还是勾勒出了一幅原始古朴的乡土版画。

常思思用相机拍了几张壮美的晚霞图,感受着周围的萧条与寂静。在领略了山镇的粗犷与豪放之后,她的心中有一种说不出的落寞。

返回之时,常思思像只温柔的小羊跟随在徐公平的左右。走在这空旷的山野上,她忽然有一种莫名的恐惧感。望着徐公平的背影,她突然觉得他是那么伟岸可爱,那么具有男人味,便不由自主地追上他,把身体靠在他的臂弯,头贴着他的胸脯说:"公平,我忽然觉得这里有点凄凉,感觉怕怕的,你抱抱我吧!"

徐公平很为眼前这个知心女人感到欣慰。士为知己者死,女为悦己者容。此时的徐公平实际上已陷入多重危机,一种传统观念与现实浮躁对决的危机,一种庸俗观念与坚贞理想较量的危机,一种人生追求与价值取向互相对峙取舍的危机。他并不真爱眼前这个女人,但非常需要这个女人,需要她的肉体、她的情感,甚至也需要她的金钱。正是他们之间的这种互补之需,才是他们二人难分难舍。

如果说距离产生美,那么需要将产生爱。当听到常思思极温柔地说出那番话语继而楚楚可怜地求他"抱抱"时,他从她眼中读到了真诚与希望,同时也激起了一个男人对女人的强烈保护欲。

他疯狂地吻她,然后猛然抱起她的纤腰,像个浑然一体的完美钟摆,在山坡上不停地旋转。常思思咯咯地笑着,笑声在山野中传得很远,两人瞬间沉浸在一种美妙的幸福之中。

徐公平拉着常思思的手,有说有笑地往回走。常思思唱着《牵手》,歌声婉转清澈,徐公平听得如痴如醉。徐公平也唱了一首《溜溜的她》,常思思在旁边听得心花怒放,春情荡漾……常思思甚至想着晚上要跟徐公平疯狂地玩一宿,那种感觉甜蜜如新婚,她要让这个山镇的夜晚成为她俩最美好的回忆。

正当他俩陶醉在美妙的情歌之中时,背后传来一声怪叫,接着从两个土丘后面突然跳出三个凶神恶煞来。徐公平的歌声骤停,定睛看时,却是一白两黑三个暴徒。

此三人正是凯枫山庄豢养的狐狸、瞎熊和枯树藤。瞎熊先跳出土丘,喝住二人后,狐狸和枯树藤也从另一土丘后面跳出来。

瞎熊首先发难道:"呔,你们两个来这里干吗?"

徐公平正考虑如何回答他,那边枯树藤对着常思思也发话道:"哟,这位小姐这么漂亮,是山里的妖精变的吧?呵呵,是来给我做媳妇的吧?怪不得昨晚我做梦娶媳妇呢!"

狐狸在旁边用眼角乜斜着他们,诡秘地给枯树藤递了一个眼色。那枯树藤会意，一把扯过常思思，在她脸上、胸上乱摸，下手很是毒辣。

常思思连声尖叫，徐公平要冲过去保护她，却被瞎熊拽住，在一边和他厮打起来。

枯树藤三下两下就把常思思的前胸撕开了，常思思浑圆的乳房露出来了。

常思思惊叫一声，一把向枯树藤的门面抓去，枯树藤的脸上立时显出几道血色的口子。

枯树藤大怒，一个兜拳将常思思打倒，然后用脚狠狠踹她的身体。

徐公平听见常思思惨叫，又瞥见她被打倒在地，遭受枯树藤的蹂躏，便奋不顾身地摆脱瞎熊冲了过来。那瞎熊怎肯罢休，脚下一个绊子，徐公平也重重地摔在了地上。徐公平顾不得自己伤痛，复又爬起来护在了常思思身上。但见常思思披头散发，鼻血流了满胸，人已趴在地上，痛苦地呻吟着。

瞎熊又紧追过来，同枯树藤合力将徐公平擒住，使他动弹不得。

那枯树藤腾出手来，还要对常思思动手动脚。情急之下，徐公平使出了浑身的力气，猛地向上一跃，从瞎熊手中挣脱，转身一拳将瞎熊打倒在地，一脚正中瞎熊的眼窝。瞎熊立刻捂着眼睛嗷嗷直叫。

徐公平奋不顾身来救常思思。但那瞎熊早已是亡命之徒，岂肯吃这种亏，于是翻身爬起来，倏地从腰间拔出了刀子，恶狠狠地向徐公平扑来。枯树藤见瞎熊吃了亏，也从腰间拔出了刀子，扑向徐公平。

常思思此刻已从惊慌中醒悟过来，看到如此危情，急忙用力大喊道："徐公平，有刀子！刀子！快跑呀，危险！"可是已经迟了，徐公平身体前胸和后背已中了数刀，鲜血从刀口喷涌而出，流了一地。他的身子摇摇晃晃，慢慢瘫倒在地。

常思思声泪俱下，急得大喊："救命啊！救命啊！"

狐狸一直在旁边冷眼观看着面前发生的一切，见此情势，把头一摆，低喝一声："撤！"瞎熊、枯树藤立刻住了手，三下两下消失在茫茫的旷野中……

戾风凄厉地在空旷的田野上肆虐。常思思欲挣扎着爬起来，刚一动身，便觉得双肋间刺心的疼痛，浑身一点力气也没有。她看到徐公平伤得很重，只得大声向远处求救。然而，尽管她用尽了所有的力气，那喊声还是那样的微弱，最后被山风吞噬湮没，消失在这空旷的山野里。

常思思看到公平倒在血泊中，浑身不停地颤抖着抽搐着，心疼得无法呼吸。

她不顾剧痛，拼命向他靠近。

徐公平满眼泪水，嘴角挂着殷红的血水，身体已不能动弹。他用力把手伸给常思思，眼里满是愧疚的伤痛。

两只手终于握在了一起，常思思泣不成声，徐公平眼里含着微笑。他用极微弱的声音说："思思，是我没能保护好你。"

思思紧紧握着公平满是鲜血的手，说："不，公平，是我害了你，他们是冲我来的！"

徐公平吃力地睁着眼说："思思，看来，我不能陪你去外面了，我要留在这里陪董老师了。"说完，他慢慢闭上了眼睛。

常思思失声恸哭，说："不，公平，你一定要坚持住，一定会有人来救我们的！"说完，她歇斯底里地大喊，"快来人呀，救人呀，救人呀……"

山风凄凄，斜阳如蚀，徐公平静静地蜷伏在乱石堆里，鲜血浸透了他的半个身子。常思思趴在他的前方，披头散发，衣衫敞露，两只手紧紧抓在泥土和荒草里，人已晕死了过去。此情此景，好不凄惨，真是：

　　暗藏在太阳底下的阴谋

　　让青春的冒险防不胜防

　　奔腾于年轻心灵中的热烈

　　终究被岁月的冰冷浇灭

　　尽管夏天是最生龙活虎的季节

　　倘若有恶劣的冰雹

　　那盛开的花朵

　　也会顷刻被击落

　　生活在悲怆的年代

　　爱情的路上荆棘丛生

　　即使那玫瑰艳丽无比

　　也要谨慎对待

　　当残酷的冬天来临

冰峰上的雪莲花盛开
即使有洁净的水和空气
也难保不被践踏
在这不堪言诉的凄风苦雨里
即使最具活力的生命
也会遭受野兽的袭击
粉身碎骨坠入万丈深渊

四十六　可怜魂梦破

黄昏的时候，幸好有一位路过的乡亲发现了倒在血泊里的徐公平和常思思。看见这里的情境十分危急，乡亲又赶快去告诉了另外几个人。好心的乡亲们拿来门板，将常思思和徐公平抬到镇医院抢救。

经过医生初步的诊断，常思思的多根肋骨被踹断，身上多处瘀伤。徐公平身中七处刀伤，由于失血过多，一直昏迷不醒，已是奄奄一息。

窦瑜玮接到镇医院的通知后，立刻派张继业主任奔赴医院探视。张主任走后，她心里忐忑不安，又悔又怕。

张继业到抢救现场后，发现情况很严重。他听了常思思的述说后，立刻用医院的电话报了案，向镇派出所报告了事件发生的全部经过。

常思思强烈要求立即转院，山镇医院无法医治，只做了简单的止血处理后便紧急将伤者送往县城医院救治。张继业作为学校的代表，负责做好俩人的救护工作。

在省人民医院，杜小鹿正准备着康东方明天出院的事宜，她在走道里和张继业不期而遇。张主任那一身土里土气的服装和严谨的走姿，使杜小鹿一眼就认出他来。

那次特别的遭遇，使杜小鹿的内心早已崩溃，她本不想和家乡人搭话。她刚想装着不认识他而走开，但转念一想，张主任可能是来找康东方的，看他行色匆匆着急的样子，可能因找不到康东方的病房而正在发急呢。

于是杜小鹿鼓足勇气大大方方地迎上去问："张主任，你怎么也来这里了？"

张继业一怔，他并不认识眼前这个打扮时髦的女郎。但根据杜小鹿的年龄，他判断定是牛毛镇中学毕业的学生。因为一个中学每年要教出好多学生，学生认识老师,而老师认不出学生,那是常有的事。张主任思忖了几秒还是未认出杜小鹿,就茫然答复道:"噢,你也在这里呀。我一个同事住院了,我来看他。"

杜小鹿一兴奋,说:"张主任,你是不是要找康东方老师呀?"

张继业脸上并没有现出惊喜的表情,而是急急地说:"康东方也在这里吗?我不找他,我是来看护徐公平老师的,他正在重症监护室。"

杜小鹿大吃一惊,急问:"徐老师也住院了吗,他怎么了?得的什么病?"

张继业说:"一言难尽,我还有要紧事,有话咱们一会儿再说。"说完,他急匆匆地走了。

重症监护室里,徐公平静静地躺在病床上,头上套着呼吸机。由于徐公平身上有两处致命伤,一刀伤及右肺,一刀伤及脾脏,手术难度大,风险也很大。因此县医院又建议转院到省人民医院请专家进行手术。于是,徐公平又被紧急转到省人民医院急诊科来了。

重症监护室外的长廊里,张继业、康东方、杜小鹿、雪莲四个人焦急地盼望着,等待着漫长的手术前的一小时准备时间尽快过去,时间在一分一秒的煎熬中缓缓过去。

无论多么危重的病人,术前有两个特别重要的问题都需要解决。一是住院费预交的问题,张继业作为学校代表无能为力,杜小鹿主动答应由她想办法解决。二是必须由家属在手术风险告知书上亲自签字的问题。张继业作为学校代表无能为力,幸好康东方记得徐公平的家庭地址,于是急忙给徐公平的家人打了电话。这边张继业又用电话把情况报告给了校长窦瑜玮,希望学校出面担保,不要因此耽误了手术的最佳时间。

然而,生命最经不起的就是无知的折腾和无奈的等待。再多的血,再多的泪,再多的悲哀,也抵不过医生眼角那一抹血红的无奈……由于诸多方面的原因,耽误了最佳抢救时机,加之受伤过重,失血过多,其中一刀又伤及肺部,徐公平最终没能被抢救过来……

看着徐公平被缓缓推进太平间,康东方感到一阵眩晕,浑身疼痛,差点栽倒在地。杜小鹿和郑雪莲护着他重新回到了病房。徐公平的意外离世,对郑雪莲的情绪似乎没有什么大的影响,但对杜小鹿刚刚树立起的一点自信产生了巨大的震撼。她恨老天的不公,也恨牛毛镇这个地方,她甚至觉得这块地方是那么的邪恶与肮脏!她表面上应付着康东方的好言相劝,暗中却做好了另一番打算。

徐公平遭遇不幸后,张继业感触颇深,联想到自己一生的追求和理想越来越渺茫,竟然郁郁寡欢,从此沉沦不振。

康东方痛苦万分,彻夜难眠。回顾和徐公平同窗数载和一年来在牛毛镇的经历,以及自己的感受,很长一段时间都没回过神来。

凌晨时分,康东方做了一个梦。他梦见徐公平笑吟吟地来找他,说他要给学生们上课。于是他们去了一间灰暗的教室,徐公平在讲台上谈笑风生挥洒自如地讲着课,他则坐在学生座位上听得津津有味。忽然一阵阴风袭来,把桌上的书吹得七零八乱。他回头一看,听课的只有他一个人了。然后,他再回头看讲台上,徐公平竟被一阵黑风吹出了教室,在空中缥缥缈缈。他大惊失色,赶快跑出去追徐公平。等追到教室外,却只看到漫天的乌云,电闪雷鸣,连徐公平的影子也看不到了。他急得大喊大叫,但徐公平消失得无影无踪了。

梦醒之后,他浑身大汗淋漓,再也睡不着了。望着窗外满天的星辰,康东方思绪翻飞,于是写了一首诗,以表达对徐公平的追忆:

拯救者

这是心灵的希望之光

正以柔和的线条

描绘着一个又一个瑰丽的梦想

东方欲白

银色的启明闪烁

远处灰色的树林透出绿光

似水般流动的原野

刚刚呈现出深邃绚烂的景色

你曾以热烈的情怀

描绘大海和朝阳

你曾以睿智的眼神

启迪彩虹与高山

你把最真诚的微笑

送给懵懂的孩子

教他们扬起理想之帆

使他们学会坚毅与刚强

此前的山峦一片荒凉

孩子们的眼中

只有无知与迷惘

所有新奇的灵感连同美好的心愿

都被搁浅于无奈的泥潭

正是你那火一般的热情

催发了稚嫩的绿芽

沸腾了沉睡的高山

当黑色的夜梦消退

皎白的晨光出现

你便将无数童年的梦想唤醒

引领着一双双纯真的眼睛

一路前行

向着大海

向着太阳升起的地方

追梦远航

如果你已化作薄薄的雨露

愿意浇灌这些美丽的花朵

希望他们色彩缤纷芳香馥郁

那么请你把最为神圣的勇气

也赐予这些纯洁的心灵

从他们迷惘的眼中

驱走迟钝与脆弱

让他们去采撷那未来世界的珍珠

尽管幻想并不真实

尽管愚昧黯淡了生活

尽管地球不会因为某种邪恶而毁灭

尽管不平还存在于我们身边

但是有爱超越的地方

希望

定会找回全部的失落

公平正义必将重回人间

　　常思思在县医院病房听到徐公平去世的噩耗后，又悔又恨。她后悔自己听了徐公平的话，来这里搞什么善良投资。她也恨自己未能当机立断带领徐公平离开这个是非之地。当初自己来考察投资环境，为什么忽略了对社会人文环境的调查？一块极度恶劣腐烂的土壤，又怎能允许爱的种子生根发芽？

　　常思思恸哭流涕了一天一夜。第二天，她强烈要求出院，想到省医院去看看徐公平的遗体。考虑到常思思可能会扩大这一事件在全省的社会影响，牛毛镇政府专门派了两人日夜守护着她，不让她擅自行动。无奈常思思又在电话中和镇政府领导大吵大闹，强烈要求政府对这一事件给个说法。

　　镇上出了如此恶性案件，牛毛镇政府也觉得很是棘手。为了给全镇人民创造一个较好的治安环境，也为了给上级一个交代，牛镇长勃然大怒，强烈要求派出所必须尽快破案。那派出所民警哪有本事办如此大案，于是迅速将案件上报县公安局。

　　由于常思思是到牛毛镇捐资助学而被残害的，也由于其身份的特殊，牛毛县县委县政府很重视这个案子，指令公安局成立专案组来侦破此案。

　　窦瑜玮接到张继业电话中说徐公平老师由于伤势过重抢救无效的消息后，惊愕得半天说不出话来。她摔下话筒，跌跌撞撞地走出了门卫室。自从徐公平受重伤以来，窦瑜玮每天都害怕这个消息到来，从内心深处她还是希望奇迹能出现,希望徐公平能挺过来。

虽然徐公平压根儿就没爱过她,但她决不希望他就此死掉,毕竟自己真心爱过他,他也给自己事业带来了极大的帮助。

他是一个多么优秀的青年呀!朝气蓬勃,才华横溢,做人富有正义感,做事富有责任心。如果有一天他真的离开她了,她也不至于怨恨他死,她甚至不希望别人去伤害他。

窦瑜玮后悔那次隐秘的凯枫山庄之行。"没想到这些畜生,会把事情弄成现在这个局面!"她心中暗暗谩骂道。

夜色笼罩着神秘的牛毛镇,窦瑜玮用围巾包着头脸,来到了凯枫山庄。值班保安认得这位不速之客,知道她是庄主的贵宾,所以径直把她引到了秘密会客厅。

老强亲自为窦瑜玮沏了茶,递上茶关切地问道:"那边情况怎么样?"

窦瑜玮讥讽地说:"你凯枫山庄神通广大,怎么连最新动态也不知道了?"

老强有些惭愧地说:"这些天风声这么紧,我的人哪敢轻举妄动呀!"

一听到老强说起他的人,窦瑜玮就气不打一处来,她一把将茶碗抛下桌去,气冲冲地说:"你的人都是些什么东西?蠢得连猪狗都不如!"

老强见窦瑜玮发如此大的脾气,知道大事不妙。他赶紧问:"事态很严重吗?出人命了吗?"

窦瑜玮闭上眼,长叹了一声道:"一个重伤,一个抢救无效死亡。我说你是怎么安排的?我只要求你教训一下那个女的,要适可而止,让她感到危险,尽快离开这里。谁让你们对男的下手了?而且还动了刀子!我说你用的都是些什么人?干的都是什么事?"

老强也感到这件事情的棘手,于是半安慰半辩解地说:"我当时也是这样安排的,谁知这些家伙,成事不足败事有余!这件事我不能亲自参与,所以导致局面无法控制。事已至此,现在下一步该怎么办?你说我还能帮你什么忙?"

窦瑜玮冷冷地说:"我还敢让你帮忙么?你的人现在把事情搞成这样,上面定然会严厉追查和问责。我的学校已经处在风口浪尖上了,我看你这山庄也离出事不远了!"

老强故作镇定地说:"你先别慌!我使用的这些人都是老手,反侦查能力很强的,外面很难查到我们。你一定要挺住,可别自己先乱了阵脚。"

窦瑜玮苦笑着说:"我要是挺不住了,就去自首。"

老强又给她冲了杯咖啡,殷勤地递上说:"你可千万不能做那样的傻事。与其你去自首,还不如直接杀了我呢!"

窦瑜玮喝了一小口热咖啡,似乎暂时忘却了眼前痛心的事,转而苦笑着说:"我是说挺不住的时候才去自首,但愿我永远能挺得住。"

老强说:"那你今晚就不回去了吧,咱们喝两杯。有我在,咱们齐心协力,一定能挺得住的! 再大的困难也会过去的……"

四十七　牛毛峰围捕

康东方又在医院住了几天便出院了。郑雪莲回家去照顾母亲了。秋季开学的时候,她高高兴兴地去圆自己的大学梦了。

康东方和杜小鹿一起去找了常思思,了解了事件的全部过程。细心的杜小鹿从常思思的叙说中,判断出残害徐公平的凶手和他们在牛毛峰上遭遇的那伙人有许多共同的特征,并且和凯枫山庄有某种神秘关系。

杜小鹿把自己的判断告诉了康东方,他们给县公安局写了一份匿名信,反映了作案凶手可能和凯枫山庄有关。然而,信寄出后,如石沉大海,一点回应也没有。凯枫山庄一如既往地营业,在当地依然风风光光的。甚至他们连公安机关来当地进行调查的信息都未听到。

残存在康东方心中的一点渺茫的希望彻底破灭了,看来依靠公安机关为徐公平伸张正义的这种做法太慢了。杜小鹿内心却隐藏着一股强烈的愤怒,她自己心上的伤口还在滴血,徐公平老师又遭遇不测,更让她感到气愤。她再也不想这样忍了又忍地活着,她决心铤而走险,哪怕是以死相搏,也要跟残害自己的凶手做最后的斗争。她把自己要闯凯枫山庄的想法告诉了康东方。

康东方起初反对杜小鹿的这种想法,但杜小鹿执意要做,态度异常坚决,他只好选择支持杜小鹿。因为他知道,也许这是治愈杜小鹿心头伤痛的唯一方法。曾经领教过对手的凶恶手段,为了降低行动的危险系数,他们制订了周密的行动计划。

一个星期后,杜小鹿出现在了韩国首尔清潭洞狎鸥亭,成功预约了一家整形外科医院。一个月后,杜小鹿完成了整容华丽蜕变,俨然变成一个楚楚动人的绝色美少女。

时隔一月,当杜小鹿再次出现在眼前时,康东方也是惊得目瞪口呆,他不得不感叹"明星梦工厂"的神工鬼斧。杜小鹿一改往日山镇女孩青涩质朴的野性气质,满身却洋溢着都市少女成熟靓丽的华贵气息。即便是她的父亲杜大山,也很难想象眼前站着的就是自己的女儿。因为除了声音外,无论是发型五官,还是肤色服装,都发生了巨大变化,根本无法辨认出杜小鹿原来的模样。

几天后,杜小鹿化名李小芳,应聘服务员成功,顺利进入凯枫山庄。她以形象气质超佳而迅速得到大堂经理的器重,也很快和其他服务员打成一片了。利用工作之便,杜小鹿很快掌握了凯枫山庄内部的管理规律,并开始注意接近后山那个神秘的欧姆形园门。

为了保证杜小鹿的安全,康东方也以度假为名住进了凯枫山庄。为的是方便与杜小鹿暗中联系。杜小鹿一有什么发现,他便会迅速把情况传递给镇上的杜大山。

凯枫山庄白天看起来热热闹闹风风光光的,似乎在正正规规、老老实实地做着生意。每当夜幕降临的时候,一些神秘人物便会出现在山庄密室,往往是通宵达旦、彻夜不休地活动。到了清晨,一些人便会悄悄离去。而还有一些人,来了许多天都待在后院密室,进行地下交易。为了满足这些人的种种欲望,山庄还从外地掠来几个夜店女子,长期囚禁在山庄密室,供这些人玩乐。

每天早晨,便会有三名特别指派的服务员由密室特定保安带进密道去打扫卫生。

一直等到第六天,由于其中一名服务员生病去就诊,大堂经理临时派杜小鹿去接替她。这样,杜小鹿终于有机会进入后山密道了。

保安把服务员带进密道,指定了各自的打扫区域,便又去洞口值班了。杜小鹿正在打扫走道的卫生,忽然从卫生间出来一个只穿着裤头的男子。杜小鹿定睛一看,此人却正是枯树藤。那枯树藤并未在意保洁服务员是谁,而是急急地钻进了一个房间。

杜小鹿银牙咬得嘣嘣直响,恨不得奔上去撕了那个恶棍。但理智战胜了冲动,她蹑手蹑脚地来到房间门口,听到里面有人说话,便贴在门边听里面还有什么人。

不料隔壁房间的狐狸从室内监控里看到了外面可疑的情景。他迅速揣了枪,轻轻出了房间,绕到杜小鹿身后,一脚将她踹倒在地,然后又叫出瞎熊和枯树藤,像老鹰捉小鸡似的把杜小鹿抓进了房间。

杜小鹿蜷缩在地上,吓得瑟瑟发抖。

瞎熊一把扯下她的口罩,说:"哟嗨,这个小姐倒是蛮漂亮的呀!"

枯树藤说:"呵呵,真他妈漂亮呀!老子从没见过这么俊的女人,好像电影里的演员一样啊。"

瞎熊用迎合的眼光问狐狸:"老大,送上门来的好货,你不如把她给收了。"

那狐狸隐隐地预感到不对劲,就说:"这两天老感觉哪里不对头,老子哪有什么心情玩耍?你们要好好盘查盘查,问问这个小服务员什么来头!"说完,他无聊地走回了自己房间。

那枯树藤和瞎熊不敢怠慢,便你一句我一句地盘问了起来。杜小鹿假装吓坏了的样子,只说自己是刚来的服务员,第一次派来这里不懂规矩,只想问问他们打扫不打扫房间,刚来到门口便被他们的大哥发现一脚踏倒在地上了。

两个混蛋见一切正常,又要对杜小鹿施以猥亵,杜小鹿吓得大喊救命。这时,其余两个服务员已经打扫完毕,保安要带她们出去的时候,找不到杜小鹿,循着声音找了过来。

在这种地方,宿客调戏服务员,早已是寻常之事,所以,保安也不过多计较,带着服务员就匆匆离去了。待两个混蛋反应过来,三名服务员早已溜出密道,跑得无影无踪了。

这边瞎熊和枯树藤去给狐狸报告,说没有查出什么问题,连服务员叫什么名都忘了问。狐狸把两个混蛋狠狠教训了一顿,马上打电话告诉老强,说今天有个来打扫卫生的服务员形迹十分可疑,让他好好查一下她是什么来历。

却说那杜小鹿跑出密道后,匆匆到了前厅,迅速找到康东方,告诉他那帮暴徒就藏身在山庄后面山洞的密室中,让他立即报警。之后杜小鹿装着若无其事,又赶快回到自己的住处,和其他两个服务员待在一起。

这边杜小鹿刚换了衣服,洗了手脸,就有几个保安冲进来,带了她就走。一起带走的还有其他两个一起打扫密室的服务员。

康东方找到杜大山,告诉他情况很危急很严重,杜小鹿的处境很危险,派出所的人员可能不是暴徒的对手,让他不要到派出所报案,而是直接到县公安局去报案。特别让他在报案时说明情况很危重，山庄里有好多暴徒，而且带有枪，一定要多派警力来。他心里惦记着杜小鹿的安全，说完后又匆匆返回山庄，想伺机带领杜小鹿撤离这个危险地方。

可是，当康东方返回山庄时，却发现杜小鹿不见了。他到处打听那个刚来的服务员李小芳在哪里。有个服务生悄悄告诉他，新来的那个李小芳姑娘，被老板叫到密室问话去了。康东方一听吓坏了。他心急如焚，几次想接近后山密道，但都被保安拦住强行带到前厅。

康东方急得坐立不安，但也无可奈何。他想着如果强行闯进密道，自己这点力气非但不够，反而会打草惊蛇弄巧成拙，那样，杜小鹿会更危险。所以他回到房间耐心等待，只能把全部希望寄托在杜大山身上。他心里祈求杜大山报案顺利，更重要的是公安局能听信他的话，立即出动警力，包围山庄，捉拿暴徒。

夜幕降临了，外面一点动静也没有，凯枫山庄慢慢恢复了宁静。杜小鹿还是没有出现，康东方的心理差点崩溃了，他后悔制订这样的冒险计划。如果这次杜小鹿有个什么闪失，而暴徒又逍遥法外的话，自己真是无地自容了。

时间在一分一秒地过去，每一秒都敲打着康东方的心。

午夜时分，外面忽然传来公安的喊话声："里面的人听着，你们已经被包围了，赶快出来接受检查！"康东方来到门外，发现了许多警察和武警，已经把凯枫山庄包围得严严实实。那声音是从山庄后面的密道口发出的。

原来杜大山赶到县公安局后，立即报了案。他说在凯枫山庄发现藏有牛毛镇命案的暴徒，他们又绑架了他的女儿，他的女儿生命有危险，情况万分危急。

公安局专案组很重视，他们正在为没有线索着急呢，于是立即组织警察调动武警部队秘密赶往牛毛镇，趁着夜幕掩蔽，把凯枫山庄包围了起来。随后便衣警察又潜入山庄，把各个重要的据点控制了起来。

庄主老强精明得很，发现情况不对，知道事态已很严重，于是立即到密室给里面的人通风报信。他进入密道后随手便锁死了入口，以争取更多的时间。

警察在外面叫门，里面有人活动的声响，但就是不出来。约莫过了十分钟，见里面的人还不出来，带队的警察感觉异常，便命令强行破门而入。

随着一声巨响，厚重的石门被炸开。原来，老强、狐狸等人情急之下，将炸药绑在门扉上，并设置了导线，只要门被打开，便会触动导线，引爆雷管。

密道内一片烟幕，门外几个防暴警察受伤严重。

待烟雾散去之后，冲进密道内的武警才控制了密室。只见几个衣冠不整的男女吓得躲在其中一间密室中，瑟瑟发抖。在另一间比较小的密室内，杜小鹿双手被反绑在桌子腿上，嘴里塞着一双臭袜子。

警察把这些人救出密道，开始清理现场。

康东方见杜小鹿还好好地活着，高兴地拉着她的手，看着她的脸，激动地哭了。他急忙找来了水，让她喝一些，并悉心地安慰她。

然而，警察清理完现场清点人员时，却不见老强、狐狸等人的踪影。

带队警察立即命令外围的警察：封锁牛毛镇周边所有路口，绝不能让暴徒跑出牛毛镇！

杜小鹿稍微恢复了一点体力后，来向警察报告了一个重要的情况：在密道的尽头，也许还有一个秘密通道，她曾听到有人挪动柜子的声音。

众警察赶到密道深处，果然发现有一个伪装的配电柜，上面贴着"高压危险"的警示标志，所以平时很少有人接近它。

警察挪开配电柜，在柜子的后面，的确有一个隐秘的入口，入口处还有崭新的脚印。原来这是一个秘密地道，一直通向牛毛镇的方向。

带队警察命令特警在前边开路，向着地道一路探寻追踪前进。约略前行了两三公里，那地道忽然变得宽阔了许多，且周围出现两个侧洞，其中一个侧洞里面藏满了许多件出土的文物，而另一个侧洞里则藏着许多野生珍稀动物的皮骨之类。

过了此开阔处，地道又变得狭窄起来。从地道的走向分析，应该是通向牛毛镇中心位置。

于是带队警察立即命令外围武警部队密切注意牛毛镇的动静，加强警戒，围堵从地道里逃出来的暴徒。

又走了五百米左右，终于到了地道的出口。外面一团漆黑，警察迅速从地道口跃出，却发现这里正是鼓楼的大厅。警队立即四处警戒，对鼓楼进行撒网式搜查。

在鼓楼一个隐秘的角落，警察发现了面如死灰的老强。带队警察正想审问老强，却听到南边传来了一声清脆的枪响。只听那边有人报告说："队长，牛毛镇

雨美人

西南方发现暴徒。暴徒共有三人,发现前方路口有堵截后,向我们胡乱开了一枪,然后改变方向,向着山里逃窜去了。"

此时已是黎明,于是警察队长命令各路队伍搜寻着向南边会合,封锁各个出口,包围牛毛山。

天亮了,公安局又增派来武警部队,对牛毛山展开铺地毯式的搜查,一路向牛毛峰极顶进发。

康东方和杜小鹿听到狐狸等恶贼逃进了山里,很是失望。后又听到警察大部队要到牛毛山搜寻暴徒,于是主动提出带路,协助警察抓捕暴徒。他们说知道暴徒可能的藏身之处,于是带队警察同意他们跟随着部队一起进山。

警察部队一路搜索,未放过任何一个可疑点,逐渐向牛毛峰方向靠拢上来。然而,眼看到达峰顶却不见暴徒踪影。

康东方和杜小鹿不约而同地想到了一个地方,那是一个他们此生不愿再提起的地方。

在康东方和杜小鹿的带领下,武警部队迅速包围了位于牛毛峰极顶石壁后那个十分隐秘的山洞。

警察果然发现了有人刚进去的踪迹。

经过多次喊话劝诫投降,山洞里面的人就是不出来。于是警察与洞内的人进行了激烈交火。武警冲入洞中,发现洞内一片狼藉。仔细搜查之后,发现瞎熊被击毙,枯树藤受重伤,搜遍山洞各个角落,却不见狐狸的踪影。

康东方忽然想起地铺底下还有一个暗洞,于是告诉带队警察那石板地铺的奥秘。

武警过来,将伪装得密密实实的地铺石板掀开,果然发现狐狸蜷缩在地洞深处,像一只受惊的野兽,两眼微闭,面如土色,狼狈地趴在地上,两腿在不停地颤抖。

再凶残的野兽,面对强势猎人的枪口,它也最多只能是嗷嗷号叫、作死受戮。像狐狸这等货色,如果没有什么人给撑腰或者放任自流,怎么能够胡作非为恶霸一方呢?

两个特警缴了狐狸的武器,像条死狗一样把他从地洞里拖出来。

警察宣布鸣金收队,武警押解着暴徒,撤出了牛毛山。

杜小鹿屹立在山崖边,凝视着那个山洞,泪水渐渐模糊了眼眸。她闭上眼,任凭冷冷的山风吹瘦凄美的脸。往事随风飘散,眼泪流干还淌。杜小鹿被一种极端复杂的心绪困扰着,她很想纵身一跃,跳下悬崖,了却这人世间的一切不幸和烦恼。

高高的牛毛峰,荒草茂密了,又枯萎了,猎人来了,又走了。一天又一天,一年又一年,仿佛什么也没有发生过,仿佛这个世界上再没有人记得那个不幸的故事。

康东方默默地来到杜小鹿的身旁,拉住她纤细的手,轻轻揽住她柔弱的腰,一股暖流顿时传遍了她的全身。俩人互相感受着爱的温度,四目相对,又一齐眺望远方。

早晨的阳光明亮而温暖,透过茂密的森林,照亮了身后的山峦。

杜小鹿说:"要是没有那个夜晚,要是这个社会上没有那些坏人该多好!"

康东方擦去杜小鹿脸上的泪痕,知道她此时非常难过,抓紧她的手说:"让我们都忘掉过去那些不愉快的事吧,现在的社会是有点乱,坏人坏事多。但我们一定要相信国家相信政府,过不了多久,这一切都会好起来的! 风清气正的那天一定会来到的!"

杜小鹿眼里噙着泪,微微点头说:"一切都会好起来。"

俩人一齐向山下望去,远处的牛毛镇依稀可辨,一片低矮的房屋被周围荒凉的群山掩蔽,如同浩瀚的绿洲里一块极不协调的垃圾。牛毛镇,这个曾经令杜小鹿魂牵梦绕的地方,如今在她眼中却是那样的悲惨凄凉和卑鄙肮脏。

然而,改革开放浩浩荡荡,科学发展势不可挡,任何力量也改变不了人类文明进步的方向。在这个瞬息万变的时代,无论是某个人,或者是某个闭塞落后的地方,如不创新图强,必将从改革的浪潮中沉沦消亡。

有多少个牛毛镇被历史遗忘,有多少牛毛镇的热血青年逃离了家乡,又有多少像牛毛镇的人们,坚守着祖传的贫困,眼含热泪而心有不甘!

故乡虽然千疮百孔,游子仍然心存幻想。落后的牛毛镇,去吧! 带着你屈辱落后的历史,从祖国的历史上消失吧!

四十八　善恶各自报

此次突袭凯枫山庄的成果使牛毛镇政府的官员们目瞪口呆，原来凯枫山庄光鲜靓丽的外表下竟然掩藏着如此龌龊不堪的内质。

警方此次围剿凯枫山庄的收获也是大大出乎人们的意料。因为不仅从牛毛峰下的山洞里抓获了狐狸、瞎熊和枯树藤三个作案凶手，而且还揪出了企图通过鼓楼密道逃跑的恶势力头目老强，更重要的是还从凯枫山庄的密室中抓获了多个吸毒、赌博、拐卖儿童的违法犯罪人员，解救出了三名被绑架囚禁的外地女子，其中吸毒人员中还潜藏着一个全国通缉杀人犯。

此外，更为惊奇的是从山庄的地窖和鼓楼附近的地洞中发现了大量的珍稀动物皮毛和盗掘的古墓葬文物。

凯枫山庄的事情暴露之后，在牛毛县引起了不小的风波。乡亲们终于明白凯枫山庄才是这些年危害乡里的罪魁祸首。牛毛镇附近的许多村民都到公安局举报凯枫山庄横行乡里的恶行，诉说多年来饱受地方恶势力残害的悲惨遭遇，纷纷要求严惩凶徒，还百姓一个安居乐业的社会环境，为人民群众创造一个公平正义的生存空间。

联想到自己女儿被糟蹋残害一事，杜大山也到公安局秘密报了案，希望能严惩这些地方恶霸。

数日后康东方要去攻读研究生了，他希望杜小鹿跟他一起去大城市发展，开一家美容院，这样他可以照顾她。他还说等研究生毕业了，就和她结婚。

然而，一提结婚，杜小鹿就有一种恐惧感。她渴望能和康东方在一起，但绝没有想过要和他走进婚姻殿堂。也许，爱情这个神圣而美好的东西，这一辈子已与她无缘了！

那日,她眼睁睁看着徐公平被推进了太平室。虽然他不是自己曾经爱过的男人,但在印象中,他是那么善良,那么英俊,那么的学识渊博,那么的富有青春活力!可是,一切都随着生命的终止而稍纵即逝……

往事不堪回首。杜小鹿想了又想,如果自己像个尾巴一样跟在康东方身边,总是要和这个自己深爱过的男人扯上那么点关系,那么这种痛苦的生活注定会一直伴随她一辈子。况且,这样的生活对康东方是不公平的,也许他会为了遵守诺言而痛苦地委屈自己,但那样的生活是自己想要的吗?最后,杜小鹿痛下决心,她要离开康东方,远离牛毛县,找一个清静的地方,度过自己的余生。

经过公安侦查取证检察院逮捕起诉法院调查审理,市中级人民法院决定在黑恶势力猖獗的牛毛镇开一次公判大会。

临时搭建的法庭前人山人海,正中的大国徽熠熠放光,昭示着法律的尊严神圣不可侵犯。公判席上,头戴国徽的公诉人用了近一个小时,历数以狐狸为首以凯枫山庄为据点的恶势力的累累罪行,提出公诉意见,要求依法严惩嫌犯。法院根据各被告在犯罪过程中的地位、作用、犯罪情节、作案次数等,对被告上诉的案件进行了最终宣判。

判决一出,民怨沸腾,许多人都在谩骂,这些罪犯为害乡里、恶贯满盈、丧尽天良、坏事干绝,早该枪毙处决,法律为什么还要留着他们?难道还要等他们过上几年出来再祸害乡里报复人们吗?

然而,法律终究是法律,它是用来维护公众利益和国家利益不受侵害的,不能因人们的情绪而改变。

结婚后的何碧过得很平淡,但她的脸上没有新婚女人的幸福光芒。

何碧被调到县教育局档案室以后,工作很清闲,但她几乎也开始了沉默寡言、郁郁寡欢的日子,脸上失去了往日的自信与乐观。在单位办公室,她整天无所事事,只得借助于张爱玲、琼瑶的小说打发时光。回家后,她便沉溺于虚拟的网络世界,整日整夜地玩游戏,常常是熬到深夜两三点钟还不尽兴。

老强投监后,窦瑜玮偷偷去看望了他。

窦瑜玮说:"都是我害了你的,如果你不是替我去教训那小婊子,你们就不会出事了。"

老强说:"事已至此,后悔也没用了。也许是天意如此,命该如此吧。其实,我从开始干那个行当,就知道早晚会有这么一天,只是没想到会来得这么快,也没想到会在这件小事上栽跟头。不过啊,想想我手下那些弟兄杀生害命的,干的都是伤天害理的事,早晚会惹怒老天爷的。我劝他们收敛一些,他们起初还听我的话,后来胆子也忒大了,做出的事,连我也觉得心惊肉跳。可是已没有办法,我控制不了他们了。都怪我用人不当,在识人用人上犯了大错。"

窦瑜玮说:"老强,我就喜欢你这种大度又大胆的男子汉气概,但你也有个很大的缺点,那就是粗心大意。你想想,要是当年你再大胆些,我们能分开吗?我都有了你的孩子了,我会嫌你吗?"

老强说:"唉,你们女人的心思,谁能猜得透呀?当年你说要告发我,把我吓得跑得远远的,一年都不敢回来。等我后来偷偷地回到镇上,就听说你已经跟了别人了,孩子都生下来了。"

窦瑜玮有些不好意思,压低声音说:"那孩子就是你的。你可真能行,一次就搞定了。"

老强说:"真的是呀,那孩子后来呢?"

窦瑜玮说:"就是蓉蓉呀!孩子生下来后,我对别人说是早产,其实孩子是足月生的。"

老强说:"我听说那孩子性子很烈的,不太听话,还离家出走了,是真的吗?现在找到了吗?"

窦瑜玮说:"孩子性格倒真像你,差点没把我气死。她出走后其实没走远,她在县城跟着杜大山那个混蛋儿子胡溜达,后来被抓去劳教了。"

老强说:"你就别责怪孩子了,其实错在我们大人身上,你想我们给孩子创造了一个怎样的成长环境呀?有机会多管管她,尽量弥补我们上一辈人在她身上造的孽。"

窦瑜玮默许地点点头,用关切的眼光看着老强苍老的脸。老强也怔怔地望着窦瑜玮姣好的脸,怜惜地说:"你恨我当年对你做的事吗?"

窦瑜玮认真地说:"当时是有点恨,可后来很快又恨不起来了。那段时间,我心理矛盾得很,感觉自己没脸见人了。要是你能大胆地来提亲,我反而会答应嫁给你的。可是你跑了,害得我反倒没脸做人了!"

老强兴奋地听着,真有些后悔当初的懵懂。听窦瑜玮说完了,他又问道:"你现在还恨我吗?"

窦瑜玮笑说:"现在我一个老婆娘了,还恨你什么?其实,一个女人心底最想的,还是第一个爱的男人。"

老强有点内疚地说:"是我对不起你。当年我一个冒冲小伙子,哪知道你们女人家心里想的什么!等后来明白了,一切都晚了。"

窦瑜玮宽慰他说:"现在明白也不晚呀,等你过些年出来了,我就堂堂正正地嫁于你。"

老强惊诧说:"那怎么可能?你现在可是有头有脸的中学校长呀,怎么可以下嫁于我?难道你忘了吗,我现今可是一个地方黑恶势力的头目。"

窦瑜玮不屑地说:"校长又怎样?脱下这层皮比一般人更丑恶、更卑鄙!"

老强感动地说:"你千万不要冲动呀!"

窦瑜玮烦心地说:"反正我也干得挺累的!我一个女人家,能图个啥?钱挣得再多,官做得再大,没人关心没人问的,活着还有什么意义?"

老强同情地说:"难道你有辞职的打算?"

窦瑜玮怨愤地说:"辞什么职啊,要是我不想干了,还用得着辞职吗?"

老强感慨地说:"你慎重呀!"

窦瑜玮肯定地说:"我想好了,如果上面要调动我,我就提条件,要求调到县城单位工作。"

老强认同地说:"那样也好,你也该好好教育教育孩子了。我们这一代人就这样完了,可不能让孩子也走我们的老路啊!"

四十九　山枕梦成空

数日后，康东方出现在了某高校研究生院，开始悉心攻读硕士。而杜小鹿却出现在了云南大理寂照庵的门前。

尽管杜小鹿狠下了决心，一定要远离尘世，从此守身如玉，孤独终老。当她鼓足勇气走进寂照庵的刹那，心还是在咚咚直跳。

这里清静极了，也很雅致。这不正是她要找的心灵归属地吗？杜小鹿立刻喜欢上了这个地方，并找到主持请求剃度。

但真要接收一个少女绝尘断缘，可不是杜小鹿想得那么简单。尼姑庵的主持问询她出家的缘由，杜小鹿说是男朋友伤透了她的心，她恨透了男人，再也不想和男人有半点关系，所以想出家静修。

那主持尼姑听她是为情所伤要出家的，当即拒绝为她剃度。不论杜小鹿怎么虔诚膜拜，怎么哭闹纠缠，主持就是死活不让她留在庵里。因为被男人所伤而想出家的人，不知这世上有多少个。佛门剃度乃是有缘之人，主持尼姑看杜小鹿尘缘未了，眼中满是幽怨，故而不允其皈依佛门。杜小鹿无奈，只得离开寂照庵，继续漫无目的地向前走。

其时，青海湖风景正好，一望无际的油菜花摄人心魂，沁人脾肺。杜小鹿在青海湖边逗留了数日，被大自然的神奇美丽迷得流连忘返！

数日后，杜小鹿依依不舍地离开青海湖，想到西藏去领略一下美丽的草原和布达拉宫的神圣，好让自己的心灵和身体，接收一次高原雪山圣洁地洗礼。于是，她一路向西，向着西藏普陀圣地进发。

这一日，天朗气清，惠风和畅，杜小鹿来到了一个叫唐古拉的山镇。这里天空像大海一样深邃，白云像桑蚕丝般柔美，站在这里感受世界，万事万物清澈无私,人的心灵犹如水晶一样玲珑剔透。杜小鹿仿佛寻觅到了一个久违的心灵栖息地,再也不想走了。

一个星期后,唐古拉小镇上出现了一个简单雅致的小鹿发廊,招牌依旧很有特色:空旷的蓝天上飘着几朵白云,下边是碧绿的草原,一只小鹿正在无忧无虑地徜徉,一个长发女郎正在向路人微笑。

由于小鹿发廊有两项服务实行免费,一是学生和老师可免费理发,二是妇女儿童免费祛除脸上的红血丝,且其他收费项目也是非常低廉,所以来店理发的人员特别多。

新的面孔,新的服饰,新的交流,虽然说话不多,但句句真诚直爽。杜小鹿每天都过得非常充实,忙碌的工作使她忘却了烦恼和不快。很快,她就交了好多朋友,有小学校的藏族女老师和她的许多学生,有小镇的美丽少女卓玛姐妹。她一个人忙不过来,就招了两个机灵的藏族小姑娘做学徒。

唐古拉镇正是长江的源头所在地,这里平均海拔五千米,盛产极品冬虫夏草。其时,冬虫夏草每根的市场平均价只有三毛钱,即使是虫草王,也就一元钱而已。况且,来收购虫草的商人也很少,孩子们挖到了虫草,不知有什么用,几乎是当作玩具玩废了就扔了。

由于小鹿发廊给学生们理发从来不收费用,次数多了,家长和孩子们都觉得不好意思,有些孩子就拿着自己挖的虫草送给杜小鹿姐姐做礼物。如果杜小鹿连一个虫草也不收,那孩子们就会不高兴了。于是,杜小鹿便把孩子们给的虫草,随手放在一个塑料桶里。这样一来,许多孩子都在理发时给小鹿赠送自己的虫草,有的甚至偷偷在桶里塞好几根虫草。那些来发廊要求祛除红血丝的妇女们,也会拿几根虫草,作为对小鹿姑娘的回报。

时间在悄悄溜走,杜小鹿的心也渐渐平静了下来。除了心头隐隐罩着一袭淡淡的忧伤,她似乎忘记了过去的不幸,彻底从痛苦中解脱了出来。

忙碌向来是无聊的天敌。杜小鹿身边有藏族小姑娘陪着,她还养了一只小小的藏獒,每天过得很开心,很快乐。由于父亲给她的钱数目不小,她的店只要红火地开着,她就会活得无忧无虑。

尽管偶尔也会想起康东方,想起家人,但只要他们都安好,杜小鹿就会很知足。她不想向他们索取什么,也不希望他们来打搅自己闲适的生活。她不求事业有多发达，也不想再追求什么爱或幸福，就这样一辈子生活下去，安静地、坦然地、美丽地老去。

　　常思思伤好之后，怀着复杂的心情离开了牛毛镇，离开了这个她压根儿就瞧不上眼的地方。

　　人类的感情是最丰富的，也是最复杂不过的。常思思明明知道徐公平深爱的是夏雯，作为夏雯的闺蜜，她还是义无反顾地爱上了徐公平，一心一意地追随他，愿意为他做任何事，甚至为他付出任何代价都在所不惜。

　　然而，徐公平的意外离去，无疑把常思思的感情推入了死亡谷。一个人的一生，也许可以有几段感情历程，但真正令你刻骨铭心的爱情，永远只属于一个人一颗心，哪怕这颗心根本就没有和你交集过。

　　常思思想着重拾徐公平破碎不堪的爱情，于是假借慈善者的名义扮演了一个好女友的角色。她千方百计地创造浪漫空间，费尽心机地寻觅共同语言，无微不至地尽着女友的责任，想换取徐公平哪怕是一丁点儿的真爱。她想捕获曾经爱慕的男人之心，同时填补一下自己残缺不堪的爱情空白。然而，最终她还是没能如愿。因为徐公平能给她留下的，是满眼的辛酸和满腹的遗憾。

　　临走的时候，常思思特意把那个见证徐公平和夏雯爱情的小盒子也带在了身边。她先到徐公平的家乡看望了徐公平的家人，又到夏雯的家乡看望了夏雯的家人。她以同窗好友的身份，以儿女的心情，做了一些力所能及的事，希望给父辈们以最大的慰藉。

　　数日后，在某陵园，常思思在一个刚刚建好的墓碑前献上了一束洁白的玉兰，然后微闭双眼，默默地祷告着什么。

　　她前方的墓碑上赫然刻着：

　　爱侣：徐公平夏雯之墓

　　背面则镌刻着碑文：

　　生命无常

　　灾难如潩

　　唯情易殇

唯爱难忘

那守候在凄风苦雨中的心灵之锁

连同真正的爱情

将变成血红的追忆

跌落尘埃

　　过了好一会儿，常思思终于抹去泪水，慢慢起身，缓缓走出陵园。视线尽处，她那孤独而瘦削的身影逐渐消失在茫茫的雨雾之中。

　　在她身后，那座新坟渐渐变得模糊起来，缥缥缈缈，似有似无。在淅淅沥沥的雨幕中，唯有那个精美的小盒子静静地埋藏在坟墓之中，叙说着那段悲惨的往事，记载着一对年轻人关于爱情的山盟海誓。

后 记

　　血气方刚的青春男儿徐公平和康东方,初出大学校门来到西部偏僻的牛毛镇支教。在这里,他遇到了风流女校长窦瑜、土生土长的美丽女孩杜小鹿和秦小苹,以及刚刚大学毕业的漂亮女同事何碧,他们将上演怎样的爱情故事呢?

　　故事发生在祁连山下大通河畔一个极有代表性的山乡小镇。镇子尽管不大,却发生了许多惊天动地的大事。这里有不务正业吃喝嫖赌最终自杀身亡的中学校长,也有固守清贫爱岗敬业默默耕耘最后累死讲台的人民教师;有一心为民鞠躬尽瘁因护卫小学校国旗而英勇牺牲的山村老支书,也有表面风光亮丽实则盗猎掘墓为害一方的黑恶势力老强。人性与狼性在对抗,正能量与负能量在较量。故事的结局虽然有悲伤的一面,但随着黑恶势力头目在牛毛峰被围捕,正义与邪恶之争,其结局不言而喻。